译文纪实

捏造の科学者
STAP 細胞事件

須田桃子

［日］须田桃子 著   王家民 译

造假的科学家
STAP 细胞事件

上海译文出版社

STAP 细胞 万能性的证明

步骤 1

培养经过酸处理的细胞

⇨ 与万能性相关联的被称作 Oct4 的遗传基因起作用时，细胞会发出绿色荧光

取出脾脏的淋巴细胞　　　浸入弱酸性溶液　　　培养

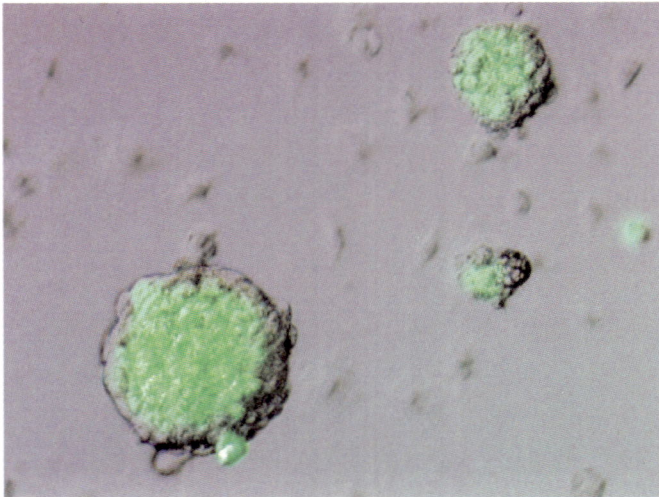

照片提供 理化学研究所

捕捉到绿色细胞块的该图像，曾被认为是 STAP 细胞及作为与万能性相关联的遗传基因起作用的证据，在第一次新闻发布会上展示过。但该图像引起了科学家们的议论纷纷：它该不会是细胞濒死之际自然发出的被称为"自体荧光"的光吧？之后理研进行了验证实验，得出的结论是：没有制备出发出有别于自体荧光的绿色荧光且由包括 Oct4 在内的多种与万能性相关联的遗传基因均衡起作用的细胞。

STAP 细胞 万能性的证明

步骤 2

将 Oct4 被激活了的细胞植入小鼠皮下

⇨ 形成包含各种组织的成熟畸胎瘤（即良性肿瘤）

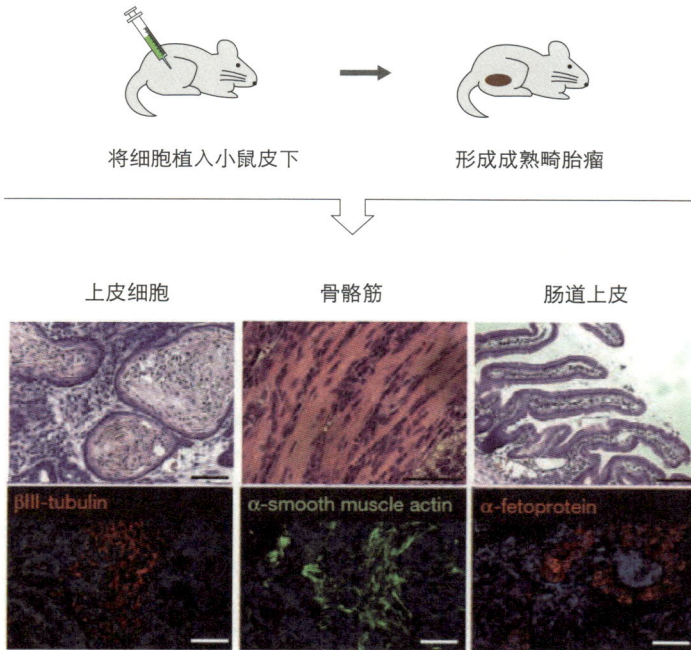

将细胞植入小鼠皮下　　　　　　形成成熟畸胎瘤

上皮细胞　　　　　　骨骼筋　　　　　　肠道上皮

βIII-tubulin　　α-smooth muscle actin　　α-fetoprotein

此图为刊载于 STAP 细胞论文中的被认为含有成熟畸胎瘤的组织图。发表之初，曾作为 STAP 细胞分化为各种组织的证据。下方的 3 个图像现已查明挪用自小保方的博士论文，反映的是完全不同的实验，被调查委员会认定为"造假"。此外，上方的 3 个图像，后经对残留实验样品的分析表明，所拍摄到的畸胎瘤源自 ES 细胞的可能性很高。至于上方右侧的图像，现已查明拍摄到的并非畸胎瘤，而是被植入细胞的小鼠本身的脏器。这 6 个图像均被认定为不具有真实性。

STAP 细胞 万能性的证明

步骤 3

将发出绿色荧光的细胞移植到小鼠的受精卵内，再将其放回到代孕母鼠的子宫

➩ 诞生出混杂着源于受精卵的细胞和源于注入细胞的细胞（发出绿光）的嵌合体小鼠

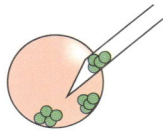

移植到小鼠的受精卵内

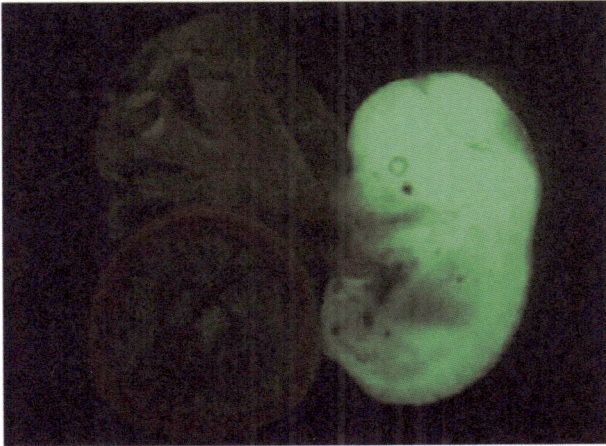

此图显示胎儿（右侧）发出绿光，同时胎盘（左侧）也发出绿光。这在发表时被认为是与不能分化为胎盘的 ES 细胞和 iPS 细胞不同的 STAP 细胞特有的特征。但有人指出，即便是考虑到流入到胎盘的胎儿血液发光的可能性以及论文的其他数据，可以分化到胎盘这一点还是得不到严密的证明，并且与下页所示的原始数据有明显的出入，此图像的证据功能已经丧失。

问题图像

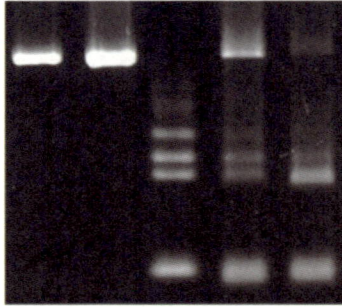

此为显示 STAP 细胞是来源于淋巴细胞
的 T 细胞的电泳数据图。中间的泳道部
位是用其他不同数据剪贴而成的，被调
查委员会认定为"篡改"。

嵌合体小鼠① 嵌合体小鼠②

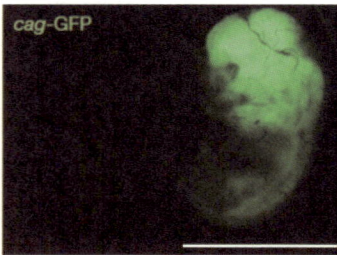 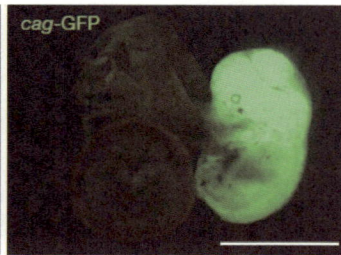

在论文中，①为来源于 ES 细胞的嵌合体小鼠，②为来源于 STAP 细胞的嵌合
体小鼠。但后来理研在全部图像调查中对原始数据进行了确认，发现这两个图
像均为"同日拍摄的来源于 STAP 细胞的嵌合体小鼠"。

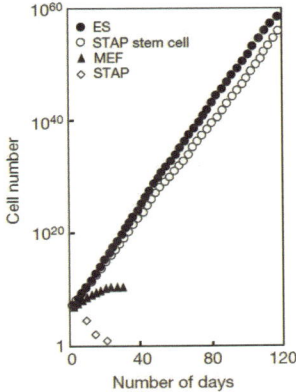

此为分别培养 STAP 细胞和 STAP 干细胞（stem cell）时的增殖方式与 ES 细胞进行比较的显示图表。进行该实验的时间跨度为 4 个月，且每隔 3 日须将细胞移植一次。但实际上进行实验时小保方曾去国外出差，以图表所示的频率进行实验是不可能的。第二次调查委员会认定此图为"造假"。

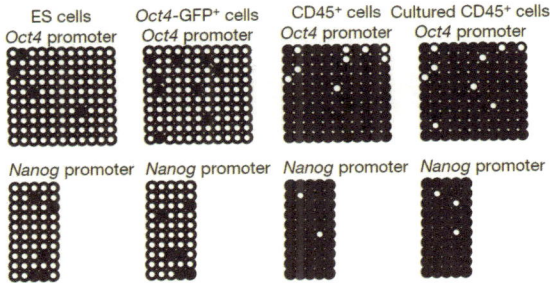

此为调查各种细胞中的 DNA "甲基化"状态的结果图，所谓甲基化，就是在盐基序列的一部分上贴上遗传基因不起作用的记号。该图显示的是与多能性相关的两个遗传基因（Oct4 与 Nanog）的工作方式相关的部位，甲基化的部分用黑色圆圈表示，没有甲基化的部分用白色圆圈表示。左侧为 ES 细胞与 Oct4 阳性细胞（STAP 细胞），右侧为采自两个脾脏的淋巴细胞，该图显示左侧与右侧的甲基化类型是不同的。但依靠原始数据是无法再现该图的。第二次调查委员会认定其为"造假"。

STAP 细胞研究之初若山研究室示意图

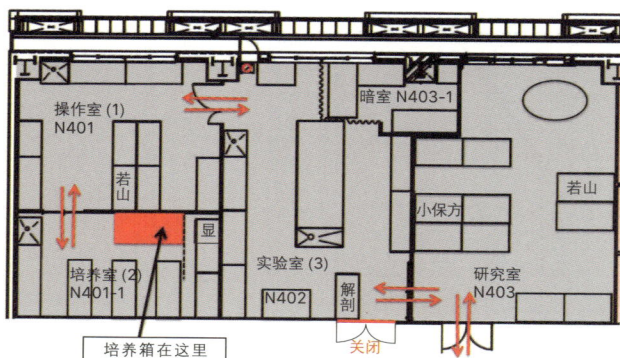

操作室 (1) N401

暗室 N403-1

若山

显

培养室 (2) N401-1

实验室 (3) N402

小保方

解剖

关闭

研究室 N403

若山

培养箱在这里

这是 STAP 细胞研究之初理研 CDB 的若山研究室示意图（取自第二次调查委员会的调查报告幻灯片版）。STAP 论文里的主要实验就是在这个研究室里由小保方和若山完成的。在制作 STAP 细胞时，被施予刺激的幼鼠的细胞被放置于研究室尽头的培养箱内观察 7 天。在这 7 天之内存在着被人打开培养箱混入 ES 细胞的可能性。通往室外的出入口只有一个，研究室上锁时钥匙被放在室外，包括夜间在内，CDB 的人谁都可以进入。第二次调查委员会询问过所有的相关人员"有没有混入过（ES 细胞）"，但没有一个人承认。

保存在小保方研究室冰柜里的实验样品

（作者得到的照片等，参考正文 P330 第十一章"深陷被动的理研的应对"）

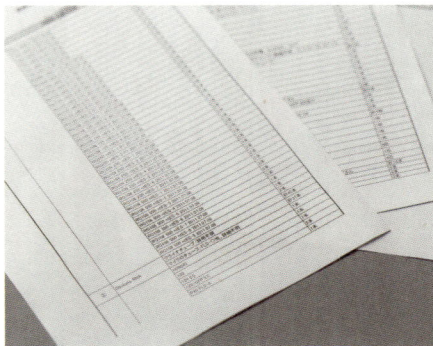

采访中得到的冰柜实验样品清单

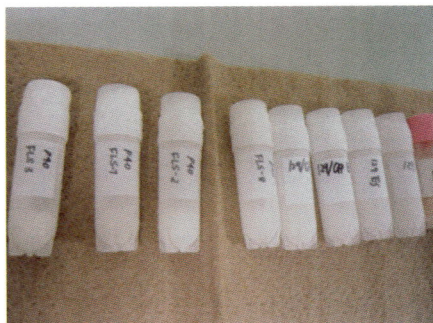

容器标签多为手写，大部分是只写着"ES"之类的简单不全的标记。经理研的基因分析得知，标有"129/GFP ES"字样的容器（左起第五、第六支）内的物质，与曾被认为是 STAP 干细胞的 ES 细胞为相同的细胞。

保存在小保方研究室冰柜里的实验样品

（作者得到的照片等，参考正文 P330 第十一章"深陷被动的理研的应对"）

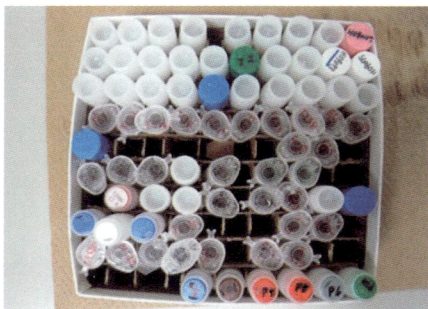

标有 "Obokata RNA"（小保方 RNA）字样的箱子。里面盛放着 70 只以上的容器，除了所贴标签写有意为 STAP 干细胞的 "FLS" 字样和与 STAP 细胞研究相关的字样的容器外，还有如前页下方照片所示的许多种被认为是盛放 ES 细胞和 TS 细胞的容器。

图中所示的是 4 只幼鼠。清单显示应该还有 6 只冷冻小鼠。它们的包装袋上均没有详细记载，有的只是 "Haruko"（晴子）字样。

目 录

第十二章

STAP细胞是不存在的

包括小保方本人在内，任何人都无法再现STAP现象，验证实验在12月被终止。另一方面，根据残留样品的分析结果，调查委员会发表了"STAP细胞是ES细胞"的结论。又新认定了两起造假情况。

终　章

STAP事件的遗产

2002年围绕着超导研究的丑闻"舍恩事件"在美国被曝光。另2018年京都大学iPS细胞研究所论文造假事件被揭露。通过与这些事件进行比较，可以看出STAP事件中的事后应对方面存在的失误。

主要相关人员

（职务均为当时担任）

小保方晴子 ·········CDB研究小组负责人、STAP细胞论文第一
责任作者

笹井芳树 ···········CDB中心副主任、STAP细胞论文责任作者

若山照彦 ···········山梨大学教授、STAP细胞论文责任作者

查尔斯·瓦坎蒂 ······哈佛大学教授、麻醉师、STAP细胞论文责任
作者

丹羽仁史 ···········CDB项目负责人、STAP细胞论文作者

野依良治 ···········理化学研究所理事长

竹市雅俊 ···········CDB中心主任

相泽慎一 ···········CDB特别顾问、验证实验总负责人

石井俊辅 ···········理化学研究所高级研究员、第一次调查委员
会委员长

桂勋 ·············国立遗传学研究所所长、第二次调查委员会
委员长

岸辉雄 ············东京大学名誉教授、理化学研究所改革委员
会委员长

远藤高帆 ···········理化学研究所高级研究员

第一章　一场非同寻常的新闻发布会

　　理化学研究所发来的发布会的通知，没有透露任何具体内容，让人摸不着头脑。咨询笹井时，收到了"如果是须田女士您的话，那就'绝对'应该来"的邮件回复。这场破例的记者招待会的重点在于披露一个重要发现，该发现的意义将要超过山中教授发现 iPS 细胞。

笹井先生的邀请

那个奇怪的传真是在晨报编辑会议①开始前的下午2点半左右发来的。

那是理化学研究所（理研）②的一个通知，说是4天后的2014年1月28日星期二要开新闻发布会。上面只是写着"今特披露干细胞研究的基础领域取得的重大进展"，别说那最重要的研究成果的题目了，就连成果简介和发表者姓名也没写。

传真说，会场是位于神户市的理研发育与再生科学综合研究中心（CDB），详细情况将在记者招待会召开的前一天另行通知。为什么非得如此这般对发布会内容秘而不宣呢？

"这到底是怎么一回事？"

我与负责生命科学和医疗领域的主任永山悦子碰面商议。我们电话咨询了负责CDB宣传方面的熟人，除了得到"是关于生物学的基础领域"这么一个信息外，其他一无所获。

"笹井你应该认识吧？你能帮我发邮件联系他吗？"永山说。

CDB中心副主任笹井芳树是近年来社会关注度很高的再生医疗领域的著名发育生物学家。他正在利用能分化为身体所有细胞的万能细胞之一的ES细胞（胚胎干细胞），进行着重现大脑发育初期的研究。

2011年，他从老鼠的ES细胞中成功培育出了视网膜之源——被称为"眼杯"的立体组织，这一成果后来发表在英国的一流科学杂志《自然》上。这作为在治疗可导致失明的视网膜疾病的再生医疗领域迈出的重要一步，广受关注。他是这一国家级重大研究项目的负责人。

迄今为止，我对再生医疗领域的采访是比较多的，在采访中曾多次得到笹井先生的协助。他服务精神旺盛，总是能体察出我们的采访意图，讲述中穿插着大量的小插曲。对记者来说他是难能可贵的采访对象。此次成果也很有可能有笹井自己的一份。

　　笹井先生，您好。好久不见。

　　今天，我们收到了CDB关于28日要开记者招待会的通知，称"干细胞研究的基础领域取得了重大的进展"，因此非常关心。这项工作想必是笹井先生您做的吧？

　　重要的一点是，赴会与否是由本报大阪科学环境部来负责的，如果可能的话，我希望能出差过去进行采访。为了能说服上司，如果您能给个什么暗示之类的，那就太好了。另外，我还想请您告诉我在哪里能搞到［刊登论文的］杂志……当然，我是不会违反报道前的保密规定的，我也

---

① 此处晨报指《每日新闻》。本书作者在写作当时任每日新闻社科学环境部记者。书中无特别指出的报社、报纸皆指每日新闻社和《每日新闻》。——编注
② 日本国内唯一的自然科学综合性研究所，属文部科学省。——编注

不能那么做，请多多关照。

须田桃子

大约一小时后，我收到了回信。

　　须田女士，关于此次发布会，上级下了事前封口令。但是，我认为如果是须田女士您的话，那就"绝对"应该来。CDB下封口令，仅这一点就说明这次或许是CDB前所未有的特别的新闻发布。

　　即使是像笹井的"眼杯"那样有冲击性的新闻，发布前也没有下封口令，因此，此次要发布的是即便是经常会抛出一些顶级新闻的CDB也认为很"特别"的新闻。我只能透露到这里了。

　　因此，请好好加油，就算是对上司连唬带骗，周二的发布会也一定要过来。星期一早上正式登记时会有更具体的信息。

笹井

笹井珍视的小辈

　　读罢笹井回信的那一刻，内心顿生强烈的期待。既然笹井说到了这份上，这或许是能够改写教科书的划时代成果。

　　"如果是须田女士您的话"，这是什么意思呢？是在意指与再生医疗相关的成果呢，还是对作为科学记者的我予以充分肯定呢？如果是后者，那我当然是很高兴的，但不管怎样，当务之急是拿到去神户的车票。我赶紧摘录主要部分打印出来，交给了永山主任。

"毫无疑问，发布会要披露重大事项。请一定让我去吧。"

但是，如果连最基本的情况都不知道的话，部门也是无法做出判断的。正如在给笹井先生的邮件中所写的那样，既然是在神户对外披露，也基本上是由大阪总社来负责。结果，决定是否赴会一事被推迟到了下周。

没想到的是，发布会概要当天就搞清楚了。当天晚上，我通过邮件咨询的另一位CDB相关人员拨通了我的手机。

据该相关人员的非正式透露，刊登论文的杂志是英国科学杂志《自然》。作者是30岁左右的研究小组组长小保方晴子，她在CDB主持着一个很小规模的研究室（研究小组）。

论文的内容是，只需对小鼠的细胞施加酸暴露等应激手段，即使不进行任何修改，细胞也会初始化（基因重排）为接近受精卵的状态，变成像ES细胞和iPS细胞（诱导性多能干细胞）那样的具有分化为身体所有细胞的能力的万能细胞。

"原因尚不明了，但这不是理论，而是有趣的成果。"

当问到小保方是什么样的人时，对方这样回答了我：

"她给人以常人罕见的非常独特的感觉，是笹井珍视的小辈。她前程远大，采访她本人也许会很有意思。"

我是深夜给永山主任发邮件报告情况的，但她很快就回了信，信的末尾发出了这样的感想：

"说她是笹井珍视的小辈，那该是多么出类拔萃的人啊。毫无疑问，她是个绝顶聪明的人。"

当晚，一起从事再生医疗方面采访的记者八田浩辅，也通过另外途径掌握了包括主要作者成员在内的论文概要。据说新的万能细胞被命名为"STAP细胞（刺激触发的万能性获得细胞)"。笹井也是作者之一。第二天25日是个星期六，永山主任与大阪科学环境部进行了商讨，基本确定了当天的版面计划。

超越 iPS 细胞的发现

新的一周的27日上午，理研终于发出了笹井写的内含论文概要的"正式登记事项"和第二天的新闻发布会（事前登记）的通知，我也得到批准以当天往返出差的形式参会。《自然》杂志社也向媒体提供了论文的校样。理研还规定了所谓的"报道解禁条件"，即在解禁日期之前绝不可对外报道。论文分为两篇同时刊登。从这一点也可以看出这次是"大型"的研究成果发布。

理研在这次发布会上要披露的是："发现了消除体细胞分化状态的记忆并初始化的原理，细胞外刺激引起的细胞应激将高效率地诱导万能细胞"。

论文概要和已经掌握的内容没什么两样，非常有趣的是，对于 ES 细胞和 iPS 细胞无法分化的胎盘组织，STAP 细胞也具有分化的能力。也就是说，这暗示出了一种可能性，STAP 细胞具有与既能成长为胎儿也能成长为胎盘的受精卵本身相近的性质。关于成果的意义赋予，概要是这么说的：

"STAP 的发现，将有助于使细胞分化状态的记忆的消除和自由改写成为可能的新技术的开发，是一项划时代的突破，今后，不仅是再生医学，我们还可以期待对广泛的医学生物学做出贡献的细胞操作技术的问世。"

这让人联想到了2006年 iPS 细胞的闪亮登场，让人觉得这是久违的重大发现。

在这种情况下，我们记者首先要做的是，听取第三方研究者们的意见，对成果的大小和意义作出客观且慎重的评价。

这是因为，在报纸等媒体是否进行报道介绍与科研成果的评价直接相关的今天，无论研究者和研究机构如何宣传他们取得了"大发现"，进行夸大宣传的可能性都是存在的。新奇度越高的内容，事前采访留给现场记者的印象就越容易直接关系到报纸的报道处理：发表在第几版，标题要占几行？

我立即通过电话和邮件与熟悉该主题的多名研究者取得了联系。特别是对想详细听取其意见的对象，在让他们保证解除报道禁令之前不得向外界泄露的基础上，给他们发去了论文的校样，让他们过目。

使用iPS细胞向移植用血液和脏器制作发起挑战的东京大学教授中内启光这样说道："这是个大发现。我想马上做一个重复实验，如果重复实验能成功的话，那就具有划时代的意义了。既有实用方面的意义，也有生物学方面的意义。在实用方面，此次是用老鼠做实验的成果，如果在人类身上能做同样的事情，那就有意思了。也有应用于再生医疗的可能性。这是因为在iPS细胞层级之上实现初始化，就能获得近似于全能性的性质。在生物学上，如果只需施加应激手段，就能如此简单地得到接近全能性的性质，那么，人们当然想知道其机理，也会产生这样的疑问：为什么只需要在这种程度的应激压力下就能实现？就像使用盐酸一样。"

"这是一个惊人的成果吗？""是的。与iPS细胞的发现一样，不，这是更大的震撼。"在日本首次完成人ES细胞建立等多项成果，以干细胞研究而闻名的京都大学教授中辻宪夫也接受了电话采访。

"考虑到涉及了ES细胞和iPS细胞不能制造的胎盘，这也许表现出了多能性（万能性）的新状态。作为基础研究非常有趣且令人震惊。也许它会成为发现多能性的状态和初始化的机制的新的一面的契机。另一方面，它的应用前景还不清楚。施加各种应激压力可能会导致基因组等蓄积异常。有用性是否强还是未知数。从这个意义上来说风险很高，在实用方面又如何呢？算得上是关于多能性和初始化方面的新发现，这在基础科学领域意义很大。方法本身并不复杂。"

一向行事慎重的中辻教授的这席话，虽然有些辛辣，但仍让人感觉这是最大限度的赞辞。

瓦坎蒂赞不绝口

一位读过该论文的国立大学的研究人员发来的邮件，字里行间如实地传达出了一种兴奋。

坦率地说就是"震撼"。我在读［论文的］第一篇的时候，读着读着不知道说了多少次"这是真的吗，跟人家没法比"。在读第二篇的过程中，论文的超高水平让我惊呆了，我禁不住一再放下论文击节叹赞！这次成果的水平就是如此之高。

总结一下论文整体的成果，与现在所知的多能性干细胞相比，尽管制作起来最简单，但也可以说是产生了质量最高的细胞。（中略）

我只能说太棒了。各种分析都很详细，日本干细胞和发育工程研究领域的领军人物们正在坐实数据。（中略）

啊，想象一下今后的发展，真的让人开心不已。会有很多不同的点子涌上心头。

研究者们的这些反应，让我更强烈地认为这次的成果非常特别。

实际上，自iPS细胞问世以来，"新的万能细胞"的发现并不是第一次。世界范围内，人们不断地报告发现了各种各样的万能细胞，然后又泥牛入海不知所踪。在日本国内，东北大学等的研究小组也曾于2010年召开盛大的记者招待会，称发现了生物体内极少存在的万能细胞"Muse细胞"。那时也同样进行了事前采访，不仅出现了赞成与反对两种意见，而且各评价方的声音也更加慎重。因此，我们当时判断在报纸的第一版刊登报道是很困难的，最终安排在第二版发表。之后，Muse细胞研究并没有太大的进展，现在可以认为当时的判断是妥当的。

此次对STAP细胞的反应与当年对Muse细胞的反应有着明显的不同。我觉得在第一版见报几乎是肯定的。

同时，我也感觉到这次的成果终归是基础性的成果。与其说是有可能应用于再生医疗的新万能细胞的登场，不如说是发现了细胞隐藏的意想不到的能力，从生命科学的意义而言，视其为有趣的成果更为妥当。我给同事写了邮件，表达了这样的感想。

另一方面，大阪科学环境部的记者斋藤广子寄来了采访笔记，采访对象是论文的主要作者之一、美国哈佛大学的查尔斯·瓦坎蒂教授，及以他为首的、与主导此次研究的小保方有关的研究者。

"积极努力，无所畏惧""内心坚强，毅力恒久""永不服输，加倍努力"。读了笔记后，让我吃惊不小的是，每个人都在不遗余力地称赞小保方。

"晴子是一颗冉冉升起的新星。"接受邮件采访的瓦坎蒂教授这样称赞。"我认为她现在已经成为这个星球上最了不起、最聪明、最有知识、最优秀、最受尊敬、最具革新性、最美丽的科学家之一。"

据说她还有对时尚很讲究的一面，例如，她喜欢穿着以具有个性的设计而闻名的英国高级品牌薇薇安·韦斯特伍德的衣服。实际的她是怎样的人呢？这让我对她越发感兴趣了。

华丽的发布会

28号这一天，新闻发布会在神户市人工岛的CDB举行，来自16家报社、电视台的约50位媒体人蜂拥而至。正对着记者席的桌子后面，端坐着小保方、山梨大学教授若山照彦、笹井三人。第一次见到小保方，我觉得她有些可爱。该不会在美容院做了发型吧？她似乎戴着假睫毛，闪烁着水灵灵的眼睛，淡茶色的秀发舒卷着垂落在两肩。她穿着白色圆领上衣和黑色对襟毛衣，给人的印象与其说是个性张扬，不如说是楚楚动人。发布会就要开始了，她露出了些许紧张的表情。

包括人在内的动物的身体，有着血液、肌肉和神经，这些都是由各种不同的细胞所组成的。发育稍有进展的受精卵（受精胚胎）中的细胞，具有可以分化为构成身体的所有种类的细胞的多能性（万能性）能力。但是，出生后的动物体细胞已经分化为血液、神经、肌肉等具有一定作用的细胞，是绝不会随意变化为完全不同种类的细胞的。把体细胞的时钟的指针倒拨回过去，使其回到近似于受精卵时的状态，这一过程叫作"初始化"。

英国的约翰·加登博士打破了"动物完全分化了的体细胞是不能初始化的"这一常识。1962年，加登博士从非洲爪蟾蝌蚪的体细胞中取出细胞核，移植到了去除细胞核后的卵中，成功地研制出了与原体细胞具有完全相同的遗传信息的蝌蚪克隆体。也就是说，这表明，只要使用卵子，就可以使体细胞的细胞核初始化，恢复其向身体所有细胞变化的能力。

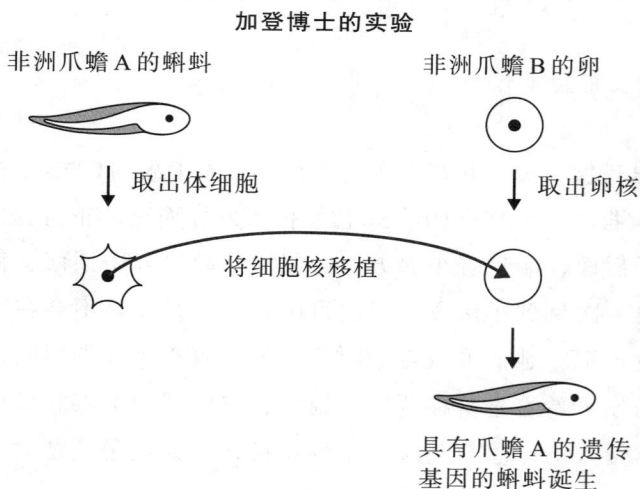

加登博士的实验

非洲爪蟾 A 的蝌蚪　　　　　　　　非洲爪蟾 B 的卵

↓ 取出体细胞　　　　　　　　↓ 取出卵核

将细胞核移植

↓

具有爪蟾 A 的遗传
基因的蝌蚪诞生

1996年，英国诞生了由体细胞克隆的绵羊多莉，证明了哺乳动物的体细胞也可以初始化。

更有甚者，2000年京都大学教授山中伸弥宣称，在不使用卵子的情况下成功地初始化了体细胞本身。仅仅将4个基因植入老鼠的皮肤细胞，并进行初始化，便制造出了iPS细胞。

2007年，山中教授宣布致力于人类iPS细胞的开发，他与加登博士一起获得了2012年的诺贝尔生理学或医学奖。

何谓STAP细胞

这场关于STAP细胞的发布会，刻意强调了STAP细胞与iPS细胞的不同之处。发布会由笹井主持。首先，小保方通过放映幻灯片的方式讲解了论文的概要。

在迄今为止进行的克隆和iPS细胞培养等初始化操作中，"对细胞核实施直接的人工操作是必不可少的"（小保方语）。但此次研究小组并未进行这样的人工操作，只从外部对细胞实施刺激便完成了体细胞的初始化，他们把获得的细胞命名为"STAP即Stimulus-Triggered Acquisition of Pluripotency细胞（刺激触发的万能性获得细胞）"。

像胡萝卜和白萝卜之类的植物，将其细胞分散并通过特殊的营养液来培养，便可观察到与初始化相似的现象。被分散的细胞变成了可以造出根、茎、叶等植物整体结构的细胞，这种细胞被称为"愈伤组织细胞"。所谓的STAP细胞，可以说是动物版的"愈伤组织细胞"。（后来我们得知，小保方与瓦坎蒂教授最初投稿于《自然》杂志的论文，其题目就是 *Animal Callus Cells*［《动物的愈伤组织细胞》］。）

研究小组对实验中使用的老鼠进行了基因改造，使得老鼠体内与万能性有关的Oct4基因一旦起作用便会发出绿色的荧光。将出生一周的小白鼠的淋巴细胞浸泡在弱酸性溶液中30分钟左右，给予刺激，继续培养，在存活的细胞中，两天后便开始出现发出绿色荧光的细胞。这些细胞只有原来淋巴细胞的一半，很小，相互黏在一起，在第七天就会形成数十至数千个团块。能忍受弱酸刺激存活下来的细胞约占全体细胞的25%，其中约30%变为绿色，也就是说，Oct4基因在约7%～9%实验最初使用的细胞中起了作用。

据说研究小组通过多种方法确认了绿色发光的细胞已被初始化且获得了万能性。

在环境符合要求的试管中进行培养，它们便会分化成神经、肌肉、肠道上皮等各种组织的细胞。将它们移植到活鼠体内后，出现了各种组织的细胞混合在一起的被称为"成熟畸胎瘤"的良性肿瘤。另外，将其注入小鼠的受精卵，放回代孕小鼠的子宫后，诞生了"嵌合体小鼠"，它的全身布满了源自STAP细胞的细胞。这些都是调查万能性的常用实验方法，其中嵌合体小鼠被认为是万能性最确切的证明。

还不止这些。在嵌合体小鼠的实验中，向胎儿输送营养的

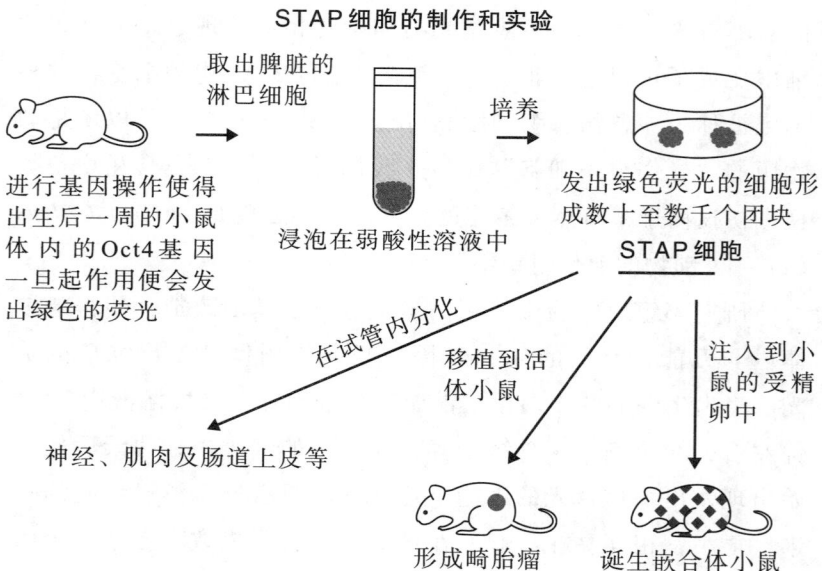

STAP 细胞的制作和实验

取出脾脏的淋巴细胞

培养

进行基因操作使得出生后一周的小鼠体内的Oct4基因一旦起作用便会发出绿色的荧光

浸泡在弱酸性溶液中

发出绿色荧光的细胞形成数十至数千个团块

STAP 细胞

在试管内分化

移植到活体小鼠

注入到小鼠的受精卵中

神经、肌肉及肠道上皮等

形成畸胎瘤

诞生嵌合体小鼠

胎盘和卵黄膜等组织中也掺杂着来自STAP细胞的细胞。由于iPS细胞和ES细胞不会成长为胎盘，人们认为STAP细胞的初始化达到了更接近受精卵的状态。

不仅是淋巴细胞，脑、皮肤、脂肪、骨髓、肝脏、心肌等各种组织的细胞也同样在弱酸的刺激下发生了由Oct4基因发挥作用而产生的变化。除弱酸的刺激外，如果将让细胞多次通过极细玻璃管的物理性刺激、在细胞膜上开洞的化学性刺激等会使细胞死亡的刺激稍微减弱一点，再施加到细胞上的话，就会发生初始化。

但是，STAP细胞虽然具有多能性，却没有像iPS细胞和ES细胞那样持续无限繁衍的能力（自我增殖能力）。将STAP细胞在适合ES细胞的培养基中培养，就会变成既有多能性又有自我增殖能力的"STAP干细胞"。STAP干细胞虽然失去了向胎盘分化的能力，但是如果在其他特殊的培养基中培养的话，就能在维持STAP细胞独特的多能性的同时，形成具有自我增殖能力的其他干细胞。研究组将其命名为"FI干细胞"。

梦幻细胞

小保方一边不停地放着幻灯片，一边流畅地解说这些内容，还介绍了一段倍速播放的视频，内容是用显微镜捕捉的培养皿中细胞的变化及其形成块状的情况。她声称，今后，如果能搞清楚初始化的原理，就能将其发展成为"能够自由删除和改写细胞核信息的革新技术。也就是说，可以将其发展成可以自由操控细胞分化状态的技术"，她以这样一番展望未来人类细胞研究进展前景的话语结束了自己的发言。

"我认为这项成果可以对以往无法想象的新医疗技术的开发做出贡献。例如，一直以来人们所考虑的方法都是在生物体外制作组织进行移植，但是，将来我们有可能获得在生物体内实现脏器再生的能力，还有可能带来抑制癌症的技术。成果显示，分化后的细胞能够变回像婴儿细胞一样年轻的状态，我认为就连梦幻般的返老还童也是有可能实现的。"

　　之后的记者提问环节，与一般的科学论文发表时一样，记者们的提问很宽泛，涉及数据和成果的意义以及今后的展望等。小保方作主答，但只要稍一卡壳，笹井就会马上伸出援手，这些给人留下了深刻的印象。

　　刺激细胞的弱酸性溶液的pH值为5.7。比方说，当被问到用的是什么样的液体时，小保方回答说："关于这点我们热烈讨论过，是甜橙汁……不，酸的橙汁。"这时，笹井便插进来补充说："以前有一位名叫霍尔茨夫莱特（美国科学家）的人，将蝾螈的未分化细胞浸泡在酸中使其神经发生变化，他当时说'橙汁也成'，差不多就这意思吧。虽然不知道（橙子的）产地。"这引来哄堂大笑。

　　一些问题很有些道理，"为什么喝了酸的东西口腔中就不会（产生万能细胞）出现癌呢？""如果受伤了细胞就会初始化吗？"小保方解释道，也曾尝试在生物体内给予酸性刺激的小鼠实验，"看来生物体内即使施加压力也不会发生完全的初始化。我们得到的数据表明，为了不发生大的变化，细胞组织对其进行了非常好的控制"。

　　有好几个人提出这样的问题：强烈的刺激是否会损伤细胞核内承担遗传信息的基因组？这正是在事前采访中中辻教授所担心的。小保方解释说："关于基因组还需要进一步的分析，但染色体完全没有异常。"若山补充说，嵌合体小鼠及其后代未见异常。笹井先生也表示，在制作来自STAP细胞的"成熟畸胎瘤"的实验中，50例中没有一例发生癌变，"目前还没有积极显示癌变的数据"。

"与iPS细胞完全不同"

记者提问环节接近一半时，笹井开口道："在这里，我想占用一些时间来讨论一下与iPS细胞在本质上的差异。"并向会场分发了一张新的纸质资料。

那是一张插图，描绘出一个被沉重的锁链束缚住的人（分化的体细胞），通过初始化被解开了锁链，变成了一个婴儿（万能细胞）的样子。具体内容为，STAP细胞在受到外部铁锤的刺激时，锁链一下子脱落，"自发地"变回婴儿的状态，与此相对，iPS细胞在带有锁链的情况下被牛牵着，"强制地"回到婴儿的状态。

制作所需的天数，STAP细胞为2～3天，效率也高达存活细胞的30%以上，与此相对，iPS细胞为2～3周，效率仅为0.1%左右。笹井解释说："细胞中有解除记忆分化状态的机制，这次，小保方破解了按下开关的方法。"

这次发布会向人们展示出这样一幅未来图景：如果能破解这一机制解除的原理，并在比现在的刺激更温和的条件下按下开关的话，或许魔杖一挥便能制造出STAP细胞。"例如它可以应用到体内。由于它与iPS细胞的原理完全不同，所以其应用方法也不同。"笹井说道。在该资料中没有提到iPS细胞的制作方法实际上有了很大的改善等情况，这在日后引起了山中教授

会场上分发的比较资料

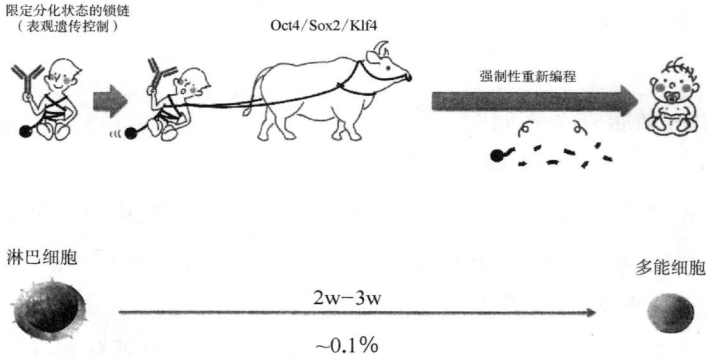

iPS细胞

限定分化状态的锁链
（表观遗传控制）

Oct4/Sox2/Klf4

强制性重新编程

淋巴细胞   2w–3w   多能细胞

~0.1%

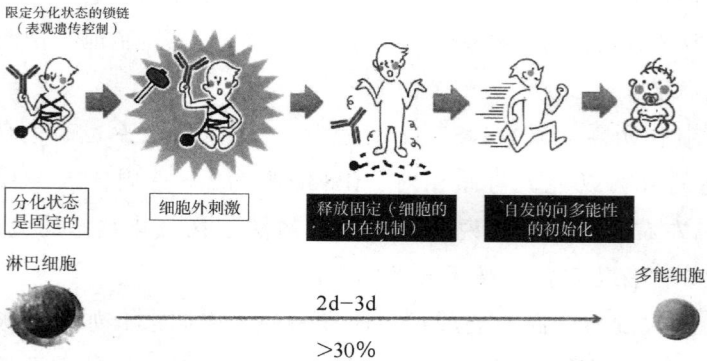

STAP细胞

限定分化状态的锁链
（表观遗传控制）

分化状态
是固定的

细胞外刺激

释放固定（细胞的
内在机制）

自发的向多能性
的初始化

淋巴细胞   2d–3d   多能细胞

>30%

的愤怒。

　　我心存疑问："iPS细胞有没有被取代的可能？"关于这个问题，小保方作了如下的回答。

　　由于目前的STAP细胞还仅是幼鼠的细胞，因此"讨论其与未来可期的 iPS 技术的关联性还为时过早",她首先委婉表示。接着又说:"不过,正是由于我们相信充实基础研究会扩大将来应用的可能性,所以才进行了实验。我们决心不局限于现在浮现于脑海中的某个特定的应用,而是考虑到几十年、一百年后对人类社会的贡献,来把这项研究进行下去。"

脱口而出的一席话,让我觉得她是一位志存高远的人。

接着笹井先生也叮嘱道:"我们绝非想让你们说:iPS 时代已经结束,STAP 时代已经到来。"同时,他也强调了 STAP 细胞的独特性和宽广的前景:"这次我们要传达出来的是,消除并改写细胞的记忆,不是梦想,而是有可能的。建立在这一基础上的新医疗、制药等方面蕴藏着极大的可能性。这是在生物体内和生物体外都有可能进行控制的。"

"对细胞生物学史的愚弄"

据说,在本次发布会的通知介绍中不透露内容等罕见的保密规定是来自杂志社方面要求的。"说句老实话,自从我考上研究生后,至少在过去的 20 年中,在《自然》杂志的(生命科学)论文中,这一篇是最厉害的或者说是意想不到的、具有冲击性的论文。"笹井说这席话时,脸上洋溢着明快而又自豪的表情。

负责生产培育证明万能性的嵌合体小鼠的若山先生发言很少,但当被问及最初接受小保方委托时的印象,他坦言:"说实话我当时不信。"当谈到嵌合体小鼠首次诞生的场景时,他回忆道:"发生了不可能发生的事情,我非常吃惊。"

据说小保方从约 5 年前就开始致力于这项研究,记者们一个接一个地提问，问及研究的始末与艰辛。

小保方说："一切都很难。当时没有人相信我，也很难取得能说服人的数据。"她还披露了一个细节，最初向《自然》杂志投稿时没能发表，一位审稿人严厉批评她说："你这是对过去数百年的细胞生物学史的愚弄。""在千辛万苦中，你可曾想过放弃？"小保方回答完这一问题，发布会便戛然而止了。

"不知多少个白天想到过放弃，不知多少个夜晚哭到天明，但我每天都在想：'今日再拼搏一天，明天再奋斗一日。'每当走投无路之时，都有贵人出现，这在很大程度上激励了我。"

如果算上记者们围着提问不愿离去的时间，这场发布会持续了两个半小时。

2006年关于小鼠iPS细胞开发的论文发表的发布会及第二年关于人类iPS细胞开发的论文发表的发布会，这两场发布会我都参加了。两场发布会的地点都在文部科学省的记者俱乐部，发表者也都只有山中教授一人。毫无疑问，今天的这场有关STAP细胞的记者发布会的气氛之热烈超过了前两场。

姆明和烹饪服

在绿色发光的细胞块幻灯片前，小保方与若山、笹井一起接受了拍摄。接下来要拍的是研究室，分为实验室、细胞培养室、小保方的卧室等共计113平方米的4个空间。首先映入眼帘的是黄色和粉红色的墙壁。也许是小保方的个人喜好，墙壁上贴满了动画角色"姆明"的贴纸。这虽让人感觉稀奇，但并不令人讨厌。

里面是小保方的卧室，放着花朵图案的沙发。沙发的前面好像是用作讨论的空间，入口处放置了一个平台，上面有一个据说是养宠物龟的水槽。不经意地看了眼水槽的上方，发现贴着一张复印纸，写着"天亮时刚睡，有事请敲门！小保方"。看来名不虚传，她真的很"勤奋"。

墙壁的颜色并不令人感到惊讶，但卧室却给人一些不协调的感觉。书架占据了整个一面墙，这很像搞科研的人，但感觉上面的东西不多。重新审视一番，实验室的架子也是空落落的。但当时我并没有多想，只以为可能是因为这个实验室是新开设的吧。

当被要求拍摄实验场景时，小保方慢慢地从橱柜里拿出了祖母传给自己的烹饪服。她说，当她收到著名科学杂志的退稿通知而情绪低落时，祖母曾鼓励她"不管怎样，每天都要拼下去"，为了不忘记这句话，她做实验时一定要穿上这件烹饪服。

小保方身着烹饪服，手持微型移液管，在摄影师的授意下莞尔一笑，立刻响起了一阵快门声。这简直像极了明星偶像的摄影会，小保方落落大方，像是在这种情况下不得已而为之般地沐浴在光环中。

当我回到记者招待会现场时，笹井对我说："你去过实验室了吗？""是的。挺开心的。小保方还穿上了烹饪服呢。""那家伙，还真穿上了呀？"笹井先生高兴地眯着眼睛说。

从CDB回来的路上，我沉浸在一种莫名的激动之中。作为一名科学记者，我能参加一个历史性的新闻发布会，这该是多么幸运啊。

"这场发布会好棒啊！真是来对了。"

一起来采访的大阪科学环境部的根本毅组长和斋藤记者，看着我兴奋的样子，一直在苦笑。

首发报道

《自然》杂志和理研设定的报道解禁日期为1月30日凌晨3点。首发报道在发布会后的第二天29日组稿，刊登在30日的晨报上。

29日，担任解说性报道的我，从早上开始就忙于对研究者进行追加采访并执笔草稿。我根据发布会的内容提出了各种问题，但还是没有听到否定性的意见。

京都大学副教授多田高虽然对制作方法的出人意料和简单容易感到惊讶，但还是说："如果在人类身上也能够制作的话，或许会成为可用于医疗应用的后iPS细胞。"理研生物资源中心（茨城县筑波市）的遗传工程基础技术室室长小仓淳郎推测说："今后，围绕初始化结构的阐明和包括人类在内的其他物种的STAP细胞制作，全世界范围内将展开与iPS细胞研究旗鼓相当的激烈竞争。"

30日的晨报，包括《每日新闻》在内的全国三大报纸，都在头版头条报道了STAP细胞制作成功的消息。一篇论文发表的消息能登上头版头条，这并不多见。听说在29日晚的编辑排版局的编辑会议上，围绕以何种规格对待该篇报道，编辑们侃侃而谈，讨论得很热烈。

《每日新闻》东京总社版第一版报道的标题是《史上第一个万能细胞问世》。最终清样安排了最具震撼力的黑底白字通栏大标题。报道高度重视能够分化为胎盘的多能细胞的首次问世，使用了"首次……"等字眼来赞颂。除了对"万能细胞"含义的"文字解说"和制作方法的插图外，还配上了iPS细胞开发

2014年1月30日《每日新闻》晨报头版（东京总社最终版）

者山中教授的评论："这一重要的研究成果，是由日本研究者发布的，我对此深感自豪。"并以"领军人物是30岁女性"为标题配发头像照片，介绍了小保方的简历。

鉴于该项目使用人体细胞做研究还有待时日，第三版的"新闻特写"栏目的深入报道，对此项研究成果的意义和经过进行了总结，但在措辞上较为谨慎，以避免过度夸大对其应用于再生医疗方面的期待。在《什么是细胞的初始化？》这一标题下，刊登了问答形式的解说报道。此外，社会版以《喜欢打扮、勇于拼搏的"新星"》为标题，介绍了生活中的小保方。

2007年11月有关人类iPS细胞开发成功的报道也曾是头版头条，但那时报道的篇幅和内容挖掘的广度，都明显不及此次有关STAP细胞的报道。

此外还发生了一起意外事件。在《自然》杂志所在地英国，有家媒体无视新闻解禁日期，抢先进行了报道。受此"破禁"之举的影响，《自然》于29日下午8点20分左右解除了报道限制，日本媒体也同时在各自的网站上发布了报道。

漫长的一天结束了，午夜已过，我坐末班车回了家，第二天也是在匆忙中度过的。上午，指导小保方博士论文的早稻田大学先进理工学部的常田聪教授紧急召开了记者招待会。

面对学生的壮举，常田教授掩饰不住喜悦。小保方毕业于应用化学系，进入研究生院后改变了研究方向，主动投身于再生医疗领域。她的毕业论文写的是关于开发分离培养细菌的方法。当时的小保方是一名"想法和行动都非常独特，积极向上的学生"，在参加学会活动时，她与著名学者大胆交流、毫不怯阵，给人留下了深刻的印象。

常田教授是小保方博士论文的主审，他回忆道："那是一篇非常优秀的博士论文。她总结的只是研究的一部分。因为她撇下了许多其他研究成果没写，所以我就半开玩笑地对她说：'你还能写出另一篇博士论文吧，那样的话，也许还能同时拿一个医学博士'。"

当被问及获得身为行业翘楚的共同研究者们信赖的小保方有何人格魅力时，常田教授作了这样的分析。"首先，她性格爽朗。我想她大概暗中付出了许多艰辛的努力，可却不让人看到，待人接物总是那样地明快，平易近人。这是一方面，另一方面，就是做起研究来一丝不苟。她内心强大，绝不妥协，是不是就是这些特质引领她（小保方）走向了成功呢？"

另外，据说小保方是通过自由报考而非推荐报考入学的，入学考试时常田教授也在场。"我记得她曾问过旁边的老师，如果去读研究生院的博士课程会怎么样？我觉得她是早就想做一名学者，是名志向高远的学生。"

小保方热

30日发行的《每日新闻》晚报的社会版，刊登了常田教授等人的祝福评论，以及以各大报纸网站的速报为基础，总结了海外媒体如何报道STAP细胞研制的报道。

英国的公共广播电视BBC在报道中介绍了对应用于再生医疗的谨慎看法的同时，还介绍了研究者们的称赞：只须浸泡在弱酸性溶液中的制作方法是"革命性的"。美国《华尔街日报》等主要报纸也结合小保方的发言进行了详细报道，韩国《中央日报》则发表了专家评论说："这是比iPS细胞更了不起的发现。"

与此同时，在神户的CDB，根本、斋藤两位记者对小保方进行了单独采访。

据说小保方成为研究者的契机是幼年时读了父母给她买的伟人传记。

"我小时候是脖子上挂着家门钥匙、独自玩耍的孩子，经常一个人看书，尤其喜欢爱迪生、居里夫人和诺贝尔等研究者的传记。我曾经想过，要是能通过自己的人生给人类留下些什么，那该有多棒。还是一名高中生时，我就决心做一名科学家，因为我认为科学家能为社会做出广泛的贡献。"

第二天31日，文部科学大臣下村博文在内阁会议后的记者招待会上，明确了将理研指定为负责催生世界顶尖科研成果的"特定国立研究开发法人"的方针。

该法人制度的目的是通过将工资改为可实现高收入的年薪制，并从海外召集优秀的科研人才等多项措施，推进世界最高水平的研究。关于STAP细胞的研究成果，下村博文评价为"非常期待该成果将来能够助推实现革新性的再生医疗"，并决定通过强化理研的体制，来加速STAP细胞的研究。为了催生"第二个、第三个小保方和划时代的研究成果"，还提出了推进创造有利于年轻人和女性研究者大显身手的环境的方针。

"推进环境"成了新闻，由此也可以看出，日本缺少供年轻人和女性研究者施展拳脚的舞台。30岁就取得了震惊世界的成果、故事丰富的小保方受到关注，是完全预想得到的。

但是，"小保方热"的兴起似乎远远超出了理研的预料。理研也注意到了对小保方及其家人的采访战过热，已经影响了她的生活和科研。31日，CDB和小保方分别在CDB的网站上表示"想专心于研究"，要求媒体对事实上的采访自我克制。之后，小保方不再接受单独采访。

一周后的2月5日，令人震惊的消息传来，论文的合著者、哈佛大学教授瓦坎蒂等人在大洋彼岸向记者们公开了由新生儿皮肤细胞制作的"疑似STAP细胞的细胞"的显微镜照片。此前的1月30日，有部分报道称，瓦坎蒂教授等人制作了猴子的STAP细胞，移植到脊髓损伤导致下半身瘫痪的猴子身上后，猴子的腿就可以活动了，这在当时已经引起了人们的注意。

如果连人类STAP细胞也能制作出来的话，那将是一大新闻，但是论文发表自不待言，连在学会上都没有发表过的"成果"却被报道了出来，这是非常罕见的。虽然科学环境部内部出现了反对的声音，但鉴于该消息所具有的话题性，东京总社版还是决定在第二天即6日的晚报上刊登由共同社编发的报道。作为次善之策，附上了京都大学教授中辻宪夫的评论："科学成果只有在通过审查的论文中被提出之后才能进行评价，因此在现阶段无法进行评价。"

笹井的辩才

2月5日，神户的CDB组织了一场由各报社的科学记者参加的对笹井的联合采访，我也再次当天来回，出差去神户参加采访。

笹井不知疲倦地连续回答了4个多小时的问题。他认为："STAP细胞技术还处于蹒跚学步的幼儿期，技术上而言，若是百分制，那便只有20分。这与发表时就已经达到80分左右的iPS细胞技术不同，STAP细胞技术达到100分需要一定的时间。"但他又用热情的语调说："如果我们搞清楚决定体细胞性质的遗传基因的控制状态通过刺激自发解除的机制，那就有可能在体内引起类似的现象，使组织再生。也就是说，这就像是使人类具有蝾螈的再生能力，可以说是将20分的技术提高到10 000分的新的研究水平，这样的前景已经呈现在我们眼前。"

到目前为止，CDB一直重视能力和创意，积极起用年轻的科研带头人，但笹井也说："让眼光独到者干到底，让失败之人卷铺盖回家。"2010年冬，人事委员会开会审查是否录用小保方时，他感觉到"此人能很好地进行积累型的研究，应该让她面对挑战"。

他还介绍了CDB优厚的后援体制：对于每位缺少经验的年轻的科研带头人，选配两名高级研究人员担任导师（顾问），等等。他还诉说了国家拨付的用于基础研究的资金逐年缩小，非应用型的研究无法获得大资金的现状，以及在CDB能够比较灵活地使用、可用于STAP细胞研究资金的运营费补助金，这十年也减少了一半等情况。

此次采访内容整理成报道后，发表在约一周后的2月13日的晨报科学版上。这是每周就STAP细胞采访各领域专家的系列专访的第一集。

但是从那时起，网络上就已经开始出现有关论文图像的各种质疑。也就是从这一天开始，理研启动了对这些质疑的预备调查。

第二章　浮出水面的质疑

　　两周后，网络上出现了对论文的各种议论。理研的干部们很乐观，但一位以前曾识破过森口尚史谎言的科学家的一句话，让我猛地一惊。"小保方可真是个什么都干得出来的人。"

"为什么没有小保方的名字呢?"

从昨晚开始,网络上便有人指出STAP论文的多个图像涉嫌科研不端。由于这个原因,原定小保方晴子将以研究小组组长的身份出席今天举行的政府综合科学技术会议,现在看来她的出席资格似乎被取消了。这一意想不到的消息,我是从永山悦子主任那里听说的,那是在论文发表约两周后的2月14日早上。据说是主任认识的一位研究人员打电话告诉她的。恰好那天,我刚刚约到了一位工作繁忙的研究人员,想请他接受科学版的有关STAP细胞的系列专访。这个系列专访该如何是好?一种现实的担忧划过脑海。

不久,记者八田浩辅也发来了邮件。"好像有人指出胎盘图像有挪用的痕迹。可能需要做好危机处理的心理准备了。"在他提供的网站上,有人指出STAP论文中嵌合体小鼠的两个胎盘图像酷似。我拿起手边的论文进行了比较,两个胎盘图像应该不是同一个实验的结果,但图像看起来确实是相同的。另一个网站显示，2011 年发表在美国科学杂志《组织工程》上的小保方的其他论文中，在使用叫作"电泳"的方法进行分析的遗传基因图像里，存在着上下翻转的类似图像。

这些都写在 13 日晚提出存在科研不端行为之疑义的网站和推特上。八田记者说："迄今为止这个网站上刊登过的图像基本上都 out（确认存在不端行为）了。"八田曾经参与报道了诺华制药公司销售的降压药"缬沙坦"（商品名代文）在临床试验中发生的一系列丑闻。当时打响第一枪的正是《每日新闻》的一篇报道，因此他对科研领域的不端行为了如指掌。这让我越发感到不安了。

另外，机动记者负责人西川拓告诉我们，在其他网站上有人指出，STAP 论文中说明电泳实验结果的两个图像有剪贴过的痕迹。

这些情况当然也应该在理化学研究所的掌握中。我给 CDB 的国际宣传室打了电话，对方说两位负责人都在出差，理研总部正在应对处理"图像事件"。我再给理研总部（埼玉县和光市）的公共关系办公室打了电话，负责人回应说："我认为《自然》的论文没有问题。我们正继续进行确认工作。"

"你说的确认是什么意思？"

"我们正在进行验证，包括采取什么样的步骤进行确认。我想这并不是指已经开始了具体的实验或什么的。不过我听说他们举行了关于 STAP 细胞的第一次讨论会。"

"所谓讨论会，是 CDB 内部的？"

"不……那个，只能说是在确认中。"

对方吞吞吐吐，显得有些慌乱。我有一种直觉：调查已经开始了。

"你现在说'没有问题'的根据是？"

"因为研究室回答说没有问题……"

"是小保方的研究室吗？"

"不，我不知道。"

对方接着说，如果想得到更详细的说明的话，会安排其他的负责人另行联系。当天下午，我接到了电话。

"讨论会这一说法是不恰当的。"负责人解释说，由于网络上有人指出"使用了不自然的图像数据"，所以包括外部专家在内的多位专家已于13日开始了调查（后来得知，此时的调查是预备调查，正式调查是从18日开始的）。据说已经对小保方等人进行了为期2天的询问调查。

"目前，我认为研究成果本身是不会有问题的。调查结果一经揭晓便会即刻公布。"

我当时正在外出采访，接完电话便急忙赶回公司写稿子。尽管如此，明明调查才刚刚开始，理研却断言"成果没有问题"，这样的态度还是令人难消疑云。我和同事一边说着这件事，一边整理稿子。突然，我的脑海里浮现出记者会上讲述研究展望时的小保方的身影，然后又想起了"小保方热"的热烈程度，我犹豫了一阵子，最后在提交前从草稿中删除了小保方的名字。

记者的稿件在刊登前是一定要经过主任过目修改的。

"为什么没有小保方的名字呢？"果然，永山主任这样问我。

"我想，在报道一种怀疑的稿件中哪怕只是登出名字，也会大大损坏其本人的形象。即使将来的结果证明她是清白的，也会给她的职业生涯带来不好的影响……"

这么说有些讲不通，这一点我自己也知道。在这两篇论文中，小保方是主导研究的"第一作者"，也是作为有关论文的联络和咨询窗口的"责任作者"。当然，稿件被修改了，小保方的名字又被写了进去。但是，想象一下小保方今后的处境，我还是感到一阵心痛。

顺便提一下，在现在最尖端的生命科学研究领域，几乎看不到单独的论文作者。这是因为越是高深的领域，就越有必要分工。最近，在论文的参考文献之后，一般都会记述各个作者具体负责了哪个实验、撰写了哪个部分等。

这篇关于STAP细胞的论文，由同时刊载的主论文"研究性论文（article）"和第二篇论文"快报（letter）"两部分组成。"研究性论文"的作者共有8人，从各作者的贡献栏来看，小保方和笹井负责论文执笔，小保方和若山负责实验，小保方、若山、笹井、丹羽、瓦坎蒂5人负责项目设计等。责任作者为小保方和瓦坎蒂两人。

"快报"的作者有11人，大多数是理研的研究人员。责任作者为小保方、若山和笹井。

《理研调查STAP论文》，这篇首次质疑STAP论文的报道发表于15日的晨报新综合版上，夹在地区版和社会版之间，标题使用跨两段的格式，很是低调。其他报社尚未发任何消息。在同一版的新闻简讯栏目中，还报道了由安倍晋三首相担任主席的政府综合科学技术会议召开，原定出席的小保方以"日程冲突"为由缺席的消息。

在网络上，除了关于图像的多个质疑外，不能获得再现性，也就是没有重复实验的成功事例，这点也逐渐成为话题。

科学论文的要义是，如果能忠实地沿用其中所写的方法，就能得出同样的结果。当其他的研究室也按照论文的方法进行实验时，如果能得到同样的成果，该成果就会被科学家们判定为"事实"。相反，如果实验不能再现，评价就会是所谓的"继续审议"。如果谁也不能再现实验，该成果不久就会被人遗忘。

话虽如此，当划时代的、受到社会关注的成果出现时，即便在论文的评价还没有确定的情况下，它有时也会成为获得大型预算的理由。

洋溢着乐观气氛

我们通过各自的采访网开始收集信息。

对图像的质疑另当别论，在我这段时间采访的研究者之间，洋溢着一种对再现性的乐观气氛。

我通过邮件询问了2013年3月之前任CDB副中心主任的JT生命杂志研究馆（大阪府高槻市）的顾问西川伸一，他说："我正在读论文。图像方面的事我不太清楚，但这是和（合著者）丹羽（丹羽仁史，CDB项目负责人）、若山（若山照彦，山梨大学教授）他们一起搞的，应该不用担心吧。"论文发表时，有位研究者通过邮件评论道："坦率地说感到'震撼'。"从这位研究者那里得到的回信也与西川顾问的差不多。

对于那么简单的方法，应该没有研究者会去撒谎吧。

而且，理研CDB的水平不至于低到连这种程度的谎言都无法识破吧。

《自然》杂志的审稿人和编辑也已经做了简单的重复实验吧。（中略）

我的想法是，大家不能马上做出重复实验，那就是恰到好处的事。

那之后不久接受电话采访的另一位干细胞研究者断言："即使出现质疑的那些图像有不恰当之处，那些也不是论文的核心，在我心中，STAP细胞毫无疑问是存在的。""论文发表还不到一个月。现在听到很多不能再现的声音是理所当然的，做成功的人也不可能说。当初小鼠iPS细胞问世时，不也是不能马上做出重复实验吗。"

他说自己也在尝试进行再现实验，并在录音电话中表明："虽然制作出了类似的东西，但证明起来还是需要时间的。"

文部科学省表面上风平浪静。我从永山主任那里得到消息："14日一大早，文部科学省就闹得沸沸扬扬，生命科学科早上做的第一件事就是命令对理研进行调查。"但在记者斋藤有香采访过的人中，有一位干部说："现在网络上议论纷纷，我们都清楚，但一切并没有超出传闻的范围。写出革新性的论文，赞成与反对的人都会有一大帮。最终结果要通过论文和学会讨论才能形成，所以我认为现阶段是其中的一个过程。"

向山中教授致歉的笹井

另一方面，从我和八田记者采访过的地方传来了消息，说是发生了另一场鲜为人知的风波。据说，就在理研的预备调查开始的前几天，笹井和丹羽造访了iPS细胞最大的研究基地京都大学iPS细胞研究所（CiRA，京都市）的内部研讨会，向中心主任山中伸弥教授等所内研究人员道歉说："给各位添麻烦了，对不起。"

这起风波的起因是前面提到的在记者会上分发的那份对STAP细胞和iPS细胞进行比较的插图资料。iPS细胞的制作方法，在制作天数、效率及安全性等方面都已取得了大幅度的改善，但那份插图资料对此却完全不提及，而是列举了iPS细胞早期开发时的特征，给人留下了STAP细胞更具优越性的印象。在针对记者提问进行说明时，STAP细胞的安全性也被刻意强调了。

出于以上原因，很多报道都强调了作为比较对象的iPS细胞具有癌变的风险，在制作效率等方面，与事实不同的表述也随处可见。山中教授察觉到了一种危机感，他在10日召开了记者会，澄清了误解，CiRA的网站上也登出了他们自己的"考察研究"。

实际上，我在论文发表后不久，收到了来自山中教授的邮件，他质疑"为什么第一代iPS细胞的课题要点到现在才被报道？"对于那份引起问题的资料，他也很在意，或许后来看到了实物。

据多位相关人士称，笹井在研讨会上深深地低下头，反复地说着"对不起"。也有人惊讶道："那个高傲的笹井居然也低头致歉。"理研于3月18日，以"表述上有引人误解的地方"为由，撤回了这份资料。

《自然》也已启动调查

对图像和再现性的质疑情况，每时每刻都在向着不好的方向发展。刊登STAP论文的英国科学杂志《自然》于2月17日发布了总结现状的报道，第二天开始了对不自然图像的调查。根据该报道，在论文准备过程中，若山先生曾将研究室从CDB搬到了山梨大学，虽然在研究室未搬离CDB时，他曾在小保方的指导下成功地进行了一次重复实验，但研究室搬迁后做的重复实验却都失败了。

"我越来越觉得有些不对劲，我真心希望那不是假的。"读了该报道的一位国立大学教授在接受八田记者采访时这样说道。

对于在主论文中与小保方同为责任作者的查尔斯·瓦坎蒂教授，驻美国纽约分社的记者草野和彦从论文发表之初，就一直在申请进行单独采访或咨询。瓦坎蒂所属的美国哈佛大学医学研究生院19日给草野记者寄去了一份声明，表示"引起本院注意的担忧都将成为彻底详查的对象"，暗示了有进行调查的可能。

瓦坎蒂也于20日通过哈佛大学附属的布列根和妇女医院的公关部门发声。"我的理解是有人持怀疑态度"，他解释说，这样的怀疑"我认为是由在论文编辑过程中发生的细微错误而产生的"。

我向CDB申请了对小保方、笹井、丹羽三人的采访，但都被无情地拒绝了。宣传方面的负责人说："三人都在为CDB的外部评价做准备，忙得四脚朝天，连我们找他们都很困难。现在调查还在进行中，即使能接受采访，那也得在3月以后了。"他还补充说："不过，我认为调查结果的出炉不会太久。理研也认为现在的状况不宜久拖，和光总部正在进行准备工作，以便能尽早解释清楚他们是无造假意图的。"

笹井风格的论文

2月下旬，我受CDB前中心副主任西川伸一先生的邀请，参加了网络视频共享网站"Niconico动画"的现场节目。该节目由西川掌管的非营利组织"All About Science Japan"赞助播出，节目的名称为《终极讲解 STAP论文》。节目以"如果我们审查了STAP细胞论文"为假设前提，由我担任听众，与西川先生和庆应义塾大学助教中武悠树进行访谈。所谓论文审查是指，由相关领域的专家对向科学杂志投稿的论文进行审阅，讨论该论文是否有发表价值的体系。

西川先生和中武先生对论文的讲解颇富启发性。

实际上，西川先生曾读过小保方等人于2012年首次向英国科学杂志《自然》投稿却被拒的论文。当时的作者是小保方、若山、查尔斯·瓦坎蒂、东京女子医科大学的大和雅之教授等人。若山是克隆技术专家，瓦坎蒂和大和是组织工程学专家。对此，西川认为"干细胞专家不多"。另一方面，在1月份刊登的论文中，CDB的中心副主任笹井芳树（发育生物学）和项目负责人丹羽仁史（干细胞生物学）等人加入了作者行列，笹井也是两篇论文中的一篇的责任作者。

在论文审查方面经验丰富的西川说："先不说这么做是好是坏，对人（作者）的了解是审查时的基础，这是事实。"也就是说，对于审查者来说，论文的作者是谁是重要的判断依据之一。"如果我收到了一份委托我审查的稿件，作者中有丹羽先生和笹井先生的名字，我会理解为作者中有这个领域相当厉害的专业人士，然后再去读稿。在你实际阅读的过程中，你会清楚地看出正在读的部分是谁写的。"论文的开头部分糅进了发育生物学历史的内容等，从这些便可以察觉到笹井先生的风格。

理研的新闻稿和记者招待会都强调了STAP细胞与现有万能细胞的差异：STAP细胞具有分化成ES细胞和iPS细胞不能分化的胎盘的能力等。但是，西川就最初的投稿论文表示："小保方等人当时似乎认为它最接近ES细胞，在它对胎盘的贡献度方面着笔并不多。""由于丹羽这名（干细胞的）专家的加入，论文增加了新意。这篇论文比我第一次读的时候成熟得多，是一篇有趣的论文。"

真的分化成胎盘了吗？

另一方面，中武先生对向胎盘的分化持否定态度。他说："对这方面的解释非常困难，我也发现了论文中的相关表述有非常谨慎的迹象。"他同时指出没有得到明确的支撑数据来证明STAP细胞能分化成胎盘。他还进一步说："一部分'好的ES细胞'可以分化为胎盘的一部分细胞，因此，专业研究人员对'能够分化为胎盘的新细胞'这一表述打了个问号。"

现在回想起来，中武先生指出的这一点是非常重要的。根据发表在《自然》上的论文的数据，如果不能断言STAP细胞能分化为胎盘的话，那实际上就意味着被大力宣传为新万能细胞的这一大特征尚未得到证明。如果是这样的话，理研对分化为胎盘一事的强调只能说是一种误导。虽然我很在意中武先生的这些看法，但遗憾的是当时的我没有深入追究这件事的知识和余暇。

节目的后半部分，STAP细胞的再现性问题也被提了出来。西川先生说："验证STAP细胞能否真正地再现出来，那是需要时间的。"他还说："我只是想说，一旦你做了什么别人预想不到的事，搞得不好的话，你做的一切都会落空，总有一天会变得无人问津。"他还介绍说，以往发表于著名科学杂志的论文中，也有很多因无法取得再现性而没了踪影。他补充道，"嗯，但我想这次的论文应该不会消失。"虽然披露的制作方法很简单，但"简单吗？用酸给予刺激是很简单的，但是要想在（细胞）快要完全死亡之前停止（给予刺激），那是相当困难的"。中武说。

论文的讲解很占时间，作为听众恐怕很难把话题引向最令人感兴趣的图像问题。虽然我心里很着急，但在剩下的最后几分钟里终于有机会提问了。"做这样的实验是会有严格的记录的。""基本上看了记录就会明白了吧。"西川先生这样回答着，似乎不把这一问题看得那么严重。

或许是节目后的闲聊吧，西川先生还说了这样一席话。

"科学领域产生造假的绝大部分情况，都是想通过实验赶在别人之前展现人们预想会发生的事情。在韩国的黄禹锡人工克隆ES细胞造假事件中，克隆动物已经被制作出来了，谁都可以预测克隆人会有什么样的数据。而STAP细胞是谁也没有想到的，其结果是与以往的常识完全不同的。和开发老鼠iPS细胞时一样，没有范本。这样的结果，不会是从造假中产生的。"

咨询若山先生

第二天下午，我走在从JR甲府站通往山梨大学的路上。我要去见的是STAP论文的主要作者之一若山先生。在国内其他作者不接受采访的情况下，只有若山先生出现在国内外媒体的几篇报道中。

人行道被覆盖了一层厚厚的雪。原本预约2月中旬见面，但被超过了一米厚的积雪所阻，向后推迟了一个星期。更糟糕的是，理研在此期间，为了不再接受有关图像疑义的采访，似乎在迫使若山先生"保持沉默"。经再三请求，在答应"调查结果出来之前不进行报道"的条件下，若山先生总算同意接受采访。

若山先生以首次在世界上成功克隆出体细胞小鼠而闻名，是克隆动物研究领域的领军人物。他在2012年3月底调到山梨大学之前，一直是CDB的课题组组长（搬迁实验室是在2013年3月底）。他在STAP研究中，成功地制作出了嵌合体小鼠，该小鼠全身布满了来自STAP细胞的细胞，在万能性的证明中起到了重要的作用。小保方于2011年4月至2013年2月末，在若山研究室当客座研究员。

小保方将在若山研究室期间进行的实验结果整理成论文，投稿于多家科学杂志均遭退稿。之后，笹井加入进来，对论文进行了修改，论文终于于2014年得以发表在《自然》杂志上。

若山穿着印有美国夏威夷大学标志的灰色连帽卫衣出现在我面前。夏威夷大学是若山进行体细胞克隆小鼠实验的值得回忆的地方。他表情僵硬，气色不佳，一脸疲惫。

我首先就两幅图像的疑点问题进行了询问。据若山先生介绍，被指出反复使用的老鼠胎盘图像是由他自己拍摄的，原数据保存在显微镜自带的电脑中。图像中的一张是正确的，另一张"明显是错误的"，但成套刊登的其他图像是没有问题的，即使将那张错误的图像去掉，也不会对该图应该展现的内容产生影响。

据若山讲，他当时进行老鼠实验时，只要一完成对样品的摄影，就会在当天将数据保存到U盘里并转交给小保方，同时向她说明其中的内容。若山说他没有参与论文插图的制作，之所以发生了错误，他推测是由于以下原因。

"如果她将自己的实验记录和图像文件夹的日期进行比对的

话，应该知道哪张图像是哪个实验的，但是因为处理的数据量大，且图像又不是她自己拍摄的，所以在论文的编辑过程中有可能给弄乱了。仅在发表的论文中图像就有一百多张，已保存的有数千张，而且在一个图像中，还会包含多个制作者的照片和图表。在多次投稿的过程中，论文的整体结构进行过多次大的修改，各个图表的内容和版面设计也经历过几次更改。论文插图并不是每次都从零开始重新制作，而是从原来的草稿中重新挑选配置，所以是不是在什么地方出了差错呢？"

若山先生的实验记录和电脑在山梨大学，虽然可以进行比对，但这项工作尚未进行，理研也没有提出过类似的要求。听了这番话，我打心底里感到"理研可真是太磨磨蹭蹭了"。

那么电泳图中的"剪贴"又是怎么回事呢？"那不是我拍摄的，我不知道。"若山先生拒绝回答这个问题，之后又做了这样的解释。

"正中间的那个被指进行了'剪贴'的泳道图，是关于（成为比较对象的）控制数据的。原始数据里可能是放在分开的泳道图中，或是夹在没有关系的泳道图间，但为了便于与右侧的Oct4阳性细胞（STAP细胞）进行比较，便将它放到了这里吧。这一般是不能粘贴的，但如果只是把尺子（控制部分）的位置错开了，那也不是什么大问题。倒不如加上条白线，让人明白它被移动过，那样就好了。因为重要的是右邻（STAP细胞）的泳道，所以对该图想要展现的内容也没有什么影响。"

总体来说，这两个图像存在问题虽然是事实，但只是单纯的错误，并非严重问题。

"应该进行最终检查，从这个意义来说，我也有责任，但实际上，我没有参与作图，所以我是无能为力的。"

正如《自然》报道的那样，在若山离开CDB之前的2013年春天，在他直接从小保方那里学习制作方法时，制成了STAP细胞，但在山梨大学却没有取得成功。"酸性处理很难。要么全军覆没，要么几乎没有死亡。"

重复实验在国内外都没有取得成功的例子，也有人怀疑STAP细胞本身是否存在，谈到这一点时，若山的表情意外地变得明朗起来。

"我早就想到会出现现在这样的状况，我认为这是科研领域的乐趣之所在，日后会成为快乐美好的回忆。现在图像风波给我们带来了意想不到的压力，但在再现性方面，我们还是可以堂堂正正地战斗下去的。iPS细胞是个例外，所有的新发现在诞生之后的一年内，因无人实现再现而引起满城风雨，这没有什么稀奇的。理研把问题说得太简单了，但是现在吵吵嚷嚷说不可能实现再现的人，我想都是些轻视技术能力之辈。小保方花了5年时间好不容易才取得的成果，想要在两三周内就赶上，那是不可能的。"

的确，第一只哺乳类体细胞克隆动物多莉羊也是如此，而若山发表成果约一年半后，在体细胞克隆小鼠诞生之前，也还有人怀疑其为造假。"当年的克隆鼠也因谁也无法再现而被怀疑，世界各地的研究室都叫我过去，我就在他们眼前做实验给他们看，还教他们方法。但代价是我失去了研究上的优势。"

若山说，小保方在大约十天前打来了一个电话，她哽咽着说："给您添麻烦了，真是对不起。"之后就没有了联系，也没有收到她的邮件。

当被问到"小保方今后会怎么样？"时，若山的表情再次阴沉起来。

"在高度重视科研严谨性的理研引发了这样的问题，她必须要面对周围其他研究者严厉的目光吧。前一阵子的轰动已经让她吃不消了，偏偏现在又闹出个图像问题，对她的伤害可能会很大。我担心她现在可能已经停止了研究工作。为了她，我也想尽快查明事实，让她的科研工作回归正轨，所以才接受了这次采访，但我还是觉得有点事与愿违……"

在约2个小时的采访的后半截，话题转移到了STAP研究的经过和今后的展望上。如果能够进一步改善制作方法，制作出更高质量的像受精卵那样的STAP细胞，或许将来我们只要将STAP细胞移植到子宫，就能够使其替代受精卵繁衍后代。这一切如果能实现的话，还可以应用于畜牧业，增加优良家畜的产量。若山先生描绘了这样一幅美好愿景。若山的话语瞬间让我感到欢欣鼓舞，重温第一次听到论文内容时的内心感受。但是，我与若山先生一起讨论STAP细胞研究的未来，这是第一次，也是最后一次。

"复制粘贴"露出马脚

此后，网络上有关图像的新的质疑也陆续浮出水面。已查清，论文有关实验方法的一部分内容，抄袭了2000年发表的德国研究小组的论文。约有20行的内容很明显是"复制粘贴"式的抄袭，一字一句完全相同。

一篇论文在短时间内出现如此多的问题，这是前所未闻的。一些周刊杂志和晚报连日来以"丑闻"为标题，连篇累牍地进行报道。但是，除若山以外，以小保方为首的作者们依然保持沉默。

3月上旬，在京都市召开了日本再生医疗学会，我专程赴会进行采访。

　　再生医疗研究在2007年首个人类iPS细胞问世后，在国家的扶持鼓励下迅速地发展起来。特别是2014年，这一年是世界上以眼部疑难杂症为对象，首次使用iPS细胞进行临床研究的一年。这年秋天，与再生医疗相关的新法律《再生医疗安全性确保法》和《修订药事法》开始生效实施，该学会乘势而上蓬勃发展。3月4日召开的记者招待会上，学会理事长、东京女子医科大学教授冈野光夫意气风发地说："我们称今年为'再生医疗元年'，希望由日本来开启再生医疗，造福于全世界的患者。"

　　记者会结束后，我叫住了想要快步离开会场的冈野先生。小保方从早稻田大学毕业后，立志从事再生医疗事业，曾在早稻田大学和东京女子医科大学的联合研究教育设施学习过。当时指导小保方的是东京女子医科大学的冈野和大和雅之教授。他们也曾与小保方共同发表过论文。大和先生在2月份病倒了，由于他处于长期疗养状态，无法向他打听情况。

　　"即便那篇论文有些地方搞砸了，你觉得群起而攻之的做法好吗？"冈野先生对现状表示了很大的不满。"没有人注意到STAP细胞是小保方做出来的，还有该项研究的意义，等等，这些事情的本质之处被忽视了。如果能在人体造出STAP细胞的话，那能拯救多少患者啊。现在小保方连正常的实验都做不下去了。那些一个劲地在图像问题上挑刺的人，日后说不定会遭到谴责。"

　　冈野说，他给小保方打过几次电话，鼓励她"顽强努力，继续研究"，但她"看起来相当失落，打不起精神来"。最后，我问为什么在学会上几乎听不到有关STAP细胞的议论，冈野是这样回答的："嗯，我们决定这件事还是不谈为妙。因为谈了的话只会被人说三道四。"

"小保方可真是个什么都干得出来的人"

前一天晚上，我和一位同龄的研究人员在京都市内的一家小餐馆里见面，他对万能细胞和基因分析方面非常熟悉。这是一次久别重逢。在迄今为止的几次采访中，他给我提供了不少帮助，是一位值得信赖的人。2012年10月，《读卖新闻》在头版头条刊登了森口尚史"将iPS技术首次临床应用于心肌移植"的报道，该报道随后被认定为假新闻。当时便是这位同龄人，在这场假新闻风波发生前很久就警告我："森口尚史不可信，最好多加注意。"

我们自然谈起了STAP细胞。

此次理研的发布认为，通过刺激促进细胞"自发"地初始化的STAP细胞比进行基因导入的iPS细胞更安全。对此，他的看法可谓是意味深长。

"iPS细胞是让外源基因予以表达（发挥作用），但作用结束后，外源基因会长眠或消失。与之相对，STAP细胞则是通过施加刺激使细胞核内原来存在的内在基因予以表达。如果这种内在基因继续存在，那就可以认为其具有危险性。我们知道反复进行物理和化学刺激会引发癌症，因此我认为通过刺激使细胞变质绝对不是安全的方法。"

而且，小保方和笹井也承认，对刺激引起的初始化机制的解释还有待今后发现。在完全不了解其机制原理的情况下，讨论"安全性"这一点，我自己也感到不免有些牵强。

"那么，须田您对记者会上的小保方有什么印象呢？"

"嗯，一言以蔽之，那就是有些天真幼稚吧。感觉她对研究有一种真挚的感情，我对她有好感。她虽然也有面对提问稍微卡壳的时候，但那是因为她第一次参加记者会，在所难免啊。"

"天真幼稚吗……我只是在电视上看到的，但我觉得这个人对科学讨论不怎么熟悉。"

这一看法让人感到一种意外。小保方是和一流的研究者共同进行研究的。在发现并证明"新万能细胞"的过程中，我深信他们一定会反复进行直言不讳的讨论。

在众多的图像问题中，他对于在过去的论文中将电泳图上下翻转后反复使用的造假嫌疑表示"非常遗憾"。

"如果那真的是造假的话，小保方可真是个什么都干得出来的人。那段抄袭也是，那一定是把扫描仪读取的文章原封不动地复制出来的，连单词的拼写错误都还在。那的确是太可以了。我倒是希望STAP细胞本身是存在的。"

小保方是"什么都干得出来的"，也就是说她是造假的老手，这样的指摘在我的脑海里挥之不去。

颠覆根基的重大疑点——TCR基因重排

新的问题发生在我从京都回到东京的第二天，即3月6日。围绕着前一天理研发表的总结STAP细胞制作实验技术的协议（实验手法解说），研究者们的疑惑终于在一夜之间爆发了。

由于相继有报告称即使按照论文中记载的实验基本方法操作，也不能成功地进行重复实验，理研宣传室"以咨询较多的点和容易出错的点为中心"总结出了这份协议。最受关注的是有关STAP细胞根基的"将已分化完毕的体细胞初始化"的那部分记载。

论文以STAP细胞的基因中存在着淋巴细胞中的"T细胞"所特有的痕迹（TCR基因重排，TCR即T细胞抗原受体）这一实验结果为依据，得出了STAP细胞不是原本存在于生物体内的少数未分化细胞而是由分化完毕的淋巴细胞重新产生的这样一个结论。但是协议中却写到，在由STAP细胞制成的8株"STAP干细胞"中，未发现TCR基因重排。

STAP干细胞拥有与原来的STAP细胞相同的遗传信息。该细胞中没有TCR基因重排，意味着STAP细胞来源于T细胞即分化完毕的体细胞的根据发生了动摇。

关于TCR基因重排的意义，在这里要稍微详细地说明一下。

将采集于小鼠脾脏的淋巴细胞浸泡在弱酸性溶液中进行培养。小保方等人认为，这样做的话，存活细胞中的约30%会被初始化，成为STAP细胞。他们声称，因为STAP细胞本身没有自我增殖能力，所以要在特殊的培养液中培养，使之自我分裂，变成不断增加的STAP干细胞。

此时，研究人员首先要考虑的是，这些STAP细胞和STAP干细胞是否真的是由分化为淋巴细胞的细胞组成的。根据实验室环境的不同，它们也有可能是被混入的ES细胞等其他万能细胞。或者，它们可能不是由分化完毕的体细胞而是由原来的淋巴细胞群中含量极少的未分化细胞组成的。若要否定这些可能性则必须予以证明。

TCR基因重排便是一个能够予以证明的标记。即使淋巴细胞变成了STAP细胞和STAP干细胞，这个标记也不会消失。也就是说，如果发现了TCR基因重排，那就证明了STAP细胞和STAP干细胞确实是"由已分化的体细胞产生的"。

如果真的如协议中所述，STAP干细胞中没有这个标记，那么STAP细胞到底是由什么细胞组成的这一点便无从而知了。

专业编辑委员青野由利也向采访组发来邮件称："如果这一点被推翻了的话，那就是发生了根本性的颠覆。这与至今为止的图像风波不是同一等级的问题，最好是确认一下。"永山主任也收到了理研研究人员的意见看法："误记或强词夺理之类的表达随处可见。对数据问题没有道歉也很奇怪。"

我急忙向协议的责任作者、CDB项目负责人丹羽仁史和笹井先生发送了有关该协议的咨询邮件。

被报道出去就不好办了

约1小时后，丹羽先生回信了。实际上我还向他咨询了有关实验的其他问题，但在这里集中介绍一下关于TCR基因重排方面的内容。

> 首先，我想明确的一点是STAP细胞已经完成了重新编程（初始化）。
> 我们成功地用STAP细胞制备出了嵌合体小鼠。在STAP细胞中已发现TCR基因重排，此点无疑。故STAP细胞系来源于分化细胞的主张当属成立。
> STAP干细胞是由STAP细胞经另一阶段过程制成的如ES细胞般的增殖性多功能干细胞，但由STAP细胞变为STAP干细胞的这一过程中，存在TCR基因重排的STAP细

胞具有某种缺陷，我们考虑或将其予以淘汰。

但因只查了八个系统的STAP干细胞，尚不能轻言其完全不可行，我们仅是诚实陈述现实数据而已。

鉴于以上诸要点，我们考虑设置一个面向科学家的问答专栏，以推进信息发布工作。但就程序而言，理研调查委员会的调查结果公布后才可做上述安排。

故此，在我们公开披露信息前，还望贵社勿予报道上述作答内容。

若概不作答，则会被报无端之事，倘若作答，则会见诸报端，成为目下推进程序的障碍。我们深陷这种恶性循环之中，处境悲惨。

对贵函作此回复，须田女士定能海涵。

以上，专此奉复，别无其他，恳请务必静候我们着手就科学问题作答为盼。

来函有"尽量不要进行报道"之意，但单凭此点尚不足以下定论。于是我便电话联系了研究室，进行了追加采访。这是我第一次直接与丹羽先生交谈。

除了对邮件的解释以外，丹羽先生强调的是"我们将以成套数据进行判断"。

据丹羽先生介绍，血细胞中含有的被称为"造血干细胞"的未分化细胞非常之少，只有0.1%左右。另一方面，通过酸性处理存活下来的细胞中只有约30%可以成为STAP细胞。即使在成为STAP干细胞来源的STAP细胞中未发现TCR基因重排，从比例的大小来看，认为干扰来自T细胞以外的血细胞而非成体干细胞才是科学的。

丹羽还进一步解释说："我们已经知道，像T细胞这样处于特定分化状态的细胞具有难以初始化的性质。"虽然机理不明，但iPS细胞也遇到了同样的现象。

"这次，STAP也发生了同样的问题。ES细胞中有可以制造嵌合体的，也有不能制造嵌合体的。总不能因为存在不能制造嵌合体的ES细胞，就去否定ES细胞的多能性吧？STAP细胞也是如此。希望大家也能够从成套的角度对数据进行判断。"

在做出了这番解释后，丹羽先生接着说："刚才聊的这些如果被报道出去的话那可就不好办了。"意思是说，如果报道出去，采访就会蜂拥而至，很难不对调查论文疑点产生影响。"调查是不把科学讨论的东西作为对象的，但如果写报道时把这些写成是新的疑点，那就一定会走程序去讨论是否应该将其添加到调查对象中。那样的话，结果的公布会拖得更晚。"

他还这样谈及了再现性。

"CDB内已有多人独立地实现了再现。只要以准确恰当的形式进行实验就能成功。除此之外，还要求我们做些什么呢？正是由于有人把实验想得太简单了，所以到现在还做不出来，虽然有人说做不出来，但我们没有理由逐一担责。"

他说，有关科学讨论的问题，"想回答也没办法，郁闷"，计划在调查结果出炉后，在网站上以问答的形式公布。最后他提出了一个要求："我是因为想要寻求大家的理解，才这样接受了此次采访，如果采访的目的是为了报道出去的话，那我今后会拒绝所有的采访。"

丹羽先生稍显强硬的态度让我感到吃惊，但我觉得他的说明解释本身还是可以接受的。TCR基因重组原本就是比较专业的话题，所以论文发表时的所有报道都未触及此。我说服了永山主任，暂时不报道此次采访，观察一下情况再说。

但是一种念头萦绕心头，让我无法释怀。专业编辑委员青野指出："拿出协议时，如果说没有发现STAP干细胞的TCR基因重排，那就会在研究者之间引发质疑，这一点丹羽等人应该也是十分清楚的。为了避免这种混乱，他应该要作出更为详尽的说明。"对此，我深有同感。把作为协议作者的责任放在一边，拿今后的采访当筹码，拒绝对外报道，未免有些随意任性了吧。

盲目乐观的笹井

之后，我也收到了笹井的回信。

> 由STAP细胞生成STAP干细胞，在现有的技术条件下是很难的。在若山先生建立的数株中，虽然没有确认到TCR基因重排，但这可能是由于母株数量过少这一偶然因素，也可能是由于来自分化完全的T细胞的STAP细胞很难生成为STAP干细胞。

第二天，我又发了一封邮件就以下问题向笹井咨询。

> STAP干细胞据说是"若山先生建立"的，那说的是论文和协议上记载的那8株吗？另外，论文称以命名为"CD45"的蛋白质为标记进行了淋巴细胞的分离，仔细核

查后发现，CD45阳性的细胞中也存在淋巴细胞以外的细胞，那么在实际实验中使用的具体是什么样的细胞呢？

笹井的回信比平时要短，开头是这样写的："不知怎的，平时很少得病的我，今天下午终于倒在了床上。感觉感冒了。匆匆作覆，至以为歉。"

他对第一个问题的回答有些模棱两可。

> 对TCR的解析仅仅是个传闻，因而我没有询问对应的是哪株，也没有看到多少确凿的证据。
> 我想大概就是论文说的那几株吧，但是，是分析了它们全部，还是只分析了其中的几株，非常抱歉，我不知道。好像不是一两株。

看来笹井并没有掌握STAP干细胞及对其分析的详细内容。他对第二个问题的回答，内容如下。

> 我不是血液学专家，故对例外的情况知之不多，CD45阳性的血细胞包括白细胞中的多种类型，其中应该既有未分化的干细胞，也有分化的细胞。据西川伸一先生介绍，在此次实验中使用的从脾脏采集的血细胞中，CD45阳性的细胞几乎都是淋巴细胞。这回的实验中，在以CD45为指标分离细胞之前，还采用了利用密度梯度对淋巴细胞进行离心分离的方法。另外，即便是在使用CD45指标分离的细胞中，我们观察到的是，未分化的干细胞反而更难生成为STAP细胞。

生物体内，存在着虽无ES细胞与iPS细胞般的多能性但仍能分化为各种细胞的"成体干细胞"。

血液中的干细胞（造血干细胞）便是其中之一。

我即刻回函致谢。

> 贵体欠安，迅疾回示，感激万分。

> 成体干细胞更难成为STAP细胞，这一点非常有趣。

> 我也想将这点告诉在网络上吵吵嚷嚷着说STAP细胞是来自成体干细胞的那些人们。

> （中略）

> 近两日承蒙赐教，多谢。

> 风寒不可小觑，唯盼多加保重。

夜已深沉，30分钟后我又收到了身体欠佳的笹井的回信。

> 您能够很好地把握这样的实验背景，敬业态度令人钦佩。

> 《自然》杂志对版面的限制严格，做不到像发表于［美国杂志］《细胞》那样撰写详尽，这也许扩大了读者解释、猜测的范围。

> （中略）

> 只是，在包含多种细胞的淋巴细胞中，这种分析也存在着局限性，因此，我们希望在其他细胞组织中，从更加均一的细胞开始进行实证实验。（但是我们担心，如果现在的风波得不到平息的话，就不能启动那样的从容的实验，小保方也会倍感挫折。）

用科学方法进行"实证"，并非是指在《自然》上发表论文，而是论文发表之后才开始的一个过程，这是我们工作的常态。

这样的实证该如何进行，请务必从以上角度加以关注。

至于它会如何进展，我内心充满了期待并投身其中。

（中略）

那是件需要相应时间的工作，我想尽快集中精力全力以赴。

敬请今后跟踪关注，也请多多关照。

论文疑点丛生，甚至连STAP细胞是否存在也被人怀疑，情况已是非常严重。尽管如此，笹井的邮件虽然有对处于风口浪尖的小保方感到担心的话语，但完全看不出有什么危机感。理研声称"论文的根基没有动摇"，也许他们是对的。如果是那样的话，丹羽先生的那番强硬发言也就可以理解了。信赖笹井先生的我是这么认为的。

当时我不知道的是，仅仅过了3天，一个决定性的图像上的疑点被揭露了出来。

第三章　令人震惊的撤稿呼吁

　　STAP论文的两大支柱，"成熟畸胎瘤图像"和"TCR基因重排"，已然崩塌。共同作者一个接一个地表示，将不得不撤回论文，对此笹井也无异议。但是在邮件采访中，他的回复却表现出他要将小保方保到底。

与博士论文高度相似

那是星期一早上。我一打开电脑，便发现了CDB项目负责人丹羽仁史发来的邮件。题目是《关于成熟畸胎瘤照片问题》。一种不祥的预感向我袭来。

> 关于标题所示之失误，网上又有人指出新疑点。
>
> 但此事已呈报《自然》杂志及内部调查委员会，结果预计可见于预定本周发表之内部调查委员会报告书。目下如仅基于网络信息进行报道，则调查恐将一再延宕。
>
> 此点敬请多加考虑。
>
> 关于如何平衡调查和信息披露，我们可能判断有误。

我慌慌张张地搜索了一下网络，发现从前一天的3月9日开始，多个网站都有人揭发指出，STAP细胞论文中的图像与小保方2011年的博士论文中的良性畸胎瘤图像酷似。而且该图像就是证明STAP细胞万能性的成熟畸胎瘤实验的图像。对此,《东京新闻》和《中日新闻》已经在10日的晨报上做了报道。我开始后悔星期天没有上网。

成熟畸胎瘤是在活鼠皮下移植万能细胞时形成的良性肿瘤(畸形瘤)。该肿瘤细胞中,神经、肌肉、上皮等各种组织的细胞被紧紧地压缩在了一起。当STAP细胞被移植时,这种成熟畸胎瘤就形成了,如果能确认其中存在分化为各种组织的细胞,那就可以将其作为STAP细胞具有万能性的一个证据。

该图像是对形成的每个组织进行切片,然后拍摄而成的。它与研究内容不同的博士论文的成熟畸胎瘤图像高度相似,究竟意味着什么?这已不能再用"失误"来搪塞了。一瞬间,我确信STAP细胞论文已经站不住脚了。同时,我越发觉得STAP细胞的存在本身就值得怀疑。

我向东京的采访组发邮件作了汇报,记者八田浩辅和专业编辑委员青野由利马上回信说:"如果这是事实的话,那论文就该撤稿了。"

另一方面,我对丹羽先生邮件中提到的预计本周内发表的调查委员会报告很好奇。因为据记者斋藤有香最近对文部科学省的采访笔记,该报告尚未整理好。我给丹羽先生发邮件询问此事,他马上回复说:"现在从各种意义上讲,情况时时刻刻都在发生变化。"真实情况谁也说不准。"今后的事情,包括如何对待我前几天的意见看法,均由您来自主判断。"试探着问了一下是否能进行电话咨询,对方不置可否,但却给了以下回复。

正如前几天所讨论的那样,我丝毫没有怀疑论文基础部分的科学真实性,但如果表达形式上出了问题,则是另一个问题。仅此奉复。

我也向笹井发了以"紧急请求"为标题的咨询邮件，但一直没有收到回信。

被NHK抢了先机

当天下午7点，NHK的一则头条新闻在科学环境部内部引起了骚动。论文作者之一的山梨大学教授若山照彦当天呼吁全体作者撤回STAP细胞论文。糟了……我紧咬嘴唇，追悔莫及。我还没有就成熟畸胎瘤图像高度相似问题向若山教授咨询过意见。

"马上给若山打电话！"永山主任叫了起来。"现在正在打。"我回答着，急得按号码的手都在发抖。如果现在采访不到，就连在第二天的晨报上刊登后续报道都很难了。这是无论如何也要避免的，因为现在已经被别人抢走了先机。

我给山梨大学的研究室和若山教授的手机打电话，但都没能打通。7点14分，我给若山发了邮件，内心祈祷着能收到回复。"我看了刚才的新闻，想尽快联系到您，您能接一下手机吗？"

可能是若山看到了邮件，我第二次试着打若山的手机，居然打通了。我按住听筒，叫道："打通了！"根据永山主任的指示，记者八田开始为晨报头版的报道拟稿。

若山教授说，他已将撤回论文的提案通过邮件同时发送给了美国哈佛大学教授查尔斯·瓦坎蒂等人之外的日本国内的共同作者。撤稿理由除了图像与博士论文的酷似的疑点之外，还另有其他的问题。

他指出，小保方2012年12月在CDB工作时，在若山研究室每周一次的成果发表会上，就曾经在幻灯片中使用过有问题的相似图像。

"打印出来的发表资料现在还保存着。因为是在研究室内部发表，是不公开的数据，作为一种形象展示，使用别的照片替代也是可以的，但要提前说明。但（小保方）并没有做这样的说明。我真的很震惊。"

如果这是事实的话，小保方应该在发表最新实验数据的内部会议上也使用了完全不符的实验图像。另外，小保方在同时期召开的研讨会上，在解说证明STAP细胞是由淋巴细胞形成的基因痕迹、TCR基因重排的相关情况时，也说过"8株STAP干细胞中有几株出现了痕迹"。但是在前一周丹羽等人发表的实验手法中，8株都没呈现痕迹，前后存在出入。

呼吁撤回论文的主要理由是成熟畸胎瘤图像和TCR基因重排这两个问题。

"事情已经严重到了这个地步。我在邮件中写道，如果论文是正确的，那就应该先撤回，把数据整理清楚，把错误全部改正，然后再重新投稿。"

"我越来越搞不清楚我做的实验是什么了"

若山用小保方交给他的"STAP细胞"，培育出了比成熟畸胎瘤更能证明万能性的嵌合体小鼠。嵌合体小鼠是先将实验细胞注入受精卵，然后移植到代孕小鼠的子宫中而培育出来的，其全身混杂着由原受精卵衍生的细胞和由小保方所递交的STAP细胞衍生的细胞。于是，这个嵌合体小鼠全身散发出绿色的荧

小保方与若山的实验范围

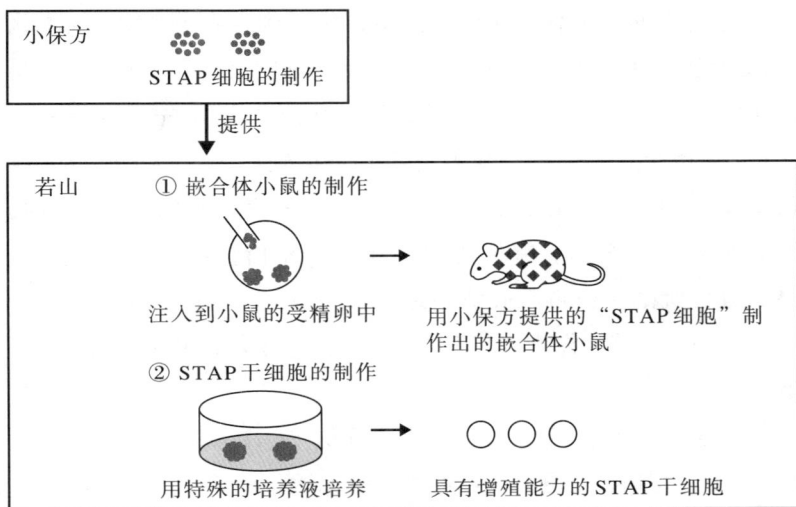

小保方	STAP 细胞的制作

↓ 提供

若山
① 嵌合体小鼠的制作

注入到小鼠的受精卵中 → 用小保方提供的"STAP 细胞"制作出的嵌合体小鼠

② STAP 干细胞的制作

用特殊的培养液培养 → 具有增殖能力的 STAP 干细胞

光。也就是说，"由 STAP 细胞衍生"的细胞遍布其全身。

　　培养皿中出现 Oct4 的表达，试管内发生的分化为各种细胞的现象确认，成熟畸胎瘤的形成，以及嵌合体小鼠的生产，经过这四个阶段才可以证明"STAP 细胞"确实是万能细胞。如果前三个阶段都是造假的话，那么为什么若山先生培育出的嵌合体小鼠全身会发出绿色的光呢？

　　"现在只能想象一下了。如果交给我的是 ES 细胞的话，嵌合体小鼠是可以培育出来的。STAP 细胞也分化为胎盘了，这是非常重要的实验数据。但如果胎儿的嵌合性非常高，那么来自胎儿的（来源于 ES 细胞的）血液就会大量流向胎盘，那就有可能会发光。"

　　嵌合性是指胎儿中含有衍生自注入的受精卵细胞的细胞的比例。嵌合性越高，注入的细胞的贡献度就越大，也就意味着注入的细胞是被初始化为接近受精卵状态的高质量的万能细胞。

这是我第一次直接从研究人员口中听到存在着STAP细胞就是ES细胞的可能性。顺便提一下，ES细胞于1981年从小鼠的受精卵中首次获得，现在广泛应用于基础研究。若山先生接着说：

"真是让人震惊啊。我做的实验是正确的，获得了嵌合体也是事实。但如果出现这么多问题的话……我越来越搞不清楚我做的实验是什么了。哪怕是为了让自己相信自己，重要的是不要被流言所困，得再准确清晰地重做一遍。"

"也就是说，你现在不知道小保方交给你的细胞是什么了，是吗？"

经这么一问，若山先生犹豫着承认了。

"……是啊，是啊。她给我的是什么啊，我现在开始怀疑了"。

但是，若山先生在CDB工作时，曾向小保方学过如何再现STAP细胞，并且应该是成功了。这一点应该没问题吧？

"那时实验已经做到了可以转化为STAP干细胞的程度。在我的实验室里共有5人做过。我是和一个学生在小保方旁边进行实验，一次性成功。其余3个人按程序行事，但都失败了。我在小保方不在的时候也做过实验，但都失败了，调到山梨来以后也一次也没有成功过。"

"有没有可能有人把细胞给调包了？"

"细胞会培养一个星期。培养箱前也不是一直都有人，研究室的成员都有钥匙，晚上想进去就进去。调包这一点我没有怀疑过，这要是怀疑起来那可就没完没了了。"

最后，当问到2月下旬的采访内容是否可以见报时，若山先生以毫不含糊的口吻说：

"是的，可以。我已经做好了准备。"

西川说:"STAP 细胞是真的"

若山当天发表书面声明,表示为了"了解 STAP 细胞的科学真相",拟将自己保管的 STAP 干细胞委托提供给"第三方公共研究机构"进行分析,结果将"迅速予以公布"。第二天 11日,《每日新闻》用晨报头版次条和社会版部分版面报道了若山先生撤回论文的呼吁及电话采访的内容。在报纸付印的间隙,我还给 CDB 前副中心主任西川伸一先生打了电话。我很在意西川先生 2 月下旬的一篇发言,中心内容是 STAP 细胞是彻头彻尾的新发现,造假是不可能的。在与万能性相关的基础数据引发质疑的今天,西川先生又是怎么想的呢?

我得到的回答是,"那不是一般人能想出来的事。到今天为止我仍然相信 STAP 细胞是真的"。

"数据上充满谎言和科学意义上的真伪是两码事。关于前者,比如,当作者商量说'虽然有这么多数据错误,但修改成新的可以吗?',《自然》的编辑如果觉得'这么做不行',那是会要求我们撤稿的。"

那么今后,面对对 STAP 细胞是否存在的怀疑之声,理研和论文作者们该如何应对呢?西川先生的意见很明确。

"最好是若山先生等全体作者重新聚在一起再进行一次实验。在国外的科学研究中,也曾有重复实验参加者加入到共同作者中,将论文重新再投稿的先例。这么做没有什么不妥。共同作者不能逃避各自相应的责任。有没有真家伙,要自己好好地展示出来。如果会受周围人的影响,那就别写论文。"

但是,若山和小保方之间一直没有联系,从这一点可以很明显地看出共同作者之间的沟通是不顺利的。在这种情况下，合作"重新实验"究竟还可行吗？

那天深夜，我收到了若山发来的邮件。

> 须田女士
>
> 《自然》杂志论文中的图像与小保方博士论文中的图像高度一致一事昨天被曝光，这令我深感悲哀。不知所措之余，遂呼吁作者们撤回论文。
>
> 你相信了我，我也为了让你相信而发表了意见，非常抱歉。
>
> 我还想相信一回，所以我希望把一切都弄清楚，重新发表一篇大家都能相信的论文。
>
> 以上敬请关照。
>
> 若山照彦

笹井先生的说明

第二天，我再次前往甲府市。我在给若山先生的回信中要求采访他，他同意了。他在邮件中写道："虽然不知道情况会如何发展，但在至今为止来采访的记者中，你是最认真地思考过STAP细胞的，与你晤谈是一件令人高兴的事。"

与2月下旬见到他时相比，若山先生的表情显得更轻松了些。回想起来，那个时候，他或许是想拼命压抑纷至沓来的疑虑和不安。和上次一样，他穿着那件印有夏威夷大学标志的连帽卫衣。据若山研究室的相关人士透露："夏威夷大学对若山来说，是他作为一名学者抓住机会扬帆起航的地方。在想要振作精神的时候，或者在想要保持从容镇定的时候，他都要穿上那件印有夏威夷大学标志的连帽卫衣。"

若山说，对于他的撤稿呼吁，国内外的学界同行纷纷来信表示支持。干细胞研究领域的世界权威、美国麻省理工大学（MIT）教授鲁道夫·耶尼施说："这是一个艰难的决断，做得很棒。"他的恩师、夏威夷大学名誉教授柳町隆造也发来了鼓励的邮件。"这都让我感到很高兴。"若山说着，露出一丝微笑。

另一方面，共同作者CDB中心副主任笹井芳树也给若山发去了邮件，就成为若山撤稿呼吁契机的两个问题——STAP细胞论文中的图像与小保方的博士论文中的图像酷似，以及STAP干细胞中没有原来淋巴细胞（T细胞）基因的痕迹（TCR基因重排）——指出了若山先生的"误解"。

"笹井说图像的酷似对他来说是最令人震惊的，但总之那是个失误，这方面的说明他写了很多。他说TCR基因重排也是由于双方没有沟通而导致的失误，根本就不是什么隐瞒，总之这些是没有问题的。"

"那么，对于这些说法，若山老师能接受吗？"

若山先生思考着用什么样的措辞来表达："如果对方说对某些事'不知道'的话，那我就只能接受了。因为我只能回答说：'是吗？'"

即便如此，让人摸不着头脑的是，那到底是什么样的"失误"才会导致与博士论文的图像酷似这一问题的发生。对此，笹井先生又是如何解释的呢？

"笹井先生邮件的口吻似乎在说，他到最后也不知道问题出在哪儿。他说小保方也可能是无意间把照片弄混了，后来她本人也忘记了。"

据若山讲，在论文准备投稿的时候，经常会分别制作只有文章的 Word 文件和归总图片与图表的 PPT 文件。笹井似乎在解释说，小保方在起草阶段将图像贴到图表类文件上之后，有可能就搞不清图像的出处了。

但是，小保方在若山研究室内部的"进度报告"会上也曾使用过同样的图片。若山先生已经注意到了这点。

"进度报告会不过是团队成员们聚在一起，互相发表最近的数据，是一个什么压力也没有的场合。当我星期日发现图像被重复使用时倍感震惊，便查了一下这个问题是什么时候发生的，结果发现是在更早的时候，在研究室内部的发表中就已经发生了。这就是为什么我做了（呼吁撤回论文）这样一个疯狂之举。"

不过，对于 TCR 基因重排的问题，若山似乎已经想明白了。

若山认为，小保方所说的她在若山研究室工作时"8 株中有几株"发现了 TCR 基因重排，后又被实验技术协议所推翻这一点，可以解释为细胞在长期培养期间发生了变化，重新调查的时候已经消失了。接着，他和丹羽先生一样，解释说制作效率的高低是很重要的。

"身体中的任何地方都能产生 STAP 细胞。我以为不可能只有在偶然采集到身体中仅有的少数未分化细胞时才会产生 STAP 细胞，所以对我来说，TCR 基因重排并不是很重要。"

他说这是因为 TCR 基因重排是一个证明完全分化的细胞被初始化并产生了 STAP 细胞的实验结果，但可以认为由于 STAP 细胞产生的概率高达 30%，且产生于忍受刺激的存活细胞中，实验想要得到的结果已经得到了证明。

我想要退出研究

那么，若山先生现在还相信STAP细胞的存在吗？"丹羽老师好像很相信……"我这么说着，引出话题，若山先生立刻坦率地回答道：

"（通过刺激）细胞发生了变化，到这个阶段为止是正确的，从这个阶段开始到生成为论文中所定义的STAP细胞的阶段，已经不足为信了。"

根据论文，STAP细胞是万能细胞所共有的"Oct4"等基因在高水平上发挥作用进而形成成熟畸胎瘤或繁育嵌合体小鼠的细胞。但在若山先生迄今为止在山梨大学实施的再现实验中，Oct4只是稍起作用。且透过此次与博士论文图像酷似的事件，是否真的形成了成熟畸胎瘤这一点变得愈发可疑起来。

考虑到这种情况，若山先生的见解固然显得理所当然，但同时也令人感到震惊。距离那场发表论文的华丽记者会，现在才刚过去了不到2个月。

但是，如果STAP细胞是子虚乌有的话，那么具有分化为胎盘能力的嵌合体小鼠的繁育实验又是怎么一回事呢？和前一天电话采访的时候一样，这一点仍然是我心中最大的疑问。

我首先询问，若山研究室还设在CDB时，是否有机会拿到能够代替STAP细胞的小鼠ES细胞。

"在我的实验室里，ES细胞一直都是被装在一个冰箱里。冰箱没有上锁，全天24小时什么时候进入实验室都可以拿到。"

据若山讲，在其他研究的实验中，制作或使用ES细胞是家常便饭，因此对其没有进行包括核对个数等措施在内的严格管理。在保管的 ES 细胞中，也包括像 STAP 细胞制作实验中使用的那样，当特定基因起作用时会发出绿色荧光的 ES 细胞。

但是，论文中也有对在 STAP 细胞中起作用的基因进行全面调查分析的结果，认为其具有与 ES 细胞和 iPS 细胞等现有万能细胞不同的特征。论文所附的视频显示，在弱酸刺激的淋巴细胞中，多个细胞逐渐发出绿色荧光，不久就形成了团块。

"是啊。还有很多被认为可以佐证 STAP 细胞为真的要素。有人认为，如果没有 STAP 细胞的话就不会有相关的数据。"

对 STAP 细胞最大的特征——分化为胎盘的能力——又该如何评判呢？

"初期的 ES 细胞尚不能分化为胎盘，现在技术水平提高了，能生产出质量更好的 ES 细胞了。特别是在我的研究室，提高嵌合性是研究室的主要课题之一，说不定 ES 细胞对胎盘也有相当大的贡献呢。"

当被问到呼吁撤回后的心情时，若山先生这样说道。

"很是抱歉，这么做好像是作者逃避责任的行为，但说句实话，已经走到这一步了，我现在的心情是想要退出 STAP 细胞研究。在我呼吁撤回论文后，实验室的全体成员都没意见，因为不用再进行再现实验了。如果实验不能再现的话会受到全世界的指责，大家一直都面临着压力……能先把实验停了，感觉轻松多了。"

博士论文也是复制粘贴的

之后，若山先生还召开了记者会，我也继续进行了采访。关于酷似图像，他说："这是一张让人愈发不明白 STAP 细胞是什么的照片。我不知道那是什么。"他透露了在共同作者以外的CDB多名干部的支持下决定呼吁撤回论文的经过。畸胎瘤实验是证明STAP细胞万能性的第一阶段实验，是"论文中非常重要的成果"，正因为有了它，才进一步进行了用于证明更高万能性的嵌合体小鼠的实验。他在做这样解释的同时再次呼吁："我想知道真相。即使是痛苦的决定，也应该暂时撤回论文，用真正正确的数据重新撰写出精彩的论文，然后重新投稿，才是上策。"

他说小保方等共同作者分别给出了回音。小保方在回复中，虽然没有提及撤回论文的呼吁，但表示"很抱歉"，在对"添了麻烦"道歉的同时，也表达了对若山教授认真研究应对举措的感谢。

另一方面，同样是在3月11日，在东京的文部科学省，理化学研究所自对论文的质疑浮出水面之后首次直接向记者说明了事情的经过。宣传室室长加贺屋悟致歉说："引起社会的骚动，真的很抱歉。""论文发表后，受到如此多的指责，深感问题的严重。从可信度、研究伦理的观点出发，我们已将撤回论文纳入考虑范畴，正在研究讨论。"据悉，由外部专家组成的调查委员会将于3月14日召开记者会，对调查进展情况予以说明。就被动的应对，加贺屋室长承认："即使被认为当初轻视了问题的严重性，也确实无法否认。"

此外，日本生命科学领域规模最大的学会日本分子生物学会，以理事长大隅典子的名义发表了关于STAP细胞问题的第二次声明。声明称，"这远远超出了单纯失误的可能性，引起了很多科学家的怀疑"，表达出了一种强烈的危机感，并要求理研采取适当的措施，如公开两篇STAP细胞论文的原始数据并撤回论文等，对导致公正性受到质疑的原因进行详细验证。

关于小保方的博士论文，又发现了新的惊人疑点。占全文五分之一篇幅的、长度约20页的第一章，几乎照抄了美国国立卫生研究院（NIH）网站上"干细胞入门书"栏目里的文章内容。没有标明引用或参考，熟悉科研不端的爱知淑德大学山崎茂明教授（研究方向为科学交流）在接受大阪记者根本毅的采访时表示："这是所谓的'复制粘贴'，不是失误，而是研究伦理上绝不允许的事情。"

《每日新闻》在3月12日的晨报头版和第三版对此做了报道。第三版以《STAP论文理研应对被动，在"修正"前提下行动》为标题，回顾了论文发表的经过，报道了当初因乐观看待事态而陷入被动的理研的应对情况。

难以捉摸的笹井

对于若山先生撤回论文的呼吁，理研的作者们又是如何看待的呢？我特别在意笹井是如何"劝说"若山的。3月11日晚，在从甲府返回东京的特快列车上，我再次向笹井发邮件致询。

近日事态发展迅疾。

兹有关若山先生撤回论文之提议，笹井先生高见如何，一报为盼。

今闻若山先生之说明，顿觉其论文撤回之提案并非突兀之举，笹井先生尚有歧见否？（中略）

您身为科学家，本人由衷信任，然今日围绕STAP细胞论文所生之状况，诚令人倍感困惑。

大约一小时后，我收到了笹井先生的回复。

> 在理研公布之前本人尚不能吐露细节，此诚憾事，但请允许我说上一句，此次事件并非如大家所想象的那样"水很深"。
>
> 我想若山所言是基于被歪曲的传言所引起的误解而发，此点会被证实，他也会收到纠正此种误解的信息吧。
>
> 由于过度解读理研发布的信息，且因其发布拖沓迟缓，致使不必要的猜测满天飞。
>
> 为何出现如此负面的连锁反应，我深感悲哀。今天举行了上原奖的盛大颁奖仪式，各路媒体蜂拥而至，气氛有些不寻常。

笹井凭借着与STAP细胞研究无关的自身的研究成果，获得了"上原奖"，该奖项旨在褒奖在生命科学等领域的杰出贡献者。他出席了11日在东京都内举行的颁奖仪式。据现场采访的记者下桐实雅子讲，当时笹井的眼神空洞，脸上没有一丝笑容。

即便如此，笹井为何称事件"并非……'水很深'"？只要看了笹井的邮件，我就没法认为他对论文处境有一个正确的认识。这发生在采访了做出痛苦决断的若山的记者招待会之后，笹井与若山二者之间的态度落差更让人感到不可思议。

我同样也询问了丹羽先生，第二天晚上收到了回复。在回信中，他谈到了回信延宕的原因以及"非正式的、不得发表的感想"。

> 事情到了这个地步，我觉得对那篇论文已经无能为力了。

我似乎只能自己单枪匹马地去确认闯入自己视野的现象。

　　既然其本人说过不得发表，也就不能报道出去，不过，丹羽先生好像也认为撤回论文已是不可避免的了。另一个事实是，关于论文疑点，同在CDB的丹羽应该能接触到与笹井几乎相同的信息，现在连他也认识到了事态的严重性。笹井态度之谜越来越深不可测。虽然我并不想去猜疑什么，但重新阅读笹井的邮件后发现，做这样的理解也是可以的：这封邮件的意图在于削弱记者对问题的认识。

　　也就在11日这一天，一位研究人员在发来的邮件中写道："我和神户理研的那些人是很亲密的朋友，所以我很信赖他们，但事实是不能无视的。"

　　诚如此言。我们必须正视事实，抛开所有的深信不疑。我把这句话铭记在心。

　　我通过邮件多次向笹井提出质疑。当被问及对在若山研究室内部的成果发表会议上，小保方也曾使用过与博士论文图像极为相似的图像，对此有何见解时，我得到了以下回答。

　　——小保方由于"数据管理上的某种失误"，将其读博时制作的畸胎瘤图像和来到若山研究室后制作的畸胎瘤图像相混淆了，她用混淆了的图像制作了发表资料，并以此为基础制作了论文的图像，大体如是吧。实际上，"细胞来源正确"的畸胎瘤已经培养出来了，其图像也是存在的，故意混淆无半点好处。

　　在邮件的后半部分，笹井还说了些袒护小保方的话。

　　我认为小保方身上确实混合了她在实验方面的天才秉性和与之不相称的非实验方面的不成熟和粗心大意，特别是在来CDB之前，她错过了接受培训以弥补这一差距的机会，这是一件令人遗憾的事情。但我认为，她的研究是以良心为基础进行的，否认这一点是不公平的。另一方面，恢复其受损的credibility［信誉］，从长远来看，在对这一发现的真正价值和对其本人的评价方面是极其重要的。我将考虑所有的选项来verify［证实］这一发现。

丹羽的回复

当我向丹羽先生询问时至今日仍然相信STAP细胞存在的根据时，他很郑重地给了我回复。

· 小保方将被施加了弱酸刺激的细胞置于显微镜下，之后由小保方以外的研究人员进行观察，在这种情况下，万能性基因（Oct4）在大比例的细胞中发挥了作用，"以前所未有的运动"形成了块状物。此点已被确认。

· 若山似乎已经不那么确定小保方交给他的是不是STAP细胞，但他亲手切下细胞块并将其注入受精卵中，这一切对嵌合体小鼠的胎儿和胎盘有着很高的贡献度，这一事实至今仍有确凿的证据。

· 若山制作的嵌合体小鼠胎盘组织切片，经丹羽本人在显微镜下观察确认，发现了一种被称为"TS细胞"的细胞，具有与分化为胎盘的现有细胞"完全不同的模式"，而且"很好"地来源于STAP细胞。

——能够解释这些事实的最为妥当的"科学假说"是，

STAP 细胞是从已分化的细胞中产生的。丹羽进一步说道：

> 我对小保方的数据管理能力已经开始持怀疑态度，但她的研究能力之强是我亲眼证实的。我不认为这样的小保方会在即使弄错了数据的情况下，也要在每次的独立实验中交给若山一个再现性很好的"可疑"细胞。
>
> 作为一名科学家，我深感此事责任重大，但另一方面，正是基于这样一种科学家的信念，我认为将验证工作继续下去也是我们的责任和义务。

但是，丹羽的这封回复邮件的最后却这样写道："此函仅为须田女士提供预备知识之用，请保证不要公开。我会在适当的时机据此发言。"

"适当的时机"，究竟在何时？既然论文的可信度从根本上发生了动摇，人们越来越怀疑 STAP 细胞是否存在，那么作为作者之一，是否应该立即向社会和科学界传达自己对此的信心，进行公开的讨论呢？理研为什么不让这样做呢？

我感到一阵郁闷，但如果现在正处于对学术造假进行调查之时，那么无论我如何劝说，丹羽先生的意向也是不会改变的吧。总之，除了追究科学上的疑问，别无他法。因此，就若山先生所说的"对胎盘也有贡献的高质量 ES 细胞"存在的可能性，我也向丹羽先生做了咨询。

我再次收到了他的郑重回复。回函称，在将普通的 ES 细胞注入受精卵的实验中，从未确认到有分化为胎盘的情况发生，而且即使将 ES 细胞和 TS 细胞相混合，也不会形成紧密的细胞块。当我问及丹羽所说"深感此事责任重大"的具体含义时，他回答说:"作为共同作者,在论文发表前没有发现失误,在论文发表后的问题应对上,虽倾力协助但却没能阻止今天这样的事态发生。"当被问及自己在论文写作上的具体分工时,他解释道,虽然看了"论文的中间稿"和审查评论,但不记得是什么时候看到终稿的,"当时就觉得已经完成了"。

不可再现的实验

对于STAP论文引发的异常事态,个别研究人员是怎样看待的呢?在调查委员会宣布之前,我有机会听到了几个人的意见。

一位致力于STAP细胞再现实验的再生医疗研究人员透露,"没有得到正面的数据"。该研究人员使用的方法与论文所示不完全一样,而是通过改变原来的体细胞种类等方法进行了多个实验,但最后均以失败而告终。"也有细胞发光的时候,那个时候研究室轰动了一下,但结果那只是快要死的细胞发出了自体荧光。当初还想研究一下,如果真的能制造出多能干细胞的话,是否应该从iPS细胞转换过来,但根本不是那回事。"所谓自体荧光,是指细胞死亡后自然释放出的从红色到绿色波长的光(颜色)。他说,面对不断浮出水面的对论文的质疑,研究室成员越来越失去了对再现实验的热情。

关于STAP细胞论文,他说:"问题不止于对图像的偷梁换柱。分歧点太多,论文应该撤回。"对于小保方根本没有站出来做解释一事,他也提出了忠告:"小保方虽说年轻,但还是研究室的负责人。理研太袒护她了。还是召开记者会比较好。"

在一次再生医疗相关领域研究人员聚集参加的联欢会上,

由于没有其他媒体在场，我不时窥见研究人员内心的真实想法。

理研的一位研究人员在谈到笹井时说："他似乎对iPS细胞有着相当强的竞争心理。"他皱着眉头说："我最担心的是理研的信用会受到伤害。此事的影响真是太大了。"东京都内的一位研究者也愤愤不平地说："国外搞研究的日本人对我说，'眼下，日本人写的论文都被别人戴着有色眼镜来看'。实际上，咱们现在是很难往《自然》系列期刊发论文了。这对咱们来说简直就是飞来的麻烦。"

关西的一位研究人员抱怨说："论文刚发表时，媒体炒作得有些过火。我说不调查就没有发言权，但是没人听啊。"他还质疑道："像笹井先生这样的人，为什么事前没有注意到问题呢？不可思议啊。"

调查委员会的中期报告

3月13日早上，大阪的斋藤广子记者单独采访了CDB中心主任竹市雅俊，当天的晚报报道了此次采访的内容。这是竹市先生在一连串的问题被发现后，首次提及论文如何处理的问题，他沉痛地说："论文发表前我是看过数据的，我个人是相信STAP细胞的存在的。但是，科学当有科学的规则做法。如果论文达不到标准要求，那将不得不予以撤回，虽然这是（自己和作者们）不愿意看到的。"

理研调查委员会的记者招待会于14日下午在东京都内举行，大约200名记者蜂拥而至。野依良治理事长出现在了讲台上，但不见小保方等论文主要作者们的身影。

野依理事长首先发言，"对发表在《自然》杂志上的论文引起了可能动摇科学界诚信度的事态深表歉意"，"科学家必须对实验结果和由此得出的结论承担全部责任，特别是对于作为依据的自己的实验结果，必须客观且十分慎重地处理"，对于STAP细胞论文，他表示"在撰写过程中，出现了重大的错误，是极为遗憾之事。正在研究考虑包括建议撤回论文在内的各种选项"。

接着，调查委员长、理研高级研究员石井俊辅就有科研不端嫌疑的6处问题进行的调查做了中期报告。据悉，调查委员会在经过2月13日至17日的预备调查后，于18日正式成立。

6处问题中有2处被判定为无科研不端行为，4处被判定为有构成科研不端行为的嫌疑，将继续进行调查。现介绍一下报告概要。

① 关于STAP细胞的彩色图像存在失真不自然现象：《自然》杂志方面在编辑过程中，可能出现了被称为"块噪声"的图像失真，**并无不端**。

② 关于以STAP细胞为基础制作的嵌合体小鼠胎盘图像与其他实验图像极为相似的问题：若山将从另一个角度拍摄的同一胎盘的照片交给了小保方，小保方和笹井制作了论文用的图像。报告的解释是，小保方和笹井"在执笔过程中构思发生了变化，其中一张图变得不需要了，但忘了删除就投稿了"，笹井更是"疏于校对"。这虽在理研规程的"篡改"范围内，但不认为其具有恶意，**也不构成科研不端行为**。

③ 关于显示STAP细胞是淋巴细胞变化产生的"电泳"实验结果中部分图像有剪贴痕迹的问题：对小保方和笹井联名提交的原始图像和实验笔记进行分析和询问的结果是，另一张图

像的一部分被纵向放大，插入到原始图像中，并调整了对比度，使其看不出剪贴的痕迹。（**对此继续进行调查**）

④ 关于在实验方法的记述中约200个词与2000年德国研究小组的论文中的记述相同的问题：对此小保方解释说，论文写作时"忘了标注引用（原记载）"，但对原文献"不记得了"。（**对此继续进行调查**）

⑤ 关于在与④相同的记述的一部分中出现了和实际的实验顺序不同的部分的问题：笹井、若山两人提出过申报，指出有地方需要修改。收到的若山的解释是，该项实验是由小保方和若山研究室人员共同进行的，由小保方撰写出程序顺序，但若山研究室人员进行的实验部分与实际不符，问题的原因可能是小保方不了解这部分实验的详细情况。（**对此继续进行调查**）

⑥ 关于证明STAP细胞万能性的成熟畸胎瘤实验等的4张图像与小保方的博士论文（2011年）中的图像酷似的问题：通过对两组图像数据的比较，判断为拍摄了相同的实验材料。博士论文的图像是以小鼠骨髓细胞通过细玻璃管得到的细胞为基础制作的畸胎瘤图像，与STAP细胞论文的实验内容和时间不同。2月20日，笹井和小保方曾申报过图像弄错了，想用正确的图像替换。但并没有申报该图像与博士论文的图像相同这一点。对此小保方的解释是，在各个实验过程中，由于对实验材料使用了同名的标签，故而"产生了混乱，搞错了图像"。（**对此继续进行调查**）

"不成熟"的小保方

石井委员长在报告结束后给出了当事人不在会场的理由：

"这毕竟只是个中期报告，考虑到今后的调查，在这一阶段给作者申辩的机会是不合适的。我热切希望调查结束后给作者们机会辩白。"

CDB中心主任竹市表情严肃地说："发现了严重损害论文可信度的错误，现在最重要的是迅速撤回论文并重新进行研究。"特别是就⑥所示的与博士论文图像酷似的问题，他断定"那是完全不恰当的图像。完全达不到构成论文的要求"，在网络上有人提出这一疑义的第二天，即3月10日，他曾劝说小保方、笹井、丹羽三人撤回论文，三人均表示同意。这一天（14日）的部分晨报也报道了"小保方等人同意撤回论文"的消息。

另外，三人发表的回应也仅停留在"关于撤回的可能性，现正联系（理化研究）所外的共同作者进行商讨"这样的表述上。围绕"同意撤回"一事，日后将乱象横生。

小保方在面对调查时说："我没有认识到（剪贴材料）是不可以的，非常抱歉。"在记者会上，川合真纪理事说"（小保方本人）正在反省自己不成熟"，中心主任竹市称小保方"作为科学家是不成熟的"，野依理事长表示"一个不成熟的研究者汇总了庞大的数据。处理不到位，缺乏责任感"，他们都强调了小保方的"不成熟"。回顾论文发表之初相关人士的竭力赞赏，现在的这些评价让人感觉有些怪异。

这位"不成熟"的年轻研究人员，为什么会被录用为主持一个研究室的研究团队负责人？这个研究室规模虽小，到底也是一个研究室。中心主任竹市的回答是："因为STAP细胞所带来的具有冲击性的印象而录用了她，对其过去的调查进行得不充分，我们对此深深反省。"

但也有多个疑义，虽然在网络上已经被指出，却没有成为此次调查的对象，石井委员长以"这与今后的调查有关"为由，对理研所掌握的疑义的详细情况秘而不宣。

有人指出"STAP细胞实际上可能是ES细胞"，中心主任竹市对此表示："我们了解到有人指出了这样的问题。这是外行所无法判断的。我认为可将其列为调查对象，所以向理研总部提供了材料，但调查与否要由调查委员会来判断。"川合理事也表示："已经委托有关专家进行解析，调查委员会正在判断是否应该进行调查。"问题集中到了STAP细胞的再现性和是否真实存在。

理研在开始调查的2月中旬曾经做出过解释，说"研究成果是站得住脚的"，但川合理事现在却说："虽然（目前）还没有看到完全造假的证据，但当初似乎有些乐观。研究人员圈内就真伪的问题提出了疑问，而且这种疑问变得越来越强烈，这是事实。"显示出他的观点发生了松动。据川合理事等人称，理研内的多名研究人员确认，被浸泡在弱酸性溶液中接受刺激的细胞发生了变化，显示出万能性的基因之一（Oct4）在起作用。但目前为止还无法确认该细胞是否具有分化成各种细胞的能力。另外，理研以"是否存在科研不端行为是调查委员会调查的目的之所在"为由，明确了STAP细胞的真伪问题不在调查之列。中心主任竹市也表示："只有等待第三方的验证，才能得出科学的见解。"

关于这个问题，丹羽先生也终于接受了以报道为前提的电话采访。由于我正在发布会现场采访，记者下桐替我把电话打了过去。丹羽先生表明了今后自己要担起担子致力于验证实验的意向，他说："我们会考虑出严密的验证方法来推进验证实验。"此外，关于混入ES细胞的说法，他强调："混入ES细胞是无法形成胎盘的，这表明有新的细胞存在。对于论文的不完善，我深感作为科学家负有责任，但希望对科学现象另当别论。"

另外，主论文的责任作者、美国哈佛大学教授查尔斯·瓦坎蒂当天表示："既然没有证据证明数据是错误的，我不认为应该撤回。这是一个重要的决定，因此我将与所有共同作者进行协商。"理研是没有撤回论文的权限的，论文的处理当由共同作者与《自然》杂志社协商决定。论文的作者们横跨美日两国，如果责任作者瓦坎蒂教授反对撤回论文，预计协商将难以达成一致。

笹井也表示："撤回论文是不得已而为之。"

《每日新闻》3月15日的晨报头版头条报道了中期报告的发表。此外，在15日至17日的晨报上，以《剧烈地震 STAP细胞》为总标题进行了连续三天的连载。

连载的上篇深挖了这篇漏洞百出的论文出笼的内幕，指出了作者之间在合作上的不足。中篇以《勇往直前只为争取预算》为标题，回顾了理研当初开新闻发布会时的情形，那场发布会被认为是"演出作秀"，同时还介绍了文部科学省在新闻发布会前就掌握了STAP细胞论文的信息，并在文部科学大臣下村博文的指示下开始讨论对STAP细胞研究进行财政支援等情况。下篇《网络验证不可小觑》，回顾总结了论文发表一周后海外的论文验证网站"PubPeer"上就出现了揭发的帖子，并一下子引爆了国内网络对科研不端的怀疑，报纸等大众媒体也紧随其后连篇质疑等事件的始末。

在这段时间里，我与笹井保持着频繁的邮件往来，就多篇关于作者们撤回论文意向的报道进行确认，并就报纸连载报道的相关内容提问。有报道称，小保方研究室的浅色墙壁和烹饪服是笹井和小保方专为记者会"作秀"用的，研究室的墙壁是一个月前准备好的，穿烹饪服也是出于"突发奇想"。此外，也有报道称，大约一年前就有广告代理商来联系，给出宣传战略的建议，但笹井对这些均予以否认。

笹井说，烹饪服是小保方平时在做实验时穿的，记者会当天她穿没穿已经记不得了。他还说，墙壁的颜色是由研究室负责人来决定的，像小保方研究室那样的用颜色来区分房间功能的实验室，在欧洲也时有所见。不过，对于在与iPS细胞做比较的方法上存在问题这一指责，笹井也承认"有很多值得反省的地方"。

从八田记者和大阪的根本记者的采访也能看出"作秀"的传闻是否属实。我们一边留意笹井先生的回答，一边根据采访各方面获得的内容，慎重斟酌连载的内容和语言表达，整理出了初稿。

另一方面，笹井对撤回论文的观点和解释，在一周的时间内也发生了微妙的变化。在理研开记者会的3月14日清晨，他发来邮件表示："事情发展到如今的地步，达成最终协议要花上一段时间。说实话，事态的发展眼花缭乱难以跟上，让我有些不知所措。"对于别的报纸在当天晨报中报道了笹井和小保方同意撤回论文一事，他表示"那不正确"，并做了如下的解释。

——的确，包括哈佛大学在内，就该不该撤回论文的问题正在进行讨论，但"一切都还是相对的"。对于什么情况下应该撤回论文，各自立场的不同导致观点各异。13日，《自然》方面忠告说："论文撤回将使今后的举证变得几乎不可能，因此望慎重行事。"笹井是以增援的立场参加STAP细胞论文的撰写的，所以如果多位共同作者主张撤回论文，他是不会反对的，但可以理解的是，像瓦坎蒂这样的主要作者会想得更多。小保方处于在两者间"左右为难"的境地，但目前还不清楚她是否做出了决断。

对于欧美的研究者来说，或是已经发现了论文的主干部分结论有误，或是认为在一段时间之内世界上不可能有人实现再现，两种想法必居其一，除此之外别无他想。

基于上述情况，笹井是这样说的：

> 但是，我自己也有一种类似CDB中心的想法，即在这种情况下，如果今后对小保方和研究室的年轻人的负面影响继续下去使他们难以承受的话，那么出于纯粹的political［政治上］的理由，论文的retraction［撤回］也将是不得已而为之的。

作为责任作者，同时也是CDB中心副主任，笹井先生的痛苦之情可见一斑。在他第二天的邮件中，首次表现出了"不得不撤回论文"的心情。

> 这篇论文，特别是论文的正文，在对STAP细胞本质性属性的分析——畸胎瘤实验中，出现了严重的错误，即将图像搞错了。即使是再相似的材料，发生的错误导致了整篇论文可信度credibility的失坠，这是不可否认的。即使论文的中心结论没有发生重大改变，作为被期待具有世界最高正确性水准的理研论文，特别是作为"得出重大结

论的论文"，也不得不说这种错误的发生是不合适的。我想了很多，不过，现在冷静地思考一下的话，像竹市先生劝告的那样快刀斩乱麻地 retraction［撤回］论文，实为恰当的判断。因此，我现在的想法完全就如在昨天的道歉声明中所说的那样。

在当天傍晚，他又发了一封邮件，阐述了同意撤回论文的另一个理由："既然 STAP 的真伪是迄今为止的一个重大命题，我认为有必要做好思想准备，建立一个从一开始就能够提供确凿证据的机制。"这显示出他对论文撤回后实施由第三方在场的再现实验充满了期待。

"小保方只是一名稍微有点爱打扮的普通女性"

在邮件的最后，出现了吐露心情的话语。他提到，一种"在调查委员会解散前难以发声的郁闷"在这一个月里一直堆积在心，他又谈到现在把笹井当作"幕后黑手"的报道越来越多，网络上甚至还出现了要对笹井研究室的论文"吹毛求疵找破绽的扬言"，他接着写道："我觉得实验室成员们也很困惑，难道有很多人想要断送我这个不招人喜欢的研究者的学术生命吗？"

在这一连串的邮件中，除了担心研究室成员及其家人、CDB 年轻的研究团队负责人的精神负担外，还再次出现了祖护、关心小保方的话语。据 CDB 的国际宣传室称，小保方正在休养中；在理研的记者会上，石井调查委员长也表示"听说她的精神状态不太好"。当我问及小保方的近况时，笹井在回信中这样写道：

小保方只是一名稍微有点爱打扮的普通女性。她原本就不是特别想出风头的人，就像大家说的那样，她是一个喜欢做实验的勤奋的人。她一直在与巨大的压力和狗仔队作斗争，包括前两周的那段赞扬期在内，现在已经过去一个半月了。现在她毕竟已经坚持到了极限，这不难理解，她是个普通人。

即便如此，我与笹井先生进行了如此内容的交流，这在STAP细胞论文刚发表时是难以想象的。

对我来说，笹井先生是一位取得了卓越研究成果的顶级科学家，同时也是一位每次见面都会用关西腔生动地讲述基础科学魅力的研究者，是他让我感受到了在科学界采访的妙趣。另一方面，他对3月10日小保方的与博士论文图像酷似问题的轻视、对若山的"劝说"，以及对小保方的过分庇护的态度，又让我不能不感到某种困惑和疑问。我在对笹井先生的信赖不断动摇的情况下，多次通过邮件对他进行了采访，这让我的内心感到了一种酸楚。

但是现在，笹井所说的那种"负面的连锁反应"是无法阻断的，既然身为一名记者，那么即使面对于笹井不利的内容，我也不能选择停止采访和报道。

我在给笹井先生的邮件中，对他在百忙之中的回信表示了感谢，并写下了下面这段话。

　　现在各种各样的想法漩涡骤起、暗流涌动，正是在这样的时候，我想要比平时更冷静地积累起客观的事实来进行报道。（中略）所以，我想今后还会向先生做这样的请

教。虽深感冒昧，但于今日之状况，倘能得到先生鼎力协助，本人将感激不尽。（中略）

　　事到如今，想必笹井先生当会黯然神伤。

　　而目下各种猜想性报道频现，更会让您心力交瘁吧。

　　万望自爱珍重。

　　即使是用这平淡无奇的语言，我也想至少表达一下个人的担忧之情。

　　然而，造假嫌疑却在持续扩大。一周后有消息传来，在山梨大学若山研究室进行的STAP干细胞初步分析中，出现了"极不自然的结果"。这是后来从根本上动摇STAP细胞存在的分析结果的先兆。

第四章　STAP细胞研究的原点

　　哈佛大学的瓦坎蒂认为，和植物的愈伤组织细胞一样，动物也可以从体细胞开始初始化（使细胞恢复到未分化状态），于是他反复进行了将肉切碎放置等稀奇古怪的实验。STAP细胞的原点在于他2001年发表的一篇论文。

原点是瓦坎蒂2001年发表的一篇论文

以"颠覆细胞生物学常识的新的万能细胞"之名震惊世界的STAP细胞是如何诞生的，有关它的论文又是如何在一流科学杂志《自然》上发表的呢？在此，我想把时钟的指针回拨，随着小保方晴子女士的脚步，介绍一下该项研究的经过始末。

2006年8月，当京都大学教授山中伸弥发布了仅在小鼠皮肤细胞中植入4种基因便制备出iPS细胞的消息时，美国哈佛大学教授查尔斯·瓦坎蒂的研究室就已经开始与制备STAP细胞相关的研究了。

瓦坎蒂是该大学附属医院布列根和妇女医院的麻醉科主任。从1980年代后期开始，他在作为麻醉师工作的同时，开始了组织工程学的研究。组织工程学是将细胞、细胞生长的立足点、促进生长的蛋白质这三者组合起来，尝试组织再生的学问。瓦坎蒂成功地将软骨培养成了自己想要的形状。1995年英国BBC

电视台在节目中介绍了在背上长出人耳形状软骨的人称"瓦坎蒂鼠"的小鼠，瓦坎蒂一夜走红、名扬全球。

STAP细胞研究的源头可以追溯到瓦坎蒂和弟弟马丁·瓦坎蒂医生等人于2001年发表的一篇论文。

该论文的中心内容是："在氧气和营养供应中断数日，或在85℃的高温下煮沸，或在零下86℃的温度下冷冻，在这些严酷条件下也能存活的极小细胞以休眠的状态存在于哺乳类动物身体的几乎所有组织中，它们有分化成采集到的原始组织细胞的能力。"瓦坎蒂等人将这种细胞命名为"spore-like cells（孢子样细胞）"（STAP细胞论文发表后不久，瓦坎蒂在接受美国加州大学戴维斯分校副教授保罗·诺夫勒采访时表示，他相信孢子样细胞和STAP细胞"是同一种东西"）。

这篇共6页的论文，除了受到严厉批评外，几乎没有人关注。某学者评论其为"非常马虎，不值得一读"。2013年发表的一篇评论论文也指出"该论文没有记载分离细胞的方法以及细胞表面的标记（用于检测细胞的记号）"。

东京大学表观基因组疾病研究中心的白髭克彦教授指出："该论文只是贴上了组织和细胞的照片，没有任何数值和统计数据可以判断其内容是否真实。细胞的照片也不能保证看到的就是细胞。这与其说是论文，不如说是幻想。"例如，在该论文中，显示采集到孢子样细胞的原始组织的5张图像明显是插画。他说，如果是普通论文的话，使用的应是实际采集的脏器的照片。此外，网络上还有人指出，那5张图像是从某民营企业发行的医学资料集光盘中擅自引用的。

但是，瓦坎蒂相信其具有变化为各种细胞的多能性，并将组织工程学作为主攻课题，继续进行"孢子样细胞"的研究。

"他想从超市买来的肉中提取干细胞，他把切碎的肉放进烧瓶里放置2个月坐等干细胞长出来……他做了很多出乎意料的事情。麻醉科的预算很充裕，他好像有可以自由使用的研究经费。"一位熟悉当时的瓦坎蒂的日本学者这样回忆道。

瓦坎蒂等人认为，孢子样细胞直径只有5微米左右，"很小"是重要的关键所在。因此，瓦坎蒂研究室的小岛宏司医生发明了一种将组织碎片穿过内径50微米左右的超细玻璃管，一边粉碎，一边高效分离小细胞的方法。据说小岛先生在2006年注意到，用这个手法从肺细胞采集的小细胞可以形成与既存的万能细胞ES细胞非常相似的球形块状物。

留学哈佛

2008年年初的一天，暂时回国的小岛先生参加了一次在东京四谷的天麸罗店举行的联欢会，在那里他的老相识东京女子医科大学教授大和雅之向他介绍了一名研究生。这位硕士课程二年级的研究生，希望"一定要去参观一下哈佛大学的研究室"。她不是别人，正是小保方。

小保方于2006年从早稻田大学理工学部的应用化学专业毕业后，进入早稻田大学研究生院深造。大学毕业论文的题目是微生物分离培养方法的开发，升学时希望学习再生医学，于是她拜在了东京女子医大冈野光夫教授、大和教授的门下。她虽然隶属于早稻田大学研究生院，但决定在东京女子医大尖端生命医学科学研究所研读硕士课程，在刚刚开业的早稻田大学和东京女子医大的合作研究教育设施研读博士课程。

以在天麸罗店与小岛先生相遇为契机，小保方于2008年夏天凭借早稻田大学的奖学金前往哈佛大学医学部留学。在STAP细胞论文发表时，小岛就哈佛时代的小保方接受了《每日新闻》的采访。

据小岛介绍，在波士顿的生活开始后一个月，有件事情让瓦坎蒂对小保方评价颇高。一次小保方接受指示，对使用骨髓的再生医学方面的最新论文进行总结并在研究室内的会议上发表。她"一周内读了200篇以上"的论文，并做了精彩的演示。

在瓦坎蒂的指示下，小保方开始从事"孢子样细胞"的研究工作。据说，包括双休日在内，小保方几乎所有的时间都是在研究室里度过的，得空时她还会去听再生医学的课程，参加一流研究者的研讨会。

"希望能延长她的留学期限。她正在成长为一名优秀的研究者，我希望能继续与她合作研究。"据论文发表后不久召开记者会的早稻田大学教授常田聪介绍，小保方赴美数月后，瓦坎蒂曾打电话过来试探性地提要求。

原计划半年的留学，被延长到了2009年8月底。这后5个月的费用全部由哈佛大学方面提供，"这也是个破格待遇"（常田语）。小岛称，瓦坎蒂亲自打电话与布列根医院的总务方面交涉，安排好了小保方的工作和签证。工作人员解释说雇用没有博士学位的学生是不可能的，瓦坎蒂只是说了句："我知道，但我需要她。"然后就挂断了电话。"第二天接到一切已安排就绪的回话，我感到非常吃惊。"（小岛语）

"这一系列激动刺激的邂逅，相当于我好几年的人生。"

小保方在给早稻田大学新闻投稿的关于留学生活的体验记中这样写道。当时研究室里包括小保方在内，同龄的女性共有4人，人们模仿美国电影《查理斯天使》的说法，唤她们为"瓦坎蒂天使"。据悉，瓦坎蒂是一位"充满爱与幽默"的人物，他曾送给小保方如下的建言。

"拥有一个人人羡慕、诸事成功的人生吧。你要一切俱足，快乐幸福。"

初遇若山

据论文发表时的记者会介绍，小保方一直在努力做着让老鼠的各种组织碎片从极细的玻璃管中通过来分离小细胞的粉碎实验。有一天，她发现采集到的小细胞在培养过程中会形成块状物。进一步检查发现，万能细胞特有的遗传基因之一Oct4正在活跃地发挥作用。"（当初）是处在非常不稳定的实验系统状态，（Oct4的作用表现）时隐时现，即使对周围的人说了这种情况，一般的反应也是'出错了'。"（小保方语）。

但是，小保方通过反复实验，用畸胎瘤实验等方法确认了该细胞具有分化成身体各种细胞的能力，她把这些整理成论文，投稿给美国某著名科学杂志。然而，2010年春天，这篇一度差点被采用的论文却遭到了退稿。

心灰意冷的小保方等人决定用更高级的方法来证明细胞的万能性。这种实验是将该细胞注入到受精卵里，再将其放回到代孕小鼠的子宫中，制备出全身散布着来源于注入细胞的体细胞的"嵌合体小鼠"。

"让世界上最优秀的人来做实验，如果还不成功的话那就放弃吧。"

同年7月，小保方与小岛、大和及常田一起前往神户市的理化学研究所发育与再生科学综合研究中心（CDB），拜访小岛和大和的熟人、当时的研究小组组长若山照彦。若山先生因制备出世界上第一只克隆小鼠而闻名，在小鼠实验方面拥有世界顶级水平的技术。

若山研究室原本就以"不惧怕失败，挑战人所不能为"为策略。即使是被哈佛大学研究人员拒绝了的实验，也不能成为若山拒绝的理由。"有意思，让我们试试看吧。"

与初次见面的小保方女士商谈实验事宜，若山觉得小保方"虽身为博士课程三年级学生，但知识丰富，学业优异"。

次月，小保方开始了与若山的合作研究。在东京女子医大大和的研究室里，小保方将骨髓等体细胞通过玻璃管来采集小细胞，然后乘新干线将其送到神户市的若山研究室，若山就用这些细胞进行实验。实验虽反复进行，但嵌合体小鼠终不可得，实验被迫临时中断。

由动物的体细胞实现初始化

另一方面，彼时围绕着小细胞的出处，发生了很大的想法转变。瓦坎蒂等人一开始认为，孢子样细胞是体内原本就存在的细胞。

但实验给人的感受却大相径庭。

"有趣的是，如果进行（穿过玻璃管的）操作的话，那个细胞就会出来，但是如果不进行那样的操作的话，就看不到细胞出来。因为操作越多，细胞就越多，所以我认为那个细胞不是分离出来的，而是（新）产生的。"（论文发表时小保方语）。

而且，在脑、皮肤、肌肉、软骨、骨髓等小鼠的所有体细胞上进行试验，都采集到了类似的细胞。

据八田记者在疑义曝光前的采访显示，从小保方留学时代开始就一直查看其实验数据的东京女子医大的大和也注意到了细胞摄取频率的高低。

据大和介绍，2010年12月在美国佛罗里达州召开的学会上，瓦坎蒂、小保方、大和等相关人士曾汇聚一堂。

"小细胞不是组织里有的，而是新产生的吧？"大和询问旁边的瓦坎蒂，瓦坎蒂回答说，"我也是这么想的"，"肯定是这样的"。

小岛说，瓦坎蒂在那次会议上，向预计第二年春天获得博士学位的小保方试探着问道，要不要来哈佛大学做博士研究员（博士后）。

"在学会会场，瓦坎蒂教授问小保方（作为博士后）想要多少工资。她开玩笑地说'每月2万美元吧'，这让大家大吃一惊。但教授却一脸严肃地断言道：'晴子值那么多，我敢保证，7年内她一定能当上哈佛大学的教授。'"

嵌合体小鼠的"成功"

不过，要实施嵌合体小鼠实验，最方便的地方是CDB的若山研究室。获得了博士学位的小保方于2011年4月入籍哈佛大学博士后，以若山研究室客座研究员的身份正式开始了共同研究，为了工作，她时常往返于波士顿和神户之间。小岛说，出国差旅费和在神户逗留时的酒店费等费用都是由哈佛大学的布列根医院支出的。

小保方确信穿过玻璃管这种"刺激"会产生新的细胞，于是她摸索起对细胞施予刺激的方法，发现用弱酸性溶液浸泡这种更简便的方法，制作效率最高。他们使用经转基因操作过的老鼠，这种转基因操作能使万能细胞特有的遗传基因之一Oct4在细胞内活动时发出绿色的荧光。此外，来到若山研究室之后使用的并非成年老鼠的细胞，而是改用出生一周的幼鼠的细胞。

若山先生也在嵌合体小鼠的制作方法上反复试验。

同年11月，若山先生决定尝试与以往不同的制作方法。通常，制作嵌合体小鼠的实验是用细针将拆散的细胞一个一个地放入受精卵中。但是，拆散的过程对细胞来说负担很大。于是，他决定用切割器将细胞块分成四等分，将约20个细胞大小的小细胞块直接放入受精卵中。细胞的负担变小了，但刺穿受精卵的针会变粗，因此，如果做得不好，受精卵就会破裂。若山熟悉在显微镜下处理受精卵的工作，拥有高超的技术，所以这是只有若山才会采用的方法。

将含有注入细胞的受精卵移植到代孕小鼠的子宫中约20天后，若山用剖腹产方式打开了代孕小鼠的子宫，他看到的是多个全身发出绿色荧光的胎儿。绿色荧光显示出注入细胞的来源。这就是后来被命名为STAP细胞的细胞的万能性得以证明的那一瞬间。论文发表之初，对这一时刻就是如此解释的。

"不可能发生的事情发生了。"若山这么想着，他一边对一旁高兴得热泪盈眶的小保方说"恭喜"，一边苦苦回想着20天前的每一项工作。是不是弄错了鼠标笼？是不是误注入了其他细胞？

"我觉得若是一场空欢喜那实在是对不住人的事。而且如果不能完成第二次以后的实验就不能写成论文，所以我总是不会因为一次性的成功而欣喜。"

但是，没有想到第二次实验也取得了成功。而且嵌合体小鼠的子代经自然交配又诞生了下一代，它们与上一代一样，没有发现异常。回顾以往，若山感慨道："或许我是最感到吃惊的那个人。"

轻易得到的干细胞

完成制作嵌合体小鼠后，若山又开始向STAP细胞的"干细胞化"发力。STAP细胞虽然具有万能性，但不具备像ES细胞和iPS细胞那样几乎无限的自我增殖能力。据若山讲，兼具万能性和增殖能力的干细胞，是小保方刚来若山研究室时就说要制备的。

若山说："当时小保方正在做这件事，因为一直都做不出来而显得很痛苦，用我做嵌合体实验时残留的细胞一做，很容易就做出来了。是用第一次嵌合体出生时的细胞做出来的。"当时使用的是适合ES细胞的培养基，把STAP细胞转移到这种培养基上进行培养，它就会变成与ES细胞非常相似的万能细胞（STAP干细胞）。使用该细胞制备的嵌合体小鼠也随后诞生了，并被证实具有与ES细胞同等的万能性。

虽然时间不明，但也取得了STAP细胞不仅能分化为胎儿，还能分化为胎盘这一"发现"。一位知情人士记得当时的情景是这样的。

"小保方拿着实验材料走了进来，大家一看胎盘确实在发光，都惊讶得叫了起来。不过，也有可能是胎儿的血液流入导致了发光，所以有几个人指出，应该认真做好胎盘切片进行分析。后来她报告说'GFP呈阳性'。"

根据小保方的报告，胎盘的组织中也存在来自STAP细胞的细胞，发出绿色荧光。若山为了比较，还制作了用ES细胞制成的嵌合体小鼠胎盘，交给了小保方。但他还没有拿到该切片的分析结果报告就转到山梨大学去了。

2012年3月，因要进行研究咨询，若山和小保方一起拜访了当时的CDB中心副主任西川伸一，西川建议调查一下STAP细胞中是否存在一种淋巴细胞（T细胞）所特有的基因痕迹（TCR基因重排），以表明STAP细胞肯定是由淋巴细胞来源的。西川在论文发表后的采访中，谈到当时第一次见到的小保方时说："她最初给人的印象是一个'普通的孩子'，但她的工作很独特，年纪轻轻就选择去若山君的研究室工作，这一点让人感到很有活力。"

同年5月左右，若山还成功地建立了与STAP干细胞不同种类的干细胞。那就是保留了分化为胎儿和胎盘的能力，同时具有自我增殖能力的"FI干细胞"。若山说，建立这种干细胞的契机是，在研究室内与小保方等人的讨论中出现了一种意见，认为"如果能制造出分化为胎盘的干细胞，那研究价值不就更高了吗"。

无人看到的实验

就这样，STAP细胞研究的主要数据几乎都是在若山研究室时期获取的。但据若山研究室的相关人士透露，在此期间，包括若山在内的研究室成员谁都没有见过小保方制作STAP细胞的情形。为了确认产生的细胞的万能性，小保方还在若山研究室进行过这样一项实验：将产生的细胞移植到小鼠皮下，制造出一种名为畸胎瘤的畸形瘤，这种畸形瘤内充斥着各种组织的细胞。但也没有人看到实验的情形。同在一个研究室为什么这样？若山说这其中有两个原因。

原因之一是，若山研究室的主要实验是使用一种叫作显微操纵器的特殊的装置在显微镜下处理受精卵等。在主实验室里，该装置人手一台，若山也有自己的座位，他一边从研究室成员那里听取口头原始数据的报告一边进行实验。而不使用显微操纵器的小保方则在另外的放置细胞培养装置等的实验空间里制作STAP细胞。为了分析产生的细胞和组织，她经常去若山研究室以外的研究室和放置共享实验装置的房间。

此外，小保方去研究室工作的时间段与其他成员略有不同。据若山研究室相关人士介绍，由于使用显微操纵器工作需要集中精力，包括若山在内的大部分研究室成员都是每天上午9点左右上班，上午做实验，下午做数据汇总、论文撰写等事务性工作。但小保方却不同，她虽然经常做实验直到深夜，但早上的上班时间并不固定，也有中午才来的日子。

在若山研究室，只有小保方一人有着不同的研究课题，实验也多是单独进行，但被称为"进度报告"的研究室内例行会议，她是每次都参加的。该例行会议旨在展示最新实验结果并讨论今后的研究方针。

就像在瓦坎蒂研究室的第一次口头报告中抓住了瓦坎蒂的心一样，在这里，小保方也做了气势凌人的发言。在例行会议第一次口头报告中，她宣示要"制造出替代iPS细胞的细胞"。

当时若山研究室的一名成员说："也许是因为研究课题不同才会有这样的想法，但是数据看起来很丰富，发言的内容也很有说服力，感觉和其他人不一样。"其他成员也说："实验她好像做得很厉害，对自己的实验很有自信，很是堂堂正正。"

但是，她的幻灯片资料的制作方法和别人的有点不一样。几乎没有标明日期，各张图片也大多缺少说明。与后来被认定为存在不端问题的博士论文中的图像极为相似的畸胎瘤图像，也曾在幻灯片资料中出现过，但当时对于实验中使用的细胞的由来和具体的制作方法都没有任何记载。

不过，若山虽然对小保方的幻灯片演示赞不绝口，但并未指出其中的资料不全。"一下子拿出了之前从未见过的数据，而且照片精密，我就想，如果能搞出这么精美的照片，应该是有了毫不含糊的佐证，实验也是一直做到自己确信无误为止的。"

申请美国临时专利

在对研究室内部会议相关人士的多次采访中，小保方出人意料的一面也浮现了出来。

这类会议是非公开的自由讨论，通常也会有人就发表的内容进行提问或指出问题。但据说小保方在讨论中时而会突然发怒。一位相关人士说："现在回想起来，我觉得小保方发怒，很多时候是在有人指出了小保方本应该知道的事情时。"

这位知情人士说，关于STAP干细胞中残留的基因痕迹（TCR基因重排）的对话，给他留下了特别深刻的印象。这个问题点后来也成了若山先生呼吁撤回论文的原因之一。

TCR基因重排是用来证明STAP细胞是由淋巴细胞制成的这一事实的证据，当然也应该在由STAP细胞制成的STAP干细胞中看到。2012年年中，实验室成员对8株STAP干细胞进行了调查，在其中任何一株上均未发现基因痕迹。

"可是，小保方一周后又查了一遍，在几株上隐约看到了痕迹。小保方在进度报告中公布了这一结果。"

若山先生建议道，如果把STAP细胞由团状打成碎片，之后再让其变成STAP干细胞的话，那么或许就能产生出带有明显遗传基因痕迹的STAP干细胞。"这样一来，小保方就生气了，说'怎么可能做那么费劲的事'"。

当我向一位值得信赖的研究人员提起这件事时，得到的回答是："如果这个故事是真的，我不得不对小保方作为研究人员的资质提出疑问。""接受各种意见和批评，提出有说服力的证据和自己的科学解释，这些应该是科研人员的义务。逐一回答是很重要的，不可能生气呀。做不到的就是做不到，要逻辑严谨地说明理由。"

不管怎么说，撰写新论文的各种数据一帆风顺地备齐了。

2012年4月，他们把宣布"通过刺激使体细胞恢复到未分化状态，制造出了新的万能细胞"的最初的那篇论文投给了英国科学杂志《自然》。"新的万能细胞"的名称是"Animal Callus Cells（动物的愈伤组织细胞）"，主要是由小保方执笔，瓦坎蒂负责校对，第一作者是小保方，责任作者是瓦坎蒂。若山和小岛也在共同作者之列。

然而，该论文以未被通过而告终。小保方等人接连在同年6月和7月分别向美国一流科学杂志《细胞》和《科学》投稿了内容几乎相同的论文，但均遭拒稿。

4月24日，他们还以哈佛大学为中心提交了以瓦坎蒂、小保方等人为发明人的美国专利临时申请。

专利被认为是产业化的源头，比如iPS细胞，在研究尚未完成的阶段，一场激烈的专利争夺战就已经悄然展开了，此事至今仍令人记忆犹新。

瓦坎蒂等人实施的美国临时专利申请制度指的是，在技术开发过程中，只要向美国专利局提交每一个已完成部分的文件，提交当天就可以被认为是审查的优先权日。优先权日简单地说是指在提出竞争内容的申请时，审查"哪一个在先"时能成为标准的日期。正式专利申请的内容在其他国家被权利化时，也可以主张最早的临时专利申请日为优先权日。包括明细文件等在内的全套正式专利申请只需在临时专利申请提交后的一年内提交即可，权利期为正式专利申请提交之日起20年。可以说，临时专利申请是一项便于从已完成部分开始就对优先权日予以确保的便利的制度。

"执笔中的笹井在拔高论文"

2012年4月下旬，在理研发育与再生科学综合研究中心，多位高管有机会了解到STAP细胞研究。

若山研究室向学术伦理委员会提交了通过刺激使人的体细胞初始化即制作STAP人细胞的实验计划。小保方出席了此次会议并发表了此前进行的小鼠实验的成果概要。在论文发表后不久，CDB中心主任竹市雅俊接受了记者斋藤广子的采访，他说："我确实认为这是一个非常令人震惊的发现，但有成功制备了嵌合体小鼠这样的确凿证据，那一刻我就相信了。我从来没有怀疑过。"我采访过的西川先生也说："我不曾有过怀疑。数据在说话，一切很明显。"

但出席学术伦理委员会会议的一名外部委员从小保方的表情中感受到了其内心深处的不安。

"和电视上看到的论文发表时穿着烹饪服的印象有很大的不

同，眼前的小保方给人一种内心在激烈挣扎的感觉。无论是哪位科学家，在做出'世纪大发现'之前，都不知道自己在做的事情是不是真的，会很不安的。失败了便跌入谷底，成功了则大喜过望。当时的她，似乎正在谷底挣扎。"

小保方的2012年是论文3次被拒的考验之年，也是她抓住巨大机会成为自立门户的研究员的一年。以在伦理委员会上做演示为契机，她被CDB正式录用为研究室负责人（PI）。

根据CDB的自查调查，CDB于同年10月开始公开募集新的PI。11月，在一次关于公开招聘人事的非正式干部会议上，小保方被提名，西川直接找小保方谈话摸底。

12月21日，由干部们组成的人事委员会对小保方进行了面试，小保方陈述了建立在以往成果基础上的今后的研究计划。嵌合体小鼠的说服力还是巨大的。"所有人都很激动。"当时的一位干部这样回忆道。

人事委员会内定由中心主任竹市向理事长野依良治举荐，拟聘小保方为研究团队负责人。这次公开招聘共有47人报名，包括小保方在内的5人被录用。从《每日新闻》通过信息公开请求获得的小保方的推荐书中，可以看出CDB对这项研究寄予厚望。

"iPS技术由于遗传基因导入带来的基因组改变，无法排除癌变等风险。（中略）因此，当务之急是开发出使用容易获得的人体细胞，既不提供卵子也不改变基因组的新方法。"

此外，以聘用小保方为契机，又一位强有力的帮手加入了STAP细胞研究项目。他就是当时的项目组总监笹井芳树。

笹井在人事委员会的那次会上首次了解到STAP细胞研究的相关情况，受竹市等人的委托，决定对论文的撰写助一臂之力。此外，CDB有一个机制，让两名高级研究人员担任年轻PI的顾问（导师），小保方的顾问由项目负责人丹羽仁史和笹井担任。

笹井立刻与小保方一起着手撰写论文。据说，作为原稿的是一份向《科学》投稿后未被采纳，小保方正在进行修订的草稿。笹井对其幼稚拙劣之处感到惊讶，对相关人员说："我还以为是火星人写的论文呢。"向《自然》二次投稿的主论文（"研究性论文"）的原案在仅一周后的12月28日便已完成。此外，被称为"快报"的第二篇论文的执笔工作也在稳步推进。

一位相关人士指出："执笔中的笹井在拔高论文。"2013年2月1日，笹井在给相关人员的邮件中报告说，小保方将浸泡在弱酸性溶液中接受刺激的淋巴的细胞变化在显微镜下进行了"实时录像"。万能性特有的遗传基因被激活，细胞开始发出绿色的光，不久就形成了块状物，笹井亲眼目睹了视频显示的这一过程，他在给相关人士的邮件中写道："（变化的细胞）以惊人的高频率出现，看了让人激动。"

同年3月，小保方正式到任研究团队负责人。不过，小保方研究室的装修工程一直持续到同年10月底，小保方在此之前一直栖身于笹井研究室，她与笹井通力合作撰写STAP细胞论文。而此时的若山已经转到了山梨大学，成为CDB的兼职团队负责人，该月月底，其在CDB的研究室被关闭，研究据点完全转移到了山梨大学。

论文的完成

这两篇关于STAP细胞的论文是在小保方到任不久的2013

年3月10日投稿于《自然》的。STAP细胞（Stimulus-Triggered Acquisition of Pluripotency，即刺激触发的万能性获得细胞）的名称也是在这个时候首次被使用。

总结STAP细胞的制作方法和基本性质的主论文"研究性论文"的责任作者是小保方和瓦坎蒂，总结分化为胎盘的STAP细胞的特异万能性及用STAP细胞制作的两种干细胞的性质等的第二篇论文"快报"的责任作者是小保方、若山和笹井。瓦坎蒂研究室的小岛和参加初期讨论的东京女子医大的大和是"研究性论文"的共同作者，CDB的丹羽先生则是两篇论文的共同作者。

在临时专利申请提交一年后的2013年4月24日，他们没有向美国专利局提交正式申请，而是提交了国际申请，笹井也被列进了发明人之列。在此之前的3月13日，他第二次提交了美国临时专利申请。

据专利业务法人公司津国的小合宗一专利代理人介绍，提交国际申请时，在发明项目中增加了制备STAP干细胞的方法、STAP细胞分化为胎盘的性质等。此外，给细胞施予刺激的具体内容涉及机械刺激、超声波刺激、化学暴露、缺氧、辐射、极端温度、粉碎、渗透压降低等多个方面。

笹井先生在2014年2月上旬的联合采访和第二天给我的补充邮件中，对STAP细胞论文得以通过的经过作了如下说明。

首先，小保方在CDB与若山正式开始合作研究后，向以下方面发起了挑战。

① 将类似万能细胞的细胞的出现效率提高到可分析的水平。

② 制作出嵌合体小鼠并证明其真正具有万能性。

由于"小保方和若山二人惊人的集中力（和一股冲劲）"，他们在CDB的约一年里基本完成了①和②。以完成的内容为基础，2012年春他们整理出论文并投给了《自然》。不过，以"反应从根本上不可信"为由，论文遭拒。由于嵌合体小鼠的实验非常完美，因此遇到了小保方所说的"不知今后该如何是好"的障碍。

之后，他们接受了西川、笹井和丹羽的建议，开始挑战以下这两个方面。

③ 证明干细胞不是已经存在于体内的干细胞，而是新初始化的干细胞。

④ 排除STAP细胞现象是人为错误（实验错误或误判等其他现象）的可能。

关于之后的经过，我就在此直接引用笹井的邮件吧。

针对③和④，他们最大限度地利用除若山研究室之外的CDB的研究环境，在研究的后半段，他们做实验连我的实验室都用上了，终于，2013年3月，一篇全新的脱胎换骨似的论文诞生了。这不是一年前那篇论文的改写，完全是从头开始的重写（因为小保方没有受过撰写大型论文的训练，所以在写法上我给了她细致入微的指导，但论文的布局谋篇和主旨想法说到底还是她自己的）。而且，与上次不同，这次是两篇一套的专投《自然》的论文。从

rejection［论文被拒］到现在才刚过去一年不到，我想从这一点也能看出小保方的研究集中力有多大。当然，我认为CDB特有的研究环境也帮了大忙。

（中略）关于④固然会有很多细节，但举一个总体例子来说，就是发现并证明了STAP细胞有向胎盘分化的能力。它如实地表明这种能力在有ES细胞等的污染［混入］的环境中是绝无可能存在的，是STAP细胞极其独特的现象。

2013年4月，尽管受到苛刻的评论并被要求追加数据，论文还是跌跌撞撞地进入到了revise［修订］阶段，直到2013年12月被accept［采纳通过］。其间，小保方在与我和丹羽商量研究的同时，完美地进行了大量的实验（大约相当于写两篇普通论文的量），并进行了三次revise，终于得以accept［CDB自我检查和验证委员会后来的报告称论文修订次数为"两次"］。

就这样，STAP细胞论文横空出世了。这也是一个典型的无名研究生奋斗成功的故事。

发表仅仅5个月后，这篇论文就要被撤回，这肯定是相关人员谁都没有料到的。

第五章　认定存在不端行为

　　"这将成为科学史上的丑闻"。正如主任所说的那样，若山研究室的分析结果暗示了混入、偷换其他细胞的可能性。另一方面，调查委员会将认定论文存在"篡改"和"造假"行为。

有没有共同作者们谁都察觉不出的情况？

让我们再次将时钟的指针拨回到STAP细胞论文的共同作者、山梨大学教授若山照彦呼吁撤回论文的2014年3月吧。

有关STAP细胞的新闻源源不断地传来。3月15日的《日刊体育》报道了研究小组组长小保方晴子向授予自己博士学位的早稻田大学方面表达了撤回自己2011年的博士论文的意向，《每日新闻》等各大报纸在第二天16日的晨报上报道了这一消息。

小保方的博士论文的主题是，从老鼠身上采集的干细胞有变化成各种各样的细胞的可能性，这与同年发表在美国科学杂志《组织工程（A辑）》上的美国哈佛大学教授查尔斯·瓦坎蒂等共7人合著的论文有很多重合之处。顺便一提的是该杂志是组织工程学的专业杂志，瓦坎蒂曾参与了创刊。

2月份互联网上有人指出，《组织工程》杂志论文里的有关遗传基因解析的图像中存在着故意将图像上下颠倒来反复使用的问题，此外相当于小保方博士论文整体篇幅五分之一的约20

页的序章，与美国国立卫生研究院（NIH）网站上的文章几乎相同一事也被网上曝光。

瓦坎蒂等人的研究小组就《组织工程》杂志的问题论文，以"图像存在重复和错误配置"为由，对多张图像进行了修正，3月19日的晚报上对此进行了报道。

这一时期网上关于STAP细胞真伪的讨论非常热烈。我自己虽然认为STAP细胞论文应该撤回，但却认为对于STAP细胞的真伪问题还没有到可以得出结论的阶段，STAP细胞存在的可能性反而更大一些。

这其中的原因是我在很大程度上受到了CDB项目负责人丹羽仁史的解释的影响。2月下旬，在"Niconico动画"的节目中，庆应义塾大学助教中武悠树就曾指出，论文中没有能明确证明STAP细胞也会分化为胎盘的数据，但当我就此询问丹羽时，他的回答是："通过实际观察胎盘的切片，可以确认STAP细胞的贡献。"我不认为被称为干细胞研究专家的丹羽先生会说谎或说错。网络上有一种"推理"认为，分化为全身细胞的ES细胞和分化为胎盘组织的TS细胞的混合体就是STAP细胞的真面目，但丹羽对此也予以了否认，他说："即使把两个细胞放在一起，也不能形成紧密的细胞块。"双方的观点大相径庭，令人匪夷所思，作为记者，我不得不保留判断。

用STAP细胞制作畸胎瘤时，通常的方法是行不通的，需要将作为支撑细胞增殖的高分子一起移植，这一点也给人以真实感。如果是用ES细胞制作的话，应该没有必要特意这样地去精雕细刻。

虽然也考虑到了采集体内原本就有的极少的多能干细胞的

可能性，但如果按丹羽所说的那样，STAP细胞的制作效率是很高的，那么这种可能性似乎也很小。

另外，还存在着一个与论文内容无关的事实，那就是共同作者笹井、丹羽、若山是已经获得了很高的评价和信赖的科研人员。难以想象他们会参与造假这样的玩火游戏。就算是在不为他们所知的地方存在故意造假行为，那么在一系列的研究和论文写作过程中，是否会出现共同作者中无人看穿这种造假行为的情况呢？

我猛地拿定主意，给CDB中心主任竹市雅俊发函质询。

我在归大阪科学环境部所管的时候曾经采访过竹市先生。竹市因发现了将细胞黏在一起的钙黏蛋白而闻名世界，被认为是诺贝尔奖的候选人。他和笹井一样，谈话间流露出对基础科学发自内心的热爱。那是一次令人难忘且又愉快的采访。

小保方担任组长的CDB"细胞重组研究小组"是"中心主任战略计划"的一部分。竹市对小保方的录用和之后的工作应该是能够把握了解的。我也听相关人士说，这次问题被发现后，竹市亲自确认了原始数据。我想问的是如果只把这次论文中所显示的实验结果的原始数据和论文发表的过程作为材料，他作为一名科学家会做出怎样的判断。我坦率地写下了这些内容，发出邮件讨教。

还有一个问题。那就是小保方的实验记录的问题。

在理研的记者会上，对于小保方是否遵守理研关于实验记录管理的规定，竹市表示"尚未确认"。另一方面，记者会上给出说明称"搞错的图像"的正确图像和原始数据已经提交给了调查委员会和《自然》杂志社，如果这种说法是真实无误的话，那么数据本身应该确实存在吧。我不由设想，小保方实验记录应该有部分根本不存在，或是缺少了必要的记述，无论是记录的方法还是对过去记录的管理都有疏漏不到位之处。

论文发表之初，令所有人都赞不绝口的小保方的"真挚的研究态度"和"超强的实验能力"，与论文的漏洞百出形成鲜明的反差，让人困惑不已，也许她真的很喜欢实验且实验能力也很强，只不过由于没有接受过必要的训练，同时缺乏必要的伦理观，所以没能认真做好并妥善管理记录。我把这些推测写进了邮件，同时还希望竹市先生能告诉我实情。

竹市先生或许是这个世界上最忙的人之一，但不到两个小时我就收到了他的简洁的回信。关于我对STAP细胞的看法，他说："我们进行了深入的科学考察，我认为这在逻辑上是正确的。虽然道理是对的，但如果不通过实验再现，就无法得到确凿的证据。这就是实验科学家的态度。"竹市先生在记者会上也曾说过"只有等待第三方的验证，才能得出科学的见解"，这是他一以贯之的方针吧。

关于实验记录，他这样写道："我想调查委员会也在调查实验记录，每个实验的原始数据都很庞大，不花时间进行详细的检查就无法确认到什么。因此，我们不会从中间开始只读一部分记录。All or none.（不是全部，就是全无。）"遗憾的是，小保方的实验记录的实际情况究竟如何，这样的回答让人懵懵懂懂。

在邮件的最后，他还附上了一句："我期待着尘埃落定，安然畅谈的那一天。"虽然那一天何时到来尚不可知，但这番话让人感受到了竹市先生内心的从容，让人觉得可以松一口气了。

丹羽先生在误导吗？

与此同时，我从一位对正在调查情况的CDB十分熟悉的研究人员那里，收到了这样一封邮件。

能证明STAP细胞存在的，唯有论文，在论文可信度受到怀疑的情况下，我认为STAP细胞的存在本身也是极其可疑的。

尽管丹羽先生实际上拿不出任何证据可以判断STAP现象是可以再现的，但他却发布了自己相信可以再现的信息，这也是造成混乱的原因之一。

邮件中还有这样的话："在CDB中，笹井先生的力量过于强大，没有人能提出意见。""丹羽先生也是步步追随笹井先生，这使得情况变得更加严重。"后来，我与这位研究人员直接见了面，发现他对笹井和丹羽就论文疑义的应对处理表现了一种愤慨。

当被问及丹羽所主张的"STAP细胞向胎盘分化"和"ES细胞和TS细胞不黏附"这两点时，该研究人员回答说："丹羽说是通过组织切片确认了向胎盘的分化，但这并不是论文中显示的数据。而且ES细胞和TS细胞会很好地混合在一起，形成一个细胞块。丹羽总之就是一味地坚持'我相信'。"

"丹羽先生如此主张STAP细胞的存在，好处何在？"

"也许是想通过STAP细胞获得研究经费来推进项目的发展吧。与笹井先生这位有影响力的人物一起推进该项目，有利于巩固他在CDB内部的地位。"

"如果STAP细胞是凭空捏造的，那么笹井先生和丹羽先生会在多大程度上察觉到此事呢？"

"两个人在论文投稿的时候应该都没有察觉吧。特别是笹井先生，如果有所察觉他是不会投稿的。"

这位研究人员说，他一直以来都尊敬作为科学家的笹井先生。"特别是他写的论文，就像写作的范本一样，我是一定会读的。但是这次的论文漏洞很多。不仅仅是图表，文章中也有明显的错误。"

听了这位相关人士的话，我很想直接采访一下丹羽先生，但他似乎不想接受采访。因为在联系采访中，他本人发来了这样的邮件。

> 从昨天开始，我就一直在想，现在的我是应该说些什么。但我现在的想法是，什么都不说了，一心一意地去做验证实验吧。
>
> 与其在这里发言，引起媒体的关注和科学界的议论，还不如默默地去做实验，这更符合我的性格。
>
> 四个月后，或者一年以后，当验证实验结果公布之时，我会把一切都告诉你。

看来，"验证实验"的计划会在近期公布。我在烦恼中和八田浩辅记者一起，在3月20日的晨报科学版刊登的主要报道《疑窦丛生的STAP细胞：不端还是失误》中，总结了有关论文调查的焦点。对于STAP细胞的真伪之争，报道指出，从STAP细胞的制作到通过嵌合体小鼠实验等方法来证明万能性，这一系列再现实验预计至少需要花费3个月的时间，"尘埃落定尚需时日"。

瓦坎蒂公开制备方法之谜

3月20日，论文作者之一、美国哈佛大学教授查尔斯·瓦坎蒂的实验室网站公开了STAP细胞的独特制备方法。在论文中描述的和理研发表的STAP细胞制作方法中，提到的是将原来的体细胞浸入弱酸性溶液中进行刺激，而此次发表的"改良版"则显示，在将体细胞浸入弱酸性溶液中进行刺激之前，还会通过让细胞穿过极细的玻璃管的方式施加物理刺激。此次公开的内容只有4页，没有注明作者的姓名。

当我向一位研究人员询问对此的感想时，"有些意图不明啊，"他歪着头说，"没有任何数据表明让细胞穿过玻璃管会造成什么不同，所以相当可疑，无法对此进行科学的评价。如果你是一个受过训练的科学家，你会罗列出穿过玻璃管时和未穿过玻璃管时的数据进行比较，但连这一点也没有做。就像小保方被质疑时的情况一样，他们即便是被认为'不成熟'也没办法啊。"

瓦坎蒂等人公开的制备方法似乎否定了论文里所描述的手法，这也就在某种意义上凸显了问题的严重性。

"从昨天开始，我就觉得这将成为科学史上的丑闻。"

永山悦子主任在第二天写给采访组的邮件中这样写道。我也深有同感。

若山研究室的分析结果

这一天，我们收到了某位被采访人发来的令人不安的邮件。

"重大消息，你们掌握了吗？若山研究室的结果好像已经出来了"。

什么叫"若山研究室的结果"？若山先生保管的"STAP干细胞"在第三方机构的分析结果，不应该这么早就出来啊……接着还是从这同一个人那里传来了"结果显示有极其大的可能存在嫌疑"的消息。网上已经有人指出有可能混入了 ES 细胞，难道分析结果果真如此吗？真是这样的话，那可真是个特大新闻。采访组的气氛一下子紧张起来。

我马上去询问若山先生，得到的回答是，出于所属的山梨大学的强烈要求，他现在已经不能接受采访了。若山说，要求采访的电话蜂拥而至，使得大学的公关宣传部门陷入一片混乱，受此恶劣影响，再加上尽管事情出自其在理研时期的工作，但山梨大学的名字还是要出现的，这让大学方面深感困扰，若山的"研究者有回答的义务"的主张到底无法得到校方的承让。

也有这种说法传来："如果若山先生私下里把结果透露了出去，那就会形成巨大的压力。"

随着采访的深入，我们了解到，这次引起轩然大波的"分析"，是指在将 STAP 干细胞送往第三方机构之前，在若山研究室进行的简单的基因分析。我们基本掌握了内容，在距见报仅一步之遥的 3 月 25 日晚，NHK 进行了报道。我们是在第二天 26 日的晨报进行报道的，很遗憾这次没能成为独家新闻。

所谓的结果是这样的：在对用 STAP 细胞建立的 8 株 STAP 干细胞进行简单的遗传基因分析中，其中的 2 株检测出了与制作 STAP 细胞时使用的小鼠品系不同的基因型。

用于实验的老鼠有各种各样的品系，只要查出其细胞的基因型，就可以确定它属于哪个品系。例如，假设从某一幼鼠的细胞中制备 STAP 细胞，再用该 STAP 细胞建立 STAP 干细胞，那么制备出的 STAP 细胞和 STAP 干细胞都应该与原来的幼鼠具有相同品系的基因型。在有问题的 2 株中，原来的幼鼠应该是"129"这个品系，但是在一株中检测出了"B6"这个品系，在另一株中检测出了"129"和"B6"两个品系的小鼠杂交产生的小鼠的基因型（后来通过第三方机构做了详细分析，发现第一株也和第二株一样，都是来源于"129"和"B6"杂交的小鼠）。

若山研究室的分析结果

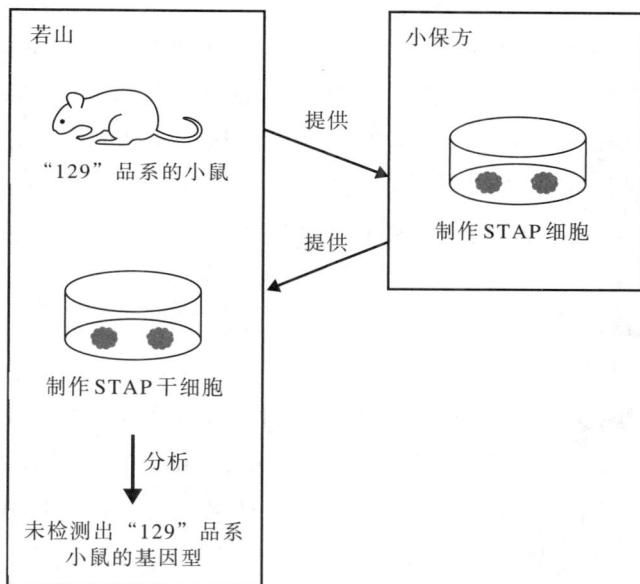

据此前对若山先生的采访显示，用于制作STAP细胞的幼鼠是由若山研究室饲养并由若山和若山研究室的工作人员转交给小保方的。小保方从幼鼠身上采集脾脏淋巴细胞，将其浸入弱酸性溶液中施加刺激，经一周左右时间的培养，"STAP细胞"便诞生了。但不管怎样，若山先生是根据小保方的报告而取得这样的认识的。然后上次，若山从小保方手中接过了"STAP细胞"，制作了嵌合体小鼠，建立了STAP干细胞。

STAP细胞无法长期培养，至少在若山研究室，过去制作的细胞已经荡然无存。虽然无法调查当时的STAP细胞本身，但本应拥有相同基因型的STAP干细胞与原来的幼鼠分属不同的品系，这表明在STAP细胞的制作过程或STAP干细胞的建立过程中，被误混入了其他万能细胞或细胞被偷换的可能性越来越大。

但是，仅从此次的分析结果来看，很难判断出可能混入的万能细胞是不是ES细胞。CDB中心主任竹市也表示："目前还处于初步分析阶段，将与若山教授合作进行详细的验证。"为了查明真相，似乎只能等待第三方机构的分析结果，但这次的分析结果无疑对研究的可信度和STAP细胞的存在提出了质疑。

项目保密的弊端

在事态日益严重的情况下，我们一边追踪事情的进展情况，一边就"STAP细胞的真伪"以及"STAP细胞事件的背景"进行了多方面的采访。对于后者，一位匿名接受采访的CDB某PI的讲述颇有意思。

这位PI称"STAP细胞研究即使在CDB内部也是一个绝密的项目"。他说，小保方当若山研究室客座研究员那会儿，她的存在和研究内容是"谁也不知道"的。若山制造出嵌合体小鼠后，干部们才知道有这事，由于成为万能性的确切根据的小鼠已经制备出来了，"大家都吓了一跳，然后就完全相信了"。

CDB内部有例行研讨会制度，在这个会上任何一位PI都有机会做学术发言。然而，在小保方被确定为研究小组负责人后，她一次也没有登上过例行研讨会的讲坛。原定于2014年2月她要做的学术发言也因为论文出现疑义而流产。

为什么STAP细胞研究会变成绝密项目？这位PI认为这是

笹井定下的方针。

"总之，这是笹井先生的做法。在论文发表之前，连共同研究者都不会出示自己的数据。现在这种做法不好的一面终于暴露出来了。"

我们还听到了论文疑义浮出水面后主要共同作者的情况。2月下旬，在CDB内部召开的PI们齐聚一堂的联欢会上，小保方、笹井、丹羽个个都是"自信满满"的样子。笹井的双眼放射出光彩，他滔滔不绝地讲述了STAP研究的前景，并对研究人员们说："让我们勠力同心地干下去吧。""那个时候，网络上充满了质疑声。可他们为什么还会表现出那样的自信？真是不可思议。科学家都是些怀疑一切的人，丹羽先生和笹井先生应该是这些人之最。尽管如此，他们还是盲目相信，让人感到被洗脑了。"

另一方面，也有人为笹井辩护，替他担心："虽然笹井被称为'幕后黑手'，但他并不是那种腹黑之人，他在某种意义上是受害者之一。他在这件事上摔跟头，真是太可惜了。如果理研的应对再早一点的话，笹井先生也不会受到如此程度的伤害。"

理研调查委员会在东京发表了中期报告，CDB在内部对发布会现场进行了转播，许多研究人员都实时观看了这一转播。笹井也坐在最前排的正中间的位置上，注视着记者会会场。"虽然看到的只是背影，但他显得瘦了很多。他经历了无尽的劳心神伤。对于自尊心颇强的笹井先生来说，这次的伤害简直是太大了。"

八田记者采访过的一位曾参与CDB创立的研究人员也表示，"STAP细胞的研发在对外发布前就严格封锁消息，只有笹井、小保方、若山、丹羽等人秘密地推进"，"正因为项目的重要性和敏感性，在（竞争激烈的）干细胞领域，此举或许在某种程度上是一种无奈，但这不是CDB的风格"。

据这位研究人员讲，CDB原本是一个各研究室之间没有隔阂、沟通顺畅的"理想环境"。在一年一度的回顾总结会议上，每位PI都会发表各自的研究内容，"你可以掌握他们在哪个领域都在做些什么"。对年轻人的积极录用也取得了成功。

"项目保密"的弊端何在？他说："如果项目研究只在内部圈子里进行，就无法形成客观的评价。如果在学会上发表，或者参加CDB内部的研讨会，就会得到被反驳和被指出矛盾之处的机会。从某种意义上说，失去了这样的机会是一件不幸的事情。"

该研究人员说，在论文发表之前他对小保方知之甚少。"听说（起到指导作用的）导师们对她评价很高，但是除了导师的评价之外，其他人的评价你能听到吗？如果征询CDB的博士后（博士研究员）们的意见，那评价不一定很高。我没有听到过CDB的其他年轻项目组长们的评价。"

对于"STAP细胞的真伪"问题，当初对成果表示相信的研究者们也迅速开始怀疑起来。跟我们谈及笹井的"秘密主义"的那位PI说："笹井先生好像说过，大约有4个人实现了再现，但那大概只是发光细胞的水平吧。"八田记者采访的京都大学相关人士表示："虽然有些马后炮，但那（STAP细胞）不就是ES细胞吗？我越来越强烈地感觉到了这种怀疑。如果被认为是小保方等人制作的（源自STAP细胞的）嵌合体小鼠还活着的话，那就可以证明STAP细胞的存在，一切嫌疑就会烟消云散，但现在却拿不出来。说拿不出来的那一刻，就让人感觉非常奇怪。"

"这是对我的科研生涯的巨大打击"

3月下旬，出乎意料地传来了当初预计要等到4月中旬左右才能出来的调查委员会的调查结果，可能会提早出炉的消息。时隔两周，我又向笹井发了一封邮件，询问他对若山研究室的有关STAP干细胞的简单分析和瓦坎蒂等人公开的STAP细胞制备方法等的看法。在提问之后，我这样写道：

> 作为一名记者，我有几个不容忽视的疑问，希望能直接得到笹井先生您的详细指教。
> 另外，虽然这可能与研究工作没有直接关系，但如果笹井先生您现在还深深地信赖小保方的话，我想更详细地了解其中的根据。
> 作为晚生后辈，如此冒昧，我深感歉意。然鉴于客观情况及迄今为止的采访内容，长此以往，STAP细胞问题恐将对先生您今后的科研生涯产生巨大的负面影响。念及此，忧虑万分。

两天后的深夜，我回到家里查看邮件时，见到了笹井先生的长篇回复。

关于STAP干细胞的简易分析结果，笹井首先略表歉意地表示"我不太清楚"，然后断定"那只是一个实验室在多种条件下对STAP课题进行研究的'进度报告'水平上的分歧，远达不到论文的水平"。他接着写道：

> 简单地断言若山的理解就是正确的（正义）、小保方就

是错误的（恶），这样的思维定势岂不是太荒谬无稽了吗？反之亦有可能。在接下来一定会进行到"制作嵌合体小鼠"步骤时，小保方蓄意将毛色分明不同的老鼠的品系搞错，这样做的意义何在，让人完全搞不懂。

包括两人之间的沟通不畅和失误在内，这些应该是在实验室的discussion［讨论］桌上商榷的事情，我认为公共广播中的这种处理方式完全就是怪事一桩。这种相当人为的定性与断定，不知来自何方，是若山，还是他周围的人，抑或是媒体？但不可否认的是，这就好像职业摔跤比赛中的场外乱斗，它超出了原本的验证框架，带给人一种赛场上反派角色胡作非为时的诡异感。

所谓"公共广播中的处理方式"，大概是指最初报道简单分析结果的NHK新闻吧。这些罕见的具有感情色彩的文字让我有些吃惊。笹井对瓦坎蒂版的STAP细胞制作方法的回答，概括起来有以下内容。

——瓦坎蒂研究室原本就喜欢使用穿过玻璃管施加刺激的实验方法，但用这种方法能够处理的细胞量很少。小保方新开发出了可以处理大量细胞的浸泡于弱酸性溶液的实验方法，并将其传授给了瓦坎蒂研究室。瓦坎蒂研究室此次公布的是将两者组合的方法，但这并不意味着"不组合就办不到"，只是表明在他们手中，"将两者组合的方法更好"。

要想写出像这次这样的大论文需要3年左右的时间，但在写论文之前，需要统一制备方法，统合整体的实验。简单来说，2014年初论文涉及的制备方法是"2011年版本"，无论是瓦坎蒂研究室还是小保方研究室，现在当然都在讨论改良版。瓦坎蒂研究室不是发表了他们的"2014年版本"吗？虽然二者孰优孰劣难以判断，但我认为现在就让小保方去尝试这两种方法，才是对小保方的时间和精力的有益使用。没能做到这一点，只能说是非常遗憾了。

在此基础上，笹井继续写道：

> 我能做的是最大限度地协助做好STAP项目的验证研究工作（在理研内外）。作为一名科研人员，我坚信我的亲眼所见：STAP细胞现象本身是真实的［原文如此］。将自己亲眼确认的东西说成没有，即使不是自己的实验，只要我还是科研人员，是根本办不到的（如果那样做了的话，我就不是搞科研的了）。当然，实验事实作为一个事实，其解释方式可能会随着与另外的数据相结合而有所改变。
>
> （中略）
>
> 我之所见，均不成熟，尚祈海涵，惟愿你能留存于心，以资他日公开放言之时，如此，则幸甚。

邮件的末尾有追记。

> 最后我想说：
>
> 诚如所言，此次事件无疑是对我的科研生涯的巨大打击。让你牵挂，内心不安。此番或将无可挽回。
>
> 本人投身于自组织研究，立足于自我之科研特性，穷尽全部科研人生（其为多久，其为何形，尚未可知），做"天赋使命"应尽之事，殚精竭虑勇往直前。于我而言，自组织与STAP细胞大相径庭，它来自另一世界，"表达着生

命的不可思议"，赋予了我一种使命感。

另一方面，STAP项目一直以来都是我专业领域之外的课题，一路合作下来，并非出于某种心情。为了将下一代基础研究的创新萌芽转化为论文问世，必须在"writing［写作］方面提供帮助"，为此，我即使抽出本来就不够的时间，也要尽可能地帮这个忙。帮忙的结果便是这篇论文，对于其中出现的错误，我应该担怎样的责，背多大的过，我会坦诚地接受日后调查委员会的见解，同时做认真的思考。

至于周刊杂志刊登的那些难以理解的八卦段子，即使我自己不去理睬，在各种意义上也会对我自己的科研工作进展产生负面影响（包括研究室的士气和人事变动）。老实说，我不知道这股催生出海啸般漂移状态的能量会持续多久，当如何持续，但现在，我唯一能做的就是协助调查，并在尽可能多地鼓励实验室成员的同时，挺起胸膛把自己的正常研究工作进行下去。即便如此，如果有一天有人说不需要我做科研了，那我也就只能在那个时候去面对它，思考自己下一步该怎么办，但现在，我想一天一天地走自己的路，把该做的事情做下去。

STAP项目的问题曝光后事情的发展令人眼花缭乱，连日来对相关人员的密集采访让我疲惫不堪。可能也有这个原因吧，我读着邮件，异常伤感，泪水禁不住地淌了下来。论文存在着严重的错误，STAP细胞研究的可信度已经崩溃。在这种形势下，笹井已经认识到了"对自己的科研生涯可能是无可挽回的打击"，事已至此，他为什么还要如此主张自己"坚信"STAP细胞呢……

我强烈地感觉到，笹井似乎把自己关进了一个没有出口的密室里。

图片挖补被认定为"篡改"

调查委员会的最终报告是在3天后的4月1日出炉的。为了掌握报告内容的精髓，关东、关西的科学环境部全体出动进行了采访，大量的采访笔记通过邮件飞来飞去。

前一天深夜，还发生了一件不可思议的事情。通过邮件向小保方提出采访申请的大阪记者根本毅收到了其本人的回信，接着又通过电话与她取得了联系。据根本记者透露，小保方回应说"想一天以后接受采访"，同时也表示自己"身体状况相当不好"。但是，直接取得联系也就那么一次，后来根本记者又发邮件又打电话地打算商量采访事宜，结果全都杳无音信。

在东京都内召开的记者会分为两部分，上午由调查委员会举办，下午由理化学研究所总部召集，各新闻媒体约200人参加。鉴于此次记者会社会关注度较大，我们报社包括社会部前来的支援人员在内共有7人出席了记者会现场。就连总社的科学环境部，也有5人以上待命，随时进行评论采访等工作。通常每天晚报、晨报各有一名主任值班，但这一天早晚值班主任分别增加到2人和3人，形成了一个强大的阵容。

在上午的记者会上，调查委员会委员长、理研高级研究员石井俊辅首先通报了以下调查结论。

小保方存在2起科研不端行为。若山、笹井两人虽然没被

认定存在科研不端行为，但须承担重大责任。丹羽是在论文写作的较晚阶段才参与研究的，不认定其有不端行为。

在中期报告强调要继续调查的4起事件中，图像的剪贴和与博士论文中的图像极为相似的畸胎瘤图像被认定为小保方的2起科研不端行为。记者八田一边听记者会上的介绍一边为晚报头版的报道写稿。先详细介绍一下具体内容。

被认定的小保方第一起科研不端行为是指，在"电泳"基因的实验结果中，可以看到图像的一部分被挖空后填补的痕迹。电泳是指将混有携带遗传基因信息的DNA的多个片段的样品倒入被称为凝胶的琼脂中的通道的一端，并通电使其泳动的实验。越短的DNA片段游得越快，越长的则游得越慢，故每个片段的泳动距离是不同的。这样，表示各DNA片段的被称为条带的横杆就会出现在通道的各处，由此可知样本中所含的DNA的种类。即使是同样的样品，DNA的泳动距离也会根据琼脂的状态和通电方式的不同而变化。因此，不同的凝胶图像基本上是不能剪贴的，在不得不剪贴的情况下，规则要求要在插入的通道的两侧加上白线等让人明了。

实验的目的是要显示STAP细胞是从淋巴细胞（T细胞）变化而成的。比较T细胞和STAP细胞的通道，如果显示T细胞特有的基因特征（TCR基因重排）的条带也出现在STAP细胞的通道中，那么主张STAP细胞来源于T细胞就有了依据。

根据调查报告，小保方向调查委员会提交了两张凝胶图像，作为论文中出现的一张图像的原图像。据小保方介绍，在论文要采用的凝胶1图像中，由于T细胞的通道带不清晰，所以插入了从另一张图像凝胶2图像中切下的T细胞的通道。调查委员会经调查后发现，为了调节泳动距离的差异，在插入凝胶2图像的通道之前，凝胶1图像在纵向上被拉长了约1.6倍。显示TCR基因重排的条带，被认为是插入到了与旁边的STAP细胞的通道的条带的位置相匹配的位置上，为了掩盖剪切的痕迹，还进行了对比度的调整。

调查委员会认为，这个剪贴行为是以"制作出让TCR基因重排的条带看起来漂亮的图"为目的进行的数据加工，目测调整位置的插入方法也"没有经过科学考察和程序"，遂认定其为相当于"篡改"的科研不端行为。

笹井、若山、丹羽三人在论文投稿前，看到的是经小保方加工后的图像，由于该图像问题"不是很容易被看穿的"，因此判断他们三人并无科研不端行为。

畸胎瘤图像被认定为"造假"

被认定的小保方第二起科研不端行为是指，证明STAP细胞万能性的畸胎瘤实验等的4张图像，与小保方的博士论文（2011年）中的图像极为相似的问题。正如中期报告所说明的那样，调查开始后不久的2月20日，笹井和小保方提出过申请，表示由于有图像弄错了，希望将其更正为正确的图像。笹井说，"正确"的畸胎瘤图像是在2012年7月得到的，但在提出申请的前一天让小保方做了重新拍摄。之后，虽然已经判明其与博士论文酷似，但小保方和笹井解释说："我们理解博士论文的数据也可以用于投稿论文，所以没有申报。"

博士论文里的实验使用的是以让小鼠骨髓细胞穿过极细的玻璃管的方法而获得的细胞，这与STAP细胞论文的实验内容完全不同，STAP细胞论文里的实验使用的是将脾脏淋巴细胞浸泡在弱酸性溶液中形成的STAP细胞。据说小保方的解释是："没有充分认识到实验条件的差异，犯了一个简单错误。"

调查委员会对STAP论文中的4张问题图像进行分析后发现，问题图像并不是直接转载自博士论文，而是复制使用了其他资料的图片。另外，同样的图像，在小保方等人于2012年4月投稿于英国科学杂志《自然》但未被采纳的论文中也被使用过。令人惊讶的是，这篇未被采纳的论文中刊登的9张图像——在试管内分化成各种组织细胞的实验的图像（共3张）以及用两种方法染色的畸胎瘤实验图像（共6张），均与博士论文中的图像极为相似。

也就是说，小保方在最初投稿时就已经"搞错"了与博士论文酷似的9张，而且在2013年3月再次向《自然》投稿时，9张中有5张被替换了，但小保方却解释说"替换的时候也没有注意到图像被搞错了"。

此外，3年来，保存下来的小保方的实验笔记仅有2本，且实验描述不充分，无法科学地对这些图像数据进行溯源。

调查委员会认为，畸胎瘤图像是显示STAP细胞万能性的极其重要的数据，小保方的行为"从根本上破坏了数据的可信度，不得不指出的是，该行为是在认识这种危险性的情况下进行的"，认定这种情况属于"造假"这一科研不端行为。

畸胎瘤实验是小保方在若山研究室时实施的。调查委员会指出，身为研究室负责人兼共同研究者的若山和指导论文执笔的笹井"没有注意到数据的正当性、正确性且对数据疏于管理"，结果酿成了造假事件的发生，应负"重大责任"。

松懈混乱的科研状况

在继续调查的 4 起案件中，对于被认定为不构成科研不端的另外 2 起案件，在这里也简单说明一下理由。

这 2 起都是关于实验方法的部分记述中的约 200 个词的问题。第一起是该部分记述与 2005 年德国研究小组论文中的记述相同，有抄袭的嫌疑。另一起是笹井和若山提出的该记述的后半部分与实际实验方法不同的问题。

关于第一起，担任执笔的小保方解释说："参考了详细的文章，但忘记了标明出处。现在原文找不着了，出处也不记得了。"关于第二起，若山解释说，这个实验是由若山研究室的研究人员实施的，"小保方并不知道"与记述不同的那部分实验的详细情况。

调查委员会认为，在没有记载出处的情况下复制他人的论文是"不应该的"，但论文中明确记载了其他 41 处引用论文的出处，在没有标明出处的情况下引用的只有这一部分，再加上其实验手法和复制文章的内容都非常普通，因此对于小保方"忘记标明出处"的主张"姑且认可其合理性"。对于第二起，小保方也承认，由于没有向若山和其他科研人员确认记述是否正确，共同作者也没有予以充分确认，导致了记述错误的发生。调查委员会对这两起案件都作出了"是由小保方的过失引起的错误，但不能被认定为科研不端"的结论。

被认定为科研不端的 2 张图像显示的是有关 STAP 细胞的万

能性和来源的论文的基础实验的结果。在记者提问环节，有人提问道："调查委员会是否认识到STAP细胞的存在本身是值得怀疑的？"石井委员长回答说："对于STAP细胞存在与否的问题，有必要进行科学的研究和探索，但这超出了本调查委员会的任务范围。我们这个调查委员会成立的目的在于调查是否存在科研不端行为，希望大家对问题要分开考虑。"

后来引发热议的小保方实验笔记的马虎错漏状况，在会上也首次被曝光。据真贝洋一委员介绍说，他3月19日造访CDB时，小保方共交给他2本实验笔记。从2010年10月到2012年7月这一期间的为一本，之后的为一本。他说他目前还不清楚小保方是否只有2本实验笔记。谈到2本实验笔记里有很多页没有标出正确的日期，石井委员长说："到目前为止，我指导过几十位年轻的研究人员，但还是第一次见到实验笔记的内容记录得如此零碎"，"有些记录怎么看也看不懂，所以很难（根据笔记）细致严格地确认数据的来源"。另外，虽然也曾要求小保方交出电脑，但由于小保方不使用研究室的台式电脑，只使用她个人的笔记本电脑，所以调查委员会收到的只是她自愿提交的数据。

石井委员长还说，经确认，2月19日小保方"重拍"的畸胎瘤不是肿瘤块，而是薄薄的切片。真贝委员说："我问过小保方有多少样本被保留了下来。记不确切了，但当时听说畸胎瘤样本已经没有了。"他说，从小保方的实验笔记可以看出，畸胎瘤实验是做过的，但至于做的是哪个切片，实验笔记并没有做详细的记载。

在网上质疑声四起的背景下，为什么只选择了6项为调查对象，针对这一问题，石井委员长表示，预备调查的开始阶段选择了3个，预备调查中又增加选择了3个，但他也坦言，"我们是在收到（理研的）事务局的报告后进行调查的"。委员渡部惇律师解释说"（调查委员会）没有决定什么是调查对象的权限，说到底此次调查的主体是理研"。

小保方就调查委员会的结论提出反驳意见

除石井委员长外，野依良治理事长、川合真纪理事（负责科研方面）、米仓实理事（负责合规事务方面）、竹市雅俊CDB中心主任也出席了下午的记者会。

野依理事长深深地低头致歉道："对于引发的损害科学界信任的事态，我在此深表歉意。"关于不端事件发生的原因，他说："年轻的科研人员在科研伦理观上的缺失与工作经验的不足，弥补这些缺失不足的导师指导能力的欠缺，以及这两种原因造成的相互核查验证工作的不到位，导致了此次科研不端事件的发生。"他建议撤回两篇论文中的含有虚假图片的主论文，通过惩戒委员会严厉处分相关人员、认真实施相关的验证实验等，显示出这次事件是由理事长亲自挂帅来应对的。

在分发的会议材料中，印有作为调查对象的论文的主要作者的意见。我匆忙地扫了一眼，心里猛地一惊。小保方发表了与其他论文作者不同的意见，从正面向调查委员会的结论发起了挑战。"满腔的惊讶和愤怒"，"如此说来，STAP细胞的发现本身很可能会被误解为造假，是可忍孰不可忍"，关于科研不端的认定，她写道："尽管这是'没有恶意的错误'，但被定性为篡改、造假这一点我是无法接受的。"她说她打算近期向理研提出申诉。

她申辩说，剪贴电泳的图像只不过是出于"想要让照片更容易看懂"的考虑，即使原封不动地使用原始照片，最后的结果并无二致。畸胎瘤图像的"搞错"是"单纯的失误，无意造假，绝无恶意"。

另一方面，若山表示"对没有发现数据在正当性和正确性方面存在问题而感到自责"，丹羽则发表了"从心底里表示歉意"等简短的意见，笹井发表了包括解释在内的长文，基本上都是些表达遗憾和道歉之意的文字。

川合理事就小保方的意见表示："我亲手递交了报告书进行了解说。小保方现在有些动摇，我想这是她刚读完报告书时的感想吧。"

在上午的记者会上，有人继续提出了有关STAP细胞真伪的问题，石井委员长强调说："（STAP细胞的有无）现在还不清楚，调查委员会还没有做出涉及这个问题的判断。"接着，竹市说："从调查结果可以看出，并不是所有的数据都被否定了，例如，现在还没有对从STAP细胞中产生嵌合体小鼠这一环节提出疑义。STAP是否存在，还没有下任何结论。还是从零开始验证比较好，我们将启动验证实验。"竹市同时对验证实验计划的概要做了说明：具体实施工作由丹羽负责，CDB特别顾问相泽慎一担任总监，验证实验预计从4月1日开始花费1年左右的时间，预算在1 000万日元以上。

对不端行为的核查被束之高阁

一方面积极致力于验证STAP细胞是否存在，另一方面，对于通过验证论文和分析过去使用过的实验材料来揭示科研不端行为的全貌，却持某种消极态度。理研的这种姿态，在答记者问的过程中逐渐凸显出来。

论文显示，为了确认STAP细胞的万能性，在制备嵌合体小鼠之前进行了畸胎瘤实验，但在验证实验计划摘要中却并没有将畸胎瘤实验包含进去。调查委员会认为仅从畸胎瘤图像是捏造的这点考虑，实验也是有必要的。竹市却认为："这个实验的最大目的在于调查STAP细胞是否存在。而嵌合体小鼠作为（检验万能性的）证据是坚实可靠的。"川合理事也表示："既然理研的科研人员宣布发现了新现象，尽快弄清其真伪是理研的责任和义务。"

有人提问："论文中所写的内容是否真的做了，嵌合体小鼠的原始细胞是否真的是STAP细胞等问题，除了现在的调查委员会之外，由理研为主体进行验证不是很重要吗？"对此，竹市回答说："对既往进行追溯调查不是不能做，CDB也想验证为什么会出现这样的问题，但可以想象的是，用已经丢失的材料是无法进行验证的。与其得出模棱两可的结论，不如验证STAP细胞是否存在来得更快些。"

除了调查委员会作为调查对象的6个疑义外，对于网络上指出的其他多个疑点，川合理事虽然表示"将调查网络上指出的疑点的准确性，最终会向大家报告"，但并未给出具体的计划。

从石井委员长关于实验笔记的说明以及竹市先生的发言可以看出，过去的实验样品有很多已经丢失，即使存在，也搞不清楚哪个实验样品对应于哪个实验，进行追踪已无可能。然而，这一状况是否真的妨碍了调查，以及谁在调查样品的剩余情况，他们又是如何进行调查的，这些都不得而知。

例如，关于源自STAP细胞的嵌合体小鼠的细胞组织，石井委员长说："如果不根据实验笔记跟踪的话就无法确认，从这个意义上来说是没有确认的。"虽然竹市说，STAP干细胞尽管"数量不明，但已经向小保方确认了（还有样品）"，但他并没有掌握样品的全貌。

在记者人数众多的记者会上，提问被选中是很难的。上午的记者会上我的提问一次也没被选中，直到下午的记者会的后半段我才有幸得到了机会。我的第一个提问是，姑且不谈能否与实验笔记对上号，我就是想知道小保方是否确实提供了来自STAP细胞的嵌合体小鼠和发光的胎盘？石井委员长只是回答说："我们并没有这样去询问调查。我们只是重点集中对能够确认的内容进行了确认。"他说，去过一次小保方研究室进行调查，一共花了五六个小时。

接着，我还询问了招聘小保方的经过。竹市说："我们进行了公开招募，让她写下研究课题，让她就将来的研究计划做演示报告，还调查了她过去的成绩。所有的程序都走完了，当时并没有感到有什么问题。"对于小保方，他表示自己感觉她是"非常优秀"的。

我说，现在回想起来，当时难道就没有什么地方能引起注意吗？竹市的回答是："遗憾的是，没有出现那样的时机。"

与调查委员会发布中期报告时一样，这次记者会上也没有见到包括小保方在内的论文主要作者的身影。对此，川合理事是这样解释的：

"调查正在进行，我们要求他们回避。虽然理研并没有禁止他们（接受采访），但对于非公众人物的年轻女性来说，这种情况是不寻常的，这也是事实。如果不是在员工的身心都能得到保障的安全的情况下，很难让她出来参会。"

竹市说，小保方因为"精神问题等原因"每天都待在家里，只有在需要时她才来上班。

这次记者会，上、下午加起来共开了逾4个小时。

"我不接受，我不服"

《每日新闻》在4月1日的晚报头版头条和第二天的晨报上以大篇幅报道了这一天的情况。

晨报在头版头条开始连载题为《行将崩溃 STAP论文》的系列报道。这一天的标题为《密室催生造假，顾问职责未尽》。STAP细胞研究即使在CDB内部也以罕见的绝密方式进行，论文在没有受到任何研究小组以外的评判的情况下直接发表，报道多角度、多方面地详细报道了这一背景。

第二版就对STAP细胞是否存在这一问题的认识现状和验证实验计划做了详细总结。T细胞在弱酸溶液中可刺激万能细胞特有的遗传基因（Oct4）并使其发出绿色的光，这一过程理研虽然能够再现，但现状是目前还拿不出证明万能性的畸胎瘤实验和嵌合体小鼠实验的再现实验报告，STAP细胞的存在尚无法得到证明。

经我与永山主任协商策划，在这篇占据了较大版面的文章中，首次介绍了"TCR基因重排"问题，即STAP干细胞基因中没有找到其"产生于分化的体细胞"的证据的痕迹。在这一问题浮出水面的3月上旬，我们放过了它，没有进行报道，但在之后的采访中，我们认识到这是一个应该予以报道的问题。

第三版接续头版的连载报道，介绍了共同作者中有一位研究者作证说，他与论文中的实验和分析完全没有关系，"只是签字挂了个名"。我独自采访的这位共同作者说："我对论文中的数据没做任何贡献，也没看过草稿。在另一名共同作者的要求下，我（作为论文投稿所需的作者）签了名。我想都讨论了那么长时间了，应该没问题吧。"在此之前，他从未在没看过草稿的情况下成为共同作者，但他"觉得这次这篇论文比较特别吧"。但是，论文变得疑点丛生，他后悔地说："现在想起来，也许当初应该犹豫犹豫。"

由于此前没有报道指出 STAP 研究的背景具有"密室性"，而且论文是在没有充分讨论机会的情况下发表的，因此这次的报道引起了很大的反响。

在同一版面上，还刊登了理研的"特定国立研究开发法人"资格认定被推迟的报道。早在 STAP 细胞论文发表的第二天，文部科学大臣下村博文就明确了认定理研以新法人资格的方针。这种新法人资格的制度安排是以催生世界顶级水平的研究成果为目标，确保从海外也能吸引到优秀人才，可以灵活地设定薪酬水平。理研和产业技术综合研究所成为新法人资格的首批候选单位。

根据斋藤有香、大场爱两位记者的采访，由于 STAP 细胞论文存在造假嫌疑，有人对理研新法人资格的认定提出了质疑，文部科学省要求理研以 4 月中旬前要在内阁会议上通过为目标，迅速对问题进行调查。中期调查报告公布后仅半个月的时间，最终调查报告便快速公布了，这也反映出文部科学省和理研希望能按原计划推进理研的新法人认定。但是 1 日的傍晚，在会见了野依理事长后，下村文部科学大臣表示："本月内（在内阁会议上通过认定）是很困难的。"据悉，文部科学省干部在接受采访时不客气地说："STAP问题爆发的时机太不对了。"另一位干部也加强了语气说："文部科学省为了制定新法人制度费了牛劲，最后只有经济产业省管辖的产业技术综合研究所获得了认定，真不愿意看到这种情况的发生。"

在与野依理事长会谈后的记者招待会上，下村文部科学大臣表示："问题是不是由理研的管理体制所引起的，将由外部第三方的有识之士进行调查，看一看是否符合新的法人要求。"

在社会版上，大阪科学环境部记者畠山哲郎总结了小保方的代理人三木秀夫律师在大阪市内接受各媒体采访时所说的内容，还刊登了小保方的意见全文。

据三木律师介绍，小保方于3月31日接受了理研关于最终调查报告的说明，在听取概要的过程中，她的脸刷地一下变白了，反驳说"我不接受，我不服"。三木律师说："从她的脸上我看到了惊讶、愤懑和怒火。"

关于撤回论文一事，中心主任竹市在发布中期调查报告时的记者会上曾解释说："我们一提议撤回论文，感觉小保方在身心俱疲的状态下点头了。因此，我们判断小保方对这一提议是同意的。"但三木律师却对此予以否认："小保方本人并没有撤回的意向，她认为STAP细胞的发现是毫无疑义的。"对于STAP细胞无法再现的指责，他也表示了不满："等到结果出来需要半年、一年的时间，为什么这么快就说无法再现呢。"

三木律师还透露，小保方因压力过大引发身体不适，处于"精神不稳定、情绪激动的状态"，一直有相关人员陪同。他又说小保方正在考虑召开记者会，亲自进行说明。

在接受每日新闻社纽约分社记者草野和彦采访时，美国哈佛大学教授查尔斯·瓦坎蒂也就调查委员会的造假认定再次进行了反驳。4月2日的晚报对此事进行了报道。瓦坎蒂通过自己所属的哈佛大学相关医疗机构布列根和妇女医院发表声明，重申了他一直持有的不需要撤回论文的主张，他说"造假认定不会影响（论文）内容和结论的科学性"，"如果没有令人信服的证据表明这项科学发现在总体上是不正确的，那就不应该撤回论文"。

当时，从事STAP细胞重复实验的香港中文大学教授李嘉豪尝试了瓦坎蒂实验室发布的"改良版"制作方法，并公布了少量与万能性相关的基因启动的数据，对此瓦坎蒂表示他感到"欣慰"，并充满自信地说"科学事实迟早会大白于天下"。但是，李教授4月3日在面向研究人员的信息交换网站上发表文章说："我个人不认为STAP细胞是存在的，在这个实验上继续投入人力和研究经费将会是徒劳的。"就此表明了停止实验的想法。

晨报在3日发表的系列报道的中篇中，指出近年来日本存在着过于重视在《自然》等著名杂志上发论文的科研风气。5日发表的系列报道的下篇，以研究生院教育为课题，介绍了日本博士"粗制滥造"的实际情况：根据政府的方针，近30年来日本博士课程的入学人数增加了两倍，生均指导教师的人数却明显不足，已经有人在指责日本年轻科研人员的整体实力正在下降。该报道据此对STAP细胞事件的发生背景进行了分析。

笹井说："我想创造一个单独谈话的机会"

在理研的这次记者会后，我再次通过邮件向笹井先生和丹羽先生提出了见面采访的请求。我的内心有一种些微的期待，认为在不端行为调查结束后的今天，请他们接受采访或许不会有问题，但终究还是没有得到同意。但是，丹羽先生在回信中表示，他将出席4月7日关于验证实验的记者会，并回答我说："我不知道我能说些什么，说到什么程度。不过，我想在可能的范围内回答科学方面的问题。"

笹井先生回复的邮件是从对调查委员会报告的感想开始谈起的。

"老实说，我心痛至极，难以平复。自己指导过的人所做的研究——虽说不是我指导过的那部分——被人说成是造假，这让我羞愧难当。"从这句话中可以看出，小保方的科研不端行为的被认定，也让笹井受到了相当大的打击。

他还提到了验证实验，说虽然"世界各地出现了声称完成了STAP细胞部分再现的博客级别的报告和传闻"，但"我们并不打算搭他们的便车"，他强调理研实施的验证实验是以制作嵌合体小鼠为目标的"严格级别"的。关于今后如何来应对采访，他是这样写的：

> 本人拟就此番引起的混乱和本人应担之责任，以某种形式举行一次道歉记者会，但因为那是要以理研的名义举行的，所以我没有决定权，截至今日，我尚不知何时能获得允许这样做。不过，在这些官方活动之后，与道歉记者会不同，我想可否创造一个更从容的、能与须田女士单独谈话的机会，以便能更容易地表达自己的真实意图，不知尊意如何？
>
> 诸事不能随心所愿，专此致歉。

我也给若山先生发了一封邮件，询问了在记者会上了解到的几件事。

小保方的实验笔记，3年间只有2本，对此，若山先生这样解释道："我是全然不知的，知道后我也很吃惊。"若山说，写实验笔记这种训练，应该贯穿本科课程至博士课程全过程，但对于博士研究员（博士后）还进行这方面的指导或确认的话，会伤害到本人的自尊心，所以不怎么去做。如果是他亲自指导的学生和博士后还好，但他不能对"哈佛大学瓦坎蒂教授指导的优秀博士后"小保方说"拿你的实验笔记给我看看"。

揭秘绿色发光视频

在智能手机的小屏幕中，一个绿色发光的细胞正在快速移动。在1月的新闻发布会上，这段视频展示了在显微镜下录制并倍速播放的小鼠淋巴细胞受到弱酸刺激后，在一周的培养过程中细胞的变化情况。也就是说，它应该记录下了STAP细胞诞生的瞬间。

在东京都内一家酒店的休息室里，我采访了一位CDB出身的年轻的研究员。在即将召开的丹羽和小保方等人的记者招待会前夕，我想尽可能多地向研究人员询问他们对STAP细胞问题的见解。

"日本的科学界受到的伤害是无穷无尽的。我已经不相信STAP细胞现象了。所谓再现实验，其实根本就是徒劳无益的。"

眼前的这位研究员对这次STAP细胞事件引起的骚动表现出了一种愤怒。我听说过，网络上有免疫系统研究人员指出，"STAP细胞视频其实就是巨噬细胞吞噬死亡细胞时的画面"，当我就这种说法向这位研究员求教时，他立刻拿出智能手机边给我看视频边进行了讲解。

巨噬细胞是形同阿米巴细胞的免疫细胞，一边活跃地到处活动，一边吞噬病原体、异物和死细胞。"请一直盯着这个细胞。你看，当它开始变绿的时候，它会完全静止一会儿，不是吗？有人说，这是因为细胞死了。然后它又会动起来，但那只是被巨噬细胞吞噬，正被拖着走呢。"

我定睛一看，正像这位研究员所说的那样，一个类似巨噬细胞的透明物体的轮廓呈现在眼前。真是不可思议，经他这么一说，我在这个视频里看到的只是巨噬细胞一个接一个地吃掉死亡细胞的样子。

那么，为什么细胞看上去在发着绿色的光呢？论文说，这是因为他们对STAP细胞的制作实验中使用的小鼠的细胞进行了转基因操作，这样的转基因操作能使其在万能细胞特有的遗传基因（Oct4）活跃时发出绿色的荧光。细胞在弱酸刺激下被"初始化"，Oct4的功能开始显现，于是发出了绿色的光。这是小保方等人的解释。从对此的质疑浮出水面之初，就有人指出这可能是死细胞自身发出荧光的"自体荧光"现象。但其若是自体荧光的话则荧光的颜色也会有绿色以外的其他颜色，这一点只要加上滤光片就能很容易地分辨出来。研究人员指出了除了自体荧光之外的其他可能性：当细胞死亡时，分管基因信息的基因组的控制功能就有可能会被破坏，原本应该被抑制着的万能性相关基因也有可能会被启动。

"也许，不仅仅是通过看发光现象，通过蛋白质水平的分析也能检测出Oct4。但是，该细胞是否具有万能性则完全是另一个问题。"

也就是说，只有产生出畸胎瘤和嵌合体小鼠，才能称得上是万能细胞。即使形成了Oct4起作用的绿色细胞块，在该实验阶段也不能称之为"STAP细胞的部分再现"。

"数据管理不善，对博士论文的大量复制，这一切让人们感受不到小保方对最基础性的工作的严肃认真。丹羽老师和若山老师，这些基于实际数据迄今为止做得非常棒的人们，被卷入到这场论文风波中，被贬职担责，这让人情何以堪。"

很多研究员一旦做到了PI就不自己动手做实验了，但丹羽先生和若山先生至今对实验仍亲力亲为，亲自拿出实验数据。正因为如此，在此之前经常听到人们说他们在科研界是深受信赖的。

"特别是丹羽老师，他与奥斯汀·史密斯等干细胞领域的海外泰斗关系非常好。在这个领域，丹羽老师做得相当强。虽然我觉得他在对论文审稿时有失严格，但其他的审稿人也没发现问题啊。"

奥斯汀·史密斯是英国剑桥大学教授，担任CDB外部评估委员会主席。论文审稿人的姓名通常是不被人知的，但有传闻称史密斯是STAP细胞论文的审稿人之一。

当问及他对STAP研究是绝密项目一事的意见时，这位研究员也承认笹井的做法是在搞秘密主义，在此基础上，他这样说道：

"不管怎样，论文发表前应该更加慎重地进行研讨，论文内容也应该仔细地检查。尽管如此，他们却只在有限的作者之间共享信息。因为对作者会带有先入为主的看法，所以我觉得检查还是有失严谨。尊敬的CDB老师们没有看出问题是令人遗憾的，但在论文发表之前没有经过批判性的讨论，则更令人遗憾不已。"

　　采访结束时，他留下了这样的话：有脓就把它挤出来吧，希望理研能进行彻底的调查。

第六章　小保方的反击

"STAP 细胞是存在的。"小保方、笹井两人相继召开了记者招待会。在这种情况下，我围绕着理研尚未公开的残留实验样品进行了采访，发现畸胎瘤切片等实验样品居然还在……

验证实验计划

自理研调查委员会最终报告发布后的第二周以来，一直对外保持沉默的理研CDB共同作者们相继召开了记者会。

打响第一枪的是项目组长丹羽仁史。4月7日发布STAP细胞验证实验计划的新闻发布会在东京都内举行，丹羽作为项目实施负责人，与负责项目研究工作的CDB特别顾问相泽慎一一起出席了发布会。

记者会一开始，相泽先生谈到了此次验证实验项目的意义。"对于STAP现象、STAP细胞的存在与否问题，理研CDB的立场是一定要查个水落石出，对科学界、全体国民有个交代，这是我们应尽的责任和义务。希望我们的验证实验，在将来我们回顾科学史时，能够经得起评判。"

虽然丹羽在论文不端行为调查中被认定为"不存在不端行为"，但由身为论文共同作者的他来实施验证实验这一点却广受非议。也许是意识到了这一点，相泽表示："丹羽仁史是在细胞及细胞多能性研究领域得到世界认可的研究者，由他亲自动手进行的实验，无论其结果如何，我相信都能得到世界研究者们的信赖，因此选择了他为实验负责人。"接着丹羽致歉道："作为共同作者之一，我对出现今天这样的事态表示由衷的歉意。"并对验证实验计划进行了说明。概要如下：

此次验证实验方案将从零开始检验STAP现象是否存在。根据论文，STAP现象是指分化后的体细胞通过接受刺激而得以初始化并获得万能性的现象。如果将STAP细胞注入发育稍有进展的小鼠的受精卵（囊胚）中，就会生产出来源于原受精卵的子代细胞和来源于STAP细胞的子代细胞混合于全身的嵌合体小鼠。此时STAP细胞的特点是，其不仅可以发育为胎儿，还可以发育为胎盘。

STAP细胞可以培育出兼具万能性和自我复制能力的与ES细胞相似的"STAP干细胞"。从STAP细胞中获得STAP干细胞本身也是初始化的证据之一，但基本上，如果能够通过嵌合体小鼠确认STAP细胞的万能性的话，那么就可以说STAP现象的证明已经完成了。

制作嵌合体小鼠是评价细胞万能性的最严格的方法。畸胎瘤的形成或在培养皿中分化成各种细胞等现象构成的均是旁证。只要培养出了嵌合体小鼠，那就可以判断其获得了完全的万能性。

和论文所示一样，此次实验使用的是基因操作后的小鼠，当与万能性相关的Oct4基因发挥作用时，小鼠就会发出绿色荧光。方法包括从小鼠脾脏收集淋巴细胞，用弱酸性溶液刺激淋巴细胞，然后将淋巴细胞转移到培养皿中培养。哈佛大学的瓦坎蒂教授提出了穿过玻璃管和酸处理两手并用的建议，此次实验也将对这种建议方法予以尝试。

要证明分化的体细胞被初始化并产生了新的STAP细胞，需要建立一个标志来表明分化已经实现。在论文中，作为标记，使用了成熟T细胞上特有的基因痕迹（TCR基因重排）。

但实际上，这个方法也存在着各种各样的弱点。论文指出，经过在心肌、脑、肺、肌肉、脂肪组织、成纤维细胞、肝脏、软骨细胞中进行的酸处理，通过STAP现象的发生已经对Oct4发挥作用为止的过程予以了确认。因此，在这次的验证实验中，拟使用在细胞分化为肝细胞和心肌细胞等特定的体细胞时能发出荧光的经转基因操作后的小鼠，从淋巴细胞以外的体细胞中制作STAP细胞，尝试用这种方法来证明"分化后的细胞的初始化已经完成"。

例如，对小鼠进行基因操作使其已分化的肝细胞能发射出荧光，从该小鼠中取出肝脏细胞并进行酸处理制成STAP细胞，再进一步制成嵌合体小鼠，那么由STAP细胞衍生出的细胞在嵌合体小鼠体内也会发出荧光。如果能在嵌合体小鼠中确认出发出荧光的细胞，那么就可以证明分化过一次的细胞已被初始化且具有万能性。同样的方法在iPS细胞的研究中也曾被使用过。如果能生产出STAP细胞的话，还将验证能否从该细胞中建立STAP干细胞，或者能否使用STAP干细胞制备出嵌合体小鼠。

验证以约1年为目标进行，计划4个月后做一次中期报告。与细胞培养相关的实验由我（丹羽）负责，嵌合体小鼠的实验由相泽负责。

丹羽反驳STAP细胞的真实身份是ES细胞的说法

在验证实验计划说明中，丹羽先生提出了几个科学见解，其中之一是对STAP细胞的真实身份是不是ES细胞这一质疑的反驳。让我们稍微咀嚼一下丹羽先生的见解。

关于STAP现象和STAP干细胞，有人提出疑问说，如果混入ES细胞也能产生出同样的现象。我研究ES细胞一路走来已经有25个年头了，据我所知，即使将ES细胞注入受精卵，也绝不会生成胎盘。有人报告说约2%的ES细胞群既可以生成胎儿，也可以生成胎盘，但这需要将该细胞群里的特征基因设上标记后加以收集，然后再将其注入受精卵中。如果没有这个标记，就不能做到只收集分化成胎儿和胎盘的细胞，也不能将收集的细胞维持在培养皿中。

在特殊环境下制作的iPS细胞也会分化为两种细胞，这是在最近即2013年9月才得到的报告。不过，对任何一个报告的内容，我自己都没有试着做过实验。

仅就可以分化为胎儿和胎盘这一点来说，就不能用现有的知识见解来解释。STAP现象是可以说明这一点的一个假说，可以说是一个需要验证的假说。

此外，他还解释了论文中以TCR基因重排为标志证明"已分化的体细胞的初始化"的方法的"弱点"。

原论文称，首先从出生一周的小鼠脾脏中，以一种名为"CD45"的蛋白质为指标收集淋巴细胞。在收集到的淋巴细胞中，有10%～20%是T细胞，T细胞中基因有痕迹的占10%～20%。也就是说，具有TCR基因重排的细胞只有1%～4%。

让我们思考一下从收集的淋巴细胞群中制备STAP细胞的过程。在以CD45为指标收集的细胞中，大约一半是B细胞，20%是T细胞，20%是以病原体和死亡细胞为食的巨噬细胞，除此之外还含有若干其他细胞。论文的观点是，全部细胞的约70%死于酸处理，存活下来的30%的细胞中约有一半被初始化，Oct4开始发挥作用。

需要注意的是，STAP细胞块是由不同种类的细胞群所组成的，保留着各种细胞混合的性质。其中即使有来源于基因带有痕迹的T细胞的STAP细胞，其数量也只有很小一部分。

进一步将STAP细胞块切成10～20个细胞小块，并注射到受精卵中以便生成出嵌合体小鼠。从ES细胞的实验经验来看，在10～20个STAP细胞中，能成为嵌合体小鼠的身体细胞的大概只有几个。我们也明白，在这几个细胞中，是否有来自基因上有痕迹的T细胞的细胞，这在相当程度上是一个概率问题。

STAP干细胞的建立过程也是如此。现在已经被指出，TCR基因重排在STAP干细胞阶段能保留到什么程度，还是一个问题。如3月5日发表的STAP细胞制备方案（实验手法解说）中所示，8株STAP干细胞中没有发现TCR基因重排。

从这个观点来考虑的话，按照论文的手法探讨淋巴细胞的初始化是如何发生的，是一个重要的课题，但仅凭这一点来严密地研究STAP现象是否存在是极其困难的。

写下STAP细胞制备方案协议的丹羽居然没有制备过STAP细胞

对丹羽的这个讲解从内心感到惊讶的恐怕不止我一个人吧。虽然我对"STAP细胞块"是来源于各种各样杂乱的血细胞群这一点有些理解，但在其中由具有TCR基因重排的T细胞生成的STAP细胞的占比竟如丹羽先生所说的那样少得可怜，检测出来的概率也异常地低，这些我是全然不知的。"STAP细胞不是将体内原有的未分化细胞初始化，而是将完全分化后的体细胞初始化"，要证明STAP细胞的这一重要概念，研究小组究竟为什么采用概率如此之低的方法呢？

在问答环节中，提问还是集中到了丹羽先生与STAP研究的渊源和他的观点上，而不是验证计划本身。

据丹羽讲，他参与这次论文研究是从2013年1月开始的，在论文的撰写和投稿后对审稿人的评论意见的应对方面，他提供了专业性的建议。他说，在他加入进来的时候，几乎所有的数据都已经是现成的了，他从"如何将其汇总起来才有科学说服力"的角度提出了建议。当时，"没有对实验笔记和原始数据进行追溯确认"。

对于STAP现象，丹羽说："我几乎是亲眼看见了形成的过程。"论文发表后的2月，研究小组组长小保方晴子从小鼠的脾脏分离淋巴细胞，对其进行酸处理的过程，他称，"确认了三次"，"一直观察到（与万能性相关的基因）Oct4被表达出来。

之后，若山制作了嵌合体小鼠，对STAP细胞对胎儿和胎盘做出了贡献这部分实验结果，我是绝对信赖的。（我想看一下）这些现象是否真是有机相连的"。

但是，若山已经表示，对小保方作为"STAP细胞"交给他的用于制作嵌合体小鼠的细胞"已经不知道是什么了"。丹羽对嵌合体小鼠实验没有表示出丝毫的怀疑，这一点让人感到好生奇怪。

当被问及在大约一个月前发表的STAP细胞制备方案协议中为何由丹羽出任责任作者时，他说："那时理研的应对已经达到了极限，故我决定由我来负责任地传达无法再现的理由。如果要问我有没有从头至尾自己验证过的话，那并不是这么回事。"关于协议的内容，他说："对论文的记载和基本框架未做更改。至于应该注意哪些问题点，在讨论2月为止提出的问题并与小保方磋商的基础上，方案里记载了有必要重新传达的内容。"对于"写下STAP细胞制备方案协议的丹羽先生居然没有制备过STAP细胞，这是不是很奇怪"这一合乎情理的问题，他的回答是："在实验方法的补充说明方面，当时能够作为宣传窗口应对的只有我一个人。对于为什么要发表自己从未做过的实验制备方案协议这样的批评，我心甘情愿地表示接受。"

论文发表以后，国内外没有见到包括确认万能性在内的再现实验成功的报告。考虑到这一点，上述情况是理所当然的，但丹羽先生是总结"STAP细胞的详细制作方法"的负责人，被认为是"由他亲自做的实验值得深深依赖"的人，从他的口中听到他"没有制作过"STAP细胞这件事时，我不禁感到一种难以消除的困惑。

不优先分析残留样品的原因何在

残留样品的分析是我十分留意的事情，为此我特意询问了相泽先生。这是因为我认为，若山研究室的简易解析出现了不自然的结果，调查造成这种结果的原因比进行验证实验显得更为重要。当我问及分析残留样品的必要性时，相泽对此持否定态度："从验证STAP现象是否存在的角度来看，我不认为现在残留的东西能给出什么答案。"

"那是为什么呢？"

"例如，现在STAP干细胞被冷冻保存着，即使将其融化后制备出嵌合体小鼠，也不能证明STAP细胞存在。有人会说，因为那是混进了ES细胞的细胞，所以才出现这样的结果。最大的问题是STAP细胞、STAP现象究竟是否存在。虽然来源于STAP干细胞的嵌合体小鼠现在还在，但即使对其进行调查，也不能证明STAP细胞的存在，所以在这次验证中不会去调查。但是，撇开（调查委员会作为调查对象的）6个项目，从调查发表于《自然》的论文全部内容的角度来看，这种调查是有意义的。"

在场的坪井裕理事补充道：

"关于使用剩下的样品进行STAP细胞实证，到底能做些什么，理研的改革推进总部也想研究一下。目前还没有决定不做，想研讨一下采用与这个验证计划不同的形式能做些什么。"

"那么这个研讨结果，也就是剩下了什么样品，进行了怎样的分析，日后会发表吗？"

"先研究能做到哪一步，然后再给您回信。"

他说话的口吻略显恭维但并不积极。于是我再次向相泽先生提问。

"源于STAP细胞的畸胎瘤的切片现在应该还在吧？通过对切片的解析，在某种程度上，可以验证STAP细胞是个什么东西吧。"

"我想再重复一下我的观点，从验证STAP细胞是否存在的角度来看，我认为即使看那个切片也没有任何意义。"

我还向丹羽先生提出了问题。虽然与以前在邮件中询问的内容有所重叠，但是我想在公开场合做一下确认。

"你们解释说很难想象有ES细胞混入的说法成立。STAP细胞是用细胞块来分析的，那么，不仅仅是ES细胞，对于ES细胞和（分化为胎盘的）TS细胞两者混入的可能性，您是怎么看的呢？"

"我从若山先生那里了解了注射（向受精卵注入）的情况，小保方送来的细胞是极其均匀的细胞群。另一方面，我自己也曾混合过ES细胞和TS细胞，这两种细胞在短短几天之内就完全分离了。我想原因恐怕是二者表达出来的钙黏蛋白（使细胞黏附的分子）是不同的。从这一点出发，用两种细胞制作出相互均匀地黏在一起且均质混合的细胞块，至少从我的经验来看是极其困难的。这是我个人的看法。"

"从外观上看是无法区分的吗？我是说处于分离之前的状态下时。"

"但在分离之前两者几乎没有黏附在一起。"

"在任何培养基里都是这种状况吗？"

"我还真是没有观察得那么仔细。但是，要想在维持它们各自的分化能力的状态下继续培养，恐怕是相当困难的。"

下一个问题，虽然可能会激怒对方，但我还是果断地问了一句。

"有人指出，在实时成像（视频）中拍到的难道不是巨噬细胞正在吃掉死亡细胞的情景吗？对此您如何评价？"

"是啊，这可如何证明是好呢？确实，能提出这样的意见是很好的，但二者如何区分这一点，我不能马上给你一个答案。"丹羽先生看上去有些生气。

"当您看到实时成像时，是不是把对照实验也一起做了？还是您看到的只是STAP细胞？"

"我看到镜头从没有荧光的细胞开始，发现了Oct4，它们一边获得荧光一边聚集在一起。那样一种情景，被非常有效率地多次观察到了，我现在还记得。"

进行到这里，主持人加贺屋悟宣传室室长拦住了我的提问。

这之后，当被问到自己的责任时，丹羽先生是这样回答的：

"出了这样的事情，我经常反复地扪心自问。另一方面，我也认为（防止出现这样的事情）是很困难的。为了尽到我的责任，我决定要进行验证。是否存在该现象，我要尽研究者的责任去验证。"

此外，对于小保方在4月1日接受调查委员会的最终报告后发表的可以理解为是要抗争到底的意见，他表示了理解："6个项目的判定结果，似乎从根本上否定了（STAP细胞的存在）。（小保方的）意见对这一点进行了否定。我理解她的感受。如果STAP细胞的存在被完全否定了的话，那也就没必要做验证了。"

与毫不掩饰自己确信STAP现象存在的丹羽不同，相泽始终保持着一种谨慎的态度，他强调说："我并不是相信再现能够实现才去做，能否实现只有做过才能知道。"

不仅是STAP现象，要想证明某一事实或现象"不存在"是一件极其困难的事。相泽也承认这一点，他说，"如果能实现再现的话，答案会是很简单的。但如果不能实现，怎么做才能说是无法实现再现呢？这是很难的。这是此次验证项目的重要主题。"

当被问到"是否会向小保方寻求建议"时，他表示："现在的情况下不太可能，但有些信息只有小保方才掌握，这种可能性是有的，如果可能的话，希望能得到她的帮助。"

他还表示最终有必要由小保方自己进行实验："如果实验做不出，我们希望小保方可以恢复到能够进行实验的状态。在不给验证机会的情况下就做出否定的判断，这有些无情。"

《每日新闻》在头版和新综合版上报道了本次记者会的内容。基于在记者会上新掌握的有关来源于STAP干细胞的嵌合体小鼠的存在问题等内容，我进一步写道"理研应优先对残留样品进行分析"。理由是如果分析结果表明混入了ES细胞等情况，就存在着STAP细胞原本就不存在的可能性，那样的话，投入约1 300万日元的验证实验就有可能打水漂。现在有两个命题："研究成果在多大程度上是真实的"和"STAP细胞究竟是否存在"。在我看来，理研表现出了只专注于这两个命题中的后者的态度，这让我越来越对其感到不信任。

小保方在申诉

另一方面，这一天在大阪，小保方的代理人三木秀夫律师表明，将于4月8日向得出"存在造假、篡改图像两起科研不端行为"这一结论的理研调查委员会提起申诉，并将于4月8日召开记者会。他还透露，小保方本人因为"身心状态不稳定"，在大阪府内的医院住过院。

第2天，我前往大阪，与大阪科学环境部的根本毅等人一起，参加了三木律师和室谷和彦律师举办的关于小保方申诉内容的说明会。

理化学研究所的《关于防止科学研究不端行为等的规定》将"研究不端行为"定义如下，"但不包括善意过错和意见分歧"。

① 造假：杜撰数据或研究结果，并将其记录或报告。

② 篡改：通过对研究材料、样品、设备或过程进行人为操作，改变或省略数据或研究结果，将研究活动产生的结果加工成不真实的结果。

③ 剽窃：在没有适当地标记引用的情况下，使用他人的想法、工作内容、研究结果或文章。

在上诉书中，小保方等人主张，被认定为不端行为的两起案件都"存在着良好的结果及真实的图片"，故与上述规定不符，该认定有失妥当。

对于被认定为"篡改"的"电泳"图像的剪贴问题，他们认为，原本的两张凝胶图像对作为已分化细胞初始化证据的基因痕迹（TCR基因重排）进行了证实，因此，"即使为了便于观看图像而进行了操作，其结果本身也不会受到任何影响"。调整一侧的对比度，也是为了更容易看到DNA片段，对结果没有影响。小保方进一步解释说："我没有机会接受有关在投稿论文中如何适当地使用凝胶照片的方法的教育，而且也不知晓《自然》的投稿规定。"她还表示："我对表达方法的不当之处表示反省，并已向《自然》杂志社提交了更正稿。"

调查委员会指出，在一张图像中插入一个泳道时，仅是调整图像的长度，图像中的条带的位置就会发生偏差，因此插入方法"没有经过科学的考察和程序"。对此，上诉书也进行了反驳：图像向左倾斜了两度，如果将图像纵向缩小到约80%后再修正倾斜，就可以在不破坏各片段的科学关系的情况下实现泳道插入，故调查委员会是在"不给解释机会的情况下就认定会产生偏差"。

就被认定为"造假"的证明STAP细胞万能性的"畸胎瘤实验"图像与小保方博士论文中的图像极为相似的问题，上诉书首先提到了理化学研究所的《关于防止科学研究不端行为等的规定》中的"造假是指杜撰不存在的数据或研究结果，并将其记录或报告"这一解释，进而主张说，"应该刊登的图像实际上现在是存在的，并已经提交给了调查委员会"，"这只不过是在发表论文时发了错误的图像的问题而已"。

代理人询问了小保方后发现，论文中所发的图片是在为了向CDB研究小组负责人若山照彦（当时）和美国哈佛大学教授查尔斯·瓦坎蒂报告而制作的PPT资料中使用的，"并不是剪贴博士论文的图片"。小保方最初制作该资料的时间是2011年11月24日，之后为了在实验室会议上使用进行了多次修改完善。但据三木律师称，"无法确定使用的是哪个时期的PPT图像"。

博士论文中的图像是使用将老鼠骨髓细胞穿过玻璃管的方法采集的细胞制作的畸胎瘤图像。小保方当时将这种形成球状团块的细胞叫作"细胞球（sphere）"。这个所谓的"细胞球"是生物体内原本就存在的细胞，与体外新产生的STAP细胞的概念是不同的。但令人惊讶的是，上诉书上把这个细胞也是STAP细胞作为前提，写着"当时STAP细胞被称为sphere"。也就是说，小保方视二者为一体。关于这一点，三木律师表示："虽然定义发生了变化，但从内容上来看，我们不认为'细胞球'和STAP细胞是完全不同的。（小保方）说从广义上来说它们是一样的。"

上诉书还称，存在着两张"正确的图像"。一张是在2012年6月9日拍摄的，论文中所写的STAP细胞的畸胎瘤图像，另一张是在提出疑义后的2014年2月19日，为了"确保数据的准确性"而重新拍摄的畸胎瘤图像。斗胆发布明知弄错的图片，是"完全没有"必要的，其动机也是"完全不存在的"。（另一方面，对于被认为是正确的图像是不是如论文所述的实验的图像这一问题，三木律师承认"小保方是如此主张的，但没有明确的客观证据"）。

他还进一步指出，中期报告发布后仅两周，调查委员会的最终报告便出炉了，在如此的"短时间"内，只向小保方征询过一次意见，"没有给她足够的申辩机会"。同时他呼吁成立全体成员均来自外部的调查委员会重新进行调查，新的调查委员会成员的一半以上应为前法官、律师等熟悉法律的人士。

理研的调查委员会曾在4月1日的记者招待会上作出说明称："考虑最多的是（小保方）的身体状况。"但据三木律师讲，小保方说"他们不关心我的身体状况，只是跟我说你只需要回答是还是不是就可以了"。

小保方记者会当天，即第二天4月9日，《每日新闻》在晨报上报道了小保方申诉的内容，在头版和第三版汇总了专家们的看法意见。日本分子生物学会研究伦理委员长、国立遗传学研究所特任教授小原雄治说："像这次这样的图像剪贴行为在科学界里就该评判为篡改，如果连这都被认为是理所当然的话，那么其他数据也变得不可信了。"精通研究伦理的东京大学名誉教授御园生诚评论说："虽然给人的印象是申诉中也有不合理的主张，但理研在认真接受小保方的反驳并进行应对的过程中，关键问题会变得更加明确清晰起来。"

另外，在既往的科研不端案件中，也曾出现过被认定为有科研不端行为的研究人员提起诉讼的案例，东京科学环境部的机动记者负责人清水健二就这些案例的报道进行了总结研究，他指出："此番争斗有可能会变成持久战。"

小保方的记者会

9日，一场记者会在大阪市内一家酒店举行，现场聚集了300多名文字和摄影记者，场面异常热烈。《每日新闻》从下属的关东、关西的科学环境部和大阪社会部抽调了大量记者参加，形成了强大的报道阵容。记者会从下午1点开始。为了东京总社版的晚报报道，各报社延长了截稿时间，当天晚报的头版头条报道了记者会开始时的情况以及小保方当时的表情。

这是小保方自1月以来首次在公开场合露面。这期间事情急转直下波谲云诡。小保方一出场，她的一举一动便成了全场的焦点。

身穿藏青色连衣裙，佩戴着珍珠项链，小保方就这样出场了。或许是因为发型和妆容营造出的气质与1月底新闻发布会时不同，她看起来有些憔悴。

记者会开始了。小保方表情恳切地开始宣读她预先准备好的发言。

"由于我的粗心大意、疏于学习、技术生疏，致使论文疑窦丛生，给理化学研究所及诸多论文的共同执笔人添了麻烦，在此谨表深深的歉意。同时，我也深刻地认识到了自己的责任，进行了深刻的反省。"

"由于我是在对生物学论文的基本写法和表达方式缺乏学习的情况下工作的，再加上我的粗心大意，结果出现了很多不完善之处，对此我也深感遗憾和歉意。尽管如此，我还是相信STAP现象总会有造福于人的那一天，一直坚持对它的研究。在很多研究者看来，论文存在着无法想象的低级错误，但由于这种错误不会影响论文研究结果的结论，而且确实进行了实验并取得了数据，所以我恳请大家理解：我绝对不是带着恶意去完成这篇论文的。"说完这句话，她深深地低头致歉。

接着室谷律师用幻灯片再次说明了申诉的内容。我注意到，其间小保方几乎没有看旁边的幻灯片，她只是面无表情地注视着前方。

参会人数众多，即使一次提问的机会都没有得到也不足为奇。记者会进入问答环节的瞬间我举起了手，这一招显然奏效了，我得到了第一个提问的机会。在记者会开始之初，三木律师曾要求大家体谅一下小保方的身体状况，因此我提问时尽量避免使用追问的口吻。

"我有三点要问。第一个问题，我想问一下小保方女士，您是在哪个阶段就将PPT的畸胎瘤图像弄错了？您在2011年11月首次制作PPT时，在幻灯片中是否就实验制备的细胞是在对何种细胞施加了何种刺激而制作出来的这些环节予以了说明？"

"在11年的实验室会议上使用的PPT，是从对各种各样的细胞施加压力后就会形成干细胞这一观点出发总结而成的，其中的畸胎瘤图像并没有记载施加了什么样的压力。PPT只是就对各种各样的体细胞施加各种各样的压力会使其变成干细胞这一现象进行了逐一叙述，作为其中的一部分插入了畸胎瘤（形成）的数据。"

"也就是说图像显示的不是具体实验的结果，而是用以说明多能干细胞产生的一个例子，是吧？"

"是的。"

"2012年12月，在若山研究室的会议上，同一图像的升级版作为资料也被使用了，可以这样认为吗？"

"这一点只有确认后才能知道……"

"听说2月19日重新拍摄了畸胎瘤的样品。那么，那个畸胎瘤是在何时何地由何人所做的实验中得到的？"

"确切的日期尚需确认，是我在若山研究室先用酸处理得到了STAP细胞，之后制成畸胎瘤切片，最后重新染色拍摄的。"

"您刚才的说明，也记录到实验笔记上了吗？"

"是的，"小保方答道，之后她显得有些含糊，"我不知道当第三者看的时候，我的记录是否足够，但我写到了足以追踪的水平。"

"都写在了向理化学研究所调查委员会提交的实验笔记上了吧？"

"是的，应该是的。"

"我的第三个问题是，申诉书所描述的图像搞错的经过让人费解，为什么在写论文的时候，不是从原始数据，而是从PPT上获取图像呢？会不会是因为太忙了或是有什么其他原因？"

"是啊，我只能说真的很抱歉，但因为我在PPT里一遍又一遍地升级整理数据，所以我就完全放心地把上面的数据用在了论文的图像模型上。如果当时真的追溯原始数据的话，绝对不会发生现在这样的事情，所以我很后悔……每天都在反省。"

"论文中使用的源自PPT的图像，只有这张畸胎瘤图像吗？"

几秒钟的沉默后她答道："虽然不知道具体哪个图像是源自PPT的，但是这次连其他数据也都在进行是否原始数据的确认和调查，所以关于直接使用了PPT里整理好了的大照片的问题，是的，我想只有这张。"

"STAP细胞是存在的"

虽然小保方说起话来礼貌得体，但回答的内容却让人不得不感到失望。对于第一个问题，按小保方的解释，PPT资料里的畸胎瘤图像，既没有标明原来是什么细胞，也没有交代制作方法，更没有显示出具体的实验结果，而是"只要刺激各种细胞就会变成多能干细胞"这一现象的概念图。然而对于第三个问题，小保方说资料图片被"多次升级"，也就是说，因为不断地用最新的实验结果去替换旧有的，所以没有注意到那是过去的实验结果就"完全放心"地去使用了。

按照最初的解释，很难想象小保方在替换数据时对具体的实验条件有所把握，如果论文依据的也是这些实验条件，那也太过粗暴了吧。若山呼吁撤回STAP论文的理由之一就与这份PPT资料有关，从这一点来看，小保方的回答是不能令人信服的。而且，对于为什么在写论文时没有追溯原始数据这一关键问题她也是避而不谈。

关于畸胎瘤图像的问题，理研的调查报告指出，小保方在申报图像"搞错了"的时候，并没有申报其博士论文中也有同样的图像。对此，小保方在随后的提问中是这样解释的。

——核查了所有的数据，实际上怎么也找不到畸胎瘤的原始数据，追溯到"非常老的数据"，才发现那是学生时代拍的图像。由于那是博士论文上的图像，所以，小保方首先就投稿论文中使用博士论文的数据并无不妥这一点向早稻田大学的老师做了确认。同时，她也向理研的上司报告了"搞错了"的情况，得到了马上向《自然》提出修改请求的指示，于是她联系了《自然》请求修改并指出正确的图像还在。后来小保方将发现了错误这一情况向调查委员会做了申报，但当时小保方认为，博士论文是个人作品，不是要对外发表的投稿论文，所以（没有申报）。这并不是由于小保方认为没有必要向调查委员会报告那么多，而是因为她当时"没那个心思"。

记者会进行了两个半小时。小保方声音哽咽地说："从我还是学生的时候起，我就走遍了很多研究室，做研究有自己的一套方法。我真的是疏于学习，有欠成熟，可悲无能。"另一方面，对于研究成果的真伪，她断言，"STAP细胞是存在的"，"已经成功了200次以上"，并说"这次的论文只是提出了'现象论'，并没有提出（STAP细胞制备的）'最佳条件'。还有更多的诀窍和某种配方之类的东西，希望能写成新的研究论文发表出来"。

当被问到是否有撤回论文的想法时，她语气强硬地否定说："撤回论文是在向全世界宣布论文的结论是完全错误的。我认为这不是正确的行为。"

针对STAP细胞可能是实验中混入的ES细胞的说法，她表示："在制作STAP细胞的时候，研究室根本没有进行任何ES细胞的培养，这就确保了不可能发生混入的情况。"作为"STAP细胞存在的科学证据"，她列举了以下三点。

• 在实时成像（反映酸处理后细胞变化的视频）中，（与万能性相关的基因）Oct4开始发挥作用并在不发光的细胞中发光。确认了这种光不是自体荧光。

•（在嵌合体小鼠实验中）发现了对胎儿和胎盘均具贡献的特点。

• 与ES细胞不同，只要不改变培养环境，增殖能力就非常低。

调查委员会表示，小保方的实验笔记在3年的时间里只提交了2本，无法追踪到图像是哪个实验的结果。对此，小保方则说"实验笔记有四五本"，并解释说，"在拍摄照片的前一天，做了'对畸胎瘤的切片进行了染色'之类的记录"，这可以当作对有关2012年6月拍摄的"正确的畸胎瘤图像"的记述。据说畸胎瘤的切片、来自STAP细胞的发光嵌合体小鼠的胎儿和胎盘还保存着。关于嵌合体小鼠，在相泽和丹羽两人的记者会上，虽然已经搞清了源自STAP干细胞的嵌合体小鼠还活着，但对于源自STAP细胞本身的胎儿和胎盘仍被保留着一事，我还是第一次听说。如果这一切都不是撒谎的话，那就构成了重要的事实。

对科学疑义的解释不具说服力

小保方还说："不是从零开始，而是从负一百开始面对研究，如果能有这样的机会那该多好。"她泪流满面地表达了回归研究生活的意愿："如果作为研究者的我还有今后的话，我会秉承开发STAP细胞技术造福于人的初衷，继续研究下去。"

正如在回答我在记者会开场时的提问那样，在记者会全场反复出现的多是小保方道歉的场面，但她对科学疑义的解释则乏善可陈。

关于被认定为"篡改"的图像的剪贴问题，有人这样发问："如果本意是想美化图像的话，这一想法本身就难免会受到批评。"小保方回应说："关于展示的方法，我真的在反省自己在疏于学习的情况下做了想当然的事情。真的很抱歉。"但对方盯住不放继续问道："（隐瞒不利的数据）这是一种引起怀疑的行为，那样做不合适，你承认这一点吗？"她的回答是："我认为结果本身是被正确地展示出来了，所以是没有问题的。"但在既往的科研不端案例中，本来应该使用一张图像来表示的东西，如果在没有说明的情况下将多张图像贴在一起来表示，这样的行为一直就被认定为篡改。

关于实验再现性的问题也是一样。她声称"也曾请他人独立地做过再现实验，那个人成功了。"虽然她说"如果能把所有的诀窍都搞清楚的话，就一定能实现再现"，但是像小保方那样独立实验成功的人姓甚名谁、诀窍所指为何，这些均不得而知。（后来，理研在接受《每日新闻》的采访时否认了包括万能性确认在内的"独立成功案例"的存在）。

与ES细胞混入之说相关联，若山在山梨大学保管的"STAP干细胞"的基因型与制作原STAP细胞时使用的老鼠的不同，对这一问题，她避而不答，只是说"我自己还没有直接和若山先生谈过，详细情况不清楚"。

会场上记者们无休无止的提问最终被三木律师打断，记者会结束了。或许是耗尽了体能，小保方站起来的瞬间身体开始摇晃，她双手扶着桌子努力地支撑着身体。

"小保方，请最后再说一句。"面对记者们的呼喊，小保方一边说着什么，一边低下了头，但响起的快门声淹没了她的声音，我没能听清她的话语。

共同作者们的看法

记者会结束后，我一回到大阪总社便立刻通过邮件和电话分别向共同作者若山、丹羽、笹井询问了他们对记者会的感想。若山在邮件中发表了以下评论。

> 承认错误并道歉，我觉得她稍微前进了一点。
> 希望她今后能诚实地回答网络上的其他疑点问题。
> 这次仅涉及了调查委员会处理过的六个项目。
> 如果不能明确其他被指出的可疑之处，没有人会相信这篇论文，因为它有太多的错误。
> 我觉得如果想要从零重新开始的话，那就应该赞成撤回论文。
> 如果理研和其他研究人员能够实现再现，那就再好不过了，但如果是为此要等上好几年，那就太没出息了。

接受电话采访的丹羽说："虽然我没有看完记者会，但我想说的话不是已经说过了吗？"对于小保方在记者招待会上多次向共同作者们道歉一事，他吐露了内心的感受："我才该为自己的力所不逮道歉。当然我也不希望有（失误），事情究竟为何会走到这步？自己到底哪些没能做到，每念及此便苦恼万分，说句实话，我现在没有责备小保方的心情。"

小保方已明确表示"来源于STAP细胞的嵌合体小鼠胎儿和胎盘""现在还有"，就此我向丹羽求证，他也承认"隐瞒也没用，现在还有"。

笹井的意见虽然未能见诸报端，但第二天我收到了他的以下回复。

　　她在记者会上坦诚地讲述了她现在的心情和想法，我感觉这与我所知道的小保方平时的想法和发言并无二致。她的现场表现看不出有什么刻意而为或者表演的成分。我觉得她很谨慎，但很坦诚。另一个事实是：导致她面临这样的局面、举办这样的记者会，我应该负起指导不足的责任，想到此，顿感痛心疾首。

　　很是无奈，我认为我将面临追究我的责任的质问，我理解这种质问的严厉程度要超过小保方在记者会上所遇到的。

各家电视台对这场记者会进行了现场直播，各家报纸也分别在当天的晚报和翌日的晨报上进行了大篇幅的报道。

何谓"200次成功"

《每日新闻》晨报除了头版、三版及社会版外，还以特辑版的方式对这场记者会的概要进行了总结式的报道。第三版以《没有科学说服力》为标题，总结了小保方主张的要点，以列表的形式发表了论文主要作者对小保方主张的想法。

社会版报道了小保方所属的神户理研CDB的研究人员的反应。据采访相关人士的报道，在CDB的一个房间里，数十名研究人员聚集在一起，通过网络直播收看了记者会。据说其间偶尔也有研究者发出苦笑。CDB的一位研究人员冷冷地说："对原始数据进行修改，搞错论文的重要图像，这是不可想象的。调查委员会认定行为不端的结论是没有错的。"他对于小保方所说的成功制作STAP细胞200次以上的发言提出了疑问："是在哪个阶段取得成功了？制作200次那可得最少花费几年的时间。"

不知笹井是不是直接听到了这样的声音。我给笹井回信说："小保方关于科学部分的说明草草收场，对此我感到很遗憾。"结果笹井再次给我回信，并附上了拥护小保方发言的说明："关于科学方面，我认为在她那样的身体状况下，说明也只能做到那种程度了。"

"200次"这个数字不胫而走，根据实验方法的不同，这样的情况也是有的：比如在三个条件下，用八种左右的体细胞样品反复实验三次。仅此一个实验项目就得完成72次STAP细胞的制作（不过，必须做到直到看到与万能性相关的基因Oct4的表达为止），所以不能说这个数字是极端的。但即使这样也不意味着他们甚至进行了嵌合体小鼠制作实验（这是万能性的确凿证据）。

小保方的律师团也在记者招待会5天后，就记者招待会上包括"制作200次以上"在内的几句话语发表了"补充说明"。据说，这是根据小保方所说的内容总结整理而来的。关于"200

次"的解释大致如下。

> 我几乎每天都进行STAP细胞制作的实验，有时一天进行多次。从小鼠中取出细胞并给予各种刺激的工作并不需要太长的时间，且对它们的培养是同时进行的。通过确认培养后多能性标记（与万能性相关的遗传基因）为阳性，进而确认STAP细胞制作的完成。通过多次进行有关多能性方面的试管内分化为各种细胞的实验、畸胎瘤实验、嵌合体小鼠实验等对再现性进行了确认。

> STAP细胞的研究开始于5年前的2011年4月，确认了可以用弱酸性溶液浸泡的方式成功制作STAP细胞，2011年6月至9月左右，在不限于淋巴细胞的各种细胞中，尝试使用包括酸处理在内的各种刺激方法制作STAP细胞，仅在此期间就完成制作实验达100次以上。2011年9月以后，一直在反复进行着论文所记载的通过对采自脾脏的淋巴细胞实施酸处理的方法来制作STAP细胞的实验。由于是在用这个方法进行遗传基因的解析和畸胎瘤实验等，所以需要很多的STAP细胞，光是凭借这个方法就制作了100次以上。通过这件事可以看出，我记者会上说进行了200次实验是有道理的。

也就是说，正如笹井在邮件中所说的那样，小保方所说的"制作"，似乎是指到确认Oct4工作为止的阶段。但是，要制作STAP细胞，每次需要数只幼鼠。经向若山先生确认，制作时使用的老鼠并不是购买的，而是在若山研究室繁殖的。若山说："简单地考虑一下，200次的话，虽说雌性会产崽，我的繁殖种群也还没有那么大。"

"补充说明"还对若山保管的STAP干细胞小鼠品系与原小鼠的不同这一问题进行了解释。

> STAP干细胞是通过对STAP细胞的长期培养而得的。长期培养和保存都经由若山老师之手，该期间发生了什么我不知道。现在所有的STAP干细胞都是由若山老师建立的。得到与若山老师的理解不同的结果的原因，被报道成了是我的刻意行为所致，这实在令人遗憾。

虽然若山本人也承认STAP干细胞是由自己建立的，但其本源来自若山从小保方那里接受的"STAP细胞"。上述解释似乎是要把全部责任都推给若山，让人不由得感到纳闷费解。

来自残余样品分析的信息

小保方的记者招待会过后，我把主要精力放在了针对研究中残留的细胞等实验样品进行采访上。理研似乎完全没有公布残留样品情况的意思，但通过多次记者招待会和采访，这方面的情况逐渐浮出水面。此前已经明确的残留实验样品情况如下：

- 由STAP细胞衍生的嵌合体小鼠胎儿和胎盘（可能保存于福尔马林固定液中）
- 具有类似ES细胞增殖能力的STAP干细胞
- 保留分化为胎盘的能力并具有增殖能力的FI干细胞
- STAP干细胞衍生的活体嵌合体小鼠

- STAP细胞衍生的畸胎瘤切片

通过分析这些样品，我们能了解到什么，这种了解又能达到什么程度呢？

东京大学（基因组医学）教授菅野纯夫说："如果能从样本中提取少量（负责遗传信息的）DNA，就能获得原始小鼠的品系、性别、有无TCR基因重排等重要信息，这将有助于对实验过程的验证。只要在进行验证实验的同时对这些样品进行分析就可以了。"

一位研究人员曾指出，其实STAP论文中的畸胎瘤影像，除了被认定为"捏造"的3张影像外，其他影像看起来都像是成熟的小肠或胰腺组织，看上去很不自然。研究人员说："如果用显微镜观察切片，就会知道是不是畸胎瘤。""我怀疑，小保方本人恐怕缺乏组织学知识，即使从某处获得的影像是小肠或胰脏，也会恰到好处地贴上。另一方面，笹井医生是ES细胞方面的专家，而且还持有医师资格证，当然应该注意到那张图的滑稽之处。我觉得这是比弄错照片更粗枝大叶的地方。"

记者会上的笹井佩戴着理研的徽章

小保方的记者会召开一周后的4月16日，笹井出席了在东京都内举行的记者招待会。

在收到记者会消息的前一天，我再次向笹井先生提出了采访申请。记者会上提问的次数和内容都是有限的。我恳求笹井先生，在记者会的半场或是结束后，抑或是回到神户之前，能不能给我一点时间。

当天晚上，笹井先生还是回函拒绝了我的请求。他在邮件中是这样说的：

> 明天的记者会会乱到什么程度？在谈及科学问题时会场会保持一种平静吗？这些我全然不知，但毫无疑问，对科学问题进行从容的讨论是必要的，我希望这样的从容的讨论能够成为可能，但这次做到这一点恐怕是很难的。
>
> 明天我也想尽可能坦率地作答，我想这应该是在理研的立场范围内吧。

这最后的一句话引起了我的注意，我随即给笹井发了回函。

> 就我个人而言，我希望笹井先生在回答提问时，首先考虑的应该是自己作为一名科学家的立场，其次才是理研的立场。
>
> 小保方的记者会之所以受到批评，我想是因为很多人感觉到了一种科学家应有的诚实与严谨的缺失。
>
> 我采访的范围内的许多科学家都在关注着这次记者会，他们想知道笹井先生会就STAP细胞问题说些什么，如何去说。
>
> 以上所言多有冒犯，尚祈海涵。明日还望多多关照。

这是一次"最后的关键人物"的记者招待会，与小保方的记者会几乎一样，会场上聚集了300多名记者。笹井先生身穿深灰色的西装，他的胸前佩戴着理研的徽章，这是我在以往的采访中从未见过的。笹井一开始就深深地低头致歉："给大家带来了混乱、失望和麻烦，对此我深表歉意。"

在记者会最初的四五分钟里，笹井先生对自己在STAP论文写作中的作用等进行了说明。"研究论文项目有四个阶段。第一阶段是研究的构思和策划，第二阶段是实验的实施，第三阶段是实验数据的分析和图表类的制作，第四阶段是论文的执笔和汇总。我是从第四阶段开始加入的。成为此次问题中心的'研究性论文'（主论文）在2012年的春天投稿于《自然》期刊，遭到了拒稿，收到了严厉的评语，不过，我对论文文章部分的改写施以援手，完成了多个图表的组合，借以构筑论文逻辑上的自洽。"

受CDB中心主任竹市雅俊的委托，笹井从2012年12月下旬开始投入论文的改写工作，他说："我是在论文投稿前约2年的工作期的最后2个月，也就是最后的阶段加入的。因为加入时的身份是顾问，所以我原本打算不加入作者的行列，但是在瓦坎蒂教授和若山先生的要求下，我还是加入了作者行列。"

对于没有发现论文中的错误一事，他表示："这样的问题是绝不能在科学论文中出现的，鉴于此本人深感惭愧。"但他又说："很多数据都已经图表化了，很遗憾，我没有机会看到原始数据和实验笔记。小保方毕竟是独立的PI，不是我研究室里的直属部下。像'让我看看你的实验笔记'这样不礼貌的要求，是很难说出口的。""在多名高级研究人员以复杂的形式参加的特殊共同研究项目中，我没能发挥双重三重的检查作用。我担当着统揽论文整体的角色，深感责任之重大。"

他说他是在2012年12月的招聘面试中第一次见到小保方的。"我听取了小保方的演示报告并进行了详细的讨论，以独创性和研究准备情况为中心进行了审查。小保方的聘用与普通的人事聘用相同，没有任何偏差。"

令人愈发生疑的笹井的作答

此外，笹井还列举了以下三个"如果不以STAP现象为前提便很难解释的数据"。

① 实时成像（在显微镜下观察酸处理后细胞变化的运动图像）……因为是在设置好装有酸处理后的细胞的培养皿之后自动拍摄的，所以在实验实施中途追加细胞等人为的数据操作实际上是不可能的。

② 有特征的细胞性质……比ES细胞小，细胞核也小，几乎没有细胞质。基因的作用方式也与干细胞等不同，而且增殖能力低，不能长期培养。

③ 注入受精卵，制造STAP细胞衍生的细胞布满全身的嵌合体小鼠的实验结果……与ES细胞不同，不注入细胞块就无法进行嵌合，且能分化为ES细胞无法分化的胎盘。即使将ES细胞和能分化为胎盘的TS细胞相混合，也不能很好地黏在一起，不会形成一个细胞块。

笹井认为，"这些数据很难由个人人为操作"，STAP细胞是"最合理的有验证价值的假说"。他做了这样的补充。"但是，假说经常被提出反证假说，是有必要进行斟酌的。今后理研要想切实立证，在保证客观性的情况下，由第三方进行实证是非常重要的。"

笹井先生即使在回答问题时也反复使用了反证假说一词。

"混入ES细胞（作为反证假说）是研究者首先要考虑的问

题之一，限于对ES细胞的认知，已经多次确认这一点是无法证明的。有一种说法认为，在嵌合体小鼠实验中，可能是采集了受精卵发育初期阶段的细胞块，然后放入其中，但'世界的若山'是不可能看错的。到目前为止，还没有发现说服力强的反证假说。"

"与ES细胞的遗传基因分析结果的模式也不同。如果是混杂物，很容易就能看出来。我们所说的STAP细胞，确实是至今为止不为人所知的细胞。"

也有人提问质疑笹井先生提出的三个数据的可信度。例如，关于①的实时成像，对于"可能是看到了死细胞"的指责，笹井反驳说："在细胞死了的情况下，会摄取某种特殊的色素，但是能看到没有摄取这种色素的细胞发出荧光。"对于③中的STAP细胞分化为胎盘的特殊万能性的"确凿证据"，他说："比我更专业的丹羽先生告诉我，这是一种与（分化为胎盘的）TS细胞不同的分化模式，是在TS细胞中不会发生的现象。"

笹井进一步说明了验证实验的重要性："对我来说，STAP现象至今仍是令人难以置信的，是一种如果没有它就无法解释的不可思议的现象，作为一名科学家，我渴望弄清它的真伪。在验证实验中分清黑白比什么都重要。"

当被问及在研究过程中亲眼确认的"原始数据"都有哪些时，笹井举出了三个。

• 有关畸胎瘤的一组6张图像中没有被认定为"造假"的那3张，"因为对焦不好"，和小保方一起重新拍摄了切片图像。

• 在拍摄实时成像时，看到了实时画面。

• 在将STAP细胞分化为各种细胞的体外实验中，一天内多次与小保方一起观察了STAP细胞是如何分化的。

他说："除此之外的部分，若山研究室以前曾给《自然》投过稿，所以我没有看原始数据。"那张被很多研究者指出"以畸胎瘤而言太成熟了，不自然"的照片，笹井说他也参与了拍摄。这令人愈发生疑：为什么他没有注意到这张照片的不自然之处呢？

对于万能性最严密的证明——嵌合体小鼠实验，他说"若山先生在现场"，"进行实验时，研究室的负责人有管理责任"等，暗示出了若山先生的责任之大。

他还说："我自己作为一名纯粹的顾问，是在帮助年轻人向世界展示他们独创的成果。我从来没有把这当作自己的工作来考虑过。"他提到自己作为责任作者的被称为"快报"的第二篇论文并没有被认定为有科研不端，称"论文后半部分的疑义已经得以消除"等。他的这些发言可以解读为是在回避责任，故而引人注目。

在这次记者会上，也有不少人就丹羽和小保方的两场记者会所涉及的科学疑义问题进行了提问。例如，在STAP干细胞中没有发现由成熟体细胞T细胞产生的基因痕迹（TCR基因重排），丹羽先生在记者招待会上曾解释说，在STAP干细胞和嵌合体小鼠中，TCR基因重排是非常罕见的。有鉴于此，论文的逻辑结构是不是本来就很脆弱呢？对于这个问题，笹井回答说："我想你们读了论文之后就明白了，T细胞的问题只写了一两行，这是证明的附加说明之一。使用能够证明是体细胞的细胞进行实验，并且可以高效率地制造（STAP细胞）。我是这样理解的：就像在实时成像中看到的那样，当看到非常少量的细胞数量猛增时，就应该研讨细胞是不是发生了变换这样一个问题，在此基础上，作为其中的一个旁证，加上了TCR基因重排"。

我与笹井之间的问答

虽然只允许每人提两个问题，但轮到我提问时记者会已经进行了约3个小时了。我就论文发表之前共同作者的研讨方式，以及已经报道过了的STAP研究成为"罕见的绝密项目"的理由进行了提问。我想弄清论文的漏洞被忽视的来龙去脉。

"刚才笹井先生您说，假说经常被提出反证假说，有必要对其进行斟酌。首先想到的反证假说就是混入了ES细胞。对于这种反证假说，在研究阶段是如何进行讨论的呢？"

"因为丹羽先生是（干细胞的）专家，所以在和丹羽先生讨论的时候，一个一直在问的事情是：如果这是ES细胞的混入，可能性有吗？"

"是丹羽先生和笹井先生之间这样做的吗？"

"这个嘛，在写论文的时候，若山先生正忙于从CDB搬到山梨大学去工作，所以只有3次会面和邮件往来。说到反证，我没有当面与他谈及这样的事情，因为当时将要讨论的是若山研究室的数据是伪影（实验中的错误和对其他现象的误解）的问题。但我和丹羽以及小保方的确进行过讨论。"

"我想情况是若山先生（在将其研究室搬到山梨大学后）也实现不了再现了，当若山先生就这一点向您询问时，您难道不认为应该对再现性进行更深入的探讨吗？"

"若山先生到山梨大学后，因为那里的启动工作，所以非常忙。如果在此期间他能来理研一趟，讨论一下，取得共识就好了。但是因为进行论文修改的实验太重了，还有小保方研究室正在施工等各种理由，所以没有实现。"

"也就是说，对反证假说没有进行过若山先生一同参与的深入讨论。第二个问题。我听说小保方在成为PI后，一次也没有在CDB内部的研讨会上做过发表，而这通常是PI要做的。笹井先生对小保方女士的事大包大揽，在论文的撰写上也是拧成了一股绳，听说有一段时间很难听到外界的声音。一次也没有进行过由研究团队以外的成员参加的批判性的讨论，这是笹井老师的方针造成的吧。"

　　"先回答关于小保方女士的提问，由于小保方研究室的施工花费了很长时间，（作为PI的实际业务）是从2013年的秋天开始的。之后，大概每2年就会轮到一次机会，由一位PI讲述自己的研究情况并进行讨论。根据我的理解，轮到她时应该是2月份，但是到了2月份的时候，对论文的质疑出现了，由于忙于制作向调查委员会提供的资料等原因，所以她未能按时发表。在那之前，她从来都没有被正式轮到过。关于她的演讲情况，她曾在若山研究室、人力资源委员会、PI共同作者之间，另外还在与我的研究室关系密切的另一个后援单位做过演讲。此外，有人提意见指出，在（论文投稿后）修订时，必须进行相当繁复的基因分析，我们已经与相关人员进行过非常深入的讨论。但是，关于催生STAP细胞的酸处理的条件等问题，我们没有讨论过，其他的问题我们都进行了讨论。"

　　"您的意思是说，虽然有机会去讨论对已形成细胞的分析，但是没有合适的场合去讨论其制作方法？"

　　"关于这点，瓦坎蒂教授的意向非常强烈，当时的状态是，在没有得到许可的情况下扩大信息的传播面是非常困难的。虽然论文是以文章部分为中心的，但无论是若山先生还是我，都不是那个方面的责任作者，所以根据我们的判断，很难就与论文根基相关的部分进行自由的信息发布和传播。"

"酸处理是小保方来理研后开发出来的方法吧?"

"是的。"

"既然如此，要经瓦坎蒂先生的同意，我觉得很不可思议。"

"瓦坎蒂教授的构思部分和那个……小保方也是瓦坎蒂教授直接雇佣的，所以我想他有作为责任作者来管理信息的意向。"

通过这一连串的对话，我发现，关于STAP细胞的制备方法和ES细胞混入的可能性等根本问题的讨论被限定在了理研的一小部分共同作者之间。也就是说，就连在证明万能性方面起到最重要作用的若山也被排除在外了。通过其他的提问环节，我逐渐感到各个共同作者都置身于一个很难感受到责任的环境中。

笹井在谈到小保方的"研究者资质"时是这样说的。

　　有丰富的构思想象力，在想到关键点时的集中力度非常高。这是当初招聘她时所有人都一致的看法，我现在也是这么认为的。同时她也存在着缺乏训练的地方，论文发表后发现，作为科学家，有很多技能在非常早的时候就应该掌握，但她却没有掌握。例如，在数据管理方面，我认为她有些马虎随意，导致了把数据搞错的结果。她是一位集两个极端于一身的人。我最后悔、最引以为戒的是，作为一名顾问，或者说作为一名高级研究人员，虽然我和理研的研究员们努力地提高了她的强项，但还要考虑到她的弱项，针对弱项进行强化，在认识到年轻的研究员哪里薄弱的基础上，不仅要让她茁壮成长，还要让她打好基础站稳脚跟，但这些我都没能做到，这是我自己的不足之处，对此我感到痛苦异常。

笹井对部分媒体就他与小保方之间存在着"不适当关系"的报道予以了否认。

CDB 走向崩溃的脚步声

在长达3小时20分钟的时间里，笹井一直在条理清晰地进行说明解释，这在某种意义上是让人钦佩的，但比起道歉，他的解释更加引人关注，他自始至终都在强调验证实验的意义，这一点不由得让人感到遗憾。他强调了若山先生的责任，反复说自己只是参与了研究的最后阶段，这些都加深了人们对他的"回避责任"的印象。此外，他的大部分观点主张与丹羽和小保方的重合，理研所属的三人与离开理研的若山之间的差异愈发凸显。

记者会结束后，我对庆应大学干细胞生物学教授须田年生进行了电话采访，他发表了对此次记者招待会的看法："论文的共同作者之间应该是相互合作、责任共担的关系，之所以出现如此大的分歧，是因为从研究阶段到现在，共同作者之间缺乏沟通吧。他们单线联系的情况颇具象征意义。"另外，对于笹井列举的STAP细胞的三个"物证"，日本分子生物学会会员、九州大学教授中山敬一在接受机动记者负责人清水健二采访时提出疑问说："这次的说明解释没有拿出新的证据，我不认为可以排除STAP现象以外的可能性。"

当我向在记者会上被反复提及名字的若山先生询问感想时，他的回复是："我的责任也很大。对此我不会反驳。"另一方面，根据大阪科学环境部记者畠山哲郎对三木律师的采访，小保方当天说："当我看到尊敬的笹井老师因为我的错误而回答严厉问题的身影时，我的内心充满了深深的歉意。"

《每日新闻》在头版、三版及社会版刊登了上述意见和记者会的情况。三版上，除了记者会的情形，我还根据事前采访总结了残存实验样品的状况和对其进行分析的必要性。

记者会的第二天，一位国立大学教授通过邮件发表了这样的感想。

那些科学性的主张对我来说没有说服力。我试图为他寻找证据，认为展示的数据是真实的，但我终究是不得其意。

特别是事已至此，为什么小保方给出的数据还能和普通人给出的数据相提并论，真是百思不得其解。历史已经证明，在造假的论文中寻找真相的行为是多么的空洞，多么的无用。被认为很容易制造的STAP细胞用已经发表的方法却很难制得，这一点已经被承认，撤回论文也势在必行，如此情势之下召开的今天的记者会，愈发显得荒诞不经。

我认为，他们的责任不是为了满足自己的兴趣而追求和验证回归假说的STAP现象，而是应该诚实地描述如此众多人员卷入其中的大骚动何以发生。宣传"进一步探求"STAP现象是一种罪恶，它让人们陷入愈发混乱的境地，这一点他们难道不懂吗？

我想称之为"一起捏造出STAP细胞的诈骗"。

某位国立大学的年轻的研究人员也发表了如下的批评："在没有实际看过原始数据的情况下，如果说出处不明的数据是

'有希望'的话，于我而言是完全不能接受的，恐怕笹井老师自己内心深处也是这么想的吧。不管是政府干预还是舆论使然，总之这次记者会的主要目的是安抚科学界以外的民众，对科学家而言，这次记者会给人的印象是极不诚实的解说贯穿始终。"

我个人暗自担心的事情发生了，笹井先生提出的观点，不像是出自一名科学家，（看起来）更像是来自一名理研CDB的干部，这似乎招致了越来越多的理研外部科学家的批评之声。

同一天，一位相关人士发来了这样的邮件。

　　正如我之所料，日本政界似乎已经对CDB的前途做出了相当重大的命运安排。一个时代结束了，一个研究所死去了，这一过程对须田女士等人而言，是反思日本科学发展状况的绝好素材，因此让我们拭目以待的，不仅仅是小保方的下场，还包括CDB的结局。

一个STAP细胞结束了CDB的历史。这封邮件的内容有一天成了现实，这是我万万没有料到的。

第七章　确认存在不端行为

　　《每日新闻》搞到了理研CDB的自查核查报告草案。草案中写道，在录用小保方时，采取了允许省略部分审查项目等例外措施。在这种情况下，"嵌合体小鼠"的图像也被发现存在着致命的疑点。

向笹井个别质疑

4月下旬，我针对笹井和丹羽所主张的"STAP细胞是最有希望验证的假说"的依据，再次进行了采访。

就有关"分化为胎盘的STAP细胞的特殊万能性"一题，我再次听取了专家的意见。例如，关于丹羽先生和笹井先生所说的，在嵌合体小鼠胎盘切片中"观察到了以前所未有的模式从STAP细胞分化而来的细胞"这一点，就有专家指出："不仅表达模棱两可，而且论文中也没有明确的数据。"

4月16日的记者会前，笹井曾暗示过有可能在会后接受个别采访，于是我再次向他提出了采访申请，但他的回答是："虽然举行了道歉记者会，但调查委员会报告书中指出我负有重大指导责任，根据指导责任的定义来判断，我当然有可能成为惩戒委员会的惩戒对象。"所以很难接受采访。

不过他说，关于科学方面的问题他可以通过邮件来回答。我立刻用邮件发送了几个问题，很快就收到了回复。另一方面，我也给丹羽发去了同样问题的，但并未收到回复。

其中的一个问题是关于细胞发出的"绿色荧光"的。在STAP细胞制作实验中，使用的是经过基因操作的小鼠细胞，当与万能性相关的Oct4基因发挥作用时，该小鼠细胞会发出绿色的荧光。但是，也有人指出，这可能是死亡细胞的"自体荧光"现象。光色是由光的波长决定的，在自体荧光发光的情况下，其光色不仅包含绿色，还包含大范围波长的光，因此细胞发出的荧光的波长如何成了这个问题的关键。

在记者会上，笹井解释说"这与死细胞的自体荧光是两码事"，小保方也说"已经确认那不是自体荧光"，但却没有给出明确的数据。"我听说不仅有观察Oct4的荧光波长范围内的光这一个方法，如果能观察到整体光的波长特性，那么是否是自体荧光的问题就会一目了然。要想消除可能是自体荧光的疑义，最快的方法不就是公开这样的原始数据吗？希望您能告诉我有无相关的原始数据以及数据公开的前景如何。"针对我的这个问题，笹井作了如下的回复。

正如您所指出的那样，死细胞的自体荧光波长带域很宽，不仅能看到绿色的荧光，还能看到红色的荧光。因此，通常进行的检查方法，主要是用绿色的滤光器（观察荧光），用红色的滤光器则几乎观察不到荧光。（按波长划分光的）光谱分析是一种方法，但自体荧光现象在某种程度上是自然存在的，所以我认为最好的方法是用基因分析等其他分析方法来确认。这次，在新进行的验证中，不就把这样的追加解析也考虑进去了吗？

有人指责说在STAP细胞衍生的畸胎瘤的图像中，分化为小肠和胰脏的图像显得过于成熟和不自然。就此我咨询了若山和笹井。畸胎瘤是将STAP细胞注射到小鼠皮下形成的良性畸形瘤，里面混杂着身体各种组织的细胞，是万能性的依据之一。若山在邮件中表示："我从来没有做过器官切片的工作，我理解网上的喧嚣指责，但我不知道那是真是假。"另一方面，笹井对此作了如下的反驳。

这些图像拍摄的是我自己在显微镜下实际观察的样本，它是畸形瘤细胞块的一部分。由STAP细胞衍生的畸胎瘤与ES细胞衍生的畸胎瘤相比，虽然整体体积较小，但从组织的局部结构清晰这一点来看，我感觉是成熟度比较高的。这种组织的形成可以说是畸形瘤内的自组装。因为ES细胞的畸胎瘤很难产生胰腺（这也不知道是真是假），所以STAP细胞的畸胎瘤也应该是一样的，这样的理解是不合乎逻辑的。用ES细胞即使是在试管内进行分化的实验，胰腺细胞也能产生出来，断定生物体内产生不出来的理由何在？另外，在向《自然》提交的更正中，这些图像是没有被替换过的。

笹井称"只有推理小说大行其道"

在邮件的末尾笹井发表了以下观点。

我目前的观点与我4月1日的声明基本相同。
即使对论文的细节进行retrospective［追溯性的］零

碎的分析，也不能证明STAP现象。我认为，先撤回论文进行不可预测的验证，是最有建设性的。我认为，当这样的再现实验取得成功，建立了第三方也可以实现再现的环境时，深化各种科学讨论，学术界再对conversion vs selection［转换与选择值：是细胞的转换，还是只是筛选出的生物体内原本就有的细胞］等问题进行认真的讨论才是健全的。

如若不然，大家就会自始至终地进行着"推理小说"般的讨论。

一文读罢，疑云难消。笹井当然应该知道，STAP论文中除了调查委员会列出的6个调查对象外，还有很多疑义，甚至还有STAP细胞本身就是造假而来的说法。尽管如此，在此前的记者招待会上，记者方面多次指出对过去进行验证的意义所在，笹井难道还没理解吗？我在回信中这样写道。

在信的末尾我想说，我也不认为对过去进行验证有助于科学地讨论STAP细胞的真伪。

但是，对于查清是否存在其他细胞的混入或者细胞被偷换的嫌疑，以及搞清研究工作是如何实施的，我认为那还是必要的。

不然的话，一旦验证实验以失败告终，真相就会消失于不了了之，那就很有可能从根本上失去社会的信任。

我担心，若如此，理研和CDB将无可挽回。

出于同样的宗旨，我认为公开原始数据和与审查员的交流情况，还是很有必要的。

笹井先生再次给了我回信。以下是信中笹井所称的"真心话"部分。

　　我有一事不明：为什么媒体对"在一段时间（例如3个月）内让小保方本人做出再现实验，并进一步进行协议化（附当场演示照片）和实施培训"的呼声不高呢？在网络上的喧嚣中，这样的呼声是相当多的。

　　最终，最接近实现再现的人，也是最应该对再现负责的人，却远离了实验室，这让这个问题变得异常复杂。我想，如果是在欧美，是会形成这样一种声音的。在日本，只有以博客为基础的不负责任的"枯草哀歌"①似的推理小说大行其道，让人感到非常别扭。

　　为什么这样的声音没有变得强烈起来呢？须田你怎么看？（这只是对个人身心俱疲状态的具有国民性的考虑吗？）

　　我想如果这样的声音变得强烈起来的话，理研和小保方本人都是会做积极考虑的。

　　……

一个人如果认为再现实验失败的可能性很大，那应该是写不出来这些的。时至今日，笹井先生仍然从心底里信赖着小保方，仍然对STAP细胞的存在抱有不可动摇的信任吧。在我看来，笹井先生在记者会上始终是以CDB干部的身份回答提问的，但这次回信的内容令人感到多少有些意外。我这样回复了他。

---

① 指1975年上映的日本电影《昭和枯草哀歌》，讲述了一个充满悲剧色彩的犯罪故事。同名主题曲风靡一时。——编注

尊意俱明。

确实，如果小保方能在公开场合实现再现实验的话，情况就会一下子好转起来吧。我也认为如果能成功的话，一定要做一下。

在小保方的记者会上，记者也提出了这样的建议。

小保方的回答是这样的：

"虽然我不知道用什么样的方法可以进行公开实验，但如果有人想看我实验的样子，我一定会去任何地方（进行实验）。如果有人能帮忙把这个研究项目稍微地往前推进一点的话，我会尽全力配合的。"另一方面，关于制作的诀窍，她说："这次的论文只是提出了'现象论'，并没有提出（STAP细胞制备的）'最佳条件'。还有更多的诀窍和某种配方之类的东西，希望能写成新的研究论文发表出来。"

对于当时正在记者会上进行采访的我来说，小保方对后者的回答非常令人费解。

现在对一名研究人员而言是拼死一搏的紧要关头，作为自己主张的"论文有错误但不会影响结论"的根据，如何由自己或第三方再现STAP细胞应该是最重要的课题。

如果是我的话，如果我对STAP细胞制作成功充满信心的话，我会在记者会上斩钉截铁地说："一定要进行公开实验。"我还会立即对外公开"诀窍和配方"。我不会说"下一篇论文"什么的痴人说梦的话。小保方的回答也可以解释为为将来的诉讼应对做准备，但即便考虑到这一点，其回答的内容也很难让人接受。

有人在刻意行动

就在笹井回信作答的4月24日晚上，理研又有新的问题被曝光。一份被公开的文件显示，担任调查委员会委员长的理研高级研究员石井俊辅于2008年作为责任作者发表的论文，因为图像数据存在改变顺序（剪贴）的错误，现已办理了订正手续。网络上有人指出，包括石井等人于2004年发表的另一篇论文在内的两篇论文，存在着图像的剪贴和重复使用的问题。《每日新闻》也得到了同样的消息，以东京科学环境部的渡边谅记者为中心，对此进行了最后的采访。石井在文件中表示，对于2004年的论文他"认为没有问题"，"对让人产生怀疑表示歉意"。

石井于24日晚提出辞去委员长职务的请求。第二天理研受理了这一请求，并开始对石井的论文疑义进行预备调查。《每日新闻》在25日的晨报、晚报以及第二天的晨报上，刊登了记者渡边和大场爱、筑波支局局长相良美成等人采访撰写的对这一事件的报道。

具有讽刺意味的是，被指出有疑义的图像与STAP论文中被认定为篡改的图像相同，都是关于"电泳"实验结果的。25日，石井在接受《每日新闻》等媒体的采访时解释说，"学术不端行为的判断标准是随着时代的变化而变化的。十年前是允许的事情，现在已经不允许了"，"我（的论文）只是换了一张图像中的顺序"，强调了与小保方的剪贴行为的不同。实际上，在石井的研究领域，正好从2004年左右开始，专业杂志等就开始介绍要求在剪裁图像的情况下应加线明示的方针。另一方面，理研内部也于2004年公开了论文图像的剪贴，当时的调查委员会要求撤回论文，石井也是委员之一。

该报道介绍了如下的评论："2008年的论文中石井也公布了实验数据，虽然取得了一致性，但是说自己的论文的剪贴没有问题，STAP论文的剪贴是不端行为，这也太过分了。"（日本分子生物学会干部）"如果连调查委员会成员都是这样一种状态，那么这就是一个严重的事态，有可能使整个生命科学失去人们的信任。"（精通研究伦理的东京大学名誉教授御园生诚）

25日，在位于埼玉县和光市的理研总部，以野依良治理事长为首的干部们紧急开会，进行了长达4个小时的对策协商。4月成立的由外部有识之士组成的理研改革委员会岸辉雄委员长也在当天会后举行的记者会上表示了担忧："如果（石井的论文）被判断为完全违规的话，那就不得不说整个调查委员会已经成了一个大问题。"暗示了原本计划在5月连休后汇编改革方案的计划时间有可能被推迟。

令人惊讶的是，对调查委员会成员提出的疑义在进一步地扩大。据了解，除了石井之外，担任委员的另外3名研究人员在各自的所属机构遭到举报，在他们过去发表的论文中也被发现有图像剪贴和挪用的现象。接到举报的理研和外部委员所属的东京医科牙科大学开始了预备调查。

这篇报道刊登后不久，又收到了来自记者八田浩辅的多位采访对象反映的如下问题。

——经过对调查委员的论文疑义进行的部分验证，发现都是些没什么大不了的问题，其中有的显然没有任何问题。可以推测，举报人根本没有确认过论文，或者是怀有恶意而为。这个告发者恐怕是站在小保方或其他共同研究者一边的人，或者是与他们利害关系一致的人。也许这种人以打击理研、调查委员及网络验证者为目的，收集了完全没有疑义或者没什么大不了问题的东西，向新闻机构和博主投诉。恐怕调查委员的不端嫌疑是不会被认定的吧。

虽然不知道举报人的意图，但对于石井以外的三人的论文的疑义很快就被洗清了。

畸胎瘤图像造假的重要性

就在那个时候，我听到笹井先生住院的消息，就给他发了一封慰问的邮件。

> 我听说您住院了，是真的吗？开记者会那时候您看起来比较精神，所以一直很放心……
>
> 如果您真的是生病，我在此表示衷心的慰问。
>
> 2月份以来，我想您一直是心力交瘁，所以当务之急是养好身体。希望您能早日康复。

幸好我很快就收到了回信。信中说，他是在记者会前住院的，原因是"过度疲劳和压力过大"，再加上慢性病的"急性恶化并发"，所以是在3月下旬紧急住的院，出院是在4月上旬。

他说："现在，为了保持好身体状态，是边休息边工作。"关于即将到来的黄金周的四连休，信中写道："理研也放假了，我打算努力撰写积攒下来的4篇论文（干细胞的自我组织化），希望须田能消除疲劳，过一个休养又休闲的好假期。"

紧急住院应该是相当严重的状况了吧。一想到平时看起来很健壮的笹井先生也住了院，我既意外又担心，但当得知笹井自己仍有科研意愿时，我的心便放下了一些。但在信的末尾的又及中，笹井出人意料地写下了他对调查委员会成员图像剪贴问题的见解。

　　然而，在调查委员会成员的凝胶［图像］的剪切粘贴问题上，存在着判定不端行为的double standard［双重标准］，这一点正变得越来越真实。

　　我认为，问题的根本在于一种不合理的讨论，即在过去的10年里，对于严格的标准被贯彻并渗透到了多少研究人员中不闻不问，只将100分作为合格分。我认为，最重要的是，整个科研共同体都要去认真地面对和接受现实，制定出一个面向未来的"改善"系统方案，而不是在那里说"我很认真，只有谁谁不好"。

　　凝胶的剪贴行为，与其说其本身存在着问题，倒不如说它本身存在着一种危险：无限制地允许这种行为，有时就极有可能发展到允许篡改进而产生巨大的谎言。因此，原本的"李下不整冠"变成了现在的"讲文明，不剪贴（例外情况除外）"。

　　（从石井委员会的问题来看，）我觉得现在的标准是不合理也办不到的，因为它试图用"故意"这个过于微妙的词来解释伦理问题和实质上存在着的不端行为的范畴。

笹井先生的见解也有可以接受的部分，但我个人的印象是，畸胎瘤图像的造假是更为严重的不端行为。因为石井先生的辞职便只去关注图像剪贴问题，这样做有些不妥，基于这种想法，我坦率地给笹井写了回信。

连休期间还执笔论文，不愧是笹井老师啊。

我期待着您的关于自组织的新成果的发表。

（中略）

关于图像剪贴问题，我饶有兴趣地读了笹井老师您的指点。

研究规则本身也在变迁中。

不过，就我个人而言，比起图像剪贴问题，我原本更感兴趣的就是畸胎瘤问题。

从实验重要性的观点来看，畸胎瘤问题更为重要。

因为发生了委员老师们的图像剪贴问题，就减少了对畸胎瘤问题的关心，这样做反而会成为问题。

请多保重身体。

论文主要作者的观点主张纷纷出炉的这段时间，给我们提供了回顾2月以来发生的这些轰动事件的良机。在《每日新闻》的晨报上，辟有供记者阐述自我见解的"记者之眼"栏目。该栏目以"STAP细胞问题"为主题，分上下两次进行了报道。

5月8日的晨报推出上部分，大阪科学环境部的根本毅组长在加入报社前曾有过在研究生院攻读生命科学的经历，他以通俗易懂的语言说明了科研不端行为的含义："科学研究就像是在玩拼图游戏。如果有人随意制作了拼图图片，整个拼图就会拼不上。即使假的图片做得和真的一模一样，也会在共同玩游戏的人之间产生某种不信任感，使得共同作业无法进行下去。"他还表示，"想知道STAP细胞本身是真有还是假有"，应该让小保方本人再做一次实验。

第二天出版的下部分是我写的。全文回顾了事情发展到今天的经过以及共同作者之间对不同的质疑是如何应对的，指出既然有很多疑义没有成为调查对象，那么即使理研在进行的验证实验中成功地制作出了STAP细胞，对论文的质疑也不会消除，相反，即使失败，也无法断定"STAP细胞有还是没有"。我还主张："希望在进行验证实验的同时，彻底调查并公布在STAP研究过程中究竟发生了什么。"作为素材，我列举了以下几个例子：STAP细胞的残留实验样品、实验装置及小保方等人的电脑中残留的原始数据、实验笔记、向《自然》投稿的论文原稿及图像图表类的原图、与审稿人的交流等等。最后，我是这样总结的：

"我衷心地希望，如果理研还是一个诚实的科学家集团的话，那么就不要不了了之，要以冷静的科学眼光去主动地揭露真相。这应该也是对那些对STAP细胞寄予厚望的社会各界人士，以及日夜努力埋头实验、与不端行为无涉的科研人员的责任和义务。"

新的怀疑：嵌合体小鼠图片也是造假

——CDB独自对论文的全部图表进行了详细调查，发现大部分图表都存在问题。其中还包括多个"致命的疑点"。

听到这一惊人消息是在石井辞去委员长职务之后不久。

虽说网络上已经出现了很多质疑，但CDB是小保方等人所属的机构，是极有可能接触到原始数据的地方，如果是CDB独自进行详细调查并整理出的结果的话，那么其意义是巨大的。这正是《每日新闻》想要独自报道的内容。

在几次询问相关人员的过程中，报告中所包含的可疑内容逐渐浮出了水面。所谓"致命的疑点"据说是作为论文根基的嵌合体小鼠的实验结果。我想的确如此。嵌合体小鼠是若山使用小保方交给他的"STAP细胞"制作的。即使小保方的实验笔记记录不实，只要将图像原始数据附带的拍摄年月日等信息与若山的实验笔记进行对照，就可以追溯出论文中图像的由来。

疑点之一是，论文中被认为是"STAP细胞来源""ES细胞来源"的嵌合体小鼠图像，在原始数据中都是"STAP细胞来源"。据理研的调查委员会称，论文中包括图像在内的图表类文件均是由小保方和笹井制作的，这一点在对若山的采访中也得到了证实。有关人士说："这可能意味着（图的制作者）并没有分清STAP细胞和ES细胞。"

闻听此事，顿感惊愕。在调查STAP细胞的万能性方面，制作嵌合体小鼠是比畸胎瘤实验更重要的实验。如果疑义属实，那么实验的可信度将归于零。

关于CDB的独立调查，大阪科学环境部记者斋藤广子采访了CDB中心主任竹市雅俊，竹市承认已经开始了调查，因此4月30日的晨报对此进行了报道。

虽未触及调查结果，但对于理研来说，这是一篇不受欢迎的报道。30日晚，在东京都内举行了改革委员会第6次会议的新闻发布会，发布会结束后，有其他媒体的记者问道："今天有一些报道称，CDB独自调查了所有的数据……"理研的一位宣传工作人员当时坦然地做了这样的回答：

"关于这一点，我们向《每日新闻》提出了抗议。因为情况是报道似乎写了竹市先生只字未提的事情，事实上中心主任并没有回答过什么。"

"你的意思是说那篇报道是假的？我从我的大阪同事那里没

有听到有关理研抗议的事情。"

也许是被我这来势汹汹的一问吓着了，"请稍等一下"，另一位工作人员说着便慌慌张张地跑进了另一个房间。过了一会儿，他出来道歉说："我们没能确认是否提出过抗议，非常抱歉。"理研对另一家媒体的记者做出了误导性的说明，让我感到格外愤怒，但这也证明了理研对调查结果的处理变得神经质的另一面。

理研莫名其妙的应对还在继续。

据机动记者负责人清水健二5月5日在晨报上的报道，理研理事长野依良治曾于4月下旬向所内约3 000名研究人员下指示，要求他们对过去十余年间所写的全部论文进行"自主检查"。据说要检查的论文数量达到了2万篇以上。一位接受采访的研究人员惊讶地表示："我不认为为此抽出宝贵的研究时间有什么意义。"我也有同感。

公开实验笔记意欲何为

自从小保方对理研调查委员会的不端认定提出申诉后，约一个月的时间马上就要过去了。如何处理小保方的申诉成为一个焦点。大场爱、斋藤有香两位记者在黄金周的连休期间也没有中断对相关人员的采访。5月7日，调查委员会决定不进行调查，《每日新闻》在第二天的晨报上进行了报道。

小保方方面在4月20日和5月4日提交了详细说明自我观点主张的理由补充书，但其内容大部分是对篡改、造假定义的不同见解和对图像弄错经过的反驳，小保方说实验笔记"除了交给调查委员会的两本以外还有其他的"，但并没有提交。

另一方面，在大阪，吉田卓矢、畠山哲郎两位记者连日来都在对小保方的律师团进行集中采访。

针对调查委员会的方针，律师团于5月7日发表评论说："无论如何也不能接受。对草率和粗糙的处理感到深深的失望和愤怒。"当天，作为理由补充书的一部分，他们还首次向媒体公开了小保方的部分实验笔记。根据吉田记者的署名报道，公开的部分为2012年1月24日的笔记。那是"关于畸胎瘤分析"的，有两只小鼠的图，记载着"畸胎瘤PFA固定"等内容，另外还有当天拍摄的老鼠照片，他们声称畸胎瘤的位置大小与耳

律师团公开的小保方的部分实验笔记

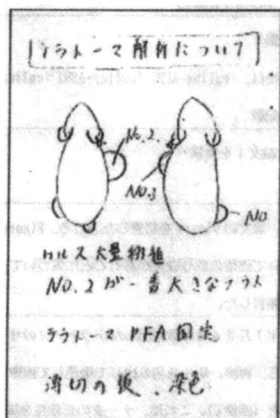

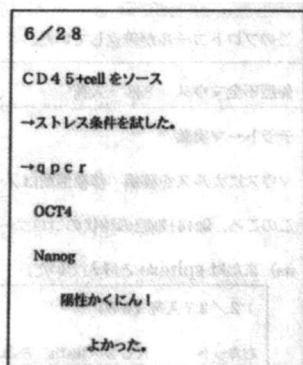

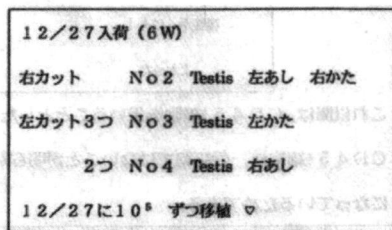

朵的切口等是吻合一致的。律师团就被认为是造假的论文中的畸胎瘤图像提出主张说："如果对照小保方的说明和笔记，就会知道实验做得很好。"

小鼠的图是手画的，其他的笔记内容有用电脑重新打出来予以公开的部分，里面有"阳性确认！太好了"的字样和心形标志等，如此记录在通常的实验笔记上是看不到的，因此引起了一片争议。

一位相关人士日后这样推测了公开这部分笔记的理由。

"笔记的其他部分多少有些正面的记述。律师之所以选择那一页，大概是想暗示她虽然有直觉，但没有通常的研究能力，因此共同进行实验并撰写论文的其他作者是负有责任的。我认为这是为逃避责任能力而埋下的伏笔。"

"很明显小保方有篡改和造假的科研不端行为"

第二天8日，理研正式决定驳回小保方的申诉，并通知了小保方方面。造假、篡改这两项不端行为已经被认定坐实，理研根据规程进入了对小保方的惩戒程序。理研还发出劝告，要求撤回两篇STAP论文中存在着不端行为的主论文"研究性论文"。

理研于8日下午在东京都内召开了记者会。调查委员会成员出席了上半场。接替石井先生委员长一职的渡部惇律师，一一阐述了不更改最终报告结果的根据理由。

在理研的规程中，关于科研不端行为有"不包括无恶意的错误及意见分歧"这么一条，鉴于此小保方方面诉称图像不完善一事"是过失，并非科研不端行为"。对此，调查委员会认为："如果把'恶意'解释为具有加害目的之类的强烈意图，那么只有在这种强烈意图下的行为才会成为规程的对象，但很显然这种解释违反了制定规程的目的，即对研究论文的可信度予以担保。"并解释说："这是法律用语的'明知故犯'之意，与故意同义。"

对于被认定为"篡改"的电泳图像，小保方方面虽然承认了剪裁两张图像的事实，但认为"'篡改'是指尽管显示良好结果的数据是不存在的，但为了假装存在而进行的数据变更和省略，其本质在于虚构出显示良好结果的数据"，并主张"这次显示良好结果的数据是存在的，图像剪贴行为不属于篡改"等。对此，调查委员会表示："即使有显示良好结果的数据，如果通过操作或变更等加工使图像变得不真实，则当属篡改的范畴。"并公布了对两张图像进行详细研讨的结果。

电泳是将混有多个DNA片段的样品加入被称为凝胶的琼脂中，然后通电使其泳动的实验。由于DNA的长度（分子量）的不同，它们的泳动迁移距离也不同，因此通道中会出现表示各DNA片段的被称为条带的横条，从中可以看出样品中含有什么样的DNA。但是，根据每个实验的微妙条件的不同，即使是相同的DNA片段，其迁移距离也会不同，分子量和迁移距离成正比的范围也会发生变化。

小保方承认她将一侧的凝胶的图像纵向拉伸后再贴上，调查委员会指出，在这种情况下，两种凝胶的"标准DNA尺寸标记"的各条带的位置关系会产生明显的偏差，并解释说，如果像小保方所主张的那样，在"目测"的条件下剪贴出一个通道，条段分子量的科学依据就会丧失，数据也就缺乏了真实性。

调查委员会还介绍了一个最新判明的饶人回味的事实。小保方等人最初是向英国科学杂志《自然》投稿被拒后的2017年7月，在向美国科学杂志《科学》投稿同主旨的论文时，审稿人要求在剪裁电泳图像时画白线以示区别。对此小保方向调查委员会解释说："我没有仔细查看《科学》杂志审稿人的评论意见，对其具体内容没有认识。"

调查委员会认为，由于小保方亲自准备了被认为是那篇投向《科学》的论文的修订版论文，因此对小保方"在改稿时，完全没有看过审稿人的评论意见"的解释不予认可。此外，由于小保方在被审稿人指出问题7个月后的2013年3月，将一篇含有问题图像的STAP论文投稿给了《自然》杂志，由此调查委员会得出了"具有很明显的恶意"的结论。

在回答记者提问的过程中，记者了解到，过去的投稿论文及审稿资料等补充资料都是由若山提交的。另一方面，小保方说她拒绝提交投给《科学》杂志的论文及其修订版，对此调查委员会指出："不提交本应支持（自我）解释的资料，不得不说那是自己放弃了申辩的机会。"

对于那被认定为"造假"的畸胎瘤图像又是如何解释的呢？本应是"由对淋巴细胞进行酸处理得到的STAP细胞"的图像，实际上却是在其博士论文中使用过的"源自对骨髓细胞施加物理刺激得到的细胞"的图像，小保方对此给出的理由是"搞错了，那只是单纯的过失"。

但是，调查委员会表示："研究人员谁都能认识到，如果不一张一张地确认图像的出处，那就存在着在论文中使用了实验条件不同的图像数据的可能性。"

· 从论文投稿到采纳（决定发表）有9个多月的时间，更换图像的机会是充分的。

• 在2012年投稿的同一主旨的论文中也使用了同一组图像，虽然有两次以上确认它们的来源的机会，但却一直没有人去做。

• 问题图像中两次出现了在原始图像数据上补充的说明文字的痕迹，小保方也承认"说实话，我注意到了文字的出现"。

调查委员会从以上事实出发得出的结论是："可以认为那是在认识到存在着是其他实验的数据的可能性的同时使用了图像，不能说是忘记了。"

另外，小保方声称"自己发现了错误并进行了报告"，"正确的图像是存在的"，对此，调查委员会指出：

• 2月20日笹井和小保方的最初报告只说明了原来的细胞不是淋巴细胞而是骨髓细胞，没有说明实验方法的不同，也没有说明博士论文中使用了相同的图像。

• 提交的实验笔记不能证明是如何获得声称是正确的图像的，而且对于从老鼠身上取出畸胎瘤5个多月后才进行分析的解释，这让人无法不感到不协调。

据此，调查委员会认为小保方的上述主张"不影响认定为恶意的理由"。

此外，小保方主张，没有等到理研4月开始的验证实验出结果就作出是科研不端行为的断定是不可接受的，但调查委员会认为，"很明显，小保方存在着篡改和造假的不端行为，没有必要对再次实验下达指示和许可，小保方也没有提出过相关申请，因此也没有必要等待验证实验的结果"。据悉，小保方不仅没有提交其他的实验笔记，也没有提交调查委员会要求的资料、医生诊断书等。

理研总部要对 6 件以外的疑义置之不理吗？

在答记者问环节中，实验笔记再次成为话题，调查委员、理研主任研究员真贝洋一说："首先，笔记的很多页面上没有日期和年份。只是写了笔记，如果别人想要验证的话那是不可能的。"

有人提问："关于投稿给《科学》杂志的论文存在图像剪贴的指责，小保方以外的共同作者们也认识到了吧？"对此，真贝委员明确回答说："从若山那里拿到资料的时候，里面没有投稿给《科学》杂志的论文的校样。"渡部委员长也补充说："若山没有看过投稿给《科学》杂志的论文的图表。"关于向《自然》重新投稿并发表的STAP论文，若山本人曾解释说自己并没有参与论文的撰写，实际看到论文也是在投稿的前一天，对这一点调查委员会也承认"的确如此"。

继调查委员会的记者会之后，理研总部的川合真纪理事（负责研究工作）、米仓实理事（负责合规工作）、渡部委员长三人也举行了记者招待会。

渡部委员长表示："我认为小保方对'恶意'一词有相当大的误解。在同一规程中，也存在着使用一般意义上的'恶意'一词的内容，规程的文件表述也存在问题。"米仓理事表示"将讨论修改规程"等，他们都承认规程的措辞表达引起了混乱。

来自会场的提问多半是就理研对事件的应对持批判态度的内容，但我觉得理研总部的回答大多缺乏说服力。

此次的申诉审查结果，对小保方在数据管理和论文制图上的马虎随意，进行了比以往任何时候都更加具体、详细的说明，对此，有记者质问道："暴露出的问题很严重，难以想象科研搞成了这个样子。花百姓的税钱，用一年时间去验证STAP细胞是否存在，这样做还有意义吗？"对此川合理事表示："STAP现象的发现是通过理化学研究所的信用发表的，我们有责任证明这一点。我们将尽力做到这一点。"

对于"既然已经认定了不端行为，那么基于研究成果的专利将如何处理"的问题，米仓理事回答说："拟根据验证实验的结果进行判断。"虽然有人指出"专利申请文件中也有存在不端嫌疑的图片"，但他还是回答说："申请人中也有非理研的其他方，所以仅由理研来判断是否合适是一个问题。我认识到论文和专利是两码事。"据悉，目前还没有与共同申请者东京女子医科大学和美国哈佛大学进行协商。

在给《科学》杂志的投稿中，新发现了有人指出的图像剪贴的事实，如果重新调查的话，那就很有可能会发现新的科研不端行为。当记者问道"届时是否可以进行重新调查"时，渡部委员长是这样回答的："申诉审查方面的调查只限定于当初被认定为不端行为的范围内。即使偶然出现新的不端事实，也应该由另外的调查委员会来调查。"从某种意义上说，这种说法可以接受。

但是，川合理事补充说："我们认为对论文是否存在不端的问题已经进行了充分的调查。"这表明，理研目前并不打算设立其他的调查委员会，也就是说，除了现调查委员会调查的6件疑义以外，理研没有处理其他疑义的计划。

之后，终于轮到我来提问了。

"川合理事强调科研不端和科学上的真伪是两码事，对此我感到非常别扭，请问为何对6件疑义以外的疑义置之不理就结束调查了呢？川井董事以前说过，监查室与合规室正在研究STAP细胞与ES细胞的基因相似性。您能否讲一下调查委员会不考虑其他（包括与ES细胞的相似性）问题的原因和经过始末？"

"我们首先对问题分而处之。论文的不端行为由调查委员会努力进行调查，STAP现象是否存在的问题由检验小组全力以赴地负责。另一个问题是，从残留的各种样品和材料来寻找各种科学依据难度很大，也有人对此提出了疑义。目前之所以先实施验证计划，是因为我认为，在讨论ES细胞和STAP细胞之间的差异时，在不知道STAP细胞是什么的情况下，这种讨论是非常困难的。如果知道STAP现象本身是真实的，就会出现可控数据，验证也就有了可能。尽管如此，包括须田女士在内的许多熟悉科学界的人士也提出了这样的意见。因此，我们将对这样的意见予以优先考虑，现正在研究如何将其付诸实行。我们正在同时进行科学研究，以便能对其与ES细胞的相似性问题作出正确的解释。等结果出来以后，我想我可以再向你做一下介绍。"

"您是说今后有进行具体调查的计划。"

"因为需要预算等原因，我认为调查是有限度的，但我们现在已经在力所能及的范围内开始进行研究了。"

"我所说的不单单是指通过验证实验验证STAP细胞的真伪，还包括过去在撰写已经问世的STAP论文的过程中发生了什么。"

"我们现在正在开始研究您所说的这些问题的突破口在哪里。"

"除了样品分析之外，还有许多可疑的图像和表格。我们可以想到很多马上就能做到的手段，例如，要求他们一个一个地提交原始数据并予以公开，要求他们对这些数据进行广泛的验证。但为什么迄今为止还没有实施呢？关于涉及过去的验证，我认为时至今日原本是有更多的事情可以去做的。"

"您的意见我们知道了。"

虽然最后这不冷不热的回答让我耿耿于怀，但幸运的是，之后提问的两家媒体接着咬住问题紧追不放。

川合理事表示："作为理研总部的立场正如最初所说的那样，请求调查这篇论文是否涉及不端行为，是否有行为不端之人，结果表明这些是存在的，于是我们发出了撤回论文的劝告。对于该论文，调查委员会现在已经做出了有科研不端行为的认定，它的使命也就要结束了。不过，在验证过程中，可能会有不得已而为之的情况出现。到那时我们也没有打算置之不理，不过，我想现在可以下调一下这些问题的紧迫程度。"关于基因分析，他说："可能会部分地尝试一下，真正意义上的分析还没有做。"

"对轻重缓急的判断是不是有些问题？既然说要防止此类事件再次发生，就应该首先明确发生了什么，然后再防止此类事件再次发生。"对这样的提问，川合理事做了如下的回答。

"在有限的预算和框架内，首先要做什么呢？关于轻重缓急，提高哪里的优先顺序，有着各种各样的想法。根据我的预测，样品和每一个图像的验证都需要花费大量的时间。因为只是我的预测，想法上当然会与其他人有差异，但不是我一个人做决定，而是在商量的基础上行事。在收到对此次申诉的答复后，我们就已经进入了下一个阶段。因此，关于须田女士所说的如何验证剩余样品的问题，我们现在正在把它摆到桌面上进行讨论。我们需要一点时间。"

"全部图像调查？现在还不清楚"

据小保方的代理人三木秀夫律师说，当被告知理研不重新进行调查的决定时，小保方显得异常失落无言以对，只是说了句"说什么都没道理"。三木律师批评说："这是预下结论的决定，无论如何也不能接受。"对于撤回论文的劝告，三木律师明确表示："小保方没有撤回论文的意思。"

《每日新闻》5月9日的晨报在头版和第三版对记者会展开了报道，内容包括了小保方的反应。此外还刊登了调查委员会报告书的摘要。第三版的报道集中到了STAP论文的最终结局上。理研的论文撤回劝告没有强制约束力，第二篇论文没有接受劝告。如果主论文是"父母"的话，那么第二篇论文就相当于"孩子"，如果主论文变成了白纸，那么子论文的成果与基础便会崩溃，川合理事说："'父母'不在了，'孩子'却留下了，这也许很奇怪，但这是由《自然》来判断的。"他同时还介绍了将判断委托给了拥有论文强制撤回权限的《自然》出版社的情况。

9日，《自然》的宣传负责人在接受八田记者的采访时，就论文的处理问题表明了"近期将得出结论，采取措施"的见解。对于撤回论文还是修改论文的问题，他表示"无可奉告"，回避了回答，但在以"一般而言"为前提开场之后他解释说："如果作者无法提供支持论文结论的根据，即使有作者不同意，《自然》也会决定撤回。"

此外，在同一天的内阁会议后的记者会上，文部科学大臣下村博文正式表示，放弃在通常国会会议中提交将理研指定为"特定国立研究开发法人"的法案。他说："如果理研能够履行对国民的说明责任，建立起完善的治理反应机制，也会考虑（秋季）向临时国会会议提交该法案。"

在理研总部的记者招待会上，就《每日新闻》报道的CDB开展的全部图像调查，有媒体问"今后会发表（结果）吗？"川合理事回答说："全部图像调查？现在还不清楚。"对事实完全予以了否认。对此，我很在意，于是询问了一开始提供信息的相关人士，对方痛苦地说：

"听说此事被《每日新闻》报道后，竹市中心主任被叫到理研总部，就被报道一事致歉。全部图像调查是CDB内有良知的成员，说服当初对此并不感兴趣的竹市中心主任而发动的，但是现在已经不可能公布了。理研总部对CDB的批评压力很大。"

另一方面，在CDB的内部调查中，关于来源于STAP细胞和来源于ES细胞的嵌合体小鼠的比较图像都是"来源于STAP细胞"的这一说法，也得到了另一位相关人士的确认，此人是直接从若山那里听说的。据说问题图像来自没有被调查委员会认定为有不端行为的第二篇论文"快报"。另外，在这第二篇论文"快报"中，还存在着另一个疑义，即重复使用了与主论文"研究性论文"相同的嵌合体小鼠胎儿的图像。

此外，由外部有识之士组成的改革委员会的一位委员也表示："我们认为，如果对已经发生的事情一无所知的话，那就无法制定改革方案，现在是很难得到想要的数据。"

小保方开始进行再现实验了？

5月中旬，在错综复杂的各种信息中，有一个特别奇怪的消息传来了。

这个消息的内容是："小保方本人很快将在CDB，在验证实验总负责人相泽慎一特别顾问的监督下开始再现实验。"据知情人士透露，贴着小保方最喜欢的姆明贴纸的实验装置，已经从关闭中的小保方研究室实验室被转移到了另一栋楼内的相泽的研究空间。另外，几天前，笹井听到小保方参加的消息后，兴高采烈地说："如果STAP实验能再现的话，那可就是一举扭转乾坤了。"

一位早就确信STAP细胞是造假产物的相关人士表示："他们在密室里，用秘密配方进行实验，如果对外宣布再现实验成功了的话，即使科研界不相信，其作为政治信息也有一定的作用。我们要避免闹剧，不能在造假的基础上进一步反复造假，就好像真有STAP细胞那回事似的进行宣传。"

这位相关人士的话语里夹杂着传闻，虽然不知道其真实程度有多高，但如果是在秘密进行准备的话，那就不能忽视了。我当天通过电话和邮件采访了很多人。

接电话的CDB的一位干部说："大约两周前，倒是听说过有这样的计划。但是，究竟是什么时候、以什么形式进行，目前还不得而知。"

丹羽出差不在，是相泽接的电话，他全盘否认了这一计划。

"这件事我不知道。至少理事会说在惩戒委员会结果出来之前不允许她做实验，我是这么理解的。"

当我问道，即使小保方自己不做实验，不是也可以站在一旁给出建议吗？他承认现在已经在通过电话向她征求建议。据说我是就此事询问的第一人。

再次打电话时，我询问了实验装置是否真的搬移了，相泽显然是很不高兴的样子。"我不知道。你为什么问这么个问题？过几天你该不会问我我的鞋子到哪里去了吧。"

小保方的代理人三木律师的回答意味深长。他说："关于此事无可奉告。"当我再次询问住院的小保方是否可以外出时，他说："包括这个问题的回答在内，我们现在不会发布任何消息，所以我不能发表评论。我们正在研究所有的可能性。"

我也通过邮件询问了笹井，得到的答复是："现在（小保方）还在住院，另一方面，她还在等待惩戒委员会的决定，所以我推测，即使她本人有意愿也很难行动起来，至于（小保方参加实验）是如何做到的，我也不太清楚。"

最终，这一整天并没有揭开小保方参与计划一说的内幕，倒是进入了下一周，又有消息传来，说这次小保方开始去CDB相泽研究室"上班"了。据悉，CDB所内的多名研究人员看到了小保方的身影，小保方结果还是亲临实验了？我再次发邮件询问相泽，得到了既不肯定也不否定的回复。

正如我之前所说，小保方不是我担任负责人的验证项目的成员。理事会说，在调查委员会及惩戒委员会得出结论之前，不准许她进行再现实验。

然而，正如我在记者招待会上所说，在启动本项目时，我们允许向她寻求建议和其他合作，并且可以随时寻求这种合作。这一点目前没有任何变化。

如果上述事项发生变更的话，比如规定她可以自己进行再现实验的话，我想我们会通过宣传部门对外公布的。

我认为我们是不可能向《每日新闻》提供独家消息的。除此之外，对于您的提问，我认为没有其他需要我抽出时间来回答的地方了。

　　另外，请将下面的话转达至向您透露消息的人士：

　　如果有富裕时间，请将它们用在进一步专注研究工作方面。

读了回信的最后两行，我想相泽先生是不知情的。

为什么有人会向媒体透露这样的信息呢？无非是因为CDB内外涌动着一种对理研应对的不信任感。不仅是论文作者的不端行为，理研的被动应对和隐瞒真相的"体质"也会给社会对生命科学、理研和CDB的信赖带来无法挽回的损害，长此以往，连自己的研究环境都有可能被推向危险的境地。正因为抱有这种危机感的科研人员不在少数，所以才会有人跳出来向媒体提供信息。

内部文件显示小保方的被聘用是一个特例

"CDB自查核查委员会的报告草案，你能来过目吗？"

那时，有人给了我这样一个求之不得的提议。几天后，我前往指定地点，简短的寒暄后对方递给我一份资料。

我匆忙地浏览了一下，发现了几个第一次知道的内容。我虽然确信这能成为一篇报道，但它毕竟是不能复印的。我战战兢兢地从包里拿出了相机，做了一个拍摄的手势，用眼神征求对方的同意，对方轻轻地点了一下头，于是拍摄工作便开始了。

拍摄完毕回到公司后，我与永山悦子主任和清水健二机动记者负责人讨论了如何把这份材料写成一篇报道。

报告草案对STAP细胞研究及相关论文撰写的过程、小保方的录用经过、报道发表等环节进行了验证，在摸清问题的基础上，提出了改善对策。

默默地读到最后的清水开口说的第一句话是："这太有意思了。"

报告草案里面虽然有很多在过去的连载报道中已经独家披露的内容，但从"迄今尚未报道发表的新事实"的角度来看，我们最关注的部分是CDB在聘用小保方为研究小组负责人时，为了保守STAP研究的秘密，采取了省略部分审查项目等例外措施。

报告草案显示，CDB自2012年10月起开始公开招募新PI，从47位应聘者中，招聘了包括小保方在内的5人。当时，决定CDB运营重要事项的集团主任会议（干部会议）做出过允许STAP研究在论文发表之前保密的决定。因此，负责审查PI候选人的人力资源委员会采取了一项例外措施，即只举办非公开的用日语进行的面试和问答，而通常的要求是对通过申请文件初选的候选人要举办公开的用英语进行的研讨会。

对于没有实际业绩的小保方，人事委员会没有对她过去的论文进行仔细调查，也没有听取小保方作为若山研究室客座研究员的研究活动情况等，被认为没有慎重地研究其作为PI的资质。CDB既没有制定有关聘用PI的明文规定，也没有明示采取例外措施的规则。

接下来引人注目的是与笹井参与项目相关的内容。根据报告书草案，笹井是在2012年12月21日在人事委员会组织的对小保方的面试中才第一次知道有一个STAP研究项目。受竹市先生的委托，他积极参与了论文的写作指导工作，还负责与查尔斯·瓦坎蒂教授等美国哈佛大学的作者进行协调。当时，他信任小保方提供的过去的数据，没有对这些数据进行批判性的重新研究，结果忽视了错误。

小保方于2013年3月1日就任研究小组负责人，搬迁到新研究室之前的8个月的时间，她主要是在笹井研究室里度过的，而人事和物品的管理则由笹井掌管。CDB规定，每位年轻的PI配两名高级研究人员担任导师（顾问），小保方的导师由笹井和丹羽担任。但笹井"超越研究指导的界限"直接参与加入了STAP论文的撰写，不仅成为第二篇论文的责任作者，还作为发明人加入了专利申请。

报告草案指出，在这种情况下，出现了笹井"大包大揽的状况"，忽视了小保方的教育，再加上与共同作者的联系不充分，无形中减少了数据验证的机会。

STAP研究成为"绝密项目"的背景是笹井的"秘密主义"，《每日新闻》在对周边的多位研究人员的采访中证实了这一点，4月初在第一时间对此进行了报道。在笹井的记者会上，我自己也提问过"是否存在着'大包大揽'的情况"。这一点似乎也得到了自查核查委员会的佐证。

报告书案还进一步指出，在论文的报道发表过程中，笹井在如何做宣传上的准备方面下指示，与文部科学省进行了联络商谈，而第一作者小保方几乎没有参与进来。笹井在新闻发布会前一天晚上制作了将STAP细胞和iPS细胞进行比较的资料，在没有与宣传部门负责人协商的情况下，将其分发给出席者，这一资料后来因被指"不恰当"而被撤回。当天笹井还担任了发布会的主持人，而这通常是宣传部门负责人的职责。笹井作为领导承担起了CDB的预算申请工作，他寄期望于通过STAP研究的巨大影响来获得新项目的预算，这可能是在新闻发布中突出 iPS 细胞和 STAP 细胞差异的主要原因。

总结以上内容的报道以《聘用小保方也是特例》《笹井超越界限"大包大揽"》为标题，在 5 月 22 日晨报社会版的醒目位置上发表了。

第二天 23 日的晨报继续刊发报道称，被认定为篡改的剪贴图像在一篇 2012 年 6 月向美国科学杂志《细胞》投稿但并未被采纳的论文中曾经出现过。STAP 细胞论文曾于 2012 年 7 月向美国《科学》杂志投稿但未被采纳，当时的审稿人也曾指出过图像是被剪贴过的，这一点在调查委员会的报告中已经明确了。被认定为篡改的剪贴图像至少在三篇论文中被使用的可能性是很高的。

在这同一篇报道中，还介绍了这样的怀疑：在小保方为 2012 年 12 月理研的招聘面试而提交的研究计划书中，出现了与本应和研究计划无关的小保方博士论文中的图像极为相似的图像。

论文"快报"也存在不端？

5 月 21 日晚上，在我准备第一篇报道的时候，出现了一件略显失算的事情。在晚上 7 点的新闻中，NHK 报道了 CDB 对全部图像进行调查的部分结果。

实际上，当时我已经拿到了全部图像调查报告书的详细资料。本想第二天发报道的，但现在既然其他媒体已经报道了，那就不能隔天报道了。

事情紧急，我急忙赶写出了针对 NHK 报道的那 2 件疑义的报道稿。题目是《不端认定以外仍有 2 张图片存疑》，刊登在了报纸有关CDB自查核查报道的旁边。

我还进一步请求在大阪的记者斋藤广子协助做收尾采访，在22日的晚报社会版上发表了后续报道，披露CDB还向理研总部报告了除以上2张图像外还有多张图像和图表存在新的疑点。这样的内容，已经算是独家报道了。

在此介绍一下通过采访掌握的有关全部图像调查的结果。

新的疑义分为2种。首先报道的那2件，都是关于嵌合体小鼠实验图像的疑义，包括已经从多位相关人士那里口头采访到的内容。这些在CDB调查组向参与实验的若山询问图像的由来和疑问点的过程中都已经调查核实了。据相关人士透露，相关材料已经于4月份向竹市中心主任做了报告，于5月10日向理研总部审计与合规室做了报告。但据说没有得到小保方的确认。

第一件是关于STAP论文的第二篇"快报"上的第一张图，该图介绍的嵌合体小鼠的图像，其上段应该是显示源自ES细胞，下段应该是显示源自STAP细胞，而实际上它们都是2012年7月同一天拍摄的显示出"源自STAP细胞"的图像。图像保存在若山研究室电脑的"欧博文件夹"内，若山在对拍摄日的实验笔记进行核实后确认，当天只拍摄了"源自STAP细胞"的嵌合体。

嵌合体小鼠是通过将另一种细胞，例如STAP细胞注射到受精卵中，然后移植到代孕小鼠的子宫中来制备的。源自注射细胞的细胞被设定为会发出绿色的荧光。论文称，"源自ES"的图像只有小鼠胎儿发出绿光，本应有胎盘的部分不发光，而"源自STAP细胞"的图像则是胎儿和胎盘都发光。这是一张极其重要的图像，它显示了STAP细胞的万能性，即不仅分化为身体的各种细胞，还分化为了胎盘。如果这张图像失去了可信度，那么就会像相关人士所说的那样，是对论文"致命的"一击。

第二件，问题集中在"快报"的图像中，有一张与主论文"研究性论文"中的嵌合体小鼠图像相同的嵌合体小鼠胎儿的图像。这两张图像是在2011年11月的同一天拍摄的，若山的实验笔记记录着这一天只得到了一只嵌合体小鼠胎儿，所以拍摄的是同一个小鼠胎儿。论文说这2张图片是在完全不同的实验条件下获得的，但据相关人士称，"正确"的应该是刊登在主论文上的那张。也就是说，2张问题图片都出现在了没有被调查委员会认定为有不端行为的"快报"中。

据得到的资料等显示，"快报"是小保方在2012年1月以后投入写作的，这一年的12月在小保方被内定①为研究小组负责人后，笹井参与了全面改写的工作。若山最初看到"快报"的草稿和图表类文件是在2012年11月末，在这一阶段，嵌合体小鼠图像被认为是被正确地使用的。若山先生看到改写后的论文的图表类文件是在投稿前一天的2013年3月9日。据说是在这个阶段使用了问题图像。

这2件以外的疑义，是通过一张一张地研究包括图表和表格在内的图表图像类文件明确的。除了理研调查委员会要调查的6件以外，还有10件以上的图表都被发现了问题。其中，被调查组视为有"重大疑义"的问题至少有以下5件。

• 在"研究性论文"的一组图中，将在本来不能进行比较的条件下拍摄的图像作为了比较对象，并将显微镜下不同视野中的图像作为相同视野中的图像进行排列。

---

① 内定：虽未正式签约，但已决定聘用求职者或接受申请人。

• 在"研究性论文"的其他图中，将显微镜下不同视野中的图像作为相同视野中的图像进行排列。

• 比较STAP细胞和ES细胞等增殖率的"研究性论文"中的图表，各点的排列方式不自然，而且与iPS细胞（诱导性多能干细胞）的开发者京都大学教授山中伸弥等人在2006年发表的论文中的图表极为相似。

• 在"研究性论文"中，有图像将分辨率不同的两个图像合在一起，使之就像一个图像一样。

•"快报"中嵌合体小鼠的图像，实际上不是经过长时间曝光拍摄的图像，但却被当作长时间曝光的图像予以介绍。该图像意在显示ES细胞不会分化到胎盘，因此怀疑其有意掩盖实际上存在于胎盘中的低水平荧光。

从资料中可以看出若山对调查是全面配合的，但采访组中也出现了对若山的质疑声。因为在新的疑义中，包含了多个针对若山负责的嵌合体小鼠实验图像的疑义，疑义的内容也相当严重。负责实验和摄影的若山为什么没有注意到错误呢？

若山本人在2月的采访中解释说："嵌合体小鼠的图像在拍摄当天就保存在U盘里交给了小保方，与《自然》论文的图像制作没有关系。"从得到的资料中也可以看出，问题论文中的图片是从小保方持有的图片中选择的，这与理研调查委员会的见解也是一致的。尽管如此，还是产生了这样的疑问：从2013年3月10日论文向《自然》投稿到经过2次修订于同年12月20日决定发表，在这9个多月的时间里，为什么若山对问题却毫无察觉呢？

对于明明是短时间曝光但却被说成长时间曝光的胎盘图像，资料中记载若山的手上并没有同一天拍摄的长时间曝光的图像，这就更加不可思议了。

另一方面，关于这一点CDB调查组指出，投稿后笹井和小保方忙于论文修订和与《自然》的沟通，在此期间与若山就论文进行的联系仅有2次。他们认为，终稿被拿给若山看是在论文被接受之后了，因此若山很少有机会去检查论文中的图像。

针对这些新的疑义，由外部专家组成的改革委员会开始了行动。

据悉，在5月22日召开的改革委员会会议上，大家一致认为"有必要进行调查"，并要求一名理事进行调查。

然而，理研却对此表现得极为消极。

在23日的采访中，理研的态度是："对于没有被认定为有问题的论文，如果作者之间决定撤回的话，就不会进行调查，如果不撤回的话，就有可能进行调查。另一篇论文（主论文）已经做了劝告撤回处理，今后不会再进行调查。"26日，理研以部分作者有撤回论文的意向为由，决定不再进行进一步的调查。

在接受机动记者负责人清水的采访时，理研宣传室回答说："在改革委提出要求之前，作者本人（若山）提出了论文存在错误的申报，并确认了共同作者之间有撤回论文的动向，因此我们认为没有必要再调查下去。"他说没有最终确认小保方是否同意撤回，和被认定为有不端行为的主论文一样，"原则上所有共同作者都同意"的论文撤回条件在此时并没有被满足。

但是，经我们向若山确认后发现，若山本人虽然配合了CDB的调查，但事实上并没有向理研总部自行申报论文存在错误。理研宣传室不仅存在这样的事实误认，而且理研在应对处理方面显然也是自相矛盾的。对于主论文，即使是在若山呼吁撤回的情况下，他们也执意继续进行调查，将其认定为不当论文。

另一方面，小保方的代理人三木律师于26日在大阪市内召开了记者会。根据斋藤广子、畠山哲郎两位记者的采访，三木称："被指出有问题的是就若山教授负责的实验内容所写的那部分，如果得不到若山教授的确认，那是无法应对的。"

另外，三木律师表示，已向理研惩戒委员会提交了申辩书。据该申辩书的摘要，小保方方面主张："调查委员会的判断在有关科研不端规程的解释等方面存在错误，如果以此为据进行惩戒解雇的话，其处分是违法的。"

对于已经搞清了如此重大、明了的疑义却决定不再进行调查的理研，以及自己制作了论文图像却一再发表意在将责任推给若山的主张的小保方方面，我都感到了失望。

我发邮件给若山先生，询问他对理研不进行重新调查的决定有何看法。若山先生是"快报"的责任作者，如果这篇论文被认定存在不端行为，他无疑将被追究比以往更重的责任。若山先生的回信是这样的：

"我认为，即使（论文）可以撤回，也应该明确是否存在不端行为。即便我的科研经费因此被停发，那也是没有办法的事。"

一位曾经参与过论文不端问题调查的大学教授，在邮件中发表了愤怒的评论。

此次对STAP疑义的调查过于不公。如果存在一个疑义，那么其他数据也会存在疑义，这是不足为奇的，是理应如此的。没有从这个角度进行调查本身，就让人感觉到了一种从一开始就把小保方当作罪魁祸首从而实现丢卒保车的意图。所有的数据，是何人在何时何地获得的，论文是如何投稿和刊登的，这些要按时间顺序逐一查明，由此相关人员的责任所在也就清晰了。调查没有进行到这种程度便戛然而止，这样做不只是留下了不好的先例，任其发展下去的话，我们就不可能从STAP骚动中学到什么经验教训了。

然而，关于是否重新调查的问题尚未下最后的结论。一个月后，从根本上推翻STAP细胞存在的2个分析结果相继浮出水面。

第八章　动摇STAP细胞存在的分析

　　对已经公开的STAP细胞的遗传信息进行分析，在8号染色体上发现了三体（三染色体性）。最多培养一周就能产生的STAP细胞是不可能产生三体的，这是ES细胞的特征。

第二个分析结果

在CDB的全部图像调查中出现的新疑义被报道后的5月下旬，突然出现了一种要求撤回STAP论文的活跃动向。

根据对多位相关人士的采访，5月中旬，山梨大学教授若山照彦再次向全体11位作者呼吁撤回自己作为责任作者的第二篇论文"快报"。除了研究小组负责人小保方晴子以外，其他10人给他回信表示同意，小保方的回复是："由于身体不适，无法做出重大决定。"因此，协商一度中断，直到26日左右，小保方才通过笹井传达了她的"不反对"意向，至此形成了全体同意的格局。

据相关人士透露，小保方态度转变表示"同意"的背后，似乎是CDB中心副主任笹井芳树的极力劝说在起作用。也有相关人士说："这样下去，'快报'也可能会被认定为有不端行为，笹井先生大概也为此焦虑万分吧。"之后，又传出消息说，若山向理化学研究所的理事和共同作者们发邮件呼吁重新调查论文，而笹井则表示强烈反对。

　　同意撤回"快报"的消息，首先见于《日本经济新闻》5月28日的晚报，《每日新闻》则在第二天的晨报上进行了报道。小保方的代理人三木秀夫律师当天傍晚接受了记者的采访。据大阪科学环境部记者吉田卓矢的采访，三木律师主张若山在理研工作时主导了"快报"的撰写，他说："第一作者是小保方，但做实验的是若山先生，论文也是由若山先生提过建议，在若山先生的指导下撰写的。"他还进一步地说："小保方表示了'如果若山老师希望撤回的话，我不会特别反对'的消极的同意。她也没有得到对论文撤回理由的明确说明。""对她（小保方）来说，重要的是（报告 STAP 细胞存在的主论文）'研究性论文'。'快报'从'主副'关系来说是副论文，对她来说那是若山老师的论文。"

　　对于"快报"中的嵌合体小鼠图像的问题，他还表示"我的本意是希望能再说明一下为什么会发生搞错的事情"，认为责任完全在于若山。

　　但是，理研调查委员会在中期报告的记者会上解释说，两篇 STAP 论文的图表类文件是由小保方和笹井共同制作的，特别是具体的工作是由小保方负责的。在我获得的有关 CDB 全部图像调查的内部资料中，若山也指出，他并没有直接参与论文图表类文件的制作，他是在论文投稿的前一天才看到图表类文件最终版的，这与三木律师的言论有着明显的矛盾。

　　不久，有消息传来，美国哈佛大学教授查尔斯·瓦坎蒂终于同意撤回"研究性论文"。据说5月底，他向《自然》杂志发出了申请撤回的文件，并附上了7项理由，其中也涉及了某些第一次听到的问题。"这一周可是关键。"采访组的气氛一下子变得紧张起来。

从根本上动摇STAP细胞和用STAP细胞制作的"STAP干细胞"的存在的两个分析结果，也是在这一时期第一次听到的。

其一是若山委托第三方机构对STAP干细胞进行分析，得出了与实验中使用的小鼠相矛盾的不自然的结果；其二是理研的研究人员对已经公开的STAP细胞遗传信息进行了分析，得出了STAP细胞无法解释的结果。

关于前者，若山研究室在3月份实施的预备分析中，已经在某STAP干细胞中检测出了与实验中使用的品系不同的小鼠基因型。当然，这肯定是一个重要的结果，但并不能给人以太大的惊奇。但是对于后者，听到的人一定会情不自禁地说："这是真的吗？"

据相关人士透露，STAP研究小组对在网上公开的STAP细胞基因序列信息进行分析后，在8号染色体上发现了三体（三染色体性）。所谓三体，是指二倍体体细胞内某一对同源染色体多出来一条的异常现象。有关人士指出："用出生一周的幼鼠细胞制成的STAP细胞，最多经过一周的培养，其染色体是不可能出现三体的。但是，这在长期培养的ES细胞中是比较常见的。"并进一步补充道："如果单单只看STAP干细胞的结果，可能会说那是因为若山先生的介入才变得不正常的，但现在这个结果是关于他并未参与的STAP细胞的。"

还有一个重要的结果。以从STAP细胞中建立的与STAP干细胞不同的"FI干细胞"的数据来看，该干细胞是由某一品系小鼠的ES细胞和在另一品系小鼠的受精卵中制备的"TS细胞"以九比一的比例混合而成的混合体。TS细胞是分化为胎盘细胞的干细胞。另一方面，根据论文，FI干细胞是一种具有自我增殖能力的细胞，它保留了STAP细胞的特殊多能性，即可以分化为全身各种细胞和胎盘细胞。有关人士推测说："即使在适合FI干细胞的条件下进行培养，ES细胞的遗传基因也不会发生变化。可能FI干细胞从一开始就混合了ES细胞和TS细胞吧。"

STAP论文上的图像的严重疑义，包括被确定为有不端行为的那两件在内，已经有好几件被证实了，但是这两个分析结果在处理细胞本身或细胞遗传信息的原始数据这一点上，揭示出了与以往性质不同的问题。不过，要想将这些都报道出来，就必须掌握更详细的内容，并慎重地取得证据。

为了重新调查论文

与永山悦子主任商量后，我首先再次向瓦坎蒂询问了论文的前景，并对他发出了采访申请。同时，对这两个分析结果也进行了采访。（关于瓦坎蒂，宣传部门给了我一个答复，说只是将4月1日的"我不认为论文应该被撤回"的评论作为"最新声明"发布上网了。）

最令人担忧的是，当那两篇论文被撤回时，重新调查的可能性将降至零。理研已经定下了不重新调查的方针，而在对这种方针的社会反响中，也会有不少人认为"调查撤回的论文有什么用"。

但是，如果允许丑闻就这样谢幕的话，真相将会永远被埋葬在黑暗中，可以说这也将是日本科学界以及科学新闻界的失败。作为一名虽位居末席但投身于科学新闻报道的人，为了对当初相信STAP细胞是个了不起的成果并进行了报道负起责任，我无论如何也要避免这种情况的发生。

如果出现问题严重的新的事实，要求重新调查的舆论就会高涨起来，理化学研究所也可能不得不推翻以前的判断。鉴于此，在有关"研究性论文"被撤回的第一篇报道出炉之前，无论如何也要把眼前的分析结果报道出去。这是一种愈发强烈的焦虑。

　　另一方面，由外部有识之士组成的改革委员会似乎也有了同样的迫切的危机感。据6月4日会后对外吹风的岸辉雄委员长介绍，他们当天讨论了理研对"快报"的应对措施。"因为（论文）撤回了所以就可以不闻不问了，这是与改革委员会（的方针）相左的"，改革委员会就要求调查新的疑义达成了一致，再次要求理研重新进行调查。对于即将公布的防止此类事件再次发生的措施，改革委员会同意将由第三方继续进行调查的必要性写入其中。

　　第二天，在接受机动记者负责人清水健二的采访时，改革委员会一位委员也表示："理研应对'快报'进行调查，这是全体委员的共识。既然我们在讨论防止不端行为，如果对发生了什么、谁与之相关都不知晓，那就无法制定出防止对策。调查下去是理所当然的。"

　　另外，根据记者大场爱的采访，文部科学大臣下村博文在当天的内阁会议后举行的记者招待会上指出："此事引起了全体国民的高度关注，所以有责任做个交代。"对于是否要进行调查的问题，他没有明确表态，说那要"由理研来判断"，但"希望理研能够采取国民能够接受的应对措施"。

　　"最重要的时刻已经来临。倘若若山先生也有同感的话，或许会以发表见报为前提接受我的访谈吧。"

　　6月上旬的一天，在永山主任的极力劝说下，我毅然给若山先生发去了请求采访的邮件。邮件在谈及我对现状的认识的同时，还糅进了"希望大家相互配合开始重新调查"的想法，篇幅自然就拉长了。

若山先生不会给我回复的，对此我也做好了一半的心理准备，但第二天早上当我打开电脑查看邮件时，发现若山先生已经回复了我。他说，如果是当天晚些时候的话，他会想方设法腾出时间接受我的采访。

"STAP 细胞并不存在。"

这天晚上，我前往甲府市的山梨大学拜访了若山先生。时间已经是很晚了，但实验室里还有人在工作。

若山先生的表情出乎意料地僵硬。我的愿望是若山先生在承认事先掌握的 STAP 干细胞的主要分析结果的基础上，就开始重新调查发表看法，但在实际交谈中，我意识到这一点是不可能实现的。

虽然我内心里感到沮丧，但想想这也不无道理。我从多位相关人士处了解到，2 月份以后，若山每次对外透露信息时都会受到理研等机构的各种压力，只要在媒体报道中稍一发声，就会受到"责备"。说到底，若山先生光是能在这个紧张的时期直接与我见面，或许就该是一件值得感谢的事情。

我中途改变了方针，与他约定"除非到了适当时机且须经同意允许，否则不对外报道出去"，然后开始了采访。若山先生显出一副不情愿的样子，也许是觉得别无他法吧，他开始郑重地一个一个地回答提问。

首先，我针对在 CDB 的全部影像调查中出现了不可能出现的疑义一事，提出了问题。"目前，您认为STAP论文的数据具有多大程度的真实性？"

若山先生疲惫的脸上露出了苦笑。"那个……仅从新的疑义来看，虽然其中很多是与我无关的，我觉得足以相信的数据已经一个也没有了。"

那么，STAP细胞又如何呢？若山先生沉默了一阵后这样回答：

"……归根结底，我认为能制造出STAP干细胞那种程度的STAP细胞是不存在的。不过，我认为酸性处理会发生某种变化这一点是正确的。"

据若山先生介绍，在若山研究室实施的再现实验中，将淋巴细胞浸入弱酸性溶液后继续培养，"虽然它们濒临死亡，但复活后变成了奇怪的细胞"的现象也是存在的。

"您现在已经不认为这种变化可能是具有多能性的变化了吧？"

"是的，我不认为。只有确认了多能性，才能称之为STAP细胞。虽然我们可以使其发生一些内部改变，但我们现在已经是无论如何也做不下去了。STAP这种现象完全无法再现，在这个世界上没有人可以再现它。"

准确地说，若山先生只有一次"成功"制作了STAP细胞。在研究室完全搬迁到山梨大学之前的2013年春，他在小保方的直接指导下制作了STAP细胞，并从制作出来的STAP细胞中建立了STAP干细胞。但是，自从转到山梨大学后，这些他一次也没能做到。据说他的再现实验一直持续到2014年3月呼吁撤回论文之前，次数达到了数十次。

"无论尝试多少次都不行，希望寄一些小保方您使用的培养基过来。"2013年6月左右，若山先生通过邮件向小保方发出了请求。培养基是培养细胞时放入培养皿中的为细胞提供养分的试剂。若山先生使用的是自己准备的培养基，不过，在处理活细胞的实验中，些微的条件差异便直接影响结果的事时有发生。若山先生期待着，若是使用小保方的培养基的话……

若山先生的后悔

大约一个月后，小保方寄送的培养基到了，但使用后也失败了。不耐烦的若山好几次向小保方传达情况并向她重新求教制作方法，但得到的回答只有一个："按之前所说的那样做。"

"论文投稿后，随着接受期的临近，接受之前必须实现再现的焦虑也越来越强烈。"若山先生这样回顾了每天一心一意地反复做实验的心境。

"作为共同作者责无旁贷，我们这个实验室又是特别重视再现的，实现不了再现实在是太丢人了。所以我们希望在论文接受之前完成再现。如果论文真的被接受出版的话，就更需要实现再现了，所以一直以来，只有焦虑，越来越强烈的焦虑。"

然而，论文发表后，迎接若山的依然是一个接一个的失败。"论文明明说的是实验很简单。"若山的焦虑和不安又提升了一级。

若山在1月末的记者招待会结束后，也曾对笹井说过："在山梨再现是做不到的。"笹井回应道："小保方也经常失败，所以再现是很难的。"笹井看上去并没有受到若山的不安心情的影响，若山自己也觉得轻松了一些："难道就连本该最拿手的小保方都没能把再现实验做出来吗？"

"您认为这两篇STAP细胞论文都应该重新调查吗？"对于我的问题，若山先生点了点头说："是的。""以前我想知道的是（STAP细胞和STAP干细胞）到底是什么，现在我想知道的是为什么会形成现在这样的局面。"对于理研的"不再进行调查"的方针，他也提出了疑问："这么做难道会有人接受吗？"

另一方面，他也表示出了自己对理研的某种理解："这次的事情让我明白了调查是非常困难的，所以我也明白了有人不想调查的心情。我也觉得没有人能当调查委员。"

在以前的对话中，若山先生说过："我觉得自己不可能在中途就识破这一切。"当被问到现在是否也有这样的想法时，若山承认："现在想起来，如果当时让她提交笔记之类的，或是带着怀疑的目光去确认一下的话，说不定就能识破了吧。"

小保方和若山于2010年夏天开始了共同研究。从2011年4月开始的约2年间，小保方作为客座研究员几乎常驻若山研究室，不过，如第四章介绍的那样，他们各自的实验空间是不同。若山说他一次也没有确认过实验笔记。

"您在这一点上也感到有责任吗？"

"嗯，我感到有责任。如果我看上一眼笔记，可能就会在心里产生怀疑。如果我亲眼看了一下笔记的马虎疏漏状况，哪怕只看到了一点点，我可能会问她这些数据是真的吗？或者我会让她把原始数据拿来。"

说着，若山的脸上掠过一丝后悔的表情。

据若山说，没有查看小保方的实验笔记的主要原因有两个。其一，正如第四章所交代的那样，若山研究室通常是所有人都在同一个房间里进行实验，大家互相口头报告原始数据，所以平时没有必要特意看实验笔记，"想都没想过要看笔记"（若山语）。其二，小保方被介绍为"哈佛大学优秀博士后"[①]，在若山研究室是"客人"般的存在。

说到底，如果不能信任对方，那就谈不上什么共同研究。虽然我不能责怪当时完全没有戒心的若山先生，但CDB的干部们之所以相信STAP细胞的存在，是因为若山作为研究人员，广受信赖，业绩斐然，是若山制作了嵌合体小鼠并以完美的形式证明了多能性，这也是一个事实。

我大胆地问："CDB的好几位老师都说，正是因为实验结果是出自若山老师之手，所以才相信了。您是怎么看待这件事的？"

"如果我看了一下笔记，把奇怪的事情搞清楚，那么就不会发生其他老师信以为真这件事了。但我当时自己信了，所以那时候我和小保方站在一起，我还说太棒了。我拿出了嵌合体的数据，让包括笹井老师在内的所有人都相信了，对此我感到非常抱歉。"

若山先生开口道歉了。

这是浪费税金

另一方面，在疑点不断被发现的情况下，共同作者中只有若山一人呼吁撤回论文，并采取了委托进行细胞分析等行动，为查明真相积极行动，而小保方、笹井、丹羽则继续主张STAP细胞存在。对于共同作者的这种相反行为，若山又做何感想呢？

"能制作出STAP细胞的只有小保方一个人，大家都没有亲

---

① 获准进入博士后科研流动站从事研究的博士学位获得者。——编注

自确认就相信了。如果所有人都有想要再现却又无法再现的经历的话，就会觉得确实可疑，应该会想知道真相。但在那个时候，我是唯一一个正在做的人。我想这就是理研的老师们之所以没有说不对劲的原因。"

"曾经的同事老师们，作为科学家不配合你一起行动，你有没有感到寂寞和遗憾呢？"

"嗯……我没怎么这么想过。因为每个老师都有自己的立场。我一直在重复着失败，所以我所处的立场是能够最认真地、真切地考虑到其中是否有古怪，不是吗？"

我还有一件事要问。

由于STAP细胞问题，人们对科学的信赖发生了很大的动摇。若山本人今后又将如何担负起与这个问题有染的科学家的责任呢？

若山先生在沉默了片刻之后，字斟句酌地这样说道。

"关于STAP研究，我想给它彻底地画上句号，今后专心做对大家有用的研究，做出成果。因为这件事已经变成了浪费税金的事情，所以我想用新的、有用的成果来补偿。"

"您是说STAP研究是浪费税金吗？"

"仅仅是失败并非是浪费。弱酸的刺激是否会引起初始化，这个课题本身是一个很有趣的、非常好的实验。即使结果是失败的。"

"如果从中途开始，就有造假行为呢？"

"之后，那就已经完全是浪费了。"

我常想，就基础研究而言，以是否"有用"来谈意义是无稽之谈。因为我认为，如果某项基础研究其将来的用途是可以想象的，那么它的成果就不能被称为具有真正的独创性和划时代意义。然而，此时此刻，若山先生的一句"想做一些有用的研究"，竟是那样深深地打动着我的心。

做好被理研盯上的心理准备

当新的一天降临的时候，我终于在甲府车站附近的住宿地办理了入住手续。我给永山主任打电话报告采访的情况，内心深处涌上一种无奈、无力之感。以非同寻常的决心奔赴采访现场，但却没有取得想象中的成果。难得的采访，但却不知什么时候能等到对方表示同意发表，这是一次完全有可能被"打入冷宫"的采访。

但是，现在没有时间消沉下去。当我提议就目前可以确切证实的范围内的内容写篇报道时，永山主任也表示了赞成："我知道了，就这么办吧。"

以《STAP问题：干细胞不自然的基因》为标题的报道刊登在了6月4日的晚报上。概括起来有以下内容。

——第三方机构对"STAP干细胞"进行基因分析的结果显示，在论文中记载的所有实验株中，都检测出了与本实验应用小鼠不同的基因类型等，由此确认了各种异常的特征。据说这方面的情况已经传达给了理研方面。当时在理研若山研究室做客座研究员的小保方用小鼠制作出了STAP细胞并把它交给了若山，若山用得到的STAP细胞开发出了这些STAP干细胞。最初的小鼠是若山提供的。若山在接受采访时表示："虽然现在不能说，但详细的分析结果将会在近期召开的记者会上公布。"

这篇报道的第一段在提及没有被认定为有不端行为的"快报"记载了STAP干细胞的详细分析结果时写道："愈发有必要

对整体论文进行调查。"该报道虽然没有成为想象中的独家新闻，但这是第一篇涉及第三方机构分析结果的报道。

日后从对理研宣传室和相关人员的采访中得知，以这篇报道为契机之一，若山先生于6月5日被叫到埼玉县和光市的理研总部，在野依良治理事长担任总部长的改革推进总部的会议上，报告了详细的分析结果。

包括野依理事长和全体理事在内的约30人出席了该次会议，CDB中心主任竹市雅俊也通过视频连线的方式参加了会议。

据悉，对于若山"希望马上公布这一结果"的意向，多数出席者表示反对，认为"为时尚早"。一位相关人士在接受《每日新闻》采访时透露，"其中强硬地表示反对的是竹市"。竹市说："如果不知道细胞的出处，那就没有什么意义。"野依理事长也附和道："我也有同样的意见。"（不过，在直接向竹市本人确认的时候，他说："我说的应该是'如果不知道细胞的出处，那就无法得出特定的结论'，我不记得说过'没有什么意义'之类轻率的话。"）出席会议的其他理事也提出了"撤回论文后再发表比较好"，"与（丹羽等人推进的）验证实验的中间报告一起公布发表如何"等意见。

在CDB内部，虽然也有人提出意见，要对插入了使细胞发光的GFP基因的ES细胞和小鼠进行一个不漏的彻底调查，找出与STAP干细胞分析结果一致的东西，但如果去等待不知能否得出结论的调查，公布分析结果将会变得遥遥无期。

作为折中方案，CDB的一名干部提出的建议是，对保管于CDB的STAP干细胞也进行同样的分析，确认与第三方机构的结果一致后再对外公布。因为已经知道应该调查染色体的哪个部位，所以在听说CDB的分析一周左右就能结束后，若山先生也就接受了这个意见。

我在报道中也透露了若山先生称"近期将召开记者会"，因此对事态的发展感到了一种担心和焦虑。当6月13日终于收到山梨大学发出的召开记者会的通知时，我感觉松了一口气。

我和永山主任一起设想了记者会上会发生怎样的问答。当然，或许会出现在前几天的采访中听到的情况吧。"好不容易完成了那次采访，把记者会上没有出现的片断和表现心情的话语，在当天的版面上另外总结一下吧。"永山主任的这番催促反而使我想事先把采访报道写出来的心情变得越来越强烈。

我再次询问若山先生意向，第二天早上，他给了我同意的回复。

"我非常感谢须田女士为日本的科学事业所做的努力。我可能会被理研盯上，但是请你写一篇报道吧。"

采访时，我们也会就追责向受访者提出问题。若山先生应该很清楚，既然是新闻报道，那自然不会片面地维护他。

关于采访的报道刊登在6月15日的晨报上，内容包括若山没有对小保方的实验笔记进行过确认，他对自己的马虎大意所作的道歉，以及他因数十次失败的重复实验而逐渐焦躁不安的经过。

若山发表分析结果

在第二天16日下午2点开始的记者会上，若山先生亲自发表了解析结果。下面介绍一下主要内容。

第三方机构分析的STAP干细胞是若山接受小保方制作的

STAP细胞，在适合ES细胞的培养基中培养使之发生变化的细胞。论文称，STAP细胞具有分化为各种细胞的多能性，但由于没有自我增殖能力，因此无法增殖，而STAP干细胞则兼具多能性和自我增殖能力。STAP干细胞虽然与ES细胞性质非常相似，但已经失去了STAP细胞分化成胎盘的能力。

若山将自己与小保方在理研共同研究期间，于2012年1月至2013年3月亲手建立的STAP干细胞，运到了山梨大学冷冻保存。

作为STAP干细胞基础的STAP细胞全都是从出生一周左右的2～3只小鼠的脾脏上采集的淋巴细胞制成的。在用于制作STAP细胞的小鼠中，人工导入了一种名为"GFP"的含绿色荧光的基因。由于GFP基因是随机插入染色体的某一部分中的，因此不同小鼠制作者染色体上GFP基因的插入位点不同。实验中使用的老鼠是若山先生准备的，在18号染色体中插入了GFP基因。

另外，小鼠的所有染色体都和人一样，各有两条，有在两条染色体中插入相同基因的情况（纯合子），也有只插入一条染色体的情况（杂合子）。在若山先生准备的小鼠中，GFP基因被插入到了同源也就是两条18号染色体的两端。所分析的14株有4种，用于制备STAP细胞的小鼠品系和制备时间各不相同。其中，论文上最重要的被称为"FLS"的8株，虽然小鼠的品系与论文所称相同，但在所有8株中，GFP基因不是插入到18号，而是插入到15号染色体中，而且只插入到两条染色体的一侧。这意味着这不是源自若山研究室提供的应该用于制备STAP细胞的小鼠（关于基因的插入部位，后来发现了分析错误，并进行了更正，但与原始小鼠矛盾这一点并未改变）。

被称为"AC129"的2株，虽然在18号染色体的两侧插入了GFP基因，但品系与原来的小鼠不同。

被称为"FLS-T"的2株，GFP基因插入了18号染色体的两端，这是唯一分析结果与原小鼠不发生矛盾的STAP干细胞。但是，FLS-T是在FLS建立约一年后，使用同一品系的小鼠，由若山先生从小保方那里学习制作STAP细胞的方法后建立的，并没有在论文中记载。

最后，第三方机构对被称为"GLS"的13株中的2株进行了解析，发现品系和GFP基因的插入部位没有矛盾，但2株都是雌性的。若山研究室对其他株的性别进行了确认，结果显示，13株全部为雌性。但是在若山研究室公布结果的同一天，CDB公布了自己的分析结果，结果显示这13株全部为雄性，结果与若山研究室的完全相反，若山研究室也在日后更正称分析结果错误，13株全部为雄性。他们称原因是表示雄性的Y染色体的一部分有缺损，无法检测出来。

幼鼠的雌性和雄性的出生数量是几乎相同的。本应以多只幼鼠的细胞为基础的STAP干细胞的性别只偏向一方是不合理的。最终结果显示，在性别方面，包括GLS在内的所有STAP干细胞都是雄性。

此外，他们还分析了FLS建立后若山研究室从同一品系小鼠受精卵中制备的ES细胞。18号染色体都被插入了GFP基因，与原来的小鼠没有矛盾。

总而言之，在论文中描述的STAP干细胞（FLS，AC129，GLS）的所有实验株中都发现了不合理的地方。另外，可以说是唯一一个没有矛盾结果的FLS-T，是制备出在同一部位在同一位置插入GFP基因的ES细胞后制备的。关于AC129和GLS，据说在它们各自被建立时，若山研究室也保存着来源于品系和

若山研究室分析结果一览表

	品系	GFP 插入处	性 别	
FLS	○	×	全部为雄性（8株）	
AC129	×	○	全部为雄性（2株）	存在同样的ES细胞
FLS-T	○	○	全部为雄性（2株）	存在同样的ES细胞
GLS	○	○	全部为雄性（13株）	存在同样的ES细胞

GFP基因插入部位都相同的小鼠的ES细胞。

"我有一个梦想：如果真有STAP细胞那该多好。"

　　除了FLS-T之外的STAP细胞的制作是由小保方完成的，制作所用的小鼠都是由若山或若山研究室的研究员们准备的。虽然在幼鼠阶段就搞错了的假说也是成立的，但在接二连三的实验中，要把导入GFP遗传基因的同品系且是出生一周的幼鼠一个接一个地凑齐，并不是一件容易的事情。认为总是从其他研究室等带入别的幼鼠是缺乏现实依据的，而且根本就没有理由这样做。相反，在精通小鼠实验的若山研究室，发生每次STAP研究都使用不同笼子里的小鼠等错误的可能性是很小的。

　　那么到底发生了什么？在这里能想到的不是幼鼠，而是在培养细胞的某一阶段，有可能混入或被偷换了不同来源的细胞。

"我完全不知道为什么会产生这样的干细胞。这是用由我实验室提供的小鼠绝对做不到的结果。"在记者会上，若山露出了一脸困惑。对于STAP细胞的有无问题，他虽然没有明确表示"不能证明绝对没有"，但是却说"到目前为止，还没有证据表明STAP细胞是存在的，问题的前提已经开始崩溃"。对于混入ES细胞的可能性问题，他也回避了直接回答，但列举了当时在若山研究室的学生证言称，该学生曾给小保方提供过与GLS相同的小鼠ES细胞等，并解释说："（小保方）当时处在可以自由使用ES细胞的环境中。"

　　"这是预想中最糟糕的结果，真是令人震惊。"若山道出心声，表情中流露出困惑和疲惫。在长达两个半小时的记者招待会上，若山先生几次表达了对STAP细胞的想法："我有一个梦想：如果真有STAP细胞那该多好。"对于3月份提出的撤回论文的呼吁，他说："撤回论文是一个痛苦的判断。虽然这是我绝对不想做的事情，但我想如果不这样做的话，那么我作为一名科研人员可能就无法生存下去了。"言语间透露出那是一个痛苦的决定。

　　对于曾经一同分享实验成功喜悦的小保方，他呼吁说："我已经尽了最大的努力，希望你自己能为解决问题而行动起来。"另一方面，他断言："我自己没有参与不正当行为。"

　　对于小保方和笹井在4月的记者招待会上反复发表将责任转嫁给若山的言论，他回顾说："我有一种恐惧感，担心会把责任全部推给我。"同时，他表明在委托第三方机构进行分析的动机中，也有想表明自己清白的成分。

　　对于他和小保方、笹井两人一起担任责任作者的第二篇论文"快报"，他说："这篇论文是笹井执笔的，内容对我自己而言是很难懂的，再现实验也没能取得成功。因此，去年8月，我向笹井传达了希望将我的名字从责任作者中去掉的想法。"他说，当时笹井先生挽留了他，他自己也"感觉到（成为责任作者）有些吸引力"，最后还是挂了名。

虽然理研表示不会对目前与自身没有雇佣关系的若山进行处分，但若山说"我会自己决定处分"，他表示将在理研惩戒委员会得出结论后，主动向山梨大学提出处分申请。

《每日新闻》在6月17日的晨报头版上报道了分析结果的概要，在社会版的头条上详细报道了这次记者会的情况。

小保方也同意撤回论文

让我们把时钟的指针重新拨回到6月上旬。事态风云突变。3日晚，NHK报道了理研的研究人员对已经公开了的遗传信息进行独立分析的结果中关于从STAP细胞中建立的"FI干细胞"的那部分分析结果。

第二天4日，《日本经济新闻》晨报头版刊登了小保方同意撤回主论文的报道。这篇报道指出，主论文的责任作者之一、美国哈佛大学教授查尔斯·瓦坎蒂还没有表示出要改变反对撤回论文的意向，但《每日新闻》在4日晚报头版的最终版发表了瓦坎蒂已经改变主意表示同意撤回论文且小保方也表示同意的独家报道。大阪科学环境部对理研的采访报道称，3日他们收到了小保方写给丹羽的签名文件，表示同意撤回论文。据大阪的吉田卓矢、畠山哲郎两位记者的采访报道，小保方的代理人三木律师在4日傍晚表示："小保方本人的精神状态不稳定，对事情无法充分把握。我认为她是在持续承受各种精神压力、判断能力下降的情况下，陷入了不得不同意的境地。这不是她的本意。"三木律师说，他是从 4 日的报道中才知道小保方向丹羽提交了文件的。他说在他与小保方的电话沟通中，对方说了"我是为了什么才这么努力的呢"，"我很难过"之类的话，显得非常失落。

小保方曾在 4 月 9 日的记者会上否认撤回论文，称"一旦撤回论文，就等于向全世界宣布这种 STAP 现象是完全错误的"。对于这种应对方式急转弯的背后原因，三木律师表示："（小保方）似乎考虑到如果不撤回就会遭到惩戒解雇，就不能参加理研调查 STAP 细胞有无的验证实验。"并强调说："STAP 细胞的存在是事实，不管论文的结局如何，STAP 细胞还是存在的。"小保方也表示："撤回论文并不能消除（STAP 细胞存在的）事实本身。"

对于最近小保方的情况，三木律师透露："她的精神状态不稳定，在不得不做出一些复杂判断的时候，她有时思考会停顿。她有时会沉默，有时又会说'我已经搞不懂了'。"

《每日新闻》在 6 月 5 日的晨报第三版发表了题为《疑惑未消的落幕》的总结性报道，指出理研和文部科学省对继续进行不端行为调查持消极态度，报道披露了日本分子生物学会研究伦理委员长小原雄治的评论："即使论文被撤回，理研也不能结束调查。哪些数据是错误的，为什么会出现错误，不把问题搞清楚就无法进行改革。把问题全部调查清楚是理研的责任和义务。"报道还援引了某国立大学教授的看法："同意撤回论文即使被认为是为了逃避对不端行为的调查也不足为奇。"

报道还提及了验证实验和 STAP 细胞制作的专利等相关话题。

验证实验是以共同作者丹羽等人为中心实施的，原定于

7月份提交中期报告，但即使实验失败，假说也不会被完全否定，"只要小保方做就能成功"的观点仍有市场，因此改革委员会的岸辉雄委员长说："'主张STAP细胞存在'的人（小保方）必须在限定时间内完成验证实验，如果做不到这一点那就是说'STAP细胞不存在'。"由此提议小保方参加实验。理研也在6月4日表明，小保方有可能直接参与实验。

另外，关于理研和小保方所属的东京女子医科大学、美国哈佛大学的附属医院等三个机构于2013年4月提交的STAP细胞制作专利国际申请，即使论文被撤回，申请也不会被取消，而是由授予专利的各国来决定。理研表示"将根据验证实验的结果进行判断"，准备在撤回论文后暂时置之不理，但精通专利的国立大学某教授表示担忧："对于真正以该领域研究为目标的人来说，现在的专利申请恐怕会成为障碍，无法促进科学的发展。"

同一天的其他报纸的晨报上也以较大篇幅报道了STAP细胞风波。《每日新闻》5月下旬独家报道了笹井对STAP细胞研究的"大包大揽"等问题，也有报纸在头版追踪报道了CDB自我检查验证的内容。

理研的信息管制

在围绕着两个分析结果中的已公开的遗传信息分析结果的采访中，一场苦战还在继续。

进行分析的是理研统合生命医科学研究中心（横滨市）的高级研究员远藤高帆等人。虽然我能比较早地将远藤先生自己总结出结果的理研内部资料搞到手，也对相关人员所提供的信息的正确性做了确认，但最重要的是对他本人的采访，对此的交涉却遇到了困难。与他本人打过招呼的记者八田浩辅曾几次向他提出采访请求，得到的却是拒绝的回复："我们正在向着发表分析结果论文的方向努力，希望贵方不要以采访来打扰。"

对于基础部分，东京大学的研究小组也进行了同样的分析，得到了同样的结果。但是，鉴于事情的重要性，再加上如果远藤先生是以论文发表为目标的话，这一切使我愈发地想要千方百计地了解到最初进行分析的研究员本人的评语意见。

以得到的资料为基础，在对专家进行周边采访的过程中，我了解到了一个当初鲜为人知的重要事实：从STAP细胞的遗传信息中检测出了具有3条8号染色体的异常（三体），而那只三体小鼠，在胎儿阶段就死了，并没有生出来。通过查阅专家介绍的文献，可以确认长期培养的ES细胞容易产生三体细胞。这些事实至少暗示了遗传基因信息被公开的"STAP细胞"实际上是ES细胞的可能性。

虽然内容如此重大，理研却一直在想方设法地拖延远藤的分析结果论文的发表。

据加贺屋悟宣传室室长介绍，远藤先生于5月22日，用幻灯片向理研干部们报告了分析结果的整体情况。对此，据说理研在6月3日下达了"论文发表前要与科学家会议成员就内容进行充分讨论"的指示。

"科学家会议"是由顶级研究人员组成的理研内部组织，成员包括笹井。我怎么也没有想到会对一篇论文的发表进行前瞻性的讨论。而且，我向几个认识的科学家会议成员询问他们是否在讨论远藤的分析结果，但没有发现任何的相关迹象。

"对一般论文的发表下达这样的指示，这种情况过去有过吗？"我本以为对方会听出我的发问带有讽刺意味，但加贺屋室长却并不介意，他解释说："在学术界的同一领域内，论文发表前都要认真讨论的。做STAP研究的时候没有做到这一点，所以出问题了。"

另外，理研设立的由外部有识之士组成的改革委员会早就要求提供有关查明不端行为全貌的信息，但理研也只是向改革委员会传达了已被部分媒体报道过的FI干细胞的分析结果。

正如我已经写过的那样，理研也曾反对公布若山先生委托的由第三方机构做出的分析结果。这是以诚实守信、尊重科学为己任的优秀科学家群体该做的事吗？想到此，禁不住一声叹息。

在拼命努力要把分析结果写出来报道出去的过程中，我捕捉到了一些有益的信息。预定于6月12日召开的改革委员会最终会议上，若山先生和远藤先生将应邀分别发表两个分析结果。

事情的起因是一名委员在6月6日得知在结果公布问题上理研从中作梗，便向其他所有委员会成员发了一封邮件：

"今有一事相商，何不正式邀请此二人加入我们的委员会，以便有机会听取他们的意见？我认为重要的是，与理研一起在委员会上共享会动摇《自然》论文内容的分析结果，并在此基础上提出建议。"

如果是在委员会内发表的内容，那么这些分析结果就可以写进12日总结整理出的建议书中。由此将结果"公之于众"是委员们最大的目的。

这也是报道的机会。我兴奋得摩拳擦掌。改革委的会议虽然不公开，但却是个正式场合，在那里进行发表可以被看作是对外公布。这样，两个分析结果终于都可以报道出去了。

然而，事情并非随心所愿。就在改革委员会最终会议的前一天，NHK在午间新闻中报道了远藤的STAP细胞分析结果。

　　煮熟的鸭子又被NHK抢走了，说实话，那一时刻我感到了从未有过的委屈。也许是事先已经做好了准备，《日经科学杂志》也在网上发布了详细报道分析结果的"号外"。

　　意外之事成双对。这一天，因降压药缬沙坦（商品名代文）的临床试验违法嫌疑，东京地方检察厅特搜部以违反药事法（虚假广告）的嫌疑逮捕了诺华制药公司的前职员，该案取得了重大进展。获得2013年日本医学记者协会奖的缬沙坦报道，是八田记者与河内敏康记者一起跟踪报道的重要题目。八田记者忙于准备相关的被捕事件报道去了，我急忙替他拨通了远藤的电话。

STAP细胞原形毕露

　　远藤先生虽然表示这次报道所言"并非本意"，他回答了我匆忙提出的问题后，同意了将此次采访写成报道公开发表。

　　下面介绍一下远藤等人的分析结果。

　　小保方等人利用第二代测序仪对STAP细胞、用于制作STAP细胞的淋巴细胞、从STAP细胞中建立的STAP干细胞和FI干细胞以及作为比较对象的ES细胞和TS细胞等进行了分析，并将所得遗传信息登记在了美国国家生物工程信息中心（NCBI）的数据库中。这个数据库任何人都可以浏览，也可以下载数据。

　　顺便说一句，本来要求论文发表时登记数据，但小保方等人登记数据是在论文发表约三周后。

生物细胞核中有染色体，染色体是由双螺旋结构的DNA（脱氧核糖核酸）重叠构成的。基因位于DNA上的固定区域，当基因起作用产生特定蛋白质的过程中，就会产生从DNA中转录必要区域的RNA（核糖核酸）。如果说DNA是生命的设计图，那么RNA就是以此为基础制作的蛋白质蓝图。

远藤等人在分析STAP细胞的RNA数据时，判明了8号染色体不是通常的2条，而是有3条的"三体"。8号染色体为三体的小鼠在代孕母鼠怀孕阶段的第12天就已死亡，不可能生出来。这是使用从出生一周的多只幼鼠身上采集的淋巴细胞制作的STAP细胞所不可能有的结果。

另一方面，在该细胞中，与分化为各种细胞的多能性相关的遗传基因群呈现高表达，具备ES细胞和iPS细胞等多能性干细胞的性质。

但是，在遗传基因的作用方式上也发现了与论文的矛盾点。STAP细胞被认为有能力分化为胚胎干细胞不能分化的胎盘，作为其证据之一，论文指出分化为胎盘的现有干细胞"TS细胞"特有的基因也在起作用。但是，在转录组数据中没有发现该基因的作用。也就是说，仅从转录组数据来看，STAP细胞虽然具有与ES细胞相同的多能性，但不具备分化为胎盘的能力。

那么这个"STAP细胞"的真实身份是什么呢？据专家称，8号染色体的三体是长期培养的ES细胞中出现频率最高的染色体异常，也有报告称，处于长期培养中的ES细胞中约有三分之一会出现这种异常。从遗传基因的作用方式来看，能得出的自然的结论是："STAP细胞"很有可能是ES细胞或人工培养出的与之相近的细胞。

实际上，STAP细胞的转录组数据登录的是使用了另一种分析方法的稍有不同的数据。远藤等人对这些数据也进行了分析，再次得出了惊人的结果。在这些数据背后的STAP细胞中，与多能性相关的遗传基因群完全没有发挥作用。这种"STAP细胞"的真实身份被认为是不具有多能性的体细胞。

远藤在电话采访时指出了一些耐人寻味的地方。这两个完全不同的STAP细胞的转录组数据分别满足了"快报"中两个树形图所示的STAP细胞的性质。

的确，论文中使用三体STAP细胞数据的树形图1标示，"STAP细胞与发育稍早的受精卵（桑椹胚和囊胚）相比，更接近ES细胞"。另一个基于转录组数据的树形图2显示，"STAP细胞与TS细胞和ES细胞相比，更接近原来的淋巴细胞"。两个树形图作为STAP细胞是不同于现有细胞的新型多能细胞这一说法的佐证，赫然出现在论文中。

这表明，用于分析的各RNA样品不是STAP细胞，也不是因疏忽而被误认为是ES细胞或未初始化的体细胞样品，而有可能是为准备绘制符合论文主张的树形图而特意准备的材料。

树形图1（"快报"追加图6d）树形图2（"快报"图2i）

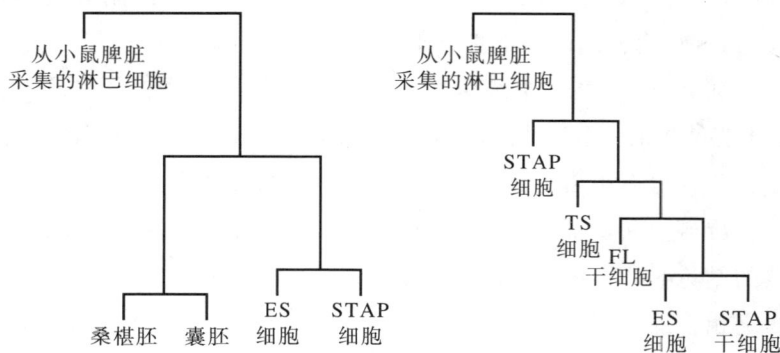

进一步而言，从FI干细胞的转录组数据分析结果也可以看出存在着人为有意的操纵。

根据论文，FI干细胞与STAP干细胞一样，是通过在特殊培养基中培养STAP细胞而建立的细胞，它保留了STAP细胞特有的多能性，也就是说不仅可以衍生出身体的所有细胞，也可以衍生成胎盘，具有自我增殖能力。

作为FI干细胞来源的STAP细胞应该是由"129"和"B6"两个品系的小鼠的淋巴细胞制成的。然而根据分析，发现其很有可能是两种细胞的混合物，其中来自B6小鼠的细胞占九成，来自"CD1"品系小鼠的细胞占一成左右。在FI干细胞中，ES细胞特有的基因群起着强大的作用，这些基因群被认为在很大程度上来自B6小鼠。另一方面，被认为来自CD1小鼠的TS细胞特有的基因也在10%左右的水平上起作用。TS细胞是具有成为胎盘细胞性质的细胞，"快报"中CD1小鼠的TS细胞是供比较对照之用的。

这些结果表明，FI干细胞不是通过培养由论文中所述品系的活体幼鼠细胞而制成的STAP细胞来建立的，它很有可能是用与来自不同品系（B6）小鼠的ES细胞相近的细胞和来自另一品系（CD1）小鼠的与TS细胞相近的细胞，以九比一左右的比例混合而成的细胞。

同时，人们有理由怀疑，显示具有也能成为胎盘这一性质的转录组数据，是通过混入TS细胞有意编造出来的。

虽然FI干细胞的RNA数据只登记了一种，但该数据业已被用于绘制"快报"中的树形图。在树形图2中，FI干细胞被定位为介于ES细胞和TS细胞之间的细胞，因此，与STAP细胞一样，样品被人为调整为符合论文的主张的推测也是成立的。内部材料认为，可能是在分析之前，而不是在培养时，混合了ES细胞和TS细胞或各自RNA的样品的可能性是存在的。

再也不需要验证实验了

我已经把汇总了这些结果的理研内部资料提交给了多位专家阅览，听取了他们的意见。

一位国立大学教授表示："也就是说混入了不知来自何处的与ES细胞非常接近的细胞。这是支持'STAP细胞=ES细胞'这一说法的结果。"

"这种分析，在确认再现性之前，或者同时，理研就应该主动进行。就目前而言，不是应该首先验证这种分析结果的准确性吗？如果是正确的，那么问题就来了：为什么要进行现在的验证实验呢？如果STAP细胞是ES细胞本身，那么进行验证实验就没有意义了。"

教授还说："理研没有说明事情的经过，为什么要聘用这个人（小保方）呢？共同作者专家们为什么看不出来呢？鼓励年轻人是件好事，但也算是失败了吧。有必要总结一下为什么会失败。"最后他一边叹息一边自言自语道："可是，这可是一件载入史册的大丑闻啊……"

另一位国立大学教授对结果的见解也是一样的。关于验证实验，他也一口咬定地表示："如果相信了这个数据，再加上作者撤回论文，就等于否定了论文中所主张的主要发现。不再需要验证实验了。接下来就是对相关人员的处分了。"

然后，他疑惑地说："理研为什么不公布这个分析结果呢？我觉得很不可思议。""这可是能'断尾求生'的最佳数据了吧。

社会上很多人还认为，'小保方是一个不成熟的研究者，但不至于做那么恶劣的事情'。他们同情地认为，'明明是理研把事情闹大了，却要把所有的责任都推给她'。但是从这个结果坦率地考虑一下的话，她其实是性质恶劣的。因为我们可以感受到'制造出与ES细胞非常相似，但稍有不同的东西'的明确意图。不过，也会产生这样的疑问：她一个人能想到这样的事情吗？"

对于主要的分析结果，我们也征求了小保方的意见，但其代理人三木秀夫律师的回复是："对于媒体提出的个别人身攻击性问题，由于小保方本人受到了精神上的伤害，主治医生指示我们'出于精神上的考虑，应停止问题应对，继续静养'，因此我们拒绝回答。"

6月12日的晨报刊出了我写的关于远藤分析的报道正文及解说共两篇。报道正文重点针对"STAP细胞"的8号染色体的三体问题进行了总结回顾，其中包括东京大学教授菅野纯夫（基因组医学科学）的评论，他说："如果相信这个分析结果，那就很难认为是用活小鼠制成的，也有可能是将ES细胞当作了STAP细胞。"此外，报道正文还提及了小保方不做回答的情况。

解说文章除了转达出了专家们认为调查结果"是致命的"这样一种声音之外，还介绍了另一种有关STAP细胞和FI干细胞的数据分析结果。为了表现出事情的严重性，我使用了"也存在实施有计划的造假行为的可能性"这样的比以往更加深入的措辞表达。文章还提到理研优先考虑验证实验，在被媒体报道之前对远藤的分析结果一直持不承认的态度。我在文中再次要求必须查清这起造假事件的全貌。

可以说，由于这两个分析结果的公布，STAP细胞问题在查明真相方面取得了长足进展，但同时，其问题的严重性也在进一步地增加。然而，人们还没有看到理研有意放下架子开始调查的迹象。

第九章　论文终于被撤回

　　改革委员会建议"解体"CDB。在这种情况下，理研仍坚持在小保方在场的情况下进行再现实验。但是，如果论文纯属造假，那么再现实验意义何在？批判的声浪日益高涨，其间，我们见到了中心主任竹市。

"被认为是世界三大造假事件之一"

6月12日，也就是有关STAP细胞遗传信息分析结果的报道刊登的当天，理化学研究所的"防止科研不端行为再次发生改革委员会"在最终会议上总结整理出了理研改革方案的建议书，并于当天对外公布。改革委员会这么做是出于对理研的不信任感："如果改在日后公布的话，理研有可能会对建议书内容横加干涉。"

改革委员会全部由外部有识之士组成，于4月上旬成立，作为第三方委员会，向以野依良治理事长为总部长的理研"防止科研不端行为再次发生改革推进总部"总结的行动计划提出建议。在多数情况下，这样的委员会往往是自我本位主义的，熟悉理研的官僚们也认为"该建议书将做出实行软着陆的结论"。

然而，改革委员会成立后，面对不断发现的论文新疑点，一再要求理研着手调查。改革委员会每开一次会，其与理研的对立姿态就变得愈发鲜明，提出的建议也被认为在内容上果断干脆。

改革委员会于12日晚些时候即晚上7点左右在东京都内召开了记者会，以委员长、新结构材料技术研究协会理事长岸辉雄为首，由分子生物学学者、律师等组成的委员会全体6名委员出席了记者会。《每日新闻》派出了我和大场爱、千叶纪和以及从大阪出差归来的畠山哲郎等记者进行采访，总社的机动记者负责人清水健二带领多名记者负责整理稿件。

岸委员长在记者会开始时发言指出："这是一起造假事件，我从一位欧洲的朋友那里收到了一封邮件，邮件说这起事件已经开始被认为是世界三大造假事件之一。"他认为STAP问题是可以与2000年代发生的载入科学史的两个论文造假事件同等看待的大问题。

岸委员长列举的事件之一是美国贝尔研究所高温超导研究中出现大量论文造假的问题，该事件以造假的年轻研究员的名字命名，被称为"舍恩事件"。另一个是韩国首尔大学黄禹锡教授（当时）宣布，在世界上首次成功地用人克隆胚胎制造出了胚胎干细胞，此事后来被认为是造假，最终演变成了一起刑事案件，广为人知。

建议书严厉地指出，隐藏在STAP问题背后的是理研的"结构性缺陷"，这使得进行根本性改革具有了紧迫性，改革措施包括"解体"作为STAP研究舞台的发育与再生科学综合研究中心（CDB）。下面介绍一下改革委员会根据独立收集的信息拟就的建议书的主要内容。

改革委员会根据调查委员会和CDB自查核查委员会的报告、理研提交的资料以及在改革委员会会议上对相关人员的访谈，分析了STAP问题的经过和原因。

小保方晴子在国立大学被提拔为相当于副教授的"研究小组组长",但其过去的论文和应聘文件没有经过详细调查,参加用英语举办的研讨会等必要的手续全部被省略,是一次"完全破例"的录用。改革委员会推测,与其说CDB对小保方作为研究人员的资质和业绩进行了评价,不如说"极有可能是在想要获得超越iPS细胞研究的划时代成果的强烈动机的引导下聘用了小保方",对于小保方在若山研究室阶段的研究活动,CDB也没有进行询问考查。建议书批评说:"不得不作出这样的评价:其招聘从一开始就基本决定了。""(招聘过程的)随意不规范令人一时难以置信。"

"人事委员会的成员们认识到'与同时被录用的其他PI相比,小保方作为研究人员的培训不足',但考虑到小保方为自己的研究课题制定预算的必要性等,有必要将其录用为(PI级别的)研究小组组长,而不是研究员。"根据中心主任竹市雅俊在改革委员会的访谈调查中的回答,建议书指出:"在取得划时代的成果之前,很容易省略必要的步骤,这种CDB的成果主义的负面影响,是产生STAP问题的原因之一。"

关于STAP论文的撰写过程,建议书指出,CDB中心副主任笹井芳树采取保密优先的做法,造成了"外部批评和评价被切断的封闭状况",而且完全没有对原始数据进行验证,CDB干部也允许论文在发表之前予以保密,笹井对共同作者之间的联络持消极态度,共同作者山梨大学教授若山照彦和项目负责人丹羽仁史没有深入参与论文撰写过程。因此,STAP论文是在没有得到其他研究人员的研讨和对数据的重新验证的情况下"草率"出炉的。另外,"STAP研究有可能获得一笔新项目预算,也有可能成为一项有助于获得巨额预算的研究项目",可以推测，作为小组主任分工负责"预算申请"的笹井也是基于这种期待而采取行动的。

CDB对小保方在科研数据的记录和管理上的马虎草率不管不问，对此，改革委员会还追究了CDB的责任。

在进行STAP论文中的实验的2012年，小保方的所属负责人是山梨大学教授若山照彦，但若山在同年4月以后是与理研没有雇佣关系的兼职"特邀研究员"。改革委员会指出，这意味着CDB让外部研究人员若山对同样是外部研究人员的客座研究员小保方的数据记录和管理承担管理责任。2013年3月以后，竹市成为小保方的所属领导，据说竹市在访谈调查中说："那种管理上的合规方面的工作我一直没做。""对所有新任的PI，我没有做过合规方面的工作。"改革委员会认为，竹市没有对数据的记录和管理进行确认和指导，"可以看出他甚至没有认识到自己的责任和义务"，在CDB，"不得不说，数据的记录和管理是由研究人员来做的，几乎看不到在这方面有什么组织行为"。

小保方招聘流程的随意不完善，STAP研究的封闭状况，对研究人员的数据管理放任不管。改革委员会分析说，这些综合原因都源于CDB的放任自流，源于其组织体制。改革委员会得出的结论是，STAP问题的背后存在着"**诱发或无法遏制研究不端行为的组织结构缺陷**"。改革委员会进一步指出，究其更深层次的根本原因在于CDB自2000年4月成立以来，一直由几乎相同的成员运营，引发了"高层内部勾结关系导致的组织治理问题"的存在。

"过于薄弱的治理体制"

对于理研本身，改革委员会还列举了以下问题：为防止研究不端行为而要求管理人员必须参加的研修课听课率仅为41%，对这种贯彻执行不彻底的状态一直采取"漫不经心、置之不理"的态度，实验记录的管理和管理系统的引进止步于部分中心，理研整体的努力只是流于形式等，批评指出理研"对防止研究不端行为的认识不足"。

作为"更严重的问题"，改革委员会提到的是STAP问题发生后理研的应对不力。

• 没有进行所谓的"论文验证"，如确认两篇论文的原始数据是否存在、详细审查论文内容。

• 调查委员会的调查结束后，在没有被认为存在不端行为的第二篇论文"快报"中，新的多张图像的疑点被曝光，此外，在若山委托的STAP干细胞基因分析结果和理研高级研究员远藤高帆对已公开的遗传信息的分析结果中，也发现了重大的疑似造假嫌疑，虽然"研究不端行为事实本身的全貌尚未查明"，但以作者打算撤回论文为由，表示不进行调查。

• 相泽和丹羽的"验证实验"也被指出作为再现实验存在缺陷，因为他们没有计划进行论文中所述的畸胎瘤实验，但他们并没有正面回应问题，而是继续推进实验。

对于理研的上述应对状况，改革委员会对高层提出了批评，称"不得不怀疑是不是对科研不端行为的背景及其原因的详细调查态度暧昧"，"怀疑是不是对自己的组织未能遏制科研不端行为的问题和引起严重的社会性不信任问题的责任缺乏足够的意识"。

对于笹井包办了大部分工作的1月28日的新闻发布报道，改革委员会也指出，"这一发布内容给全社会普遍地灌输了对iPS细胞研究的错误认识，让人们对STAP研究抱有不恰当的期待"，"过分地引起了社会的关注"，并分析称，承担最终责任的理研宣传室管不了CDB，导致混乱的发生，这是"理研治理上的问题"的表现。尽管理研是一个拥有约3 400名研究人员和职员的大组织，但包括理事长在内的6名理事中，负责科研工作的理事只有川合真纪一人，缺乏理研外部有识之士参加的机制等，"过于薄弱的治理体制"也使正确处理问题变得困难。

建议解散CDB

基于上述的原因分析，改革委员会提出了下一步的改革方案。

- 关于CDB
- 对小保方、笹井、竹市给予相应的严厉处分，采取包括撤换现任中心主任和中心副主任在内的人事调整手段，重新建立新机构的领导班子。责任重大的前中心副主任西川伸一、相泽慎一等两位特别顾问将被排除在新机构的高层领导之外。
- 由于"通过人事变动等普通方法很难消除缺陷"，应在确保任期制工作人员就业的基础上尽快解散CDB。如果成立新的中心，将更换高层领导，重建研究领域和体制。
- 关于理研整体
- 更换负责合规的理事和负责科研工作的理事，将负责科研工作的理事增加到至少两人。
- 成立一个总部组织（促进公正研究总部），由理事长直接管理，负责促进公正研究和防止科研不端。
- 新设一个由理事和外部成员组成的管理委员会。
- 成立"理化学研究所调查与改革监督委员会"，成员全部由外部专家组成，负责监测和评估改革的执行情况。

- 关于STAP细胞论文
- 让小保方本人进行包括畸胎瘤实验在内的再现实验。
- 根据《关于防止科学研究不端行为等的规定》，迅速调查第二篇论文"快报"，以确定是否存在研究不端行为。
- 新成立的监督委员会将对两篇论文进行彻底的"论文验证"，以确认每一幅图片的原始数据存在与否，审查其内容，并对每一种实验方法和样品等进行调查，以查明研究不端行为的来龙去脉。

或许是考虑到了远藤先生吧，在建议书的"结语"部分，写进了如下内容：强烈要求理研不使"为查明事件真相和科学真相而采取勇敢行动的研究者"受到不公正待遇，岸委员长强调"这一点非常重要"。他还在发言结束时指出："虽然预计发表于《自然》的那篇论文将被撤回，但STAP问题损害日本科学研究的可信度的事实并没有消失。全世界都在关注着。问题必须由科学家自己来阐明和解决。"

此外，大阪大学副教授中村征树就"解散CDB"一事总结道："不是简单地一散了之，而是希望它能够回到原点，重新考虑应该成为一个什么样的研究机构，然后重新出发。"岸委员长要求尽早采取措施："今年内再不动就晚了，新的研究机构也应该在明年启动。"

会场上的提问集中在了若山和远藤在最终会议上分别发表的对分析结果的见解以及"STAP细胞的真面目"上，很明显改革委员会的成员已经不相信STAP细胞是真实存在的了。信州大学特任教授市川家国不无讽刺地说："理研的各位看了这些数据，也差不多会马上认为再现实验没有什么意义了吧。"东京大学教授盐见美喜子反问他道："（STAP细胞是）ES细胞的可能性高吗？"他用明确的语气回答："我就是那样理解的。"

有记者再次向岸委员长提问："改革委员会的各位委员是否一致认为根本就没有STAP细胞？"岸委员长坦言答道："只要说STAP现象存在的人不说出'原来确实什么都没有'这句话，那么这个问题就不算尘埃落定，所以我们的建议是要好好去做。……但是，我想你（记者）的提问与我们的意思是大致相符的吧。"

竹市先生的"科学"

接着，从晚上8点50分开始，CDB中心主任竹市和担任自查核查委员会委员长的尖端医疗振兴财团尖端医疗中心主任锅岛阳一等人也召开了记者会。尖端医疗中心与CDB相邻，顾名思义，是再生医学等尖端医疗的实施基地。该医疗中心与CDB有着极其密切的关系，例如由CDB项目负责人高桥正代主导的使用iPS细胞的首次临床研究便是双方共同实施的。此外，锅岛本人也在2000年至2009年担任了CDB的外部评价委员，对于后来锅岛当上了委员长，也有批评的声音认为"锅岛不能算是外部有识之士"。

自查核查委员会的报告书虽然是当天发表的，但内容与5月份我独自获得的报告书草案的内容几乎相同。

竹市先生在开场白中说："作为中心主任，根据验证结果，我认识到CDB的组织方式存在着问题。"言语间他的表情极其严峻。对于提出"解散CDB"的改革委员会的改革方案，他说："这是非常严厉的建议，我们一直在考虑要进行组织改革，但并没有考虑到要解散，此事非同小可，有那么多优秀的年轻的科研人员，如果没地方去的话，那就不好办了。如何看待这个方案，还是要考虑一下的。"当被问到CDB解体后的应有状态时，他坦率地表明了保留CDB的意向："我们在这个领域已经确立了国际中心的地位，为不辜负国际上的期待，当前还是在这个领域继续干下去为好。"

对于自己的去留，他表示"会和理研商量后再考虑"，对于涉及竹市责任的建议书的具体内容的提问，他表示"收到了文件，但几乎还没看"，回避了作答。

此外，对于远藤和若山的分析结果公布后有改革委员会成员提出了"验证实验毫无意义"的意见，他结合自己的信念这样说道：

"遗传基因分析数据指出了论文的巨大矛盾点，虽然现在知道论文中的很多数据都是错误的，但这是否能够全盘否定论文，现在并没有得到提交数据的人的直接说明。科学史在讲述一个循环反复的过程：在一个时代被认为是错误的东西，但到了下一个时代则就被认为是正确的了。论文是否全部都错了，这是需要相当慎重的考虑的。从科学家的立场来看，应该调查所有的可能性，因此我认为，验证实验也是有意义的。"

我很好奇，改革委员会的建议书占用了很大篇幅讨论STAP论文发现问题后的应对措施，而自查核查委员会的报告只有9行提到这个问题。对于在自我检查的过程中实施的，据相关人士称应该向竹市和锅岛报告的全部图像调查情况，自查报告居然连一行文字都没写。

"自查报告给人的印象是没有对发现问题后的应对措施进行深入分析。改革委员会的建议中对此严厉指出'在原因的查明上犹豫不决'，关于改革委员会就CDB和竹市先生您自己的应对措施的评价，请问你们的态度是什么？"

面对这样的提问，竹市回答说："首先会有个通报，通报会立即传达给理研总部。如果得到了新的信息，也会立即通报。"

"CDB整体情况如何？"

"关于论文中存在什么问题，有一个名为自我检查小组的由CDB成员组成的小组，小组在调查的过程中发现了很多问题。自查自纠工作已经做到了无以复加的程度了。"

"但调查的内容没有列入报告书。"

"这不是锅岛先生所在的委员会的调查对象，小组发现的问题已经传达给了理研总部。"

"您认为没有必要公布吗？"

"公布方面的工作已经委托给理研总部了。"

自我检查小组是由包括竹市在内的除笹井以外的4名小组主任和理研神户事业所长斋藤茂和等5人组成的内部调查组，柴田达夫和今井猛作为观察员参加。在自查中，该小组负责资料的收集、整理、分析，在撰写报告时与核查委员会召开过3次联席会议。

5月下旬，我在对该小组发现的新疑点进行采访时，理研宣传室强烈主张"（全部图像调查）不是自查核查委员会调查的一环"，"虽然有信息提供，但无法透露提供的来源。我们并不认为这是要求调查的通报"。只要想起如此这般的回应，就无法期待理研总部今后会公布全部影像调查的结果。

"您如何看待远藤、若山他们的分析结果？"

"若山先生预定要公布分析结果，我们正在等待。在没有正式公布的情况下进行讨论，我觉得还是有所顾忌的，或者说是有问题的。"

据相关人士称，竹市应该是强烈反对对外公布的，但他现在讲话的口吻丝毫没有让人感受到这一点。

"得出的结果似乎是在强烈暗示STAP细胞就是ES细胞。"

"只是留下了模棱两可的说法，我不认为在暗示这样的事情。"

我原本是想就远藤的分析结果提问的，但竹市的回答听起来像是在说若山的分析结果。

有别的记者就远藤的分析结果提问，竹市先生回答说："是不是造假，仅仅看那些数据是不能判断的哟。如果不知道实验是谁做的，经历了什么阶段的话，我想是无法得出结论的。"对于这两个分析结果，竹市的看法很明显与改革委员会的有很大的不同。

在当天发表的野依良治理事长的评论中，也有这么一句："正在推进对STAP研究中使用的细胞株等保存样品进行分析和评价等工作。"我在自己提问的最后，向竹市询问了这一分析的具体情况。

"若山先生持有的东西和在CDB残留的东西有很大的重复，但我认为也有CDB独有的东西，所以我们正在进行分析。"

"说到只有CDB才有的东西，我觉得应该是活体嵌合体小鼠或者是畸胎瘤的显微镜标本，是不是已经分析过了？"

"您说得对。"虽然结果还没有出来，但他说"数据出来确认后再公布"。那么分析到底是什么时候开始的呢？我曾在4月丹羽先生的记者会上，要求公布残留实验样品的全貌和分析计划，但理研在那之后并没有发布。如果这些能在早期就公布的话，改革委员会的印象应该会有很大的改变。

在答记者问的最后阶段，当被再次问及聘用小保方的动机以及相信STAP研究成果的理由时，竹市这样说道：

"一般来说，我是持怀疑态度的。让人感到意外的东西有很多是可疑的。但是，我相信了这件事。因为数据的整体情况是合理的。我没有怀疑的余地。"

"作为一个研究人员，你对现在的情况有什么看法？"

"我觉得非常复杂。很明显，论文中有很多错误。只是科学的世界里有很多不可思议的事情。我想如果对这些都予以否认，那就是不科学的了。尊重不可思议的事情，我想要调查到底。那就是要做验证实验。"

悬崖之边

《每日新闻》在6月13日的晨报上报道了改革委员会的建议内容。在第三版的总结性报道中，记者大场爱写道："今后，恢复信赖的关键在于理研能否开启伴随着'阵痛'的根本性改革。""如果理研轻视这次的建议，那就很难恢复国民对其的信赖，也将与通往特定法人之路渐行渐远。"

大阪科学环境部的记者斋藤广子在大阪总社版的报道中传达了CDB年轻的研究员们的看法。报道说，12日晚，部分研究人员聚集在CDB的一个房间里，通过网络直播收听了改革委员会记者会的实况。

研究小组组长北岛智也认为："既然发生了问题，就必须认真对待外界的意见。"但同时他还说："解散研究室的具体设想是什么？如果说是废止研究室的话，那我是无法接受的。即使不是那样，如果对今后的研究造成困难的话，那也是非常令人为难的。"还有一位30多岁的PI不满地说："如果解体只是杀鸡傲猴的话，我表示反对。"CDB以积极录用年轻的科研人员而闻名，它已成为从海外归国的年轻科研人才的宝贵接收地。该PI表示："如果与目前CDB的录用年轻人和废除裙带关系录用的方针背道而驰的话，那将是非常遗憾的。"

另一方面，野依理事长13日相继拜见了文部科学大臣下村博文、科学技术担当大臣山本一太，汇报了要根据改革委员会的建议制定防止研究不端行为的行动计划的方针。文部科学省决定在省内设立面向理研改革的工作小组，加强对理研的指导。

根据大场记者的采访，野依理事长在与科学技术担当大臣山本的会谈中表示："有报道说事情已经早早地落下帷幕了，但实际情况绝不是这样的。"野依理事长还强调，在进行验证实验的同时，"专心致力于"对残留样品和已公开的遗传信息的分析。

科学技术担当大臣山本表示："建议书非常有说服力。作为大臣，我强烈要求彻底调查（论文）。"对于将理研指定为特定国立研究开发法人的法案，他表示，如果理研不能进行能够得到国民理解的改革，那么在今年秋天向临时国会提交该法案将会是很难的，他加强了语气说："理研已经来到了悬崖边，希望大家有危机感。"

第二天，共同社报道称，在建议中被要求辞职的前中心副主任、特别顾问西川伸一"已确定了辞职意向"。我通过邮件向西川询问此举的理由，得到了"（辞职）并不意味着赞同改革委员会的想法"的回复。"原本辞任（中心副主任一职）后，我考虑自己年纪大了以后就不插嘴了，所以坚决拒绝担任顾问一职，但后来被邀请也就这样当上了。但是，既然身为顾问，当然就有必要站在理研的立场上说话。因此，从能自由发言的意义上来说，我决定辞去顾问一职。”

“我把觉得玄乎的地方都删掉了”

新的一周开始的6月16日，若山先生召开了发表解析结果的记者会等，各种事情令人眼花缭乱，忙乱中时间流逝，不过，我还是抽空采访了已解散的改革委员会的原成员。

某原委员就最终会议上若山、远藤两人分别做了对分析结果的说明一事，如释重负地表示：“建议中能够将两个分析结果以文字形式保留下来，这是很重要的。我们并不是凭想像来说话，这一点已经很好地体现出来了。”他说这两人的出席是在会议前两天才定下来的。他们以事先发送给委员们的发表资料为基础，匆忙将主要分析结果写入了建议书。这一切都做好的时候，日期刚刚切换到了12日建议书公布当天。

原委员之一、大阪大学副教授中村征树以实名接受了大阪科学环境部首席记者根本毅的采访，他谈到了委员会提出严厉建议的理由：“委员会成立之初并没有考虑到要建议‘解体’，但疑点曝光后理研的应对实在是太差了。”

中村副教授列举了不端行为嫌疑被发现后的问题点：论文调查正在进行中的3月份，没有确认STAP细胞的制作是否可能就公布了制备方案协议；笹井在道歉记者会上说了“我是在整理论文的最后阶段才加入的”之类的话，表示即便被认为是逃避责任那也是没有办法的事情；自查核查委员会的报告发布迟缓。他说：“本来应该以CDB为中心，查明事态、解决问题，但他们做得相当不够。”

我与记者根本一起采访过的另一位原委员也说：“4月份的

时候，没有认识到CDB和理研本身的治理（组织治理）有问题，也没有考虑过CDB作为一个组织该怎么办。"他详细地跟我们讲了这种认识发生变化的经过。

他说，最初察觉到疑问的契机还是那场笹井反复进行解释的记者会。"我觉得他没有认真考虑作为中心副主任的责任以及作为共同作者的责任。"

导致疑问进一步扩大的是4月30日在改革委员会会议上竹市的发言。当天首次出席会议的竹市对自查核查委员会的报告草案进行了说明。据这位原委员称，当时CDB并没有进行包括对原始数据的分析在内的所谓论文验证，"似乎也并不打算那样做"。这增加了委员们的不信任感，他们表示："这样的话，就得在不了解论文不端行为全貌的情况下制定改革方案了。"

更让委员们吃惊的是，竹市说："即使是相关人员的发言，他们推测性的言论也应该被删除。我整理后把觉得玄乎的地方都删掉了。""那样删来删去会构成隐瞒！""中心主任自己不应该对报告书的内容说三道四吧？"虽然委员们你一言我一语地指出问题，但据说竹市先生并没有改变态度。

"删除自己不信任的内容，就等于不发布对自己和CDB不利的信息。从第三方的角度来看，这是一份缺乏可信度的报告。竹市先生并没有认识到自己是被指出问题的一方，反而认为自己是个法官。以4月30日为分界线，我们的认识发生了一百八十度的转变。"原委员这样回忆道。他说，5月上旬以后，改革委员会开始排除理研的职员，非正式地聚集在一起，听取有关人员的意见，努力独立地收集信息。

这位原委员在采访的最后，谈及改革委员会的记者会上出现了STAP问题被称为"世界三大造假事件之一"一事时指出：

"在舍恩事件中，论文验证工作已经进行得很好，黄禹锡事件也已经成为刑事事件，真相已经查明，只有STAP问题在未查明的情况下就要落下帷幕。"他补充说："有一个值得期待的因素是，理研的理事长是诺贝尔奖获得者野依先生。如果不弄清楚事情全貌就草草了事的话，就等于给诺贝尔奖抹了黑。在国际瞩目的情况下，我相信理研不会再采取降低信用的应对措施。"

关于竹市先生的"删除"发言，记者根本在7月8日的晨报上进行了报道。根据记者根本的采访，竹市承认自己有这样的发言："虽然我认为不应该修改报告书，但以正确性为第一，根据我的判断对报告书进行了部分删除。之后向自查核查委员会的外部委员进行了说明，其中也有一部分是我要求要重新进行调查的。"另一方面，他也承认了有部分证言至今处于藏而不露的状态。

负面连锁反应引发的事件

6月下旬，我拜访了一位CDB出身的研究人员，想听听他对改革委员会建议的感想和反应。

"我认为这一建议是非常合理的。（CDB）内部的人会问为什么会这样，但在全世界散布了如此多的谣言，他们必须承担责任。"

这位研究人员对改革委员会的方案持肯定态度，但他将"谣言"一词使用得过于自然，这让我内心里感到有些吃惊。另一方面，对于海外的反应，他说："日本的生命科学领域的研究所，知名的只有CDB。CDB是日本研究所中的成功范例。有很多国外的研究人员认为，如果一个人的所作所为就把这一切都搞没了，那真是太荒谬了，过于歇斯底里了。因为国外也有很多造假案例，干细胞领域也有很多无法被再现的成果。不过，这次实在是太糟糕了。"

关于STAP问题的背景，他这样指出：

"虽说预算在不断地被削减，但理研与大学相比还是很幸运的。他们那些干部缺乏绝对的紧张感，难道不是吗？"他说他的一名大学同事也曾冷冷地说过："只是没有紧张感而已。因为他们那些人即使遇事放任不管，钱也会来的。"

话虽如此，以笹井先生为代表的阵容不凡的共同作者们在论文发表前却没有注意到出现了问题，这是为什么呢？我试着去解答这个无法消弭的问题。这位研究人员对共同作者逐一进行了如下分析。

"若山先生因为专业领域不同，不懂分子生物学的数据，根本就没有从分子生物学的观点来验证小保方的实验结果的意识。我曾在讨论后感受到，笹井先生也是一样，在用多能干细胞制造神经方面他是个专家，但他对多能干细胞本身并不感兴趣。也正因如此，恐怕他没有注意到小保方的数据的不自然。而且，由于他对iPS细胞有竞争意识等原因，便有些先入为主，也缺乏验证的意识。丹羽先生一定是因为与笹井先生之间在实力上有差距，他没有能力对笹井先生认可的东西提出异议。笹井先生是个很有魄力的人。"

这番评价与我通过此前对各种相关人士的采访而想象出的结论几乎重合。

那么，为什么聘用小保方的CDB干部都相信那是一个了不起的成果呢？在论文发表之初，甚至连绝大部分研究人员都相信了。这位研究人员对此也给出了明确的意见。

"原本（2007年问世的）山中（伸弥）先生的iPS细胞以当

时的常识来看就是令人难以置信的，但它是一个了不起的成果。原来还有这样的事情啊——所有的科学家都被打趴下了。所以这一次，也有这样一种氛围：虽然是不可能发生的事情，但发生不可能发生的事情也不足为奇。这并不是一件愚蠢的事。"

也许的确如此。而且，如果没有 iPS 细胞研究，STAP 细胞也不会那样受关注。来自日本的新型万能细胞，且具有超过 iPS 细胞的可能性，正因为有这样的宣传口号，才被各媒体大肆报道。我一边思索着各种各样的负面连锁反应，一边离开了这位研究人员的房间。

与竹市会面

第二天傍晚，我与专业编辑委员青野由利一起，在《每日新闻》东京总社的接待室里与竹市先生会面了。会面的起因是前一阵子的邮件往来。

如前一章所述，根据对相关人士的采访，若山于 6 月 5 日向理研改革推进总部报告委托第三方机构所做的对 STAP 干细胞的分析的结果时，竹市先生曾强烈反对对外公布结果。再次追问反对的理由，以及对远藤、若山分析结果的见解，竹市先生给了我郑重的回信。关于若山分析，他承认"我认为 STAP 干细胞来自 ES 细胞的疑点越来越大"，但他的回答如下。

由于完全不知道被分析的细胞的来源，他认为除了发现了奇怪的事实之外，还无法从这些数据中得出任何确定的结论（例如，是否像被怀疑的那样来源是 ES 细胞等的结论）。为了得出最终结论，有必要继续寻找来源细胞。如果想知道真相，有必要准确地验证当时究竟是在什么情况下进行实验的。

我再次询问："若山分析的结果表明，论文中登载的STAP干细胞的数据显然不是从论文记载的小鼠身上得到的。这本身就有意义，如果等知道了来源再公开的话，那就太晚了。首先要尽快公布分析结果，这在当时不是很有必要吗？"他冷淡地回答说："我想可能是见解不同吧。"

远藤分析从STAP细胞的遗传信息中发现了8号染色体的三体，明确了其不是直接来源于活体小鼠，以及由STAP细胞建立的"FI干细胞"被认为是ES细胞等两种细胞的混合物。竹市在承认"这是合理的解释"的基础上，回答说，"如果不确定数据的原实验材料到底是什么，那就无法得出综合的结论"，"是否存在造假，我无法判定"。

经过这样的交流，我试探着说："如果可以的话，我想直接和您见个面。"于是我们决定在"相互尊重对方见解的前提下"见个面。

从接待室望下去，皇宫绿意盎然。竹市先生首先反驳了对CDB"瞒报体质"的批评。

"非常有冲击力的研究在发表之前谁都不会说出来，不说出来本身并不是要受到批评的事情。小保方的研究，以当时的认识，用非常简单的技术大家马上就都能做。平时不要说出去，（干部们）都在心里这么想。并不是作为一个组织隐瞒下来了什么。"

在小保方当上研究小组组长后，即使在所内的非公开研讨会上，她也一次都没有谈论过STAP研究。他回忆说："小保方当上了PI，没有公开她在做什么，这导致了一个非常奇怪的状况。虽然我也觉得这有点不好，但是因为很难判断所以就默许了。"

"你认为在这方面还是应该做些什么比较好？"当专业编辑委员青野询问时，竹市承认："是啊。也许我应该以比平时更保密的方式说话。"他还补充说："我说这句话并不意味着我发现了不端行为。"

他说，在招聘小保方时，并没有人对已有的STAP研究的主要实验数据提出过质疑。

"不过，当然有一些议论，说一下子就提拔她当PI能行吗？"

竹市说，虽然也有意见认为让她当个研究员就行了，但考虑到要将小保方自己发现的STAP细胞作为研究室的主攻方向，得出的结论是即使研究规模小，也最好让她当PI。改革委员会在建议中解释称，研究小组负责人"在国立大学相当于副教授"，竹市对此也进行了反驳。研究小组在两种情况下由虽未完成课题但前景远大的研究人员主持，一种是研究数理科学等领域里的小规模的可研究课题，另一种是主攻萌芽性的研究课题。他说小保方属于符合后一种情况而聘用的首例。"我们的招聘目的是，如果让这个人加入的话，事情可能会变得非常有趣，因此也要做好承担风险的心理准备，让他当PI，然后再训练他。我们原本就没有选择副教授级别的人的打算。"

实际上，小保方配有两位导师（顾问），一位是丹羽先生，另一位是笹井先生。据竹市介绍，由于将主要的指导工作交给了丹羽，所以小保方研究室的房间也设置在了丹羽研究室的旁边。他请笹井指导小保方撰写论文，正如自查核查委员会的报告书所指出的那样，笹井"超越了指导的框架"，深入参与了STAP论文的撰写，甚至成为STAP研究第二篇论文的责任作者。竹市也承认"导师和作者两种身份掺和在一起是个问题"，但也坦言笹井成为共同作者一事"是在看论文的校样时才知道的"。

令人惊讶的是，竹市并不知道小保方和若山过去不仅向《自然》投过稿，还向《细胞》和《科学》投过稿。"这是作者们（小保方等人）在做的事情。笹井不也是不知道的吗？（CDB 的自我检查）调查后我才知道。"

一稿一投不被采纳，和一稿三投不被采纳，意义是不一样的。

"这么重要的事情怎么不说……"我不禁脱口而出。"正如您所说的那样，一般的感觉是这样的。（小保方）没有把这件事说清楚，也许是问题变大的原因之一吧。"竹市边说边点头表示同意。

当专业编辑委员青野询问他对改革委员会建议书的见解时，竹市先生说："虽然大家有很多想法，但从有些人的反驳方式来看，他们还没有反省。"同时，他还提到了关于研究小组组长定义的"错误"等问题，他说："解体是一个非常大的建议，既然提到了这一点，就不应该只对我进行两次听证，而是应该到研究所来采访大家，对全体人员进行调查。仅仅因为 STAP 问题就提议解体是不合理的。（建议书）里面写了'有想要超越 iPS 细胞的动机'之类的话，充满了主观推论。虽然建议书里写着成果主义不好，但是 CDB 想要取得成果是理所当然的。"

对于自查核查委员会的报告草案，改革委员会成员在会议上说他们"看了好几遍"，对此竹市说："非常不满的是（在改革委员会的报告中）引用了很多自我调查报告的内容。如果是提出如此重大的建议的话，我想应该是先进行独立调查然后再提出来吧。"

他说，他收到了来自海外研究人员和研究机构的 150 多封反对解体 CDB 的信件。"我的基本观点是，论文不端行为是不好的，但仅仅因为一个不端行为就要把整个研究所解体，那就显得很奇怪了。这与日本和世界的形势多少有些背离。"

顺便说一句，关于 5 月中旬听到的小保方参与验证实验一事，大阪科学环境部根据对理研相关人员的采访，于 6 月中旬报道了小保方现身于实验现场的消息。报道称，小保方从5月下旬开始，在承诺不直接接触实验样品的基础上，经常前往CDB对实验提出建议。小保方还表示愿意直接参与实验，其代理人三木秀夫律师曾介绍过小保方的原话："我想尽快去寻找下落不明的儿子（STAP细胞）。"

竹市先生承认确有此事："理事会也允许小保方对实验提出建议。主治医生允许时，她会去CDB上班。"他还说："我强烈地意识到，在未公布的阶段让她断断续续地参加是不合适的，希望能尽快成立一个由小保方正式参加的核查小组。"

对于由小保方本人实施验证实验，除了文部科学大臣下村博文表示了支持外，理研理事长野依良治也表达了"（如果不让她参加）问题的解决就会变得没有眉目"的看法。改革委员会也要求付诸实施，认为这作为"论文验证"的一环，可以确认论文的内容有多少是真实的。

但是，由于远藤和若山给出了分析结果，STAP细胞的可信度变得越来越低，指其涉嫌造假的声音也越来越大，在这种情况下，竹市将如何定位由小保方参加的验证实验呢？

竹市表达了与先前邮件中所表达的相同的观点："虽然疑点在增加，但有些地方并没有构成决定性的一击。"他说："STAP作为自然现象是否存在，我想再一次从零开始查个清楚。"

"我认为，在自然科学中，即使是少数派的观点，如果存在着可能性的话，那也应该毫无偏见地去进行调查。少数派在一个时代会有非常痛苦的经历，但他们的发现会在下一个时代开花结果。我们不能放弃这种立场。"

"您是说以论文验证为目的的实验是没有意义的吗？"

"这是4月份开始验证实验时做梦也没想到的。在改革委员会的听证会上，也有人问我为什么不进行（论文中的）畸胎瘤实验，我听不懂这个问题，完全对不上茬。"

"您是说读了改革委员会的建议书后才认识到了必要性。"

"即使是现在，我心里总觉得有些反感。为什么要向后看去顺藤摸瓜，有必要吗？作为科研人员，我想要向前看。"

"当初我对STAP现象是否存在也很感兴趣，但现在对查明真相的兴趣要高得多。"经我坦率地这么一说，竹市先生很开心似的笑了起来。

"在最近的记者会上，我已经清楚地看出这点了，须田你是个'查明真相派'吧。"

"但我并不是一开始就有怀疑，直到中途，我还以为这是论文上的错误，STAP现象本身是存在的。但是，在我所相信的那些东西已经崩溃了的今天，要问我想知道的是什么，那就是不端行为的全貌。它是从哪里开始的？有谁参与其中？"

"我也很想知道这件事。到底是谁的错呢？有人说那只是小保方一人的错，真的是那样吗？我也有这样的疑惑。如果还有其他真凶，难道不是问题吗？但是，非得要研究人员把这些都做完……因为，对于研究人员来说，那是没有任何效率的事。本来应该用于研究新事物的资源，现在却要用于对过去的调查。我知道这很重要，但那是一笔巨大的金钱和人力的投入。"

竹市先生想要说的，我觉得有些理解了。的确，没有什么比调查科研不端更让研究者们感到毫无收获的了。另一方面，竹市介绍说，不仅是验证实验，他们还与理研合作制定了残留实验样品的解析计划。得知他们目前似乎也不打算对"验证过去"敷衍了事，我稍稍地松了一口气。

对于小保方，他回避了正面谈论，表示"不能对她进行个人的评价"。他只是说了下面这些话。

"无论她跟你说了些什么都找不到证据。如果有笔记的话，证明一下就行了，但好像大家都把事情装在脑子里。我现在一点不知道小保方是个什么样的人。"

说不定竹市先生通过验证实验想要查清的，不仅仅是STAP细胞，还包括小保方这个人。这样的一种想法突然掠过了我的心头。

在近3个小时的会面中，竹市还透露了由小保方参加的验证实验实施过程中的实验计划概要。用摄像头严密监视实验室，严格管理房间的人员进出和细胞培养装置的钥匙，在此条件下，如果小保方生产出了疑似STAP细胞的细胞，竹市等人将到场对实验内容进行确认，之后由理研工作人员和外部研究小组分阶段进行再现实验。

我在6月26日的晨报上报道了这个计划的概要。在研究人员之间，"STAP细胞分明是造假，没必要做验证实验"的呼声很大，原本我自己也对5月份就偷偷地让小保方参加验证实验一事抱有疑虑。我在报道中透露了日本分子生物学会理事、大阪大学教授筱原彰发表的以下评论："小保方竟然已经出现在现场，真是令人震惊。在不对外宣布的情况下让她在现场现身是有损公正性的。首先应该公布验证实验的进展情况和小保方参加的理由。小保方也不应该在没有对论文中的疑义进行说明的情况下，就进入到下一步去参加实验。"

终于论文要撤回了

"下月上旬将同时撤回两篇STAP论文"。记者八田浩辅是在6月下旬捕捉到了这一重要消息的。不久我从我的采访对象那里也得到了同样的消息。

我在采访过程中得知，预计英国科学杂志《自然》将在7月3日出版的那一期宣布对论文的撤回。我准备了预定稿，计算着报道的最佳时机，不料《日经新闻》在6月30日的晨报上刊登了"一周内撤回"的消息，《每日新闻》随即也急忙在晚报的头版头条刊登了包含撤回日期的报道。

"如果论文被撤回，其研究成果将成为白纸一张，但论文不会从出版社和官方的科学论文数据库中删除，而是与撤回时间和理由一起继续对外开放。因此，撤回论文被认为是研究者们想要避免的不光彩的应对方式。"关于撤回论文一事，该报道做了这样的说明。读到这篇报道的一位研究者在邮件中提出了如下见解。

> 这次的论文撤回真的很尴尬。不过，撤回论文也有很多种，由于honest error［善意错误］而撤回的论文，因为其不隐瞒事实，诚实地说出了真相，所以应该得到相应的赞赏。我担心，撤回论文就会褫夺一切的论调，反而会提高撤回不当论文的门槛。（中略）撤回论文是科学中的一个重要要素，有时研究人员即使感到痛苦也必须去做，但我希望更多的人能够认识到这是一个应该做的过程。

第二天的晨报刊登了STAP论文中最新被指出的主要疑义一览表，同时还刊登了解释撤回论文的意义以及论文撤回后理研的责任的报道。我写道："解决'STAP细胞是否至少存在过一次'这一社会疑问是紧迫的课题。""彻底的'论文验证'也是查明问题全貌不可或缺的一环。"

在我写报道稿的 6 月 30 日傍晚，理研发布了题为《关于理研对 STAP 细胞相关问题的应对》的简短新闻稿。

小保方正式参加验证实验

理研的新闻稿内容有两项。第一项是小保方将正式参加验证实验，设定的期限是从第二天 7 月 1 日到 11 月 30 日共 5 个月的时间。第二项是从 6 月 30 日开始对调查委员会调查结束后被指出的有关 STAP 论文的新疑点进行预备调查。据该新闻稿，随着这些工作的开始，原本讨论对小保方等人进行处分的惩戒委员会的审查将暂时停止。但是，关于为什么让小保方参加，实验手法是否是改革委员会要求的那样，验证实验是否按照论文所述步骤进行等关键问题，当时并没有进行说明。

小保方通过理研发表评论说："我衷心感谢能有机会在严格的管理下进行实验，我将尽最大努力以人人都能接受的方式证实 STAP 现象和 STAP 细胞存在。"

虽然只是一纸简短的文稿，但我反复阅读了"调查新疑点"那部分，回顾此前在报纸上反复呼吁重新调查的必要性，此时我感慨颇深。不少严重疑点并没有被置之不理，而是要进行调查了，我觉得这是一件姑且值得高兴的事情。

另一方面，以尖锐的角度来看问题的话，也可以认为这是以调查开始为由推迟对小保方的处分，以便让小保方参加验证实验。因为惩戒后如何让小保方参加实验，是令理研和文部科学省头疼的问题。实际上，野依理事长也在 10 天前接受记者采访时说："如果发生惩戒解雇之类的事情，那她就不能参加了。"

据同事采访，文部科学省的一位干部自卖自夸地说："包括停止惩戒委员会的审查在内，全都做出了很好的应对。"关于开始预备调查的理由他说，"因为科学家团体和改革委员会提出了很多意见。有人说那不就是ES细胞吗？对此也不能置之不理。很可能会成立（预备调查后的）调查委员会"。

7月2日上午，神户市的CDB门前聚集了很多记者。上午10点50分刚过，参加验证实验的小保方乘出租车到达，照相机的快门声此起彼伏。这是小保方自4月9日记者会以来首次出现在记者面前。她头扎马尾辫，白色连帽衫配灰色运动短裤，一身轻装，从照片上看，显得比上次记者会时更苗条了些。面对记者的提问小保方不作回答，而是快步走进了大楼。

理研当天公布了验证实验的详细情况，CDB的实验总负责人相泽慎一特别顾问在记者会上进行了说明。根据大阪科学环境部记者斋藤广子的采访，新实验室已经准备妥当，与正在进行验证实验的丹羽等人的实验室分处不同的大楼。将让小保方单独进行实验，验证能否按照论文的方法实现再现。进出房间用电子卡进行管理，入口和房间内部用摄像头进行24小时的监视，还设置了可以上锁的细胞培养装置，实验时来自理研外部的第三方将在场。验证项目中还包括了证明产生的细胞具有多能性的畸胎瘤实验。在丹羽等人的验证实验开始时，因为要进行能成为更高等级的证明的嵌合体小鼠实验，所以畸胎瘤实验被认为是不需要进行的，但这次改革委员会要求实施这一实验。据说即使未到11月末这个最后期限，相泽也可能会根据自己的判断来结束实验。

关于实验的意义，相泽表示："目的在于（调查）是否存在STAP现象。（调查）论文投稿时是否存在STAP细胞并不是我这个项目的任务。"改革委员会要求小保方自己进行再现实验，目的在于弄清楚"（论文投稿时）小保方团队是完成了STAP现象的发现工作，还是研究成果造了假"。相泽的发言表明，这一验证计划的目的与改革委员会的建议是有出入的。

关于小保方，相泽称："现阶段，她还处于不怎么适合做实验的状态。如何让她的精神状态平稳下来，回到能做实验的状态，需要考虑包括她的生活环境在内的种种事情，这是当下最重要的问题。"他已经承认小保方以提建议为目的，会时不时来CDB，但他说："即使听取了建议，眼下也没什么作用。我们还没得到充足的信息。"

论文撤回的理由

另一方面，同一天，英国科学杂志《自然》在7月3日刊上宣布撤回两篇STAP论文。这篇因"颠覆生物学常识"而备受世界瞩目的论文，在发表5个月后终于回归白纸一张。

由多位作者执笔的撤回理由占用了与那两篇论文相同的版面，除了已经被认定为科研不端的两项之外，还以"作者们发现了更多的错误"为由，提出了以下5项。为了通俗易懂，意译介绍如下。

① 在第二篇论文"快报"中，用三种拍摄方法拍摄的嵌合体小鼠胎儿和胎盘的图像被标注为来源于ES细胞，但实际上应该标注为来源于STAP细胞。

② 在主论文"研究性论文"和"快报"中使用了相同的嵌合体小鼠胎儿的图像，但其中一篇的实验条件与说明所言不尽相同。

③ 在"快报"中，长时间曝光拍摄的没有胎盘的图像并非

经过长时间曝光，而是经过数码处理得到的。

④ 在"快报"中，把STAP细胞和ES细胞的遗传基因分析结果搞错了。

⑤ 在"研究性论文"中，对STAP干细胞的分析结果显示，插入GFP绿色荧光基因的位置与若山教授用于制造STAP细胞的小鼠的位置不同。

在对错误进行道歉的同时，他们解释说："这些错误破坏了整个研究的可信度，使我们很难自信地说STAP干细胞现象是正确的。"令人印象深刻的是，他们提到的不是"STAP现象"，而是"STAP干细胞现象"。

据一位有关人士透露，为了促使反对撤回论文的哈佛大学教授查尔斯·瓦坎蒂同意，才将当初的"STAP现象"改为了"STAP干细胞现象"。

此外，《自然》还发表了一篇关于论文刊登前的验证结果的评论文章，承认编辑和审稿人都没能发现论文的致命缺陷，论文刊登的手续不完备，并表示将加强相关对策，增加刊登前检查论文图片是否存在篡改等核查项目。但是，该文没有提及编辑部的责任，只是强调了论文的刊登原则上是基于对作者的信赖，称"有时不可能发现图片挪用等问题"，主张编辑部的努力也是有局限性的。

"快报"的责任作者笹井和若山分别发表了关于论文撤回的评论。笹井的评论中也有这样一句话："可以说，现在很难毫无疑虑地谈论STAP现象整体的一致性。"迄今为止，虽然同意撤回论文，但始终坚持"STAP现象是最有希望的假说"这一主张的笹井，如今终于改变了自己的见解吗？

《每日新闻》在头版报道了论文撤回的消息，社会版从当天开始以《白纸一张 STAP论文》为题发表了分为5次连载的连续报道。这是继3月中旬的《剧烈地震 STAP细胞》（全3次连载）、4月上旬的《行将崩溃 STAP论文》（全3次连载）之后的第三次连载式报道，对采访组来说这是对自2月以来的采访内容的集大成之作。第一次连载式报道是有关改革委员会提出严厉建议的背景，第二次是关于理研调查委员会对新增加的疑点感到困惑，同时警惕将来的诉讼风险而对下结论采取慎重态度的内幕，第三次是重点讲述那些代表日本的研究者们将小保方推上"女主角"地位的经过始末等。

CDB高桥政代项目负责人发表实名批评

自6月30日理研对外发布消息以来，CDB项目负责人高桥政代的推特在网络上引起了轩然大波。高桥领导着世界上首次使用iPS细胞治疗眼部疑难杂症的临床研究。第一例相关的细胞移植手术，原计划最早在今年夏天实施。

"我已经无法忍受理研的伦理观了"，从30日的这条推特开始，"对于还没有开始的患者治疗，将进行探讨研究，采取包括中止治疗在内的措施"，"患者的情况和治疗现场的环境都很不安稳"，"临床风险管理应该做到万无一失，但在这样的危险状况下，我无法承担责任"，一条接一条的推特不断地表达着危机感。

实际上，我约好一周后在东京都内与高桥先生见面。这次见面正是为了询问高桥对STAP问题的见解，以及该问题对临床研究的影响。我急忙给高桥发了邮件，请求提前对他进行采访。"我能否仔细了解一下您在推特上一连串发言的真实意图，并将其作为采访报道刊登出来呢？"到目前为止，CDB内部对理研应对STAP问题的批评声音在台面上并不多见。如果高桥先生能就此公开发言，将是意义非凡且极具冲击力的。

回信很简洁："那就拜托了，我想是时候了。"

其他媒体对高桥的采访申请也蜂拥而至，在这种情况下，我对他的采访被排在了7月3日晚上。不凑巧的是，我前一天生病了，正在家里养病。记者八田浩辅急忙替我赶往神户，我也通过Skype在线视频参加了采访。

"这不是一个可以静下心来进行临床研究的环境。多年以来，为了不起风浪，我小心翼翼费尽心思，现在却委身于刮来的风浪中。希望能还我一片宁静的大海。"高桥先生要求理研尽早解决问题。他指出，理研对STAP问题的应对"与医院等的危机管理完全不同，我认为过于迟缓。他们从一开始就应该认识到那是一件大事"。虽然第一例移植计划没有变动，但他批评说："在现在（理研）的情况下，一旦出了什么事，相应的社会应对是不可能的。"关于他在推特上发布的有关临床研究的帖子，他解释说："我不想中止治疗，但带着这样一种不被信任的心情贸然进入临床研究是很危险的。"他同时提出疑问："（STAP细胞的）验证实验也不知道是为了什么，他们没有做足够的解释说明。"

这次的采访报道刊登在了7月4日的晨报社会版上。高桥的发言引起了社会的高度关注，《每日新闻》的网页版全文刊登了采访时的一问一答，获得了相当高的访问量。

启动对新疑点的预备调查

围绕着撤回论文的理由和若山先生6月公布的STAP干细胞

分析结果，出现了一种混乱局面。

若山表示，委托第三方机构对STAP干细胞进行分析的结果显示，8株细胞的15号染色体中插入了使细胞呈绿色发光状态的GFP基因，与本应用于制作STAP细胞的小鼠细胞不同。更有甚者，15号染色体中含有GFP基因的小鼠从未在若山研究室饲养保存过。在《自然》杂志纸质版的撤回理由中，也加入了这一内容，上面写着"该小鼠是从未在若山研究室饲养过的"。但在其网页版的撤回理由中，却刊登了完全不同的说法："插入GFP遗传基因的部位与若山研究室饲养保存的小鼠和ES细胞一致。"

据若山先生介绍，在《自然》杂志纸质版校样的订正期限过后，理研高级研究员远藤高帆指出，GFP基因的插入部位不是15号染色体的可能性很高。于是若山急忙向编辑部提出更正请求，文章的一部分出现的不一致便是在这个时间段中发生的。

若山准备了幼鼠，交给小保方，从小保方那里接收了用该小鼠细胞制成的STAP细胞，由此建立了STAP干细胞。他说："'还回来的是与交给小保方的小鼠不同的小鼠细胞（作为STAP细胞）'，这一记者会的结论部分没有改变。之所以在修改撤回理由时没有公布，是因为我们认为，如果公布不确定的内容，反而会引起混乱。一旦弄清详细事实就会再行报告。"

分析发生错误是因为插入了另一种意想不到的GFP基因。原本设想的是插入让全身细胞发光的"CAG-GFP基因"，而让精子发光的"顶体酶GFP基因"也并排插入了两条相同编号的染色体中的一条。虽然被插入的染色体不是15号，但由于顶体酶原本是15号染色体上存在的基因，所以产生了误解。

由于从未饲养过在15号染色体上插入GFP基因的小鼠，若山研究室一开始宣布，STAP干细胞来自"从未在若山研究室饲养过的小鼠"。但是，"CAG-GFP"和"顶体酶GFP"被并排插入两条相同染色体的小鼠是曾经饲养过的，他们还制作了一种来自该小鼠和另一小鼠杂交的小鼠的ES细胞。据悉，对于基因插入部位与该小鼠在STAP干细胞层面是否一致，今后将进行验证。

在CDB进行的重复实验中也出现了同样的误认，若山先生和CDB于7月22日分别发表了对分析结果的更正。

向若山先生指出了出错可能性的远藤先生，日后推测了误认的原因："因为顶体酶在小鼠的15号染色体上，所以在调查GFP遗传基因周边的排列时（如果发现了顶体酶的排列），会误以为GFP插入了15号染色体。"

虽然也有人以这种混乱为由对若山先生产生了怀疑，但由于分析本身是由第三方机构进行的，CDB也得出了同样的结果，所以若山先生完全相信并发表了这一结果也在情理之中。倒不如说，如果若山先生知道了STAP干细胞的来历，就不可能发生这样的错误。

若山为了制作STAP细胞而交给小保方的小鼠不含顶体酶GFP基因。若山提交的小鼠和来源于STAP干细胞的小鼠是不同的，在这一点上，情况与以前没有变化，谜团仍未解开。

虽然出现了这样几个混乱场面，但俯瞰整个事件，对新疑点的预备调查业已开始，可以说，通向查明一度被认为不了了之的不端行为全貌的大门，终于被打开了。

另一方面，我们在这一时期，一边采访事态的发展，一边对自己独立获得的一份资料进行了分析。这是一份特别的资料，它揭示了STAP细胞论文问世的秘密。

第十章　曾被忽视的提示

　　我独立获得了STAP细胞论文的审查资料，该论文过去曾向《科学》和《自然》等一流科学杂志投过稿，但均未被采纳。该资料中没有"对细胞生物学史的愚弄"的字样，有的是对混入ES细胞的可能性的明示。

解开不端行为之谜的资料

2014年5月的一天，我得到了朝思暮想的一份资料。STAP细胞论文在同年1月底在英国科学杂志《自然》上发表之前，曾有过3次以几乎相同的内容向包括《自然》在内的3家一流杂志投稿的经历，但均未被采纳。这份资料是一整套相关材料，含有包括发表的那次在内的共4次投稿论文原稿和审稿评论。

当一篇论文被投稿到科学期刊上时，编辑部通常会委托2到3位在该论文研究领域实绩斐然的研究人员审阅该论文。编辑部将参考审稿人回复的审稿意见等来决定是否予以发表。审稿人的名字秘而不宣，建议不予采纳的审稿人意见会送到作者手中。这些意见通常不会被第三方看到。我自己在迄今为止的科研采访中一次也没有看到过审稿意见。

在1月末发表论文时的记者会上，研究小组组长小保方晴子透露了第一次向《自然》投稿时的一段小插曲："一位审稿人严厉批评我说：'你这是对过去数百年的细胞生物学史的愚弄。'"另一方面，我从了解当时论文内容的相关人士那里得知，"主要数据从最初的投稿开始几乎没有什么变化"。另外，从理化学研究所调查委员会的报告书中可以看出，被认定为有不端行为的图像在过去的投稿论文中也曾被使用过。

《自然》为什么会刊登曾经驳回过的粗枝大叶的论文呢？相反，其他的杂志又何以免于发表？而"科研不端"又是从哪个阶段开始的呢？毫无疑问，资料中应该有解开这些谜团的线索。资料终于到手的那天，我体会到了一种难以抑制的无声的兴奋。

但是，在就该资料写报道的时候，我很快就遇到了现实的困难。时值要求撤回论文的动静渐大，对远藤和若山分析结果的采访，以及对理研改革委员会的采访正进入佳境。在那些光是跟踪报道令人眼花缭乱的事态发展就已经精疲力尽的日子里，要读懂300多页的专业英文资料并找出能成为新闻报道的要点，其实并不是一件容易的事。经我向一起对资料进行分析的八田浩辅记者提议，决定先分头将审查资料翻译成日语，同时委托多位专家对这一整套资料过目研判。

山中伸弥教授被排除在审稿人之外

在进入审稿内容之前，先总结一下投稿的基本经过。

小保方等人于2012年4月向《自然》，同年6月向美国的《细胞》，同年7月向美国的《科学》等著名的"三大科学杂志"相继投稿。据知情人士透露，这3次投稿论文均由小保方执笔，美国哈佛大学教授查尔斯·瓦坎蒂修改润色。这些论文的第一作者都是小保方，共同作者除了瓦坎蒂和山梨大学教授若山照彦外，还有东京女子医科大学教授大和雅之、瓦坎蒂研究室医师小岛宏司、瓦坎蒂的弟弟医师马丁·瓦坎蒂。

经历3次投稿被拒，笹井于2012年12月加入了进来，与小保方一起致力于全面改写论文。第二年3月，他们决定再次向《自然》投稿。笹井先生是《自然》这一级别的一流杂志的"常客"，经他之手论文浴火重生，经过2次修订并加上了审稿人要求的补充实验结果，该论文于12月20日被正式受理。

顺便说一句，"STAP细胞（刺激触发的万能性获得细胞）"是在向《自然》重新投稿时首次使用的名称，在向《自然》的首次投稿和向《细胞》投稿时使用的名称是"Animal Callus Cells（动物愈伤组织细胞）"，在向《科学》的投稿中使用的名称是"Stress Altered Cell（SA细胞）"。愈伤组织是指将胡萝卜等植物的细胞拆散，使用特殊培养液培养时，形成根、茎、叶等植物整体结构的细胞。后者SA细胞，直译的话应该是"（通过）刺激加以改造的细胞"吧。

顺便说一句，研究者虽然不能自己选择审稿人，但可以事先告诉编辑谁是自己无论如何都不想要的审稿人。记者从相关资料中了解到，小保方等人在向《细胞》投稿时，曾要求将开发iPS细胞的京都大学教授山中伸弥及在将iPS细胞和ES细胞应用于再生医学这一研究领域占据领军地位的美国麻省理工大学教授鲁道夫·耶尼施排除在外。从这一点可以看出，他们对iPS细胞的研究具有相当的竞争意识。

没有发现"对细胞生物学史的愚弄"的字样

读完这3篇论文的退稿评语，我的第一个感受是，很多评语都写得非常仔细。例如，首次向《自然》投稿时，第一位审稿人对论文的主张提出了批评，认为"支持结论的数据和解释极具推论性和预备性"，并表示"遗憾的是，我不建议该文以现有状态发表"，随后又写出了两三个关于个别图表的问题、疑点和改进方案。奇怪的是，在两位审稿人的评语中，没有发现任何一处有小保方所说的"愚弄细胞生物学历史"的字样。《细胞》的第二位审稿人得出结论，"在没有更可靠、更准确验证的补充实验结果的情况下，我没有信心将此文推荐给《细胞》"，他列出了9个"为了评估研究的有效性而需要澄清的观点"，在一个一个地指出细节的同时介绍了几个文献，并提出了"文献应参考最新文献"的建议。

接下来我注意到，这些郑重的批评建议，在下一次投稿时几乎看不到被采纳使用的痕迹。也就是说，即使反复投稿，同样的批评也会再次出现。我很好奇，于是向一位年轻的研究人员询问，通常如何看待退稿论文的审稿意见，他回答说："因为是有名的研究人员提出的意见，所以我会真挚地接受，即使论文被拒，我也会阅读全文并做修改。这是因为，无论你向哪个科学杂志重新投稿，审稿人都很有可能是一样的。"

像"结论不清晰、措辞错误之处有很多"（《自然》审稿人语）之类的，对论文的结构、行笔的稚拙、单词的错误和图示上的不完善等最基本问题的批评也很引人注目。例如，在表示特定基因表达量的条形图中，审稿人指出没有表示实验结果的分散和误差范围等的I形符号（误差条），因此需要获得实验次数和误差范围等信息。

我们最为关注的是，有多条评语从根本上怀疑"新的万能性细胞"的存在，暗示其可能是对另一种现象的误解，或者提到作为依据的数据及其分析是不够充分的。

《自然》的第一位审稿人表示，"初始化只是一种可能性"，并对刺激与细胞癌变的相关性表示出了兴趣。《细胞》的第二位审稿人暗示了其他细胞混入的可能性，他说："不排除培养过程中意外伪影（实验错误或看错其他现象）的可能性。"他还表示，这与最近报告的用酸处理脑肿瘤干细胞时，细胞内与Oct4等多能性相关的多个基因会启动的成果是一致的。

《科学》的第二位审稿人说："不能完全排除生物体内极少存在的多能干细胞因受到刺激而选择性增多的可能性。"并推测幼年小鼠脾脏中的"造血干细胞"可能对刺激产生了反应。

表现出怀疑态度的是《科学》的第一位审稿人。"我怀疑是以下两个过程造成的伪影"，他推测，细胞发出绿色光是因为细胞受到刺激或正在死亡时，为了使细胞发光而编入的GFP基因有变得更容易活动的倾向而发生的现象，之后形成了细胞块，大概是由于在实验室内混入了ES细胞，它们存活下来形成团块的缘故。

混入ES细胞的可能性在论文疑义被发现后不久就引起了议论，正如已经看到的那样，从理研的远藤高帆高级研究员对公开数据的分析来看，至少在分析遗传信息时，"STAP细胞"是ES细胞的可能性很高。早在2012年的研究阶段，作者们就受到了同样的指责，这让人震惊。

同一审稿人还注意到了其他数据的不自然性。

例如，他批评论文中除脾脏以外所有小鼠组织的细胞都是用相同浓度的弱酸性溶液进行初始化的说法"离奇"，并要求详细展示每个细胞的变化和培养条件。这位审稿人注意到了电泳图上的粘贴痕迹，这正如理研的调查委员会所查清的那样，并提醒说："通过不同实验得到的泳道的两侧一般都要加上白线。"

对于电泳的部分数据，他也指出是"不自然"的。

看过审查资料的一位原理研调查委员会委员在接受机动记者清水健二的采访时说："看到《科学》审稿人对论文的批评，一般来说，我会觉得自己作为科学家的生命遭遇了危机。我会惊慌失措地想，'如何才能让误解消除呢？'（作为第一作者的）小保方当时是如何理解接受这些审稿意见的，这一点真让人难以琢磨。"

但是，据调查委员会称，小保方对于《科学》的审查评语是这样说明的："没有仔细查看，对其具体内容没有认识"。另外，共同作者若山表示，原本就没有从小保方那里收到过投稿给《科学》的论文图表类文件，对于审稿人关于存在图像剪裁的指摘，他也表示"因为没有看到图，所以不太清楚"。

强烈质疑中《自然》编辑们的态度在转变

那么，论文重新投稿于《自然》后被发表，在当时又是如何被审查的呢？

重新投稿的时候，论文分为主论文"研究性论文"和第二论文"快报"两篇。"研究性论文"的主旨与之前的投稿论文基本相同。

新写的"快报"总结了可以分化为胎盘的STAP细胞的特性，介绍了都是由STAP细胞建立的两种干细胞：与ES细胞非常相似的STAP干细胞和可以分化为胎盘的FI干细胞。在纸质版的论文中，"研究性论文"记载了STAP干细胞的建立，但在2013年3月的投稿论文中并没有这一内容，根据CDB的自我检查，该内容是在"最后阶段"才加入的。

首先引人注目的是《自然》编辑们相关评语的变化。

与首次投稿时以"不予发表"这样淡淡的文字表达形成鲜明对比的是，再次投稿时编辑们表现出了很大的兴趣，他们强烈建议在6个月内进行补充实验后对论文进行修改，并写道"一定要看一下修订版的原稿"。读到这些的一位大学教授惊讶地说："这是一种狂热的反应，与第一次投稿时的反应完全不同。"

另一方面，审稿人称赞这是"迫使发育生物学和干细胞生物学发生转变的发现"，是"值得大书特书的发现"，但也提出了许多问题和疑点。

审稿人人数增加了1人，达到了3人。很明显，第一个审稿人与首次投稿时的第一个审稿人是同一个人。因为关于"研究性论文"的评语的第一句是完全相同的，而且类似的短语多次出现。首次投稿时其评语中看不出有表现积极之处，重新投稿时有一句评价是"非常有趣，蕴藏着划时代的可能性"，"支持结论的数据和解释极具推论性和预备性"一句被削弱为了"支撑结论的数据和说明略显推论性，在一些情况下是预备性的"。

也许作出上述评语的同一编辑也审查了这篇"快报"，第一位审稿人在这篇"快报"的评语最后这样指出：虽然我们认为STAP细胞有望成为下一代再生医学的材料，但与ES细胞和iPS细胞相比较，STAP细胞（作为材料）的质量如何，在这两篇论文中没有一个实验对此进行了评价。除非在基因组水平上进行详细分析，否则不建议发表这篇论文。我不怀疑现在的数据，但如果概括整个过程的话，那么我要说这是一种"魔法般的（magical）"方法。

在3人的评语中，与过去的投稿论文一样，也提出了以下疑问，这些疑问与论文发表后浮出水面的疑义是重合的。

- 在用显微镜拍摄的STAP细胞形成的视频（实时成像）中，绿色发光的细胞"看起来不正常，有一个看起来像是崩溃了"。

- 多个图表没有误差条。

- 从STAP细胞中建立的可分化为胎盘的FI干细胞有可能混入了ES细胞。

- 在培养细胞时，将细胞置于弱酸性状态的情况并不少见，活体内的尿路等处也处于暴露在同等程度的弱酸的状态。（为什么只有在STAP现象的情况下才会发生初始化？）

这是继《科学》审稿之后，第二次被指出有培养时混入ES细胞的可能性。另外，虽然已刊登的论文图表中带有误差条，但是多个图表被指出误差条不自然。

STAP细胞何以为"块状"？

第二个、第三个审稿人提出了一个共同的要求。那就是对于STAP细胞及其万能性，应该用单一细胞，而不是用"块状"来评价和显示。在论文中，经常以块状状态调查STAP细胞的性质，在制作嵌合体小鼠等证明万能性的实验中，由于在零散的细胞中进行得并不顺利，所以将块状的STAP细胞注入到受精卵中。审稿人指出："因此，我们不知道一个STAP细胞是否同时具有分化为胎儿和胎盘的能力。""这样无法充分证明它是否真的具有多能性。"因为块状物中有可能混杂着只能成为胎儿的细胞和只能成为胎盘的细胞。

在STAP细胞中也可以看到淋巴细胞的一种T细胞所特有的基因痕迹（TCR基因重排），因此电泳结果表明成熟体细胞因刺激而发生变化，但有人指出"有可能是原始的 T 细胞混合在一起了"。

在过去的 3 次投稿中，也多次有人指出，因为不是以一个细胞而是以一个细胞块来评价，所以不清楚原来的细胞是什么，而且其万能性的证明也不充分。

小保方等人在收到审稿意见后进行了补充实验，主要是针对 STAP 细胞和 STAP 干细胞等的基因分析，没有用单细胞重新进行过万能性证明实验的迹象。遗传信息在论文发表后被公开，正如第八章所述的那样，远藤先生在分析中发现了各种各样的不一致。

此外，小保方等人是通过 DNA 分析和 2 种 RNA 分析共 3 种方法进行的基因分析。据专家称，理论上只有 RNA 分析这一种方法可以在单个细胞水平上进行分析。从 STAP 细胞的数据中检测出 ES 细胞特有的染色体异常，正是通过 RNA 分析得出的结果。

阅读过我们提供的资料的东京大学表观基因组疾病研究中心的白髭克彦教授说："审稿人的要求相当强烈，作者自己应该也认为，要想证明 STAP 细胞是真正的多能细胞，就必须对单细胞进行评价。如果认为这是世纪的发现，那就更应该认真地看清事实。在没有处理好中心命题的情况下，论文就通过了，这让人大吃一惊。"

7 月 5 日，作为我们基于审稿资料撰写的独家新闻的第一段内容，我们在晨报头版头条报道了《科学》杂志在审查中曾指出过混入 ES 细胞的可能性一事。

这篇报道的解说部分谈到，3 家杂志的审稿评语几乎囊括了专家们在论文发表后所讨论的科学方面的疑问，同时还介绍了应该以单细胞进行分析的问题。文中还写到了白髭教授的见

2014年7月5日《毎日新聞》晨報頭版（東京総社最終版）

解:"同意发表论文的《自然》杂志的审稿人中也有人写下了带有怀疑色彩的评语,给人的印象是(想予以通过的)编辑的判断起了很大的作用。"

被删除的不利数据

从拿到那套资料到现在已经过去一个多月了。如今它已被写成报道发表了,我暂时松了一口气,但我觉得应该从资料中汲取的教训还有很多。

我看了好几遍翻译成日语的4次审稿评语,发现了一件事。最初的《自然》、《细胞》和《科学》几乎所有审稿人都指出的问题中的一个,不知何故,只在第二次给《自然》的投稿中不见了踪影。那就是被指出的柱状图问题,该图显示将小鼠细胞浸入弱酸性溶液给予刺激后,细胞内Oct4等作为多能性指标的多个基因开始活动。如果把进行酸处理的日子作为零日,那么第3天、第7天,图中显示各遗传基因的"柱"就会延长,第7天就可以看出与比较对象ES细胞一样存在强烈作用的情况。然而到了第10天、第14天,遗传基因群的活动就慢慢地平稳下降了。"第7天达到峰值之后开始衰减,其原因是什么?""是因为多能性的获得是暂时的吗?"2位首次投稿时的《自然》审稿人都提出了疑问。《细胞》的3位审稿人也都提到了这一点。其中一人批评说:"这项研究最大的缺点就是,对数据的分析几乎都不充分,记载也很少。"作为具体例子,他首先举出的就是这张图表。"第10天、第14天基因表达量明显减少,这说明动物愈伤组织细胞(STAP细胞)在长期培养后可能失去了其性质,或转变为了其他细胞。然而,这并没有引起作者们的注意。"《科学》的一位审稿人也注意到了这一点。

为什么只有在向《自然》重新投稿时，同样的指责不见了呢？我比较了图表，终于明白了其中的原因。在再投稿版的论文中，同一图表的第10天以后，也就是遗传基因的活动衰减的那部分，被人为删掉了。和报纸一样，论文的版面空间也很有限。对于实验数据，在取舍应刊登的数据的过程中省去不必要的数据这一行为本身是与篡改不同的，不能说是不端行为。但是，这张图表的改变，有可能是在向《自然》重新投稿时有意删除了"不利数据"。

一位生命科学领域的研究人员赞同这一点："我认为是这样的。"他对删除表示理解："所有的实验都不会得到完全对自己'有利'的数据，或多或少也会出现一些不利的数据。"

另一方面，熟悉ES细胞等万能细胞的京都大学教授中辻宪夫持以下观点。

"如果多能性基因的作用减弱的话，也可以解释为是暂时的、不完全的初始化。根据数据的有无，对论文结论的判断和印象也有可能会发生变化。换句话说，这可能会误导科学的理解和考察，作为科学家，我认为这是不恰当的数据处理。"实际上，中辻教授一开始阅读发表的论文时就认为，第10天以后，多能性遗传基因的表达当然也维持在高水平。

另一位专家注意到，在图表中显示增减的基因之一Oct4也掌管自我复制能力。ES细胞等其他"多能干细胞（万能细胞）"具有变化为各种细胞的多能性和几乎无限增加的自我复制能力。但是，STAP细胞虽然具有多能性，却没有自我复制能力。"多能性和自我复制能力虽然定义不同，但实际上并不是完全独立的现象。STAP细胞只表现出一种性质，这对审稿人来说是个谜。考虑到从第7天开始，多能性基因的作用逐渐下降，而STAP细胞是一个没有增殖能力的细胞，我认为初始化不完全的想法是相当切中要害的。"

"是不是想得太多了？"

我通过邮件向与小保方一起撰写了再投稿版论文的笹井询问了修改图表的经过和理由。

首先得到了这样的回复：

> 先投《自然》，后投《细胞》，再投《科学》，无人搭理，均遭拒稿。这个故事我只是听说，但未读过那三篇论文和审稿人的评语。第十天、第十四天的动静云云，亦初有耳闻。

的确，根据CDB自我核查委员会的报告，笹井是在参考了小保方对《科学》未采纳的论文进行修订后的草稿（2012年12月1日版）的基础上，完成了STAP论文的撰写。

但是，他说他没有读过任何审稿评语，这让人觉得不自然。我再一次向他提问。

> 也就是说，笹井老师您一次也没看过拒稿时的审查评语，小保方也没有把这些重要的信息传达给您吗？
>
> 笹井老师您至少应该想看一下第一次向《自然》投稿时的评语，不是吗？
>
> 另外，如果笹井老师您不知道的话，那也就是说，删

除图中第十天以后的数据是小保方一个人的判断了。此前小保方收到了几乎所有审稿人都对她提出的同样的意见，但她却连续三次毫无防备地投稿同一张图，考虑到这一点，我觉得这有点不自然。

　　这也就意味着非得等到第四次投稿才会去主动发现第十天以后的数据有问题？

笹井先生很快就给了我很有礼貌的回答。他说："一般说来，即使读了被批评得一塌糊涂的审稿评语，我也不会得到太多的东西。"并且从当时的中心副主任西川伸一的话来看，他认为"论文的writing［写法］质量很低，论证出现不自洽的可能性很高"，所以就没有去读审稿评语。他接着继续这样写道：

　　我没有读过，故无法评论，但我不认为你所说的对图表的更改有多大意义。

　　STAP细胞与STAP干细胞不同，由于细胞几乎不增殖，第七天状态虽然良好，但要长时间地培养维持还是有限度的。因此，十至十四天左右的遗传基因表达处于"细胞衰弱的时期"，因此多能性标志物（成为指标的遗传基因）下降也不足为奇吧。分析那个阶段的细胞状态也就没有什么意义了。正因为如此，或许这只能被理解为在基因表达良好的第七天进行了其他的解析吧？

　　反过来说，论文中其他的大部分STAP细胞解析也使用了第七天的解析，因为那个时候的遗传基因解析是最有用的，我不认为有必要特意把十至十四天左右的遗传基因表达内容放入论文中。特别是认为"特意地故意删除了"，是不是想得太多了？

　　在第二次投稿的这次发表于《自然》的论文中，比第一次投稿增加了相当多的数据。反过来说，从图表的版面容量来看，如果不把非必要的数据相应地"删除"的话，就会出现对不上的情况。如果不是必需的数据，删除是没有他意的，在这种情况下考虑特别的理由似乎太过于猜忌了。

我们也通过代理人律师向小保方询问了同样的问题，但未获回复。

根据笹井先生的回答和专家们的见解，我们进行了反复讨论，决定把这些报道出去。

虽然不能说是不端行为，但从一系列的审查评语来看，也可以认为这是一个关乎STAP现象本质的重要的科学上的问题，而且也是一个关于作者们如何对待审查评论方式的典型案例。

与TCR基因重排相关的随意操作

　　关于论文的写作过程，还有一个引人关注的问题。那就是5月份获得CDB自查核查委员会的报告书草案时，我首先注意到了一段内容，这段内容不是关于小保方的破格录用过程或笹井的大包大揽作风的，而是有关作为淋巴细胞的一种的T细胞所特有的基因痕迹（TCR基因重排）的。

TCR基因重排用以证明STAP细胞是由成熟的体细胞（T细胞）组成的，可以说它是基因上的标记。正如第二章所介绍的那样，3月份公布的STAP细胞制备方法协议，非常低调地写入了从STAP细胞建立的STAP干细胞没有这个标志的内容，这引发了专家们的纷纷质疑。

报告书草案对此没有做任何解释，只是轻描淡写地记录下了以下经过：

> 小保方于2012年年中左右，在若山研究室报告了STAP细胞的块状物和一部分STAP干细胞带有标记（TCR基因重排）的数据，不过，后来再次核查经反复传代培养的8株STAP干细胞时，没有确认到该标记。
>
> 丹羽在2013年1月加入论文写作时，首先提出了有无标记的问题。他向笹井转达了对将TCR基因重排数据包括在论文中应"持谨慎态度"的意见，笹井当时已经知道在STAP干细胞中看不到标记并已认识到了这一事实。
>
> 但笹井采取了这样一种解释：经过长期培养，有标记的细胞消失了。"研究性论文"中写进了STAP细胞块有标记的实验结果，没有描述STAP干细胞的结果。
>
> 2014年3月报告的制备协议，"在笹井的授意下"，记载了在STAP干细胞中没有发现TCR基因重排这一结果。

也就是说，笹井在"研究性论文"中不顾丹羽先生的忠告，写上了STAP细胞的TCR基因重排，但在制备协议中，他要求丹羽加入了必然会引起疑问的信息。鉴于制备协议的责任作者是丹羽，笹井的行为多少让人感到有些不讲道理。

由外部有识之士组成的理研改革委员会并没有放过这件事。改革委员会在报告书中指出："可以说，STAP研究中出现了在《自然》等顶级期刊上多次发文的笹井理所应当会产生疑问的问题。"

大阪大学（医学伦理）教授加藤和人曾经研究过发育生物

学，也是CDB自查核查委员会的外部委员，他说："如果你是个对生物学知识有最基本了解的研究人员，你一定会发现这是最大的关键点。STAP干细胞中没有发现TCR基因重排，在这种情况下为什么还会提出如此重大的主张，真是不可思议。"

白髭教授也发表了这样的评论。"（在向《自然》重新投稿的论文中）没有写进作为多能性指标的基因图表中可能不利的部分，也没有写进STAP干细胞中没有发现TCR基因重排的那部分，如果如实写上这些事实，论文还会被采纳吗？不敢把有可能推翻论文结论的数据写进去，这是违反研究伦理的。"

"说什么都没有用了"

我再次向笹井询问了以下两点。

• 是否确认了部分STAP干细胞在长期培养前确实有标记的数据？

•《自然》论文中有一张电泳图，显示含有STAP细胞的细胞块有标记，但这可能是STAP细胞以外的细胞的基因重排，不能说是T细胞初始化的证据吧。我认为仍有必要确认从单细胞培养的STAP干细胞是否存在标记，但现在您是如何看待这件事的？

在收到的笹井先生郑重的回复中，他承认了研究讨论得不充分，还写了以下反省的内容。

> 关于STAP干细胞的TCR基因重排在长期培养中逐渐消失一事，我只是与丹羽和小保方进行过简单的口头讨论，讨论的情况现在只是隐隐约约地记着。因此，很遗憾，无

论是 TCR 基因重排消失的数据还是其有残留的数据，我都没有见到过。

　　对我来说，标记存在过一段时间这一点是很重要的，所以现在想起来，我是应该确认这些数据。我对此表示反省。另一方面，在转化为 STAP 干细胞时，TCR 被重排的"更分化的细胞"很有可能受到负性偏向（如未分化转换或增殖）的影响。但是，我认为应该更加慎重地进行讨论。

笹井进一步做了这样的解释。

　　严格地说，即使在混合了各种来源细胞的 STAP 细胞中确认了标记，也不能百分之百地否定存在其他细胞的混合，这一论点确实是成立的。论文认为，这一实验结果原本说到底只是一个情境证据，与 STAP 细胞生成情况的动画（实时成像）、STAP 细胞不增殖的特性等其他证据相结合，那么可以说并不是"选择"了生物体内的未分化细胞，而是新产生了多能细胞。

从回函的最后一句中，可以感受到某种与笹井先生不相称的心灰意冷：

"只是，这样的讨论，说到底也是建立在原论文其他数据的基础上的，我认为，（论文）撤回之后，说什么都没有用了。"

制备协议发表的 3 月上旬我对丹羽进行了采访，他当时的应对回答现在回想起来也颇令人费解。从自查核查委员会的报告中可以看出，丹羽对 STAP 干细胞没有标记这一点是非常重视的。不过，在制备协议公布后再问他时，他的态度就变了，他在做解释时说这不是个重要问题。

我当时接受了丹羽的解释，并向主任提出了建议，希望不要在当天发表的报道中提及专家们的疑问。结果，我在4月上旬的报道中才把这些写出来，也许应该更早地报道出去。事到如今，我在后悔的同时也深切地感受到了自己作为科学记者的不成熟。

"走在朽烂的独木桥上，碰巧桥没断就走过去了"

我们在7月21日的晨报头版次条的位置，报道了作为多能性指标的基因增减图的问题。刊登在当天报纸第三版的第一篇总结报道中，以《轻视审稿意见》为标题，探讨了这篇据说是能载入科学史史册的草率的论文的发表背景。

第二篇报道，主要是通过记者八田的采访对论文审查的现状进行了介绍。

审稿人没有酬劳，原则上他们是志愿者。在全球投稿数量激增的情况下，维持审稿质量成为了一个课题。例如，在化学领域很有名的《德国化学学会会志》，一年委托5 000多人审读2.88万次，约230人每月负责审稿一篇以上。该杂志编辑委员长（当时）在2013年的一篇评论文章中指出，审稿人的负担增加导致了"拒绝审稿的发生和个别审稿质量的下降"。隶属于美国研究机构的日本研究人员在接受采访时也叫苦不迭地说："每月约有10份审稿请求，根本无法应对。"

《自然》在宣布撤回论文那一期的评论文章中解释说："编辑和审稿人都很难看出论文中存在的致命问题。审稿人相信了论文中提出的内容，并提出了严厉的审稿意见。"

　　但是，在我看来，即使所有的数据都是正确的，这篇论文从内容来看，既达不到刊登在《自然》这样的一流杂志上的水准，更不值得理研大吹特吹，我越来越确信这一点。由于只是在细胞块的层次进行了评估，STAP细胞的来源和性质的模糊性，直到最后都没有得以澄清，审稿人最大的疑问仍然没有得到解决。不说这些，即使是考虑到其他的质疑，我也不再认为论文"通过刺激使成熟的体细胞初始化，制造出了新的万能细胞"的主张有足够的令人信服的证据。

　　一位接受委托细查审稿材料的专家用辛辣的口吻这样说道："向一流杂志投稿手法娴熟，在干细胞领域颇有信誉的笹井和丹羽成为作者之后，STAP论文才第一次有了科学论文的形式，连编辑也无法做出明智的判断了。这可真是大家一起走在朽烂的独木桥上，碰巧桥没断就走过去了"。

第十一章　笹井之死与CDB的"解体"

8月5日，笹井自杀的消息传来。回想起来，我对STAP事件的采访始于笹井先生的一句话。此后，我从笹井那里共收到了约40封邮件。最后一封是回答有关审稿资料问题的。写完这封邮件的第三周，他便前往了另一个世界。

早稻田大学调查委员会:"不在撤销博士学位之列"

那是我们根据审稿材料准备写第二篇报道的时候。

2014年7月17日,早稻田大学发表了对研究小组组长小保方晴子的博士论文的调查结果。小保方的博士论文,由于其中的4张图片被挪用到了STAP论文中而引起了人们的关注。多个疑点浮出水面,包括该论文五分之一篇幅的约20页均照抄(复制粘贴)自美国国立卫生研究院网站上的文章等。早稻田大学于3月底设立了专门的调查委员会。

小保方于2011年3月被早稻田大学授予博士学位,同年4月作为客座研究员进入理研CDB。她的博士论文的题目是《从来源于所有三胚层的组织中分离多能性成体干细胞的研究》。内容是从小鼠体内采集的直径在6微米以下的"小细胞"形成的球状细胞块"球"具有万能性。第一章是总结研究背景的序章,第二至第四章由小保方与美国哈佛大学的查尔斯·瓦坎蒂教授等人合著,总结了与发表在美国科学杂志《组织工程(A辑)》

的论文几乎相同的研究成果。第五章是关于她与若山照彦先生的共同研究项目，内容是来源于球状细胞块的嵌合体小鼠的制作。

顺便说一句，小保方一直持有一种自己独特的认识，即认为自己博士论文中的球状细胞块也是"STAP细胞"。但是，球状细胞块说到底是从生物体内采集的细胞，而STAP细胞应该是通过在生物体外对细胞施加刺激而新产生的细胞。只要循着论文的内容来看，就会发现这两者是不同的。

在记者会上，没有分发调查报告书的全文，委员长小林英明律师根据只有5页的调查报告书概要进行了说明。下面介绍一下主要内容。

• 约4 500字的序章是从NIH网站上"复制"的。

• 记录引用文献的第二至第五章的参考资料是从其他文献上"复制"的。

• 插图之一的"图10"至少包含了从2家企业的网站转载的图片。

……以上等11处，被调查委员会认定为侵犯著作权且引发误认创作者（即剽窃）的行为。被判断为"不恰当但不属于不端行为"的有：意思不明的记载（2处）；论点不明确的记载（5处）；与《组织工程》论文不一致的部分（5处）；论文形式上不完备的部分（3处）。以上共计问题26处。

但是，作为博士论文基础的实验被认定为是实际操作过的。

另一方面，小保方认为，作为调查对象的装订好的博士论文是"撰写初期阶段的草稿"，并又提交了一篇"当时打算作为完成版提交的"博士论文。调查委员会虽然不承认这篇论文与真正要提交的最终博士论文相同，但也承认了小保方的说法，即弄错了论文。此外，关于真正的博士论文，调查委员会承认参考资料部分没有问题，也没有配用问题插图（图10）。他们认为这些不是研究不端行为，而是"过失"，因此，这几点被从11个侵犯著作权的行为中删除，其余6个仍被判断为不端行为。

但是，这些不端行为被认定"对博士学位的授予没有产生重大影响"。他们认为，这不符合"发现以不正当方式获得学位授予的事实时"的撤销博士学位的条件。

另一方面，关于论文的指导和审查体制，委员会严厉批评校方说："该博士论文内容的可信度和妥当性明显偏低，如果审查体制不存在重大缺陷和不完备之处，小保方被授予博士学位是根本无法想象的。"他们指出，既是指导教官又是主查的早稻田大学教授常田聪等人"负有重大责任"。

小林委员长最后宣读了调查结论："之所以认为不在撤销（博士学位）之列，是因为早稻田大学的规定如此，但这并不意味着问题不严重，这一点还想提请大家注意。""一旦授予了学位，撤销它也并不容易，学位授予是一件有分量的事。在早稻田大学参与学位审查的人，应该充分认识到其重要性"。

提交前被更新的论文电子版文件

6处不正当行为（剽窃）中仅一处就占全文五分之一的篇幅。调查委员会认为不在撤销博士学位之列，对此感到无言以对的恐怕不止我一个人吧。

美国《华尔街日报》2014年3月中旬报道称，关于2011年2月由小保方提交并保存在国会图书馆的博士论文，小保方本人在回答采访的邮件中解释说："那并不是审查合格的论文，而是草稿阶段的论文被装订保留下来了。"当时我根本不敢相信这样的事，记者八田浩辅也怀疑："真的是小保方的邮件吗？"当时觉得"没想到"的事情现在竟然被认定为事实……

幸运的是，在新闻发布会的问答环节中，我得到了第一个提问的机会。

"您刚才说已经接受了这次小保方说的'论文搞错了'的解释，那么她提交真正的博士论文是在什么时候，又是以什么形式提交的呢？"

小林委员长回答说："是5月27日邮寄过来的。"

"是在纸上打印出来的吗？"

"是的。"

"如果是以电脑文件的格式提交的，我想是可以知道最终修改的日期的，是不是没有提交电子版呢？"

"从一开始就跟她说希望以数据文件的形式发过来，但是怎么也得不到回应，5月27日终于发来了纸质版。"

"发送电子版不方便，可以这么认为吧？但如果接受了小保方的主张的话，我想那也应该确认了具体情况吧。"

"我们一直都在要求获取电子版文件，在举行听证的时候也是这么说的。最后，在6月22日举行的听证会上，我们问过她'能不能直接发送电子版文件'，但她还是没能给我们发过来。到了6月24日，终于收到了她通过律师用邮件发来的Word版论文。我们马上分析了一下，发现是在发送之前刚更新过的。对于听证会上问到的一些问题，比如有哪些问题论文里没有写之类的，论文里与这些问题相关的部分似乎在发送之前被做了修改，导致文件出现了一个小时前的更新记录。在这种情况下，我们再次问她是否还有其他没更新过的文件，（小保方）回答说:'我一直在更新，没有你说的没更新过的文件。'因此，我们无法使用电子版文件作为证据，对此我们感到非常遗憾。"

"之前的更新历史记录是什么？"

"我们无法进行分析。"

在取得博士学位3年多后，小保方将一直更新到发送前的电子版作为"本来打算提交的博士论文"提交给了调查委员会，可谓是小保方方面的大胆之举，更有甚者，调查委员会在没有对"真正的博士论文"实物予以确认的情况下居然认可了"弄错论文"的说法，这一切让我感到惊讶和不解。

"在忙着照顾母亲"

在接下来我询问了如何对实验是否实际存在进行确认，得知虽然看到了包括哈佛时代在内的小保方方面出示的部分实验笔记，"感情上认为小保方的供述是真实的"，但并没能确认到各个实验的记录。

据小林委员长说，6月提交的"博士论文"中，序章的文章和插图几乎是从NIH的网站上照抄的，这一点没有改变。

"关于其理由，小保方女士是怎么说的呢？"

"嗯，她的回答给人一种微妙的感觉，她说她认为这样的事情是可以被允许的。"

在随后的提问回答中，也发现了令人怀疑调查不充分的事实：没有从副调查人之一、第二至第四章研究的实际指导者、美国哈佛大学教授查尔斯·瓦坎蒂那里了解情况等。瓦坎蒂教授在不端行为被曝光后接受英国科学杂志采访时表示"我没有读过（论文）"，学位审查的松懈可见一斑。

在随后的记者会上，早稻田大学校长镰田薰表示，将在校内就小保方的博士论文和博士学位的处理问题展开讨论："有人指责论文（存在着这么多的问题），不仅会考虑于（大学）规则有据的博士学位撤销问题，还会考虑重新审查、撤回论文等问题。因为拥有最终权限的是校长，所以我将根据报告书的内容研究出最佳的解决方案。"

《每日新闻》在第二天的晨报社会版上报道了调查委员会的结论。记者八田在解说报道中指出："调查委员会认定的事实也存在着疑问。"对于调查委员会认为第一章的"复制粘贴"并不能对博士学位的授予产生重要影响的判断，他写道："如果承认这种规模的'剽窃'，并保留其博士学位，那么早稻田大学在国内外的信用和权威将一落千丈。"他还提到了网络上接连有人指出与小保方一样在早稻田大学先进理工学研究科获得博士学位的人的博士论文有剽窃的嫌疑等问题，"虽然早稻田大学校长镰田薰在记者会上对这些予以否认，但人们不可避免地怀疑这种情况影响了本次调查的结论"。

据大阪科学环境部记者畠山哲郎的采访，小保方在第二天的18日，通过代理人三木秀夫律师发表了"严肃地接受严厉的指责，正在反省"的评论。据三木律师介绍，他在与小保方通电话时，对方表现出了因博士学位没有被撤销而放心了的样子。

19日，早稻田大学在网站上公布了记者会当天没有公开的调查报告书全文。除小林委员长以外的调查委员的姓名均没有对外透露，报告书内容也有一部分被涂黑。

记者大场爱将常田教授在小保方提交论文草稿之前的约两个月内，没有对其进行过个别指导等新查明的情况整理成了报道。报告书严厉地指出了常田教授等人的责任："如果进行了适当的指导，就有可能写出与博士学位相称的论文。"现已查明该论文共计有42处错别字、漏字、英语拼写错误等。作为对小保方"论文搞错了"这一说法的证明之一，该报道第一次披露了这样一件事：小保方在写博士论文的时候，因"照顾患大病的母亲"正忙得不可开交。

相似的解释："作为概念图使用"

在阅读报告书的过程中，我注意到了小保方关于"图10"的说明，"图10"出现在装订好的博士论文中，而在6月提交的论文中是没有的。

"图10"显示了来源于小鼠骨髓细胞的"细胞球"在试管内分化成了各种细胞（被分类为外胚层、中胚层、内胚层的三胚层各组织的细胞），它作为小保方的实验结果而被登载在论文中。但是，作为分化结果的3张图片中，有2张是未经许可从不同的生物类产品生产企业的网站下载的，剩下的一张也很有可能是从别处下载的。这些图不仅反映了抄袭作弊的情况，而且让人们不得不怀疑相关实验是否真实存在。

根据报告书，小保方对此的解释是，自己是将其"作为概念图"使用的，用以举例说明"培养细胞的结果，分化成了具有属于三胚层的各组织特征的细胞"。她说："我并不打算将它作为数据使用。"这种似曾相识的说法让我吃惊。

小保方在互相报告最新研究成果的若山研究室内的进程报告中，将原本与之无关的博士论文中的图像作为Power Point资料使用，并将同一图像用到了STAP论文中，被认定为"造假"。在4月的记者招待会上，我询问过为什么在报告资料中使用了博士论文中的图像，当时小保方解释说，那不是反映特定的实验结果，而是作为概念图来使用的。那个时候和这次都是同样的解释，这难道是偶然的吗？

对于调查委员会的报告，相关人士表示愤怒且充满疑问。在我于记者会当天收到的邮件中，一位年轻的研究人员向我表达了他的愤怒："我非常生气，简直是让人目瞪口呆。"一位理研改革委员会的原委员也发出了这样的叹息："如此之时，该如何是好。"

早稻田大学先进理工学研究科的有志之士7月25日发表感言，对报告书表示了"强烈的违和感和困惑"。他们针对报告书没有涉及发表在《组织工程》上的论文的数据造假嫌疑，以及接受小保方的已装订论文是"搞错了"等6点提出了质疑。

"缓期撤销博士学位"：一个破例的决定

在这里，我想介绍一下早稻田大学总部根据调查委员会的报告得出的结论。

早稻田大学于2014年10月7日宣布，决定撤销小保方的博士学位。但是，考虑到审查不完善的大学方面责任重大，如果小保方在今后一年左右的时间内对论文进行了修改，那么其学位仍可以保留。这就是"缓期撤销"的破例决定。

常田教授被停职1个月，早稻田大学教师武冈真司教授受到了训诫处分，镰田校长承担管理责任，自愿返还5个月的职务津贴的百分之二十。

早稻田大学的判断是这样的：校方虽然沿袭调查委员会的报告，接受了小保方将未完成的"草稿"错误地提交为博士论文的主张，但由于其严重疏忽了作为研究者应该明了的基本注意义务，因此认定该行为属于早稻田大学规则中被视为撤销博士学位必要条件的"以不正当方法获得学位的事实"。

另一方面，校方承认小保方所在的先进理工学研究科在论文指导和审查过程中存在着严重的缺陷和不完善，要求他们在宽限期内对小保方进行博士论文的指导和研究伦理的再教育，使其更正论文，只有在论文未能更正的情况下才可以撤销其博士学位。

在科研人员之间也有很大的呼声认为，早稻田大学没有对小保方进行实验笔记的记述方法等基本教育，也没有对其博士论文进行详细审查就授予了她博士学位，如果没有这些错误的发生就不会有STAP事件的发生。在记者会的答记者问环节，也有记者提出了"早稻田大学对一系列STAP问题负有责任"的问题，镰田校长对此干脆地表示："我们不认为这篇学位论文会对STAP问题本身产生多大的直接影响。"

有人提问："（将小保方）视为值得授予博士学位的人，对此您认为有何责任？"他的回答显得闪烁其词："我认为这是对研究的实际情况进行评价的问题。如果这种实际情况完全没有发生，或者都是虚构的话，我们现在就不会采取相应的措施了。如果你刚才的问题含有这样的意思的话，那么我可以告诉你我们不是这么认为的。"

据大阪科学环境部记者吉田卓矢的采访，小保方当天通过三木律师就早稻田大学的回应表示："给大学相关人员带来了麻烦，非常抱歉。服从校长的判断决定。"三木律师说，在STAP细胞的再现实验告一段落后，小保方打算在一年的宽限期内完成论文并重新提交。

小保方的博士学位实质上是暂时被保留了下来，可以说这使得早稻田大学恢复信誉变得更加遥远。东京工业大学副教授调麻佐志（研究方向：科学技术社会论）说："顾虑到论文指导方面存在瑕疵这件事本身没有错，但这并不能成为不撤销博士学位的理由。在没有让她掌握与博士学位相匹配的能力的情况下，保留她的学位，这也不能说是对小保方尽到了责任。我觉得早稻田大学的决定在逻辑结构上有问题。看起来，他们甚至好像意识到了这种缺陷。"

深陷被动的理研的应对

2014年7月，早稻田大学调查委员会召开记者会后约一周，理研的川合真纪理事（分管科研）接受了各媒体的个别采访。在理研调查委员会的最终报告公布之后，各媒体的采访申请终于得到了回应。我和记者大场前往了位于埼玉县和光市的理研总部。

到目前为止，我与川合理事在记者会上曾多次见面，但直接交谈尚属首次。机会难得，这次我想问出的是理研迄今为止莫名其妙的应对经过。

"从政代先生那里得到了很多指点，深感说明的方法不对。希望能稍做整理再行回复。"

川合理事首先说道。他说，CDB的高桥政代项目负责人在7月初对理研的方针提出了批评，以此为契机，他听取了高桥先生的意见。

川合理事强调的是，理研正在致力于"科学验证"，包括对STAP研究中残留的实验样品的分析。"从3月中旬开始，小保方研究室的实验样品的保全以及场所的保全等工作都在（CDB中心主任）竹市（雅俊）先生的命令安排下，正在认真地进行着。"然而，尽管2月中旬成立了调查委员会，小保方研究室却到3月14日才关闭。直到关闭的前一天，小保方等人还是可以自由出入的，可以说应对措施过于迟缓。

6月30日开始的关于新疑点的预备调查，似乎还是以远藤和若山的分析结果为契机的。川合理事解释说："我认为，从5月中旬以后，出现了几个科学上的疑点，明确与不端行为有联系，应该作为调查对象。因此，我们开始讨论是否应该成立（第二次）调查委员会。"现在已经明确，针对远藤先生的分析结果，曾经委托过"第三方"进行了追加实验。在当时的采访中还掌握到，受川合理事的委托，某位研究者做了和远藤先生同样的分析。

川合理事的一番解释，似乎在说"该做的事我们都做好了"，对此我无法接受。对于改革委员会再三提出的再次调查论文的要求，理研不是也以"论文有撤回的动向"为由不断地拒绝吗？

其实我已经拿到了小保方研究室冰柜里保管的样品清单和图片。根据这份清单，除了容器上写有"FLS"（STAP干细胞）和"STAP"等字样，被认为明显是STAP研究的残留样品外，还有许多ES细胞，也有被冷冻的小鼠。

"在新闻发布会的问答中，对于残留样品的分析迟迟没有给出明确的回答，样品到底有多少，清单也没有给出，以什么为对象进行怎样的分析也没有公布。"

"因为有可能在下一次不端行为调查时将残余样品提交上

去，所以是否能公开全部状况，现在还不能回答。实际上，残余样品的清单是最近才收集齐全的。因为有小保方不在就不知道的样品，因此现在正在请有识之士们考虑应该调查什么、该调查哪些方面。"

在远藤和若山的分析结果出炉之前，CDB的全部图像调查也揭示了严重的问题，如"快报"中的嵌合体小鼠图像的疑点等。

"我认为这些问题也是非常重要的疑点，你不认为这构成了重新调查的契机吗？"

"关于论文的疑义，通过第一次调查委员会进行详细调查，结果我们也都知道了，所以我认为那次调查的范围属于第一阶段。关于'快报'的图片，若山先生调查后逐渐发现不少地方不对劲，结果导致了'快报'被撤回。但是他那份报告书已经提交给调查委员会过目研究了一遍，所以我想应该还在讨论中。"

正如第七章所介绍的那样，关于CDB全部图像调查的内部报告有两份，我都搞到了手并于5月下旬做了相关报道。在5月的记者会上连实施全部图像调查的事都不承认的川合理事，这次倒是干脆地承认了"经由竹市先生收到了（报告书）"。他说调查委员会对这两份报告都进行了审查，这是我第一次听说。川合理事表示调查委员会的讨论"可能不正确"，但又说："因为结论是不把它们计入当时的调查对象之列，所以就这样被搁置了。"

关于调查委员会的调查对象仅有6件的理由，机动记者负责人清水健二采访了原调查委员们，在论文撤回后发表的连载报道《白纸一张　STAP论文》中进行了总结。该报道指出的主要理由是：虽然也有委员在调查中发现了新的疑点，但没有把握得到小保方的积极协助，委员感受到了社会要求尽早得出结论的重压，认为"不能耗费太多的时间"。另外，调查委员会的结论直接关系到相关人员的惩戒处分，在有可能上法庭的情况下，作出不端行为认定时不得不慎重行事。

据清水的采访，调查委员会于5月7日驳回了小保方的申诉，结束了调查，但在向理研理事会报告时，其中一名委员对新的疑点提出了"应该自行调查"的愿望。川合理事也承认说："我收到了一定要继续调查的请求，我郑重地接受了这一点。"从提出要求到开始新的预备调查，为什么要花近2个月的时间呢？关于这一点，虽然没有令人信服的说明，但不管怎么说，理研的方针是，今后将对残留样品进行科学的验证，在预备调查阶段重点调查几乎可以确定存在不端行为的地方，最终实施正式调查。但是他说，进入正式调查时，"理研内部根本挑不出人来担任调查委员"，看得出在推进启用外部人选一事上，他也绞尽脑汁。

"为什么没能识破呢？"

我问了一个长久以来挥之不去的问题。

"理研总部刚开始调查的时候，有句话说'论文的根基是不会动摇的'，这让我印象深刻。当时为什么要那么说呢？"

"还不是相信了那些人的眼光呗。CDB的中心主任和小组组长们，他们都是很厉害的科研骨干，迄今为止他们经历了很多研究项目，应该也反复经历过失败。我以为没有什么会从他们的眼睛底下溜走。为什么没能识破呢？我到现在还觉得不可思议。"

川合理事这样解释着，然后又补充了一句："这也怪大家过于自信啊。"

对于STAP问题的解决，他表示"希望在本年度内画上句号"。改革委员会要求他"让位下台"，对于自己未来的去向，他表示"自问去留会被传为美谈，但说白了就是逃避责任。如果一直坚持到最后，结果被判定为'不行'的话，我会甘心接受的。"对于同样被改革委要求"相应严厉处分"的中心主任竹市和CDB中心副主任笹井芳树，他是这样说的：

"我听到有人问笹井为什么不辞职，我们说不会让他辞职。为了接受惩戒的结果，请不要辞职。竹市先生也曾悄悄地说过，发生了这样的事情，再也干不下去了，所以想辞职。这太离谱了。这是应该受到惩戒的事情，我们是不允许随意逃跑的。……所以，我想无论是对笹井先生还是对竹市先生，这是在让他们品尝一下痛苦的滋味。但这就是我们的政策。"

采访结束了，到了该离开的时候了。川合理事问我："须田女士，对于一开始的新闻发布会，你是怎么想的？"

"很兴奋，觉得太厉害了。完全被骗了。"我情不自禁地说出了真心话，川合理事说："是啊，我们也是发布会前一周才知道的，当时就是这么想的。"下句话则耐人寻味。

"我后悔的一件事是说过事情的背景说明还是由笹井来做比较好之类的话。我现在非常后悔。让她（小保方）来解释背景还是不行。我那时想，笹井先生一说明，就觉得啊，很容易理解了……"

据同事的采访，就在1月份论文发表之前，野依理事长在理研总部会见了小保方，并指示周围的人"要保护她"。大规模的记者会是由笹井主导准备的，当天也是由笹井主持进行的，果然这也反映了理研总部的意向。我有这种感觉。

"这不禁让人怀疑，整个研究是不是虚构的"。7月25日，日本学术会议（会长大西隆）发表声明，要求理研无论验证实验的结果如何，都要通过对保存样品的调查，查明不端行为的全貌，并根据调查结果对相关人员进行处分。虽然对"虚构"一词，我已经没有任何违和感了，但一想到日本科学家的代表机构已经到了使用这种措辞来表达的阶段，不禁感慨万千。

笹井之死

8月5日上午10点多。来上班的我，发现气氛与平时不同，异常沉闷。我看了一眼晚报值班台席上的西川拓主任。我们的目光重合在了一起。

"笹井先生去世了。"

"嗯……？"

一瞬间，我的大脑一片空白。

上午8点40分左右，在与CDB相邻的尖端医疗中心内，发现了处于上吊状态的笹井。虽然从机动记者负责人清水那里得到了简短的解释，但我不觉得这件事是真实发生了。"能跟谁打听一下吗？"被这么一问，我开始思索能想到的名字。我茫然地坐在座位上，还没来得及想好就开始了电话采访。

我的第一个电话打给了前中心副主任西川伸一。

"现在我在欧洲。凌晨3点，我也刚被吵醒。"

他说他刚刚接到了理研的电话。

"接到通知后……那个……"

这是我很久不曾有过的语无伦次的提问。

"无可奉告。"

西川先生重复着同样的话，像是不想再谈下去了。

"那个……没有感觉到有什么征兆之类的？"我好不容易问出一句，对方却说："我们一直都没见过面。3月份才见的最后一面。"

不到两分钟电话就挂了。如此冷漠不近人情，是为了掩饰内心的慌乱吗？

接下来，我给曾经在CDB工作过的笹井过去的同事、京都大学教授斋藤通纪打了电话。

"现在在抢救吗？"

在斋藤教授的催问下，我转达了笹井已经死亡的消息，斋藤教授惊讶得无言以对："是吗……真不敢相信！"

他说，2月中旬，他给笹井发送了一封担心STAP论文图像疑义的邮件，当时收到了这样的回复："这没有什么大不了的，等平静下来再慢慢讨论吧。"

"笹井先生的研究能力超群，这已经是尽人皆知的。正因为如此，大家都对这次的问题感到震惊。总之，我觉得很遗憾，更感到事情会发展到这个地步的话，我当初要是能做点什么就好了。"

斋藤教授挤出了这番话。

在我继续电话采访的时候，收到了通知：理研的加贺屋悟宣传室长下午将在文部科学省召开记者会。我急忙将斋藤教授的评论写成稿件，与记者八田和摄影部的记者一起匆匆赶往文部科学省。正要出门的时候，长尾真辅部长跟我打招呼：

"虽然很辛苦，但要认真听。"

一路上我一直觉得这一切都不是真的，到达会场后离记者会开始还有段时间，我打开了电脑回顾起这半年来与笹井先生的邮件往来。

细细想来，1月份的记者会是笹井先生给我发来了"我认为你'绝对'应该来"的邀请邮件，从此开启了我的STAP采访历程。此后收到的邮件约有40封。最后一封的日期是7月14日。在回答有关审查资料的问题时，他以"我认为，（论文）撤回之后，说什么都没有用了"一句作为结尾。

我再三向他提出见面采访的申请，他终究还是没有接受，也没有接过我的电话，但几乎每次我发邮件询问，他都回答了我。偶尔也有吐露心声的话语。在3月29日的邮件中，他写道："诚如所言，此次事件无疑是对我的科研生涯的巨大打击。（中略）此番或将无可挽回。"当时，我很担心笹井先生，很痛心，但我无法想象会有这样的悲剧在等着我。我反复读着他的邮件，禁不住泪眼蒙眬。

《每日新闻》在8月5日的晚报的头版上，报道了笹井自杀的消息。据兵库县警方称，笹井死在与CDB通道相连的尖端医疗中心研究楼的4楼和5楼之间的平台上。他被送往神户市立医疗中心中央市民医院，晚上11点03分在该院被确认死亡。据理研称，上午9点前被发现时，赶到现场的尖端医疗中心的医生就已表示"人已经死了"。享年52岁。他穿着短袖衬衫和休闲裤，平台上放着他的皮鞋和皮包。据警方相关人士透露，包里留有写给理研干部和小保方的3封遗书。

笹井先生1962年出生于兵库县。1986年毕业于京都大学医学部，年仅36岁时就任京都大学教授。他在理研CDB于

2000年成立之时进入，2013年就任中心副主任。他在使用ES细胞制造视网膜和神经细胞的研究方面是世界级的领军人物，其多篇论文发表在一流科学杂志上。

他在再生医疗的应用方面取得了很多重要成果。在世界上首次使用iPS细胞进行眼部疑难杂症治疗的临床研究，此外，有望成为"下一个"的神经疑难杂症帕金森病的治疗中，每一种被移植的细胞都是通过笹井先生参与的从iPS细胞等万能细胞中诱导出来的方法开发的。

我自2006年春被分配到科学环境部以来，曾几次采访笹井先生。他讲一口轻快有趣的关西腔，说话不拖泥带水且携着几分幽默，一副乐在其中的表情，采访他超出预定时间是常有的事。即使是最尖端的话题，他也不怎么使用难解的专业用语，不经意间让你感受到了一种关心。对我来说，他是一位让我感受到科学的妙趣和深奥的富有魅力的科学家。

记忆最深的是2012年秋天，有关京都大学教授山中伸弥获得诺贝尔生理学或医学奖的那次采访。笹井先生是山中先生的共同获奖者、英国剑桥大学名誉教授约翰·加登的"徒孙"。他一边在白板上写写画画，一边详细地解说了加登先生的成就，以及从加登研究所毕业的杰出研究人员的阵容。他生动讲述时的表情，充满了对加登博士的敬爱之情。那是一段充满了对科学记者关爱的奢侈时光。

在CDB告别人生

加贺屋宣传室长的记者招待会从下午1点50分开始。据加贺屋介绍，笹井最近身体困乏、心力交瘁，虽然有健康管理和人事负责人的跟进，但他在邮件中时常写出一些"与平时不同的交流内容"。他说，他按照笹井的意向拒绝了各方媒体的采访请求。笹井在3月份住了近一个月的院。但是，对于最近笹井的就医情况、辞职意向以及遗书内容他均表示"尚未掌握"，对于预定近期进行中期报告的验证实验，他也回答说"不知道进展状况"。

对于被撤回的STAP论文，除了最初被调查委员会认定为不端行为的两起之外，其他疑点的预备调查也已经启动。了解论文制作详细经过的笹井去世了，有可能难以查明不端行为的全貌，针对预备调查中断或延迟的可能性，加贺屋表示，"虽然会有影响，但会根据相关专家的意见做出决定"。

"你是否认识到，是因为推迟了处分，才出现了这种情况？"对于八田记者的提问，他回答说："我想也有这样的一面吧。"他表示今后将对笹井自杀与其职务的因果关系进行调查。当被问到接到讣告后的想法时，他沉痛地说："我感到非常震惊，替他感到遗憾，内心十分悲伤。"

现场记者还纷纷询问了小保方的近况。加贺屋表示，小保方当天也在CDB上班，"所内有两名值得信赖的职员在支援照顾她。因为她本人受到了很大的精神打击，必要时可以考虑请临床心理师等进行护理"。记者会结束后我回到公司，抄起电话继续采访。

"我一直很在意理研的应对方式是不是太糟糕了。我就担心总有一天他会上吊的……难道当初我就不能做点什么吗？我真的很后悔。"笹井先生的一位朋友悔恨交加地说。

据这位朋友介绍，笹井操心最大的一次是在4月的记者招待会之前，"那是我最担心他的时候"。他说笹井本人当时透露说："虽然很想举行记者会，但是理研怎么也不让。"笹井先生在给我的邮件中也表示："由于把理研发出的信息总结得过于面面俱到，结果记者会开太晚了，所以不必要的猜测越来越多。为什么会出现这样的负面连锁反应呢，真是让人伤心……"（写于3月11日），"这一个月以来我一直沉浸在郁闷之中，那就是在调查委员会调查结束之前什么也不能说"（写于3月15日）。那次记者会结束后，笹井的样子显得有些平静，但据这位朋友说，此后他"时而前瞻乐观，时而后顾悲哀"，精神处于摇摆不定的状态。

这位朋友继续说："不过最近他似乎已经下了决心，进入了事后处理阶段。"这位朋友说，笹井已经将自己要关闭笹井研究室的意向告知了研究室的成员，除了让他们寻找再就业的地方外，他还在为自己担任代表的有关再生医疗的多个国家级大型项目更换代表一事做着准备。

"虽然他做得很淡定，但现在想起来，这也许是他出于自己的责任而努力去做的吧。理研最终也没有干脆地让他辞职，而是让他一直处于一种不上不下的状态。那也很可怜。其他的他想动也动不了嘛。"朋友叹息道。

笹井先生为什么选择自己的工作场所——尖端医疗中心作为他告别人生的地点呢？和我一样，这位朋友似乎也很在意这一点。

"我想这是在转达一个信息，没有选择在家里，而是在那里。首先，这说明他对CDB还是有想法的。笹井的努力不单单是为了他自己，他在很多地方是为了CDB而努力、而奋斗的，所以他想把他的最后一天留在那里。"

"不值得，真是不值得啊"

《每日新闻》在第二天8月6日的晨报上，报道了笹井遗书的内容，以及对其突然死亡而感到震惊的相关人士发表的谈话。

5日下午在神户市的CDB接受众多媒体记者采访的竹市雅俊中心主任表达了悼念之情："非常震惊，没有他就没有CDB。他就这样地走了，我感到悲悔异常。""从2000年开始，他和我一起建立了CDB。笹井先生拥有出色的企划能力，现有的CDB的许多创意都出自笹井先生。"

竹市还透露，笹井于3月份向自己提出了辞去中心副主任职务的请求，大约10天前他从研究室相关人员那里听说了笹井身体状况恶化的消息。他说："我正在和其家人联系，商量笹井先生的休养和治疗事宜。"

竹市推测说："这对他来说是非常痛苦的状况。惩戒处分也没有下来，我想他陷入了僵局。"如果问题的全貌和笹井的处境得以明确的话，"那该做什么好，是不是就能看到一丝光明了？"因此竹市说过，"希望你再忍耐一下"。

一位精通研究伦理的私立大学教授分析说："没有人能够从正面面对问题，这使得问题解决的时间一拖再拖。主要作者并不承认发生了全盘的错误。如果理研能掌握更多的主导权，责任所在也就清楚了。"担任改革委员会委员长的东京大学名誉教授岸辉雄愤怒地说："如果按照改革委员会的建议，理研能够迅速撤换笹井的中心副主任一职，让其专心搞研究的话，那就不会出现不幸的结果了。也许正是因为他是优秀的领导者，理研才不想放手，但对改革委员会的建议应对迟缓是个问题。"

关于笹井的那位朋友所说的"事后处理"，大阪记者斋藤广子的采访传递出一些详细情况。笹井从大约2个月前开始为研究室的成员寻找再就业的地方，同时，为了让他们能更容易地转职到其他研究室，还让他们把研究成果总结成论文，做好在学会发表的准备。

遗书的概要也已搞清楚了。据《每日新闻》对相关人士的采访，笹井包里的3封遗书分别是写给小保方、CDB干部和研究室成员的。它们都是电脑打字稿，被装在了信封里。

写给小保方的遗书只有一页。他在遗书中表示"我已经超越了极限，精神上疲惫不堪"，开头是一句致歉的话："请原谅，我抛开了小保方，我放弃了一切。"他还进一步谈到了与小保方一起在STAP研究上共度的那些时光，并表示："事已至此，万分遗憾。这不是小保方的错。"字里行间显示出了对小保方的维护。他在遗书的末尾写道，"请一定要再现STAP细胞"，表达了对验证实验的期待，并以"让实验成功，开辟新的人生"的鼓励话语来结尾。

另据大阪科学环境部对小保方的一位熟人研究人员的采访，该研究人员5日上午给小保方打电话时，只听得对方嚎啕大哭、说不出话来。笹井自杀的消息她已经知道了。这位熟人说："她似乎感到责任巨大。"

我从笹井先生给我的邮件中选摘了几句话，据此写了一篇报道，发表在了这一天的报纸上。在此之前，笹井先生回答科学问题以外的内容，我都尽量不去报道。然而，在笹井先生去世的这天，我认为，作为一名记者，把自己的一缕思念转达出去，反而是自己应尽的职责。

我以笹井在3月时表达出的对STAP细胞存在的确信，以及对小保方一贯的祖护为中心，进行了总结式的报道。永山悦子主任一边修改着原稿一边喃喃自语："不值得，真是不值得啊。"

笹井之死是难以避免的吗？

受到巨大打击的不止小保方一人。据相关人士透露，5日笹井去世的消息传来，若山的内心也受到了强烈的冲击，他全身不停地颤抖，谈话也语无伦次。相关人士说："他说如果他不制作出（证明STAP细胞万能性的）嵌合体小鼠，笹井先生也不会卷入其中，他似乎陷入到巨大的自责之中。"

理研7日发表声明称，没能阻止笹井自杀，"令人愧悔至极"。

12日，笹井遗属的代理律师在大阪市内召开记者会，披露了写给家属的遗书的概要。据大阪记者畠山哲郎的采访，遗书是写给妻子和哥哥的，都写有"谢谢你一直以来的关怀"，"先走一步，万分抱歉"等话语。关于自杀的理由，遗书是这样写的："由于媒体等的不正当抨击，以及我负有的对理研和研究室的责任，我已经筋疲力尽了。"

死者家属对律师说："（笹井）从今年3月份开始就感到心力交瘁，6月份接到中心解散的建议后，他受到了相当大的打击，精神上被逼入绝境，终于导致了这次事情的发生。"

笹井之死是难以避免的吗？特别是从死亡前10天开始他的身体状况就明显恶化的消息来看，无论如何也无法不提出这样的疑问。连对笹井持批评态度的相关人士也发来了愤怒的邮件："笹井先生的此次行动明显具有可预见性，疏于应对的CDB责任重大。"2月份以后，理研的应对一直很被动，从结果上看，对于包括给予惩戒处分在内的问题，明显拖拖拉拉不及时解决，理研总部的责任也是巨大的。

但是，当然，没有一个相关人员会希望看到笹井先生之死。倒不如说，为了保护笹井先生而采取的方针，也许也有适得其反的一面。真是越想越郁闷。

笹井在给小保方的遗书中所说的，"请一定要再现STAP细胞"这句话也留下了一个谜团。如果这句话是真的，那么笹井先生到最后都坚信存在STAP细胞。

确实，笹井在4月的记者会上主张STAP现象是"最有希望的假说"。但是到了6月份，可以说是具有致命杀伤力的远藤、若山分析结果相继曝光，7月上旬撤回论文时，笹井在相关评论中写道："可以说，现在很难毫无疑虑地谈论STAP现象整体的一致性。"

我推测，太多的矛盾喷涌而出，很难继续相信小保方和STAP现象，或许这些才是让笹井苦不堪言的最大因素。但是，那样就无法解释他的遗书了。

另一方面，一位研究人员在邮件中就笹井给小保方的遗言这样写道：

"我只能认为笹井被套上了一辈子都摘不下来的脚镣。那就是穿上了就得继续跳下去的'红舞鞋'啊。"

以获得预算为目的的再生医学

在笹井去世之际，指责CDB和日本科学技术行政管理上存在结构性"扭曲"的呼声响起。

一位研究人员对笹井的去世表示哀悼，他说："笹井是一位非常优秀的研究人员，他活跃在世界各地的舞台上，将来也被寄予厚望，正因如此，这次的事情真的很遗憾。"他还说："笹井在紧紧咬住政府、出色制定项目并争取预算的过程中，有时会做一些大胆的事情。其中之一可能就是大胆启用小保方。笹井先生是学着（前中心副主任）西川伸一的样子掌握了那套做法吧。"

笹井作为CDB干部负责"申请预算"。据永山悦子主任的采访，笹井在1月下旬论文发表之前，与穿着亮丽粉色外套的小保方一起访问了内阁官房，对研究概要进行了说明。笹井先生的身影另一天也出现在了文部科学省。虽然他没有就预算问题与政府相关部门进行直接的商谈，但相关人员对笹井先生在生动地讲述研究成果时的音容笑貌记忆犹新。

上面提到的那位研究人员首先指出的是，CDB的日语名称是"发育与再生科学综合研究中心"，而英文名是"Center for Developmental Biology（发育生物学中心）"，没有"再生科学"一词。发育生物学是探索从受精卵中形成个体的过程以及心脏、大脑等复杂器官形成的机理的学问。

"面向海外的英文名称反映了实际情况，发育生物学可以成为再生医疗的基础，CDB的作用，是以作为如英文名称所说的那样的研究所来发挥的。但是，从成立至今已经过去十多年了，发育生物学的黄金高峰期已然过去，为什么CDB还能获得巨大的预算呢？那是因为CDB有着具有引领作用的再生医疗这块招牌，从某种意义上说，这几乎就是谎言。"

正如这位研究人员所言，CDB进行接近临床研究的研究室，只有项目负责人高桥政代的那一个。"在造成与实际情况不符这一点上，笹井的责任仅次于西川，竹市也已上套了。从某种意义上，也可以说全日本科学技术行政当局也负有责任……STAP细胞就诞生于这样的温床。"

在1月发表论文时的记者会上，笹井解释说，STAP细胞在制作效率和安全性方面有可能超过iPS细胞，暗示了将其应用于包括再生医疗在内的"新医疗"的可能性。这位研究人员继续回顾说："小保方就另当别论了，像笹井先生这样有水平的人，竟然说出了用可以说是基础中的基础的老鼠实验的成果让疑难杂症患者也抱有期待之类的话，真是令人倒胃口。"

　　"一个教训是，优秀的研究者在担任领导者的时候，还是需要拥有以长远眼光考虑整个社会、掌握平衡的见识，现在是这样的一个时代吧。为了获得预算而巧妙地周旋，进行夸大广告式的宣传，即使会暂时给那个人和组织带来好处利益，但对学术、社会、国民、经济而言却是在起相反的作用。日本科学根基上的可笑之处，这次是不是显现出了冰山一角呢？"

　　"不过，"研究人员最后补充道，"笹井先生在这个整体构图中并不一定是中心人物。如果仅限于论文，我认为笹井先生起到了中心作用的可能性是很大的，但我不认为在日本的科学技术行政当局，特别是生命科学领域的预算和决策这样一个大格局中，产生问题的是笹井先生。我希望在这个整体构图中，能在一定程度上搞清楚谁参与其中，又是如何参与其中的，不要让这场悲剧白白上演，应当寻找出一条改善之道。"

　　此外，另一位研究人员也表示了理解："如果不以再生医疗为招牌就拿不到钱，这在制度上有着无可奈何的一面。"他还同时指出了CDB的名称与实际情况之间的差距。"用'再生（医疗）'的名义获得的金钱去进行青蛙实验（基础研究），CDB就是这方面的一个象征。"

　　在1月份的记者招待会上，笹井先生说："iPS时代已经结束，STAP时代已经到来。日本既有iPS，也有STAP。"对此，这位研究者断言:"这是一种可以被理解为iPS时代已经结束了的说法,是为了获得金钱的宣传。"这位研究人员在论文发表后立即与笹井取得了联系,向他表示"恭喜",笹井当时说:"不不不,只是在婴儿(幼鼠)身上成功了,在成人(成年鼠)身上还未成功,离在人类身上成功还差得远呢。"他说:"(笹井先生)自己是冷静地明白这一点的。"

热爱基础研究的笹井

我想起了在STAP论文发表之前对笹井先生的采访。2012年的一次采访中,笹井先生阐释了基础研究的重要性:"从基础研究阶段就做得很有样子,这是日本的强项""基础研究不知道出口是什么,也不知道方向是什么,这一点非常有趣。它是(与应用研究)本质上不同的世界""(发育生物学等)成为基础的学问,会培育出创新的幼苗"。他还进一步谈到了在发育生物学领域享誉全球的CDB的预算在不断减少的问题,他叹息道:"基础研究一贫如洗,怎么看都有很大增长空间的地方预算居然减少了。"

在STAP论文发表后不久的联合采访中,笹井先生热情地讲述了CDB是如何发现和培养年轻优秀的研究人员的,在之后给我的邮件中,他这样写道:

> 理研也决定(中略)不再为筹集资金而独自四处奔走。虽然内阁大臣发表了一番前景看好的言论,但我希望他们能够提供更持久更实在的支援,并且能够支持不问出口且具有自由度的青年才俊们的研究,因为他们不需要在短期

内一次性获得的大量预算（如建造大楼），也不需要巨额的经费。

为了他热爱的基础研究，为了保护年轻人的自由的研究环境，他通过与接近临床应用的iPS细胞进行比较的方式，宣传了STAP细胞研究的意义。这么一想，我不禁觉得，在笹井身上体现的正是CDB存在着的矛盾。

理研没有更换管理层

三周之后的8月27日，理研公布了改革行动计划，该计划由以下四大支柱组成：CDB的"解体式重新开始"；加强治理（组织治理）；加强预防科研不端行为的措施；监控计划的实施。

根据行动计划，CDB将把约40个研究室在数量上减半，在11月月底前重组为"多细胞系统形成研究中心（暂定名）"。在5种研究项目中，废除了以资深研究人员为对象的"核心项目"和小保方的研究小组所属的"中心主任战略项目"。剩下的研究室将部分转移到理研的其他中心，维持所属研究人员约450人的雇佣状态。

从2000年成立之初就担任中心主任的竹市雅俊将被替换，由包括外国研究人员在内的外部有识之士组成的委员会将选出新的中心主任。由被称为小组主任的资深研究人员组成的运营会议将被撤销。

作为理研整体的改革，新设产业界等有识之士占委员人数半数以上的"经营战略会议"，没有加进改革委员会要求的更换理事和增加理事的内容。

野依良治理事长在下午召开的记者招待会上谈到了笹井的自杀，他表情沉痛地说："作为理事长又同为科学家，为什么我不能在共同分担并缓解其生前痛苦的同时避免悲剧的发生？念及此痛悔至极。衷心祈祷冥福。"

他还说："科研不端行为应该由（论文的）作者个人承担全部责任，但作为一个组织，我们正在反省在预防科研不端行为的措施等方面的不足。""在执行（行动计划）方面，前线指挥是我的责任和义务，我也得到了文部科学大臣下村博文的指示。""5名理事都是非常有能力的人。我认为他们是确保计划执行的不可或缺的人才。"表明了自己和5名理事暂时不会辞职，要在现行体制下推进改革的方针。

据记者八田的采访，上午收到野依理事长报告的文部科学大臣下村博文提道："如果不全部完成课题，政府也无法拿出有关（承诺各种优惠政策的）特定国立研究开发法人的法案。"他说："希望理研一定要在野依理事长的强有力领导下，脱胎换骨成为获得世界承认的顶尖研究机构。"

《每日新闻》在8月27日的晚报头版和28日的晨报第三版刊登了有关该行动计划的内容及其改革前景的综合报道。

第三版的报道指出，在接受CDB的研究人员和老员工的同时，新设的第三方组织、运营及改革监控委员会的人选标准尚未确定，从改革方案中看不到有关如何监督、在多大程度上推动改革等方面的内容。深谙企业合规之道的原检察官乡原信郎律师说："给人的印象是，能够考虑到的形式上的对策被包罗进来了。但重要的并非是塑造形式，而是更换头脑。在理事长以下的干部都没有更换的情况下，理研真的能够实现脱胎换骨吗？这是个问题。这次的问题，很大程度上是一系列混乱至极的危机管理应对失态。在这一点上，如果干部们不承担责任，我们就不能抱太大的期望。"

验证实验连第一阶段都没能过关

同一天，理研还发表了验证实验的中期报告。

由于笹井先生刚去世不久，我们得到的有关验证实验方面的信息真伪不明，令人放心不下。听说丹羽先生的实验"得出了积极的结果"。

然而，当天发表的却是"消极结果"：将从小鼠脾脏采集的淋巴细胞按论文所示，浸泡在弱酸性溶液中后再去培养，结果没有得到STAP细胞。

实验使用的是经过基因操作的小鼠细胞，当Oct4起作用时，该细胞会发出绿色荧光。在22次实验中，有一半以下观察到了细胞块。虽然它们发出绿色的光，但同时也发出红色的光，丹羽先生说："可以判断这是所谓的（在死细胞中可以看到的）自体荧光。"获得了多能性的细胞特有的遗传基因和蛋白质也没有增加。

原计划在6月内制作出绿色发光的细胞，移植到小鼠体内并检查其有无多能性。但在现实实验中，从开始到现在已经过去近5个月了，现在连第一阶段都没能过关。当丹羽先生被问及对实验结果的感想时，他回答说："很难对付。"

让人有些吃惊的是丹羽先生的解释：即使按照论文所示的分量去稀释盐酸，也无法制备出与论文所示浓度相同的弱酸性溶液。那么，小保方到底是怎样做出弱酸性溶液的呢？

据悉，小保方的实验将在第三方做好监控准备后开始实施。

实验总负责人、CDB特别顾问相泽慎一表示："（STAP细胞的有无的）最终决定有必要让小保方来做。"

在记者会的问答环节，出现了一些让人敏感在意的对话。这次被报告的，说到底是用论文所示的方法在对一种细胞给予刺激的情况下获得的实验结果，按照当初的计划，还包括用与论文不同的方法显示成熟的体细胞被初始化的实验，试验多个给予刺激的方法的实验，这些预定要持续到2015年3月底。当被问及使用其他方法的实验结果时，相泽以"无法说明正在讨论的事情"为由回避了作答。对于小保方在没有第三方监视的情况下实施的"预备实验"，他的回答也很含蓄："因为是在比赛前跑的，所以不能算作记录。""即使在参加奥运会之前在自己的运动场上跑出了9秒04，也等于没有任何记录。"

尽管如此，与4月份开始验证实验时相比，现在的情况已经发生了很大变化。最重要的是，作为STAP细胞存在的科学依据的论文已经被撤回，研究也回到了白纸一张的状态。扩展到用论文以外的方法去实验，这样的实验还有继续下去的意义吗？

理研的行动计划表明了有助于查明论文不端事件全貌的立场："验证包括搞清楚论文的各个项目中哪些项目是可以再现的，哪些项目是不能再现的。"但是，在记者招待会上，当被问及验证实验的意义时，回答依旧是"我们的判断是这是明确STAP现象有无的手段之一，是必要的"（坪井裕理事语）。我不禁担心，实际参与其中的相泽等人是否有验证论文不端行为的意识。

显示自净作用的远藤论文

此后，在STAP问题上也出现了一些动向。

9月3日，美国哈佛大学的查尔斯·瓦坎蒂教授发表了与理研版本不同的STAP细胞制作协议的"修订版"。

新增加的主要程序是在弱酸性溶液中加入在体内起重要作用的一种叫做ATP（三磷酸腺苷）的物质，"使用含有ATP的弱酸性溶液，STAP细胞的制备效率会急速提高"。不过，与最初的版本一样，它没有给出具体的数据，修订版的发布原因中有这样的表述：

"当初的'（STAP细胞的制作）是很简单的'这一表述言过其实，是一个很大的错误。当时我相信了这一点，但后来才知道那是不对的。"

第2天，理研宣布，决定对论文中的新疑点进行正式调查，并成立了新的调查委员会。理研内部于6月30日开始了预备调查，野依理事长认为应该实施本次调查。新的调查委员会将全部由外部有识之士组成，但委员正在调整中，理研宣传室解释说："在调查结束之前不会公布委员名单。"

9月20日，就首次调查委员会委员长、高级研究员石井俊辅过去的论文的疑义，理研发表了"不存在不端行为"的预备调查结果。预备调查结果虽然认定3处图像使用了不正确的数据，但认为其并非故意，因而得出了"不构成研究不端"的结论。理研没有公布参与预备调查的人员名单，专家们呼吁"理研应该实施由外部有识之士参加的正式调查"。

也有好消息传来。理研高级研究员远藤高帆于9月下旬发表了有关解析结果的论文，该论文揭示了STAP细胞就是ES细胞的可能性。

10月1日，远藤接受了各媒体的采访，他说，2月下旬遗传信息公布后，他在进行简单分析的时候，发现了多个与STAP

论文相矛盾的疑点。在那个阶段，远藤回顾说："我对（所属的）理研很自豪，但我以为就论文的质量而言，它不像是出自理研，不值得在发表时大吹特吹。"

据远藤先生介绍，他从一开始就与理研内部的研究人员就分析结果进行了讨论，内容也传达给了理研总部的监查合规室和论文的作者们。虽然也收到了作者们的反驳，但他觉得"无法接受"。之后，在进行详细分析时，他凭借STAP细胞的数据，发现了ES细胞中常见的染色体异常（8号染色体的三体），这不可能像论文中所描述的那样是来自活体小鼠的细胞。远藤说："我认为至少在取得遗传信息的那个时刻，STAP细胞是不存在的。"

对于自己撰写论文的理由，远藤先生说："我认为，在理研中表现出自净作用，表明存在什么样的问题才是诚实的应对。"远藤先生的这句话深深地印在了我的脑海里。

第十二章　STAP细胞是不存在的

　　包括小保方本人在内，任何人都无法再现STAP现象，验证实验在12月被终止。另一方面，根据残留样品的分析结果，调查委员会发表了"STAP细胞是ES细胞"的结论。又新认定了两起造假情况。

科学界传言四起

在2014年10月底的时候，有消息称验证实验的结果将在年内发表。8月下旬的中期报告显示，理研的方针是验证实验按原计划一直持续到2015年3月底，他们终于要放弃"再现"STAP细胞了吗？

另一方面，不知源自何处，总会零零星星地传来"好像制出了STAP细胞"的消息。我甚至还听说过"连嵌合体小鼠都制备出来了"的传闻。"我不知道他们添了多少枝加了多少叶……"一位大学教授一边嘟囔着，一边讲述了这样一件被传得有鼻子有眼的事情：主要负责验证实验的丹羽仁史先生，使用了将肝脏细胞浸入含有ATP的培养液中给予刺激而产生的细胞，成功地制作出了嵌合体小鼠。肝细胞是4月份发表验证实验计划时丹羽想要尝试的细胞。使用ATP是查尔斯·瓦坎蒂9月发表的修订版制备协议以及STAP细胞国际专利说明书中所记载的刺激法，该国际专利说明书是理研、瓦坎蒂所属的哈佛大学医学部布列根和妇女医院及东京女子医科大学一起申请的。

这与被撤回的STAP论文中主要展现的将从脾脏中采集的淋巴细胞浸泡在被稀释盐酸的弱酸性溶液中形成的STAP细胞，不仅来历不同，而且刺激方式也不同。然而，这也可能给传言带来了某种可信度。

不过，被采访的研究人员大部分都很冷静，再加上不久就有多个消息称丹羽本人表示"还没有形成嵌合体"，传闻就此不了了之、销声匿迹。

一位著名的研究人员说，他在夏天的时候直接从CDB的相关人员那里听到了取得"积极的结果"的消息，他罕见地给我写了一封长篇大论式的邮件。"所谓验证实验，就是用和论文一样的方法，检验论文中所写的东西是否能够再现。改变多种方法进行调查则是一种新的研究。另外，论文的内容是否涉及不端行为，以及该论文所报告的事情是否可能发生，这两点需要分开考虑。"在这番开场白后，他进行了如下说明。

如果对细胞施加各种刺激，就有可能出现一些万能细胞的特征基因Oct4呈阳性的细胞。读到被撤回的论文时，我之所以觉得很棒，是因为该论文表明：

▽高频率出现Oct4阳性细胞

▽能由［淋巴细胞的一部分的］T细胞产生

▽活体外不会增殖，但移植到小鼠身上会产生畸胎瘤

▽可以制作嵌合体小鼠，从来源于STAP细胞的生殖细胞中诞生了下一代小鼠，甚至全身的细胞都可以制作出来源于STAP细胞的"四倍体嵌合体小鼠"

▽可以制成同时具有增殖能力的干细胞

如果理研仅仅因为出现了Oct4阳性细胞就说取得了"部分成功"，那可真是太丢人了。

毕竟论文发表后，全世界的很多研究小组都在进行重复实验，但包括共同作者若山先生在内，没有一个人取得成功，这一事实是沉重的。另一位大学教授这样指出：

"论文中写的是成功的概率高达三到四成。如果实验有诀窍，即使（因为没有掌握诀窍）三成出现了问题，例如，如果效率达到十分之一，概率达到百分之三左右，则实验取得成功也是不足为奇的。从一百万个细胞出发，应该能做到一百个左右。'现象本身'绝对是可以确认的。仅凭有无小窍门就将结果变成零或者一百，这是很奇怪的。"

论文发表时，STAP细胞的"制作效率高"被介绍为超过iPS细胞的优点之一。如果这种优点反而凸显了重复实验失败的严重性，那就具有讽刺意味了。

为什么要隐瞒"真正的制作方法"？

我觉得对"做出来了"的传闻已经没有必要再认真对待了，但是在给细胞带来刺激时使用的不是盐酸而是ATP这一点却引人好奇。据一位知情人士称，ATP在STAP研究的最后时期"一直在使用"，若山在小保方的直接指导下"成功"地制作出了STAP细胞时，使用的也是ATP。似乎最近在验证实验中，小保方和丹羽先生主要都在使用ATP。

包括向《自然》的第二次投稿在内，我对2012年至2013

年间的4次投稿论文的草稿进行了重新审视，发现它们只写着"弱酸刺激"，而不是盐酸。也就是说，"盐酸"的描述是在2013年3月向《自然》第二次投稿到最终发表之间加入的。

如果ATP比盐酸更合适，为什么《自然》论文中完全没有涉及ATP？而且，在2014年3月上旬发表的以丹羽为责任作者的制备协议（STAP细胞制作的详细诀窍）中，也没有找到关于ATP的描述。这对于世界各地的研究人员而言是不是过于不诚实？他们最初是试图根据《自然》论文和丹羽先生的制备协议进行再现实验的。另外，制备协议公布的时候，存在科研不端行为的嫌疑已经越来越大，研究小组自己也应该迫切希望得到第三方"可以再现"的报告。在这种情况下，通常不可能故意地去隐瞒"真正的制作方法"。

11月，我再次向若山先生提出了见面采访的申请。若山先生给我发了一封拒绝的邮件，说："在验证实验结果公布之前，我不能接受任何记者的采访。"但当我在给他写的回复邮件里直截了当地表达了对ATP的疑问时，他回复说："不仅是我，所有的实验室成员都学会了使用ATP的方法。再现实验都使用ATP。"不过，他原本就听小保方说过"盐酸也能做到"，他记得在实验室内部的会议上也是这么报告的。在此之前，我没有机会从若山口中听到ATP的消息，只是以使用盐酸为前提来提问题的，我对若山如此轻易地承认这一点感到惊讶。小保方、丹羽和笹井芳树在4月的记者会上也没有谈及ATP，什么是最适合制作STAP细胞的"给予刺激的方法"，以及这种方法在最初的论文和制备协议中均没有提及，难道这些对他们来说算不上是重要的问题吗？

当我再次询问若山先生，他在论文发表时是否认识到《自然》论文中提到的是盐酸时，他回答说："我不知道。作为共同作者，我感到很惭愧，我是（＊在论文发表后）经别人指出后才知道的。"2013年在向《自然》第二次投稿时，若山已经转到山梨大学去了，草稿和投稿后的修订都是以小保方和笹井为中心撰写的。如果是在修订阶段添加的，若山不知情或许也是情有可原的。实际上，也有相关人士表示，将其描述为盐酸是修订时笹井先生的主意，但在笹井先生去世的今天，向他本人确认已无可能。事情愈发显得扑朔迷离。

我有许多问题要询问小保方，其中主要包括有关ATP的问题。但在此之前，我通过其代理人三木秀夫律师向其转达过问题，可从未从小保方那里得到过具体的回答。虽然已经死了一半的心，我还是再次向三木律师提出了见面采访小保方的申请，仍旧是没有答复。

2014年11月中旬，理研正式宣布，将作为STAP事件发生的舞台的位于神户市的发育与再生科学综合研究中心（CDB）重组为"多细胞系统形成研究中心"。英文名称"Center for Developmental Biology"保持不变，因此CDB的简称也保持不变。根据8月公布的行动计划，包括小保方的研究小组在内的20个研究室被撤销或转移到理研内部的另外的研究中心，小保方成了验证实验小组的"研究员"。与她此前的头衔"研究小组组长"相比，这是实质性的降级。竹市雅俊也卸任中心主任一职，担任负责研究开发建议的特别顾问。

验证实验的最终报告

验证实验的结果发表于2014年12月19日。在东京都内召开的新闻发布会上，总负责人、理研特任顾问相泽慎一，研究项目实施负责人、CDB团队负责人丹羽仁史，理研总部理事坪井裕，以及参与实验的理研生命科学技术基础研究中心项目小组负责人清成宽等4人出席。没有见到小保方的身影。

"STAP现象无法再现。根据这个结果，虽然验证实验原计划持续到明年3月份，但现在决定就此结束。"

记者会一开始，相泽先生便宣布了"结论"。

验证实验是在同年4月以丹羽为中心进行的，7月1日小保方加入，她独立于丹羽，在见证人的监督下，在特别定制的带监控摄像头的实验室中工作。

首先，相泽对后者进行了说明。

小保方尝试用两种刺激方法制备STAP细胞：对从出生一周的幼鼠脾脏中采集的淋巴细胞，使用了与论文所述相同的已稀释盐酸弱酸性溶液，并进一步使用了专利说明书中所记载的ATP溶液。与论文所述一样，她使用了与多能性相关的Oct4基因起作用时会发出绿色荧光的小鼠，首先调查了能产生多少发出绿色荧光的细胞。使用两种品系的小鼠，用盐酸进行了21次实验，用ATP进行了27次实验，绿色发光的细胞块大约每百万个细胞只有十个左右，没有达到论文中所写的"数百个"。

虽然产生了少量发出绿色荧光的细胞块，但Oct4基因只是众多多能性相关基因中的一种，不能说发出绿色的光就意味着获得了多能性。如果是多能细胞，不仅是Oct4，其他多能相关基因也应该均衡地工作。另外，关于绿色荧光，早就有人指出，看到的不就是死细胞自己发出荧光的"自体荧光"现象吗？如果是自体荧光的话，因为波长带宽，所以不仅能看到绿色的荧光，还能同时看到红色的荧光。

对于这几点进行分析后发现，发绿色光的细胞块的多数也发出红色的荧光，不能与自体荧光形成区别。极少数细胞块发出的荧光红色弱而绿色强，但不能以良好的再现性生产出荧光绿色强且多能相关基因在起作用的细胞块。

到目前为止，虽然很难说形成了STAP细胞，但也尝试了进行多能性的最大证明——嵌合体小鼠的制备。

《自然》论文里的这部分工作是由若山先生负责的，验证实验中替代若山的是拥有"嵌合体制作的极高技术"（相泽先生语）的清成先生。

嵌合体小鼠是将注入了万能细胞等的受精卵放入代孕母鼠子宫中制成的小鼠。如果来自注射细胞的细胞均匀地分散在了出生的幼鼠或在子宫内发育到一定程度的整个胚胎中，则证明该细胞有能力转化为各种器官或组织的细胞，即证明了多能性。

如第四章所介绍的那样，通常用ES细胞等制作嵌合体小鼠时，会将细胞块拆开，然后一个细胞一个细胞地放入受精卵（胚胎）中，但用STAP细胞时无法使用这种方法，所以会将细胞块切成多块后再注入。在验证实验中也效仿了这种方法，用玻璃针、激光、极小的手术刀等将细胞块切碎，放入受精卵中。共移植了1615个细胞块，在845个胚胎中进行了发育，没有一个成为嵌合体。

论文还提到将细胞块移植到小鼠皮下制备畸胎瘤。畸胎瘤是由各种不同组织、脏器的细胞混合而成的良性肿瘤，这也是证明多能性的一般实验。在验证实验中，当初也计划制作畸胎瘤，但如前所述，由于制作出的细胞块数量太少，约每百万个中只有十个左右，根据相泽先生的判断，没有进行这方面的正式实验。

丹羽的约300次实验均告失败

接着，丹羽先生亲自发表了他的实验结果。不仅是脾脏，丹羽先生还使用心脏和肝脏的细胞，用盐酸和ATP两种方法对其进行刺激。无论使用哪种方法，他都将pH值调整为和论文所示一样的5.7。用脾脏细胞共进行了101次实验，用肝脏细胞进行了116次实验，用心脏细胞进行了80次实验，共计进行了297次实验（其中盐酸处理93次，ATP处理204次）。

和小保方的实验一样，虽然产生了少量的细胞块，但无法将其与自体荧光区分开来，脾脏来源的细胞中还残留着CD45，也就是说淋巴细胞没有变成其他细胞。

丹羽说，细胞块形成最好的时候是用ATP刺激肝脏细胞的时候。其中也有少数观察到了与多能性相关的Oct4基因在起作用。

对来源于肝脏的细胞经ATP处理后形成的细胞块，清成先生进行了共计244次的嵌合体小鼠的制作尝试，其中有发育进展的117个胚胎都没有生成嵌合体小鼠。

论文认为，STAP细胞虽然本身不会增殖，但如果在特殊条件下培养，就会变成像ES细胞一样无限增殖的干细胞。论文中报告，出现了两种类型的干细胞，一种是与ES细胞性质非常相似的STAP干细胞，另一种是能变为胎儿和胎盘的FI干细胞。丹羽先生还尝试了这种"干细胞化"实验，虽然产生了少量与干细胞形态相似的细胞，但大约一周后，这些细胞全都死了。

"这就是我们在中期报告之后得到的验证实验的结果，报告完毕。"丹羽先生非常冷淡地结束了说明发言。

野依理事长的"饯行致辞"

花费半年多的时间，尝试了包括论文中没有涉及的方法在内的多种方法，丹羽先生反复进行了约300次实验，以各种各样的方法反复解析细胞块，最终实验还是以失败告终。此时虽然我想要揣摩出丹羽先生的内心感受，但从他的脸上并没有读出什么特别的感情。当相泽以一句"实验再做下去的话将超出验证实验的范畴"再次宣告验证实验结束的时候，在场的坪井理事意外地发言说："很抱歉，还有相关的报告事项。"

小保方于12月15日提出了"12月21日退职"的申请，现已得到了批准。小保方的离职意见与理研理事长野依良治先生关于小保方离职的评论被打印了出来，一齐分发给到场的记者们。随着照相机的快门声，分发资料的理研职员和伸手去接的记者们的样子被记录了下来。在略显喧闹的会场，我快速浏览了小保方的意见。

不管在什么情况下，我都想着一定要取得足够好的结果，我就这样拼命地度过了三个月的时光。这是在远远超出预想的限制下进行的工作，虽然后悔没能去研究细微的实验条件，但是置身于被制约的环境中，我在努力，一直努力到灵魂的极限，现在剩下的只是无尽的疲惫，我对在这样的结果面前困顿不前感到困惑异常。

由于我的不成熟，在发表和撤回论文的时候，给包括理化学研究所同事在内的很多人带来了麻烦，我深感责任重大，道歉之语无以言表。值此验证结束之时特此提交辞职申请。最后，我要衷心感谢验证小组的成员们，以及曾经鼓励和支持过我的人们。

她在4月份的记者会上曾经堂堂正正地说过"STAP细胞是存在的"，"成功了200次以上"，如今回想起来，恍如隔世。她在意见的前半部分里，字里行间诉说的也是失败的原因在于实验的环境。

野依先生的评论是这样的。

STAP论文发表后的这十个多月里，小保方晴子女士经历了一场心力交瘁之旅。虽然这次她提交了辞职函，我担心她的心理负担会进一步增加，故决定尊重其本人的意志。

她是一位有前途的年轻人，我期待着她能积极地前行，走出新的人生之路。

第二次调查委员会的调查工作还在继续，科研不端行为的全貌还未查清。当然，对相关人员的惩戒处分也尚未开始。小保方确实心力交瘁，但在这个阶段居然就批准了她的退职，理事长还亲自送上了"饯行致辞"，这可真是……读着读着，我感到了一种强烈的不自在。顺带一提，这次记者会进行之时，野依正在出席文部科学省的一个会议。据说，散会后，记者们蜂拥而至，他在文部科学省职员的保护下试图离场，场面一度混乱。

不为人知的小保方"诀窍"

在回答记者提问时，相泽就小保方的"成功了200次以上"

的发言表示，在验证实验中，在45次左右的实验中，有40次以上出现了少量发出绿色荧光的细胞块，并解释说："如果说出现了带有绿色荧光的细胞块就是成功的话，那么'再现200次以上'的说法是成立的。""只是，那个细胞块真的是被重新编程（初始化）了的吗？这么一问，那就另当别论了。"正如报告所说的那样，现实的结果是，产生的细胞块的数量少了一个数量级，而且绿色荧光的大部分与自体荧光无法区分，也无法构成对多能性的证明。据说，小保方所说的"诀窍"究竟是什么，到最后也没能搞清楚。

那么，丹羽在4月的记者会上所说的"正是亲眼确认的"现象又是什么呢？丹羽解释如下：

"在撰写那篇论文的时候，绿色荧光（不是自体荧光）是Oct4的表达，甚至连嵌合体小鼠也被制作出来了，这些都是事实，正因如此，那个最初的荧光被解释成了重新编程现象。但是这次，实际作为验证实验试着去做了，虽然出现了绿色荧光，不过我们未能把实验向前推进。如果是这样的话，我的理解是，即使看到的东西是一样的，但对它的解释却发生了变化。"

也就是说，丹羽先生当时确认的"现象"只是"绿色发光"那部分，而且基本上是在论文数据正确的前提下做出的发言。但是，在4月份的时候，那两个图像已经被第一次调查委员会认定为造假、篡改，更多的疑点也一个接一个地浮出水面，论文其他数据的可信度开始大幅度地动摇，回顾这一切，我感到莫名其妙。当被问及自己的责任时，丹羽先生表示"将根据调查委员会以及惩戒委员会给出的结果作出判断"，回避了这个问题。在另一次对话中，关于此次验证实验中出现的细胞块的形态，他还说，这与过去"看到的"小保方制作的"STAP细胞"

是"一样的东西"。

在记者会的最后阶段，在被问到"如何采取措施防止类似事件发生"时，丹羽先生表达了"科学是以性善说为基础进行的"主旨见解。他提到在STAP研究中，自己是在已得出所有主要数据的最后阶段参加的，"对于小保方，或者小保方与若山先生合作得出的数据，我还是相信的。当然，这可能是一个问题。但即便如此，今后只有自己动手逐一验证过合作研究者给出的数据才能发表论文，这样一种状况对科学是否有利，实在是难以判断。即使是现在我自己也难以断言这样做就可以绝对防止造假行为。"

ATP问题仍是个谜

一轮提问过后，终于轮到我提问了。我询问了为什么这次采用论文中没有记载的ATP刺激方法。相泽回答说："我听（小保方）本人说过，以前在若山研究室做论文研究的时候，主要是用盐酸和ATP来做的。"他说，小保方说ATP比盐酸"（制备）效率要好得多"，但在她的实际实验中，两者的结果并没有太大差异。

"为什么论文中不写使用的是ATP而不是盐酸？"当我抛出由来已久的问题时，相泽选择了避而不答："这不是我们要回答的问题。"

"那么我问一下丹羽先生。丹羽先生您说过，2月份小保方制作时您已经确认过三次了，那个时候使用的也是ATP吗？"

"做了几次，其中有用ATP做的，我看到的基本上是用盐酸做的实验。"

"我认为ATP不是制备'弱酸性溶液'的常见方法，您对这一点有何看法？"当我再次询问时，丹羽回答说："我问了（小保方）为什么会想到使用ATP，她说是为了恢复因穿过玻璃管而受损的细胞，她还发现ATP同时可以进行弱酸性处理。"

穿过玻璃管是小保方在哈佛大学瓦坎蒂先生的指导下进行过的实验。该实验通过让细胞穿过一个超细的管子的方式对细胞产生物理刺激。据丹羽的解释，实验中原本使用的是通过颜色变化来测量酸度的试剂，如果把ATP加入到溶液中，颜色就会发生变化，所以谁都会很容易地发现它有使溶液呈酸性的效果。他说也正因如此，他才接受了小保方的ATP会带来弱酸性刺激的解释。如果这是真的，那也就是说ATP是从STAP研究的一开始就已经使用了。

当被问及论文发表后总结的制备协议为什么没有提到ATP时，丹羽回答说："那是因为论文记载的方法是盐酸。如果与论文发生分歧，就会成为问题。"

关于ATP处理，《每日新闻》的专业编辑委员青野由利也提问道："在与论文所示不同的条件下进行验证实验，其意义何在？"

相泽说："我们并不是为了验证论文涉及的不端行为而进行实验的，验证实验是为了验证STAP现象是否能够再现，基本上是验证论文所写的内容，但我们也对论文没有提及的周边问题进行了是否能够再现的实验。笼统地回答这个问题是没有意义的。"坪井先生也回答说："调查委员会下命令，要求以调查不端行为为目的进行再现实验，这样的机制也是存在的。但这次的验证实验并不是这样的定位，而是由理研作为研究所来启动的。虽然您所指出的方案是有的，但这次并不是以那样的形式进行的"。

就验证实验的目的而言，他们的这些观点与理研的行动计划的说法矛盾明显，行动计划称"包括搞清楚论文的各个项目中哪些项目是可以再现的，哪些项目是不能再现的"，即进行论文的验证。

丹羽先生也回答说："在一个条件下做不到的时候，就会犹豫是否应该放弃，我想部分原因在于难以判断问题是不是出在实验手法不够巧妙上吧。考虑到这点，我们认为，在这种情况下，使用未在论文中描述的ATP的方法，是具有一定的科学合理性的。"他还苦笑着说："如果结果是只有用ATP才能产生（STAP细胞）的话，那该怎么办？我一边做实验一边这么想，但现在得出这样的结论（失败），当时的不安简直就是杞人忧天。"

何以决定受理退职申请

STAP细胞是否存在？换句话说，STAP现象是否会发生？既然验证实验的目的不是验证论文，那么对理研和验证实验团队来说，弄清这一点是唯一的也是最大的目的，但不可思议的是，对于相泽来说，"现象是否会发生"和"现象能否再现"似乎是完全不同的命题。即使屡次被问到STAP细胞的存在与否，他始终固执地拒绝回答，称"作为科学家，我无法回答您的问题"。他还称："没能再现。是发现了（存在的）可能性，还是已经认为没有可能性，这要由研究者个人来判断。"另一方面，丹羽被问及今后是否打算以个人身份继续进行验证实验时，他立即回答道："目前还没有考虑过。"

关于缺席的小保方，记者们也提出了很多问题。当被问到小保方是否同意终止实验时，相泽表示"这个问题很难回答"。他推测说："虽然她不得不承认这样的结果，但对于为什么会以这样的结果终止，她感到很困惑。她目前状态不佳，还不能好好接受这一点。"相泽说，他在直接向小保方确认实验结果的同时，宣布了终止实验的决定，但是"没有听到反驳"。

据坪井等人介绍，小保方提出辞呈的12月15日是实验数据汇总结束的日子。辞职信直接交给了理研神户事业所所长。理研总部向调查委员会委员长确认小保方辞职是否对调查构成障碍，得到了"不会"的回答，遂决定允许其辞职。

对于今后可能会受到惩戒处分的研究人员作出允许其辞职的决定，有记者严厉质问："在这种情况下，企业和大学是不受理辞职信的，这是常识。为什么要做出受理辞职这种不合乎常理的事情呢？"坪井回答说："应该考虑到不受理的负担，所以我们尊重了其本人的意志。"这样的回答与野依理事长的评论如出一辙。虽然要在调查委员会得出结论后再讨论给予什么处分，随后公布"相应的处分为何"，但处分对象如果已经辞职，那处分当然也就没有什么效力了。

对STAP细胞专利的国际申请一事，坪井表示"将予以研究，考虑包括放弃在内的处理方式"。大约2个月前，理研就与美国哈佛大学附属医院及东京女子医大一起提交了专利的国际申请，向多个国家的专利局办理了之后审查所需的被称为"转移到国内"的手续。有人指出在申请文件中，存在与STAP论文中被确定为篡改的图像相同的图像，以及与小保方博士论文中的图像酷似的畸胎瘤图像等多个被指出有不端行为嫌疑的材料，但在当时就办理手续进行的采访中，理研表示"这是由各国专利局来判断的事"。据悉，到目前为止，为申请和办理转移手续，理研已承担了高达数百万日元的专利相关费用。另一方面，东京女子医大以"认为能得到的利益很少"为由，没有参与办理转移手续。

"对不起，请允许我发表一个看法"

2个多小时的记者会结束了，出席的4人一起离开了会场，但他们刚走出门，相泽却又一个人拐了回来。"对不起，请允许我发表一个看法。"他胸前抱着资料和饮用水瓶，再次拿起了麦克风。

"小保方的验证实验，像这样又安监视器又请见证人在场，这不是科学的做法。科学的事情必须用科学的方法来处理，所以作为负责人，我对验证实验搞成那个样子负有巨大的责任。我认为，今后再有什么事发生的话，以这种类似于对待罪犯的方式来审查科学行为的事情，都不应该在科学界发生。关于这件事，我作为负责人在此深表歉意。"

相泽一口气说完并低头致歉，他没等记者席上会有什么反应，飞快地离开了会场。

严密监控下的验证实验确实非常罕见。但是，小保方的两起不端行为已经被坐实，甚至有人怀疑研究过程中混入了ES细胞。据悉，小保方也事先同意了在监控下进行实验。即使在没有监控的情况下能够再现STAP细胞，那也很难保证实验结果的可信度吧。对于在不端行为嫌疑加大的情况下继续进行验证实验以及小保方本人参与实验，科学界本来就有强烈的批评之声。

尽管文部科学大臣下村博文等政府官员和政治家表示"应该由本人亲自做确认实验"，这种意向也起到了一定的作用，但不顾批评采取大胆行动的还是理研。由于配备监控实验室花费了约550万日元，整个验证实验的经费也大大超过了最初预算的1 300万日元，达到了约1 730万日元。

相泽是否就花费大量税金和人力留下了不良先例一事，向社会和科学界道过歉？就在会场听到这番发言的我看来，这更像说是给在某处观看记者会转播的小保方本人听的。但是，这是在记者会结束后的发言，无法询问其真实意图。一位与我有同样感受的国立大学教授在邮件中给出了辛辣的评论："相泽先生最后的那番话，把一切都搞砸了。"

在第二天的《每日新闻》晨报上，精通研究伦理的东京大学名誉教授御园生诚这样评论道："问题的根本不是STAP细胞的有无，而是为什么会发生这样的事件。追究理研干部及合作研究者们的责任将从现在开始，这次的结果并不是落下了帷幕，它只是追责的第一步。"

调查委员会的结论是"混入了ES细胞"

下一次采访的焦点在于调查委员会的报告会在什么时候发表，内容又会是什么。记者会后的第三天，传来消息称"很有可能在（12月）26日尘埃落定"。事情的发展比想象的要快。采访组在努力把握报道内容的同时，在永山悦子主任的指导下，对当天的版面安排进行了讨论。

很快，我抓住调查委员会在两份新的图表中认定小保方的不端行为一事，在25日晚报的头版上进行了报道。紧接着，NHK就调查委员会的报告书报道了更深入的内容："STAP论文的主要结论被否定了，作为其证据的绿色发光老鼠等都混入了属于其他万能细胞的ES细胞，科学证据表明可以用'混入'来解释论文的结论。"

调查委员会的记者招待会于第二天即26日上午在东京都内召开。调查委员会的成员有7人，包括2名律师。调查的对象是在《自然》上刊登过又被撤回的两篇STAP论文和补充发表的制备协议，调查对象有小保方、若山、丹羽三人。去世的笹井先生被排除在外。

让我们先展示一下报告书的主要内容。

▽对剩下的样品进行科学验证的结果显示，从STAP细胞中建立的**STAP干细胞和FI干细胞都是既有的ES细胞**。作为STAP细胞多能性证据的**畸胎瘤和嵌合体小鼠也很有可能是ES细胞，因此论文的主要主张被否定**。

▽虽然无法消除有人故意混入干细胞的嫌疑，但**无法断定混入干细胞是出于故意还是过失行为，以及是谁造成的**。

▽**公开的细胞遗传信息中，细胞种类和小鼠品系与登记内容不同**。责任在小保方，但无法断定是故意还是过失。

▽**新认定两张图表系由小保方造假而成**。除此之外的图表也几乎没有作为基础的原始数据和实验记录，且错误奇多。

▽虽然没有认定若山和丹羽有不端行为，但是处于指导地位的研究人员没能发现实验记录缺失和图表的可疑性，疏于确认。特别是，**进行主要实验时小保方所在的研究室负责人若山和最终论文的总结者笹井负有很大的责任**。

与小保方研究室冷柜里的ES细胞一致

委员长、国立遗传学研究所所长桂勋首先说明了理研实施的详细基因分析和调查委员会对该分析的研讨结果。被调查的是保存在山梨大学的若山研究室和理研CDB的小保方研究室等处的4种25株STAP干细胞和1种4株FI干细胞，用于制作多个ES细胞和STAP细胞的小鼠，以及嵌合体小鼠和畸胎瘤。

通过第八章介绍的对若山研究室残留的STAP干细胞的分析，已经知道其来源并不是用于制作本应作为基础的STAP细胞的幼鼠。此次用下一代测序仪破译STAP/FI干细胞基因组的结果显示，使细胞呈绿色发光的基因的插入位置、小鼠的品系、性别、碱基序列上的缺失部位等都与特定的ES细胞一致。总结结果如下。

• STAP干细胞"FLS"和FI干细胞"CTS"，以及保存在小保方研究室的来源不明的细胞"129/GFP ES"，都是若山研究室的前成员为了其他研究而制作的ES细胞"FES1"。

• STAP干细胞"GLS"是若山研究室成员为其他研究而制作的ES细胞"GOF-ES"。成员们在制作"GLS"之前，小保方以要在STAP细胞研究中用于比较为由拜托他们提供，于是他们将这种ES细胞连同培养皿一起交给了她。

• STAP干细胞"AC129"和若山在小保方的指导下仅一次成功制备的STAP干细胞"FLS-T"是ES细胞"129B6F1ES1"。该干细胞是若山为了与STAP干细胞"FLS"进行比较而制作的。

• 用STAP细胞制成的嵌合体小鼠和普通小鼠杂交产生的

子代DNA、用STAP干细胞"FLS"制成的嵌合体小鼠DNA都很有可能来自ES细胞"FES1"。

• 由STAP细胞制成的畸胎瘤切片很有可能来源于ES细胞"FES1"。

所有这些ES细胞都是在完全匹配的与STAP相关的样品产生之前由若山研究室制备的。其中，与STAP/FI干细胞、嵌合体、畸胎瘤等多种样品一致的ES细胞"FES1"，是最早制备的，制备时间是2005年。

实际上，我们已经采访过制作"FES1"的研究人员。这位研究人员在若山研究室开始STAP相关研究之前的2010年3月跳槽到了其他研究机构，当时应该把"FES1"的细胞株全部带走了。他不记得在CDB的若山研究室时曾经把"FES1"交给过其他成员，也不认识小保方。调查委员会也曾向当时参与STAP研究的若山研究室成员询问过，并查阅了实验记录，结果是除了调出的研究人员外，没有人在自己的研究中使用过"FES1"。

奇怪的是，"FES1"的遗传信息不仅与论文中记载的STAP相关样品一致，还与小保方研究室冷柜中来源不明的细胞一致。细胞的名称"129/GFP ES"是手写在装细胞的试管标签上的，但是没有制作方法等更详细的记载。据说小保方和若山以及其他的若山研究室成员对这个细胞的出处都回答说"完全不知道"（顺便说一下，根据在采访过程中得到的残留试料清单等，这样的标签记载不全、来历不明的细胞还有很多）。

另外，应该在STAP论文的实验中使用的小鼠，是与多能性相关的Oct4基因起作用的细胞发绿光的小鼠，或者是全身所有细胞都发光的小鼠。后者被用于制造畸胎瘤和嵌合体小鼠，

理化学研究所残留样品的分析结果

样品种类	细胞名称（株数）	制作日期	真实样品名称（均为ES细胞）	各ES细胞的制作日期	与论文及实验记录中的品系是否一致
STAP干细胞	FLS（8株）	12年1月31日～2月2日	FES1	05年12月7日	○
FI干细胞	CTS（4株）	12年5月25日～7月9日	FES1	05年12月7日	○
STAP干细胞	GLS（13株）	12年1月31日	GOF-ES	11年5月26日～10月31日	○
STAP干细胞	AC129（2株）	12年8月13日	129B6F1ES1	12年5月25日	×
STAP干细胞	FLS-T（2株）	13年2月22日	129B6F1ES1	12年5月25日	○
留存在小保方研究室的来历不明的细胞	129/GFP ES	不明	FES1	05年12月7日	
来源于STAP干细胞的嵌合体小鼠的子代细胞3DNA		12年1～2月	FES1	05年12月7日	○
来源于STAP干细胞的嵌合体小鼠的DNA		12年2月	FES1	05年12月7日	○
来源于STAP细胞的畸胎瘤		12年1月从小鼠身上采取	FES1	05年12月7日	×

这样的话，来自STAP细胞的细胞全部呈绿色发光态，很容易辨别。"FES1"中也插入了绿色发光的基因，但它的特殊之处在于，它不仅含有全身发光的基因，还含有精子发光的基因。据制作该产品的研究人员介绍，试管的标签上记载了小鼠的品系、插入的发射绿色荧光的GFP基因、性别、冻结日期等，但没有详细写出插入的两种GFP基因。假设有一根试管被遗忘在若山研究室，不知道原委的人看到标签的时候，不会意识到这是不仅全身发光，连精子也会发光的ES细胞。

混入或调换的嫌疑人

为什么会发生以FES1为主的三种ES细胞多次被混入（或被偷换）的情况呢？按照常理，很难想象所有的混入都是偶然发生的。此外，与STAP细胞一样，所有被掺入的ES细胞都插入了使细胞呈绿色发光状态的基因，除了STAP干细胞"AC129"外，其他干细胞与论文中的描述、与小鼠品系也是一致的。这相当于混入了乍看上去前后都对得上号的细胞。

假如这是有意的混入和偷换，又是出自谁人之手呢？在CDB的若山研究室进行与STAP论文相关的实验的，基本上是小保方和若山两人。小保方从若山和若山研究室成员提供的幼鼠细胞中制作出STAP细胞，若山从由小保方那里接收的STAP细胞中制作出STAP/FI干细胞或嵌合体小鼠。但是，畸胎瘤实验中，包括STAP细胞制作在内，只有小保方一人参与。

然而，能够进行"混入"操作的并不限于这两个人。"问题是，在制作STAP细胞的时候，要把它放在孵化器（培养箱）里7天。"桂委员长一边用幻灯片展示STAP研究当时若山研究室的示意图一边这么说。

孵化器所在的房间位于研究室的尽头，里面还有荧光显微镜等其他仪器，但很多时候人不多。而且，研究室的钥匙在上锁后就被放在房间外，包括夜间在内，CDB内的人无论谁都可以进入。对幼鼠的细胞给予刺激后，将之放置于培养箱中，接下来的是等待其转化为万能细胞的7天时间。在此期间，能够打开培养箱，有意混入ES细胞的人是不特定的多数。目前没有人目击到"混入"的情况。当调查委员会向所有相关人员提出"有没有混入过"的"不礼貌的问题"（桂委员长语）时，所有的人都予以否认。也没发现目击者。参与所有实验的只有小保方一人，据桂委员长介绍，小保方从一开始就"认为不是混入"。但是，当调查委员会最后表示"有充分的证据（证明混入）"时，她在被问到之前就否认说："我绝对没有干过混入ES细胞这样的事。"

"即使是有人放进去了，也很难确定是谁。据律师说，是故意还是过失的问题，要等到知道是谁放进去了之后才能下定论。这必须用证据而不是凭感觉来判断，现在只能说没有掌握（混入的）证据。因此，是谁混入的，是故意还是过失，这一切都是未知数。"桂委员长这样解释了调查委员会的观点。既然无法确定是谁混入的，那就"没有足够的证据来断定有不端行为"。这就是调查委员会的结论。

通过操作样品来满足论文的"故事情节"？

"混入"ES细胞的问题，不仅限于冰柜中的残留样品，还涉及被公开的细胞遗传信息。

研究小组对STAP细胞及作为其基础来源的淋巴细胞、从STAP细胞中建立的STAP/FI干细胞以及作为比较对象的ES细胞和TS细胞，用数种方法分析了它们各自细胞中的基因，并将得到的数据录入到了美国国家生物工程信息中心（NCBI）的公共数据库中。正如第八章所介绍的那样，理研统合生命医科学研究中心的高级研究员远藤高帆等人对已经录入的数据进行了再分析，发现了各种各样的疑义。

　　在理研的调查中，将登录数据与残留样品的分析结果进行了对照分析。结果下面的与远藤先生的分析构成重叠的问题点变得清晰起来了。

　　首先，录入的细胞数据与论文中记载的数据、小鼠品系和细胞种类均不一致。而且，在FI干细胞的RNA数据中，小鼠的谱系与论文所示不同，在DNA数据中，虽然谱系一致，但使用了与ES细胞"FES1"具有相似特征的细胞。即使是本应相同的细胞，在每次分析中也使用了不同的细胞。DNA（脱氧核糖核酸）是负责遗传信息的物质，它储存于细胞核中，RNA（核糖核酸）是在细胞内产生各种蛋白质时，通过复制DNA中必要的区域而暂时产生的物质。

　　接受小保方的分析委托的CDB研究支援设施中，残留着小保方带来的STAP细胞的样品。对此进行再分析后发现，这是与ES细胞"129B6F1ES1"相同的细胞。

　　而且，FI干细胞的RNA数据，正如远藤先生所查明的那样，是对含有两种细胞的样品进行分析而得出的。两种细胞中的主要细胞具有与ES细胞"GOF-ES"相似的特征，另一种细胞的遗传特征与现有干细胞TS细胞极为相似。正如第八章所详细描述的那样，FI干细胞在论文中被描述为兼具转化为胎儿细胞的ES细胞和转化为胎盘细胞的TS细胞这两种细胞的性质。

有意思的是，对于FI干细胞的RNA数据，在2012年8月进行了第一次分析后，"因分析结果与预期不同"（调查委员会报告称），又在2013年1月和6月进行了第二次和第三次样品分析。再分析的结果中的一个结果被记载在论文中，但具有TS细胞等两种细胞性质的混合物只有该样品，剩下的样品在进行两次分析时被认为只有一种细胞。从遗传特征来看，该细胞的真实身份也很有可能是ES细胞"FES1"。

使用FI干细胞RNA数据的论文中的图显示，FI干细胞具有介于ES细胞和TS细胞之间的性质，但据调查委员会称，如果使用两次未被采用的样本数据，该图则不能表达相同的主张。

若山先生在2013年3月底彻底转到了山梨大学，做最后的解析时不在场。对于共计三次的分析结果，在论文中采用哪一个是由小保方和笹井决定的。关于使用再分析数据的理由，小保方解释说："在几个样本中我想展示中间的那个。"

用以解析的样品，都由小保方准备好并带进设施中。报告书批评说，小保方每次都要求"将各种背景的细胞掺和在一起"进行分析，这是"不言而喻"的，此次分析中判明的各样本的真实身份与论文和录入在公共数据库中的记载不同，"被怀疑有不端行为是理所当然的"。

特别是关于混合了两种细胞的FI干细胞的数据，由于实验过程与其他两次样品分析时相比有差异，有可能是按照论文的"故事情节"肆意混合了ES细胞和TS细胞。报告书就这一点指出，这"显示出了存在不端行为的可能性"。

虽然报告书对此表达得如此深入，但之后的结论部分却是完全相反的腔调，这让人感到困惑不已。调查委员会通过访谈等方式调查得出结论："小保方很有可能没有认识到'使各种条件达成一致'这一作为研究人员必须掌握的基本原理"，关于FI干细胞，"包括如何准备样品在内，各种环节的调查现在只凭小保方本人的记忆"，以此为理由，对于有无不端行为"无法认定"，"没有达到掌握确凿证据的地步"。

畸胎瘤切片分析完成

关于残留样品和遗传信息的科学分析的说明就进行到这里。

11月上旬我就从相关人士那里听到了"论文中显示的实验数据都来自ES细胞"的说法，因此对这件事本身并不感到惊讶。但是，为了得到这么简单的科学结论却进行了庞大的分析工作，这多少有些让人叹为观止。特别是当我看到一张幻灯片时，感慨之情溢于言表。

那是一张有关畸胎瘤分析的幻灯片，桂委员长介绍说，该分析做得"最艰辛"。

调查委员会在CDB小保方研究室残留的样品中，发现了疑似拍摄论文中所示3张图像的载玻片，并找到了取自夹在载玻片中的切片的被福尔马林液浸泡过的样品。虽然在福尔马林的作用下DNA受损，但经过细心的提取和分析，得出了其很有可能来源ES细胞"FES1"的结论。而且，3张图像中最右边的被指"对于畸胎瘤来说过于成熟"的图像，果然不是畸胎瘤的图像，而是被移植了STAP细胞的小鼠自身脏器的图像。

与这3张图像相互成套的论文中的另外3张图片，与小保方博士论文中的图片极为相似，现已被认定为造假而成。也就是说，6张畸胎瘤的图像全都是假的。从STAP细胞中产生畸胎瘤的证据本来就不存在。如果连畸胎瘤都做不出来的话，当然就做不出更能证明多能性的嵌合体小鼠。

2014年4月7日，理研就公布验证实验计划而举行的记者会上的一幕再次浮现在我的脑海里。有记者问："通过对畸胎瘤切片的分析，是否可以验证STAP细胞是什么？"总负责人相泽慎一在回答时断言："从是否存在STAP细胞的观点来看，这是没有任何意义的。"然而，对畸胎瘤样品的分析确实证明了STAP细胞是不存在的。我觉得这张幻灯片中反映出了研究者们挑战困难完成分析的使命感和执着精神，不禁感到心潮澎湃。

新认定的小保方的两起造假事件

桂委员长的说明讲话进行到了小保方的新的两起造假事件上。

第一起是关于两篇《自然》论文中的"研究性论文"中所显示的细胞增殖率图表。STAP细胞在制作后不会增殖，而STAP干细胞的增殖方式与ES细胞几乎相似，这一点用横轴表示天数、纵轴表示细胞数量的图表来显示。在实验中，当细胞在培养皿中增殖时，将细胞拆散并测量数量，然后将细胞按某个百分比移植到下一个培养皿中。每隔几天就得重复同样的操作，一直持续120天，像这样踏踏实实操作是必需的。

调查委员会称，实验笔记中没有关于该实验的记述和数据。在小保方的记忆中，开始培养ES细胞是从2011年春天持续到夏天，STAP干细胞是从2012年1月下旬持续到2月，每3天进行一次移植。但是，从上班出勤和海外出差的记录来看，那个时候的小保方是没有一整段的时间来以这样的频率进行实验的。小保方解释说，细胞的数量从中途开始就不计算了，在更换培养皿的时候，把细胞数量看作相当于ES细胞装满培养皿时的数量，也就是相当于一千万个。她还说，由于出差等原因不能继续移植的时候，就改变移植量并调整细胞充满培养皿所需的时间。

小保方本人承认没有对细胞数量进行正确的计量，也无法通过原始数据进行确认，因此调查委员会认定这是属于造假的科研不端行为。

第二起是关于ES细胞和STAP细胞中的DNA"甲基化"状态的结果图。所谓甲基化，就是在盐基序列的一部分上贴上遗传基因不起作用的记号。身体的普通细胞有很多基因正在甲基化，而ES细胞等多能细胞反而绝大多数没有甲基化。问题图是关于与多能性相关的两个遗传基因的工作方式的，它针对相关的DNA的部位，甲基化的部分用黑色圆圈表示，没有甲基化的部分用白色圆圈表示，以此来对数种细胞进行比较。作为STAP细胞基础的脾脏细胞和培养它的细胞中黑色圆圈占大部分，ES细胞和STAP细胞中白色圆圈占大部分，即形成了鲜明对比的结果。

但是，调查了进行过实际分析的CDB的研究支援设施里留有的原始数据后发现，根据这些数据作图的时候，不会全是黑圈或者全是白圈，作成和论文里一样的图是不可能的。小保方在询问调查中承认做了有意的数据筛选，并表示"那不是值得骄傲的数据，对此感到负有责任"。

调查委员会认为，小保方按照假说有意筛选了一部分数据，然后手工制作了新的虚构数据，遂认定这也是造假。

对于这两起造假事件，调查委员会也指出若山虽然没有参与造假行为，但疏于监督指导，其致使造假事件发生的责任是重大的。

"存在着强行断定为胎盘的可能性"

对于论文中的图表类及记述，调查委员会还讨论了另外16件疑义。据采访，包括被认定为造假的2件在内，疑义大多数是CDB在对全部图像进行调查时浮现出来并向理研总部报告过的内容。调查委员会将16件中的6件明确为"没有不端行为"。对剩下的10件虽然作出了"不能认定为不端行为"的结论，但论文中有多个重要主张已经崩溃不能成立。

其中之一就是STAP细胞不仅可以分化为胎儿，还可以分化为胎盘这一主张。对于第二篇论文"快报"中的嵌合体小鼠的"胎盘"图像，调查委员会介绍了一位专家的见解："很有可能不是胎盘，而是卵黄囊（包裹卵黄的膜状袋）。"关于"快报"中分别来源STAP细胞和ES细胞的嵌合体小鼠胎儿和胎盘的另外两张图像，虽然论文称它们都是"来源STAP细胞"，而且为长时间曝光拍摄，但实际上并非如此。对此，这位专家指出："有可能是为了提高研究价值而强行断定为胎盘的。"

ES细胞和iPS细胞不会分化为胎盘。STAP细胞当初之所以被发布为前所未有的"新的万能细胞"，是因为它具有分化为胎盘的特征。另外，笹井和丹羽也在疑义被曝光后的记者会上，以同样的理由否认了混入ES细胞的可能性，他们强烈主张"STAP现象是最有希望的值得验证的假说"。然而，支持这一主张的确凿的证据原本就不存在。

没有意识到数据可笑的高级研究员

调查委员会还就对论文制作过程的疑义进行了讨论，虽然它们都没有被认定为不端行为，但实际情况是，高级研究员们在面对本来应该注意到的滑稽的数据时，他们并没有对矛盾和疑点进行追究，而是做出了方便的解释。

若山在发现STAP干细胞嵌合体小鼠的子代小鼠的毛色存在不自然之处时，没有深入调查其原因。他解释说："当时我认为STAP现象是绝对真实的，所以我判断是自己的小鼠交配失误造成的。"关于在STAP干细胞中没有发现表明STAP细胞是从成熟体细胞中产生的基因痕迹（TCR基因重排）这一点，笹井解释说"经过长期培养，有痕迹的细胞消失了"，不顾当时丹羽认为对将其写入论文应持慎重的态度的进言。

报告书在"总结"部分也指出，若山用将STAP细胞以块状状态注入受精卵的不规范方法制作嵌合体小鼠获得成功时，如果用将块状物拆散后再注入的传统方法再行对照实验的话，就有可能发现ES细胞的混入。桂委员长还批评了当时若山研究室的运营方式，他说："生命科学研究室会在某个阶段对原始数据进行核查，而若山研究室却没有这样做。这是最重要的。"

我早就很在意的ATP问题也被讨论过了。通过对小保方和若山的询问调查得知，实际制作STAP细胞时主要使用的还是ATP。小保方在询问调查中解释说："盐酸也是可以做的，论文中记载的实验的一部分是用盐酸进行的。"而若山的解释是："使用盐酸和使用ATP，实验结果差别不大。"丹羽说："从小保方那里听说论文里的实验全部使用了盐酸，所以我在制备协议中写的是盐酸。"使用盐酸的是论文里的一部分实验还是全部实验？虽然三人的证言存在着分歧，但由于小保方没有提交相关的原始数据，调查在没有结论的情况下结束了。正如前面所提到的，盐酸的记载并没有出现在最初的论文草稿中，它是在第二次向《自然》投稿的论文的修订过程中突然出现的。桂委员长说："在2013年9月的修订稿中，盐酸才第一次出现。至于为什么会出现，我们不知道，因为笹井先生去世了。"

小保方拒绝交出原始数据

从整体来看，第一次调查委员会以"调查科学疑义不是使命"为由，回避了对论文主张本身进行验证，与此形成鲜明对比的是，本次调查委员会通过庞大的分析，证明了论文的主张是没有根据的，并成功地得出了对科学疑义的结论。但遗憾的是，造假事件的全貌仍未能公之于众。

毕竟最大的疑义是ES细胞的混入，它不仅涉及现存的样品，也涉及被公开的遗传信息。若山研究室首次诞生"来源STAP细胞"的嵌合体小鼠是在2011年11月，但在科学验证中明确发现的最早的混入是在之后的畸胎瘤实验中。根据小保方于2014年4月上旬向第一次调查委员会提交的上诉书，"STAP细胞"被移植到活体小鼠皮下以制备畸胎瘤是在2011年12月。畸胎瘤是在次月从小鼠身上取出，后来被拍摄下来的。另外，根据报告书，混入ES细胞的"FI干细胞"样品于2013年6月被带进了CDB的研究支援设施。也就是说，ES细胞的混入至少在一年半的时间里，在广泛的实验和分析过程中发生了一段时间。人们自然会认为这是故意混入或偷换的。

桂委员长本人也在回答"谜团解开了吗？"的问题时承认："从科学验证的角度来看，STAP细胞是不存在的，这一点几成定论。但ES细胞是如何混入的，现在仍然是个谜。"

报告书指出，反复要求小保方提交原始数据，但她最后也没有提交，因此无法确认她是否有不端行为，这也引起了人们的关注。例如，在5张图中，表示实验结果的偏差和误差范围等的"误差条"是不自然的。小保方在承认这种不自然的同时，解释称"我认为由于电子表格软件的问题，这样的事情是常有的"，最后没有提交原始数据。调查委员会虽然提出了"很难想象这是电子表格软件的问题所引起的"的疑问，但以无法确认原始数据为由，最终没有作出不端行为的认定。

即使是在调查被认定为造假的两起事件时，小保方也没有提交原始数据，验证工作是根据她的出勤记录、研究支援设施中留存的原始数据、在CDB的若山研究室小保方报告研究进展时的资料等，才勉强得以进行的。

对于这一点，桂委员长坦言："小保方的实验记录几乎没有。我们认为很有可能就是没有，但准确地说，她是没有提交。因为没有原始数据，验证起来很费劲。"

论文中登载的图表类文件是在电脑上制作的。因此，原始数据也被收藏在电脑中的可能性是很高的。第一次调查委员会要求小保方提交电脑，但小保方以研究中使用的笔记本电脑是私人物品为由拒绝提交。第二次调查委员会再次要求她提交电脑，但她最终还是没有提交。

调查委员五木田彬律师表示："因为是自行组成的调查委员会，当然不能拿着拘捕令搜查扣押证物。如果要求提交证据材料，首先要说明意图，然后再要求对方主动提交。这是调查委员会权限的极限。我们是不能进行强制调查的。"他希望人们对此表示理解。

但是，没能让小保方提交原始数据和电脑的结果，确实给验证工作和不端行为的认定增加了难度。另一方面，以若山先生为例，在他向调查委员会提交的资料中，有很多内容给人留下了若山先生自身负有重大责任、粗心大意、研究室运营方面有问题等印象。如果不提交的一方没有受到任何责备且其任何解释都被接受的话，那么对调查不配合不提交就是世上划算之事了。在理研关于科研不端行为的规定中，也有下面这样的文字：被告发方想要洗清嫌疑时，"必须提出科学根据，诚实地说明事实关系"。这是否与上述情况构成矛盾呢？虽然我猜想上述情况是为了避免日后产生法律纠纷而采取的对策，但总觉得有些不能接受。

理研不承认初期应对不力

随后，理研总部也召开了记者会。野依理事长没有露面，川合真纪理事（负责科研）在记者会一开始以代读野依意见的方式道歉："理研的研究人员的论文引发了损害社会信赖的事态，对此我再次表示歉意。"有信睦弘理事（负责合规事务）宣布了一系列调查的结束："调查委员会尽其所能进行了调查，理研也力所能及地予以了协助。调查不再继续，就此结束。"

第一次调查委员会仅重点调查了 6 个问题便结束了调查。之后，远藤高帆对山梨大学若山研究室留存的部分实验样品和已公开的遗传信息进行了再分析，一个接一个的分析结果混入 ES 细胞的可能性极高，但理研在 6 月底之前一直坚持这样的观点："因为论文要撤回，所以新的调查就不必了。"8月，无法挽回的事态发生了：笹井自杀了。第二次调查就这样结束了，它留下了最大的谜团：到底是谁混入了ES细胞？

记者席上关于理研调查拖延的提问接连不断："当初的调查是不是不充分？""您认为调查时间过长会产生什么弊端？"……川合理事表示，遗传信息的再解析等重大疑义是在第一次调查委员会公布之后才被揭露出来的，并自卖自夸地反驳说："通过将第一次调查委员会的调查范围和这次调查委员会的调查范围相结合，我觉得离查明全貌已经很近了。希望大家能这么理解：这是一套组合拳。"理研总部应该是当初横插过一杠子，想阻挠若山先生和远藤先生的分析结果的公布，但听他现在的口气，就好像这类事情从来没有发生过一样。

虽然有记者就野依理事长等干部的去留问题提问，但有信理事对此仅仅表示："理事长已经对各理事给予了严重警告的处分，理事长和各理事都已自行减薪了。我理解这表明处分已经做过了。"

担任小保方代理人的三木秀夫律师当天在大阪市内接受记者们的采访时，就ES细胞的混入一事表示："小保方相信没有混入ES细胞，更不用说是她自己加进去的了。"强烈否定了是小保方混入了ES细胞。他以"她本人身体状况非常不好，很难取得联系"为由，没有对今后怎么办发表看法。

新年过后，2015年1月5日。这一天是向第二次调查委员会提出申诉的最后期限。小保方已经对第一次调查委员会的结论进行了正面反驳，称自己"满腔的惊讶和愤怒"，并提出了申诉。我想这次也会差不多吧，但在第二天对理研的采访中得知，小保方并没有提出申诉。新的两起造假认定已成定局，她在STAP论文研究中的不端行为共计4起。

调查委员们看到了什么？

不端行为的全貌为何至今未能查明？带着这样一个无法释怀的想法，从1月下旬到2月，我采访了调查委员会的多名成员。

"作为科学家，我想知道STAP现象到底在何种程度上是正确的。"一位委员如此描述自己接受委员一职的动机。据这位委员介绍，理研方面当初表示"这只是对论文的调查"，要求只对论文的约30件疑义进行调查，并解释说STAP现象的有无等"对研究内容的验证"不在调查对象的范围之内。但是，调查委员会没有答应这一要求。据另一位委员透露，在第一次调查委员会成员也在场的初期讨论中，桂委员长高声表示："上次的调查委员会只是针对有关图像制作的不端行为，没有进行有关研究内容的科学调查，这让大部分生命科学研究者感到不满。"

另一方面，关于调查的结束时间，理研的意向起到了很大的作用。根据理研的规定，调查委员会须在成立后的150天内完成使命，调查应该可以持续到2月下旬。但是，理研在调查中期的10月前后和12月初分别设定了"年内"结束调查和26日开记者会的日程安排，调查委员会按照这一截止日期倒排计划进行调查。对此理研给出的理由是共同作者所在的哈佛大学的调查将于1月份进行汇总。

得到残留实验材料等的全部解析结果是进入12月之后的事，但实际上ES细胞的混入问题在调查开始的初期就基本上已经明确了。一位委员作证说："委员会从一开始就考虑只要确定混入是谁干的就可以了，基于这一点进行了调查。"

调查委员会对主要相关人员分别进行了多次询问调查，但可以看出对小保方的调查是最煞费苦心的。据多位委员透露，理研方面当初曾解释称，小保方身体状况不佳，情绪也不稳定，如果一次问她太多的问题她就会陷入恐慌状态，希望大家最好不要那样做。书面发给小保方的问询函也有过了一段时间后才送到她本人手中的情况。一位委员回忆说："她就像城堡里的千金小姐一样。"也有分析认为，验证小组的意向是，避免小保方因精神状态决定性恶化而完全无法应对实验和调查的情况发生。对此，采访的委员们意见不一，有的认为"理研是在实施过度保护"，也有的认为"如果没有他们的照顾，那就不知道是否能圆满地完成对小保方的询问调查，因此那样做是恰当的"。

调查委员会方面曾对小保方提出过面谈调查、书面答复、提交原始数据这三点要求，但原始数据小保方到最后也没有提交，书面答复是在调查的最后阶段才交到调查委员会手上。一开始面谈调查很难实现，几乎要流产，但最终还是调查委员会成员赶往神户才得以完成，11月上旬两次、12月中旬一次，共进行了三次，每次两个小时。

让小保方在能够做到情绪稳定、畅所欲言的同时，与委员会建立一定程度的信任关系。不使用追问的方式提问。这就是委员会方面的基本方针。为了尽量不给对方带来压力，调查委员会方面还做了最大限度的考虑，比如在第一次、第二次访问面谈时还采取了控制参加人数等措施。

一位委员说："话匣子一打开，她的话会很多，有时会显得很高兴。"

第一次面谈调查，小保方曾谈到关于STAP现象的一贯主张，也曾出现沉思不语的场面，比预定时间超过了 30 分钟。

这位委员说："我有一种感觉，就是她有她自己的世界，她被拉进去出不来了。她的话有一定的说服力。"

那是第一次询问调查结束的时候。当时正说着撤回论文的经过，当话题涉及与共同作者的分歧时，小保方难以抑制住自己的情感哭了起来，她低着头坐在那里，呆若木鸡。她看起来像是失去了意识。最后，她被 CDB 的中心副主任搂着走出了房间。

"她看起来太可怜了，后来眼泪都掉下来了。"（另一位委员语）据说，在回家的路上，委员们对小保方表示同情的声音突然高涨起来。"真相究竟在哪里？这是我想这个问题最多的一天。"这位委员这样回忆说。

另一方面，小保方虽然努力回答，但有时记忆过于零碎，所述内容与客观事实明显不符。这位委员说："事后冷静下来，再综合一些其他的信息，发现她的理论根本就不成立，我不得不认为她说的话也有相当多的错误。"

"有很多不可能发生的'过失'"

相关人士之间的证言出入之处也是很多的。例如，关于没有在论文中记载 ATP 的制作方法的理由，小保方说："如果在论文中发表的话，其他的研究人员就会追上，所以和若山先生商量后决定不发表。"若山对此否认说："我不记得说过那样的话。"由于询问调查是分别进行的，而且机会有限，所以很难填平这些分歧。

据多位委员透露，在理研对实验样品的遗传基因分析出炉后的第三次访谈的一开始，小保方明确表示："我绝对没有混入过ES细胞。"也有委员说，在对分析结果进行详细说明和提出具体问题之前小保方的这句话，给人一种出人意料的印象。对于"那么为什么ES细胞会混入了呢？"的问题，小保方的回答是："那是我最想知道的事情。"

关于混入问题，调查委员会几乎没有机会根据科学分析结果进行反复提问。一位委员仔细地向我们解释了他在询问调查时的想法。在第三次询问调查的前几天，虽然有分析结果显示，小保方独自从事实验的畸胎瘤是来自ES细胞的，但正如调查委员会的最终报告所说，7天的STAP细胞培养期内究竟发生了什么不得而知，现已明确真面目是ES细胞的东西当时为什么会出现在小保方研究室也不甚了了。既然如此，那么畸胎瘤的分析结果也不能成为推翻小保方"没有混入"这一表态的证据，因此建立在"小保方是嫌疑人"这个基础上的提问是不合适的。

另外，该委员还明确指出，在对公开的遗传信息进行再分析时发现的将ES细胞和TS细胞以九比一的比例混合且被肆意混入的可能性最大的FI干细胞，"是有望将造假行为追查到底的地方"。但是，与调查畸胎瘤时的情况一样，可以操作实验样品的相关人员有多名，因此很难确定是谁在哪个阶段进行操作的，最终不得不放弃调查。

围绕着小保方没有提交原始数据的疑义，报告书中多次出现了"（因为无法确认）不能认定为不端行为"的表述，也有委员表达了对此感到羞愧的心情。

"有很多不可能发生的'过失'。因为没有数据，当事人说是搞错了或拿错了，所以不能认定为不端行为，对这样的结论有不同的意见也不足为奇。作为调查委员会，认为这是自行调查的界限，我个人也认为这是没有办法的事情，但是在这样的调查中，如果把数据老老实实地拿出来的话，是会罪加一等的……"

小保方退职的决定是在第三次询问调查之后作出的。虽然理研总部表示已经向桂调查委员长确认了对调查是否有妨碍，但似乎并不是所有的委员都知道这件事。据悉，至少有两名委员是看了报道才知道的。"这是什么啊？""心里'嗯？'了一下。"两个人当时都表示了惊讶。

ES细胞是谁混入的？这从一开始就是最大的谜团，还没解开这个谜，调查就结束了。一名委员感叹道："这是最大的遗憾。"他接着说："除了让相关人员亲口坦白，别无他法了。"

小保方"相当于惩戒解雇"，若山"相当于停工"

2015年2月10日，理研发表了对STAP问题相关人员的惩戒处分。对小保方的处分"相当于惩戒解雇"，对若山的处分"相当于停工"，若山在同一天被解除了在理研任客座研究员的合同。不过，两人都已经离开了理研，并没有受到具体的处罚。

对于发表论文时担任CDB中心主任的CDB特别顾问竹市雅俊予以"谴责"，对于CDB小组组长丹羽仁史予以"严重警告"，而不是纪律处分。竹市表示将主动返还3个月工资的十分之一，并对外公开表示："作为当时的中心主任，我未能事先发现不端行为的苗头，未能阻止不适当的论文发表，对此我负有重大责任。"理研对已自杀的原CDB中心副主任笹井芳树也做出了给予何种处分的判断，但"因死者为大，故不予公布"。理研方面还表示，正在考虑今后对小保方提出刑事起诉，以及要求其返还与不端行为有关的研究费用等。对于申请的国际STAP细胞专利，因"很有可能难以取得有益权利"，决定按持有比例放弃理研的相关权利。

在理研的就业规程中，对于已认定的不端行为的处分规定为惩戒解雇或劝告辞职。理研人事部长堤精史在新闻发布会上，就对小保方作出相当于惩戒解雇的处理一事表示："认定其存在多个不端行为，她在数据管理等方面马虎随意漏洞百出。我们做决定时也考虑到了其所造成的社会影响。"

若山发表评论称："对造成极大的麻烦，我在表示深刻反省的同时致以歉意。今后我将全力投入到教育和研究工作中，一丝不苟尽职尽责，努力挽回影响恢复信赖。"其所属的山梨大学表示，若山已经表达了引咎辞去该大学发育工程学研究中心主任一职的意向。该大学研究了应对措施，于2015年3月上旬对外宣布，在对若山进行严重警告的同时，停止其中心主任职务3个月。若山本人并没有被认定有什么不端行为，鉴于他也作出了自己愿意承担责任的姿态，故认为其行为"性质并未恶劣到导致辞职的程度"。受这一问题的影响，前田秀一郎校长决定主动返还月薪的十分之一。

野依理事长的卸任记者会

与此同时，清水健二和大场爱两位记者在对相关人士的采访中得知，理研理事长野依良治将于3月末辞职，《每日新闻》在3月7日的晨报上进行了相关报道。野依先生在理研成为独立行政法人的2003年10月就任首任理事长。他曾两度出任该职，在他的第三个任期还剩3年之时行将辞职。据执政党相关人士透露，野依以年事已高为由，很早就表明了在理研具备被国家指定为"特定国立研究开发法人"条件之时辞职的意向。指定该法人的相关法案因STAP事件而被推迟提交，文部科学大臣下村博文在2014年12月曾表达了向2015年的一般性国会辩论提交的意向。

3月23日，野依在埼玉县和光市的理研总部召开了记者会。奇怪的是，野依以"本人不能专此奉告"为由拒绝提及辞职一事，但那一天是内阁会议决定其继任人选的前一天，因此那次记者会实际上成了野依的卸任记者会。

这是自2014年8月以来时隔7个月，野依再次在公开场合谈论STAP事件。当被问及此前没有参加记者会的理由时，他回答说："有比我更合适的理事到会（说明）"，"每次记者会会后我都发表了声明"，以此表明他的不参会并无不正常。

对于调查委员会得出的STAP细胞并不存在的结论，他表示"非常遗憾"，并对理研作为一个组织未能对科研不端防患于未然道歉。在造假嫌疑浮出水面之初，他认为"那只不过是粗心大意的搞错图版的问题"，对当时理研作出了"其作为科学成果是不可动摇的"说明一事，他表示："当调查正在进行之时，是不应该根据预判发表见解的。对此，我现在正在反省。"

对于理研的应对陷入被动的问题，他承认："社会公众对事情关心的普遍程度和迫切感，与我们认为合适的合理做法、价值观之间似乎存在着某种背离。现在回想起来，我们的应对若能快一步会更好。"另一方面，对于自己作为机构组织最高负责人的责任，他表示自己"对每次的应对都做出了最恰当的判断"。他说："我认为一个自主自律的研究机构的负责人（因发生了不端行为而）引咎辞职，这在历史上是没有先例的。"以此否认了自己是引咎辞职。

我在记者会的前半段和后半段分别得到了两次提问的机会，问题主要是围绕着造假嫌疑浮出水面后理研的一系列应对措施。首先，当我问及他对STAP细胞是虚构这一事实的看法时，野依说："非常遗憾，我认为最大的原因是在于，虽然研究现场有很多人参与，但没有进行相互验证。另外，理研整体虽然制定了各种各样的规定，但在进行伦理教育的同时，没有予以彻底的贯彻执行，对此我感到非常羞愧。"

理研在2014年6月底表明将开始新疑点的预备调查之前，明确表示过"不会再进行调查"。当我问及第一次调查委员会得出结论后的4月至6月理研的应对是否存在问题时，野依对事情的经过作了这样的解释：

> 3月9日，以论文中的图像与小保方的博士论文中的图像酷似一事为契机，研究者们和负责理事们开始思考"这难道不是发生了非常严重的事情吗？"虽然3月下旬开始了样品的保存工作，但由于确定每一种样品的工作花费了约3个月的时间，科学验证工作也出现了滞后的一面。

他在此基础上的叙述内容显得有些意味深长。

"对于到底要调查到什么程度才算揭开了事情的真相，在科研界也有着各种各样的想法，如果论文被撤回的话，就等于是全部没有了，所以（调查）也就结束了，这样的想法也是相当主流的。论文撤回的理由有很多种，比如发生了有意造假的情况或发生了重大的技术失误等，但关键的一点是如果撤回了就等于没有了，所以可以画上句号。我自己多少也是有过这样的想法的。因此，我还曾劝过作者们尽快撤回论文。"

这让我想起了理研在表明"不进行再调查"的方针时，列举的理由是"作者有撤回调查的动向"。其背后不知是否反映了理事长的想法，即"如果论文撤回了的话，那就不用查明真相了"。但在当时，理研的验证实验却是在稳步推进的。

我指出："我认为当时科研界给出的批评是：你们曾经一度表明，如果论文撤回就不会再进行调查了，而同时却在大力地推进验证计划，这与现在的如果撤回论文就画句号的想法也是矛盾的。"对此野依先生吞吞吐吐地说："我觉得各种各样的想法在当时是交织在一起了。"

此时，在场的坪井理事立刻插嘴道："对留保存样品进行验证，在（论文撤回前的2014年）6月中旬就已经对外表明了。"

"有一段时间，对于改革委员会的再三要求，你们曾明确表示过'不会再进行调查'，这是事实。关于这方面的应对，现在回头来看您觉得是否恰当？"经我这么一问，野依终于承认："现在回顾一下，还是早点行动比较好。"

在未明确责任的情况下管理层大换血

其他记者的提问也集中到了关于事件发生后的应对以及由此产生的理事长等干部的责任问题，但野依先生却大谈一些论文发表前作者们的问题，打了不少马虎眼。他说这一系列问题的最大负责人是"现场研究人员"，"原研究员小保方晴子责任重大，但研究团队未能防止（不端行为）是一个大问题"。混入ES细胞的经过仍然是个谜，对此他否定了今后调查的必要性："重要的结论是研究造了假，我认为真相已经查明了。"

我在第二次提问的时候，也继续咬住同样的问题不松口。

"刚才关于理事长和理事们的责任问题，记者们问了很多，确实，我们知道去年秋天你们主动返还了部分工资。但此后验证实验结果和调查委员会的结论出来了，整个研究被证明是虚构的，而且至今没能查明真相。在这种情况下，理事长和理事们该承担什么样的责任？"

"从大的意义上来说，我认为我们已经查明了真相。然而，我们并没有做到对所有的细节进行详细的说明。理研只有5名理事。他们日理万机忘我工作，我非常感谢他们。"

"您的意思是，在自主返还部分工资后，就没有必要对验证实验和调查委员会的结论承担责任了？"

"是的。"野依语气坚定地说。

在当天发表的解说报道的末尾，我这样写道："在STAP问题上，在没有明确旧管理层责任的情况下大换血，有可能招致对'新生理研'的组织治理能力的质疑。"

继任理事长由前京都大学校长松本纮先生担任，野依先生于3月末卸任。同一天，包括川合真纪在内的4位曾经负责过处理STAP问题的理事也因任期届满而卸任，管理层完成了大换血。关于川合先生，由外部有识之士组成的改革委员会于2014年6月批评理研的应对举措不力，要求换人，但川合先生当时对辞职予以了否认。同年10月就任的理事有信睦弘得以连任。"高龄"本应是辞职的最大理由，但当年6月，野依却又就任了国立研究开发法人科学技术振兴机构的研究开发战略中心主任和东丽的公司外董事。

关于2月份还在讨论中的要求小保方返还研究费用一事，理研于2015年3月20日发表声明，要求小保方返还论文投稿费约60万日元。据悉，投稿费是从运营费拨款中支付的，返还后将收归国库。理研的规程规定，对于被认定为有科研不端行为的人，可要求其返还所使用的研究费用的全部或一部分。由于小保方被认定的不端行为仅为4个图表文件，因此可以认为理研判断其应返还的不是研究费用的全部，而是其中的一部分。

另一方面，理研还宣布暂缓发起对小保方的刑事起诉。根据理研的资料，为了进入刑事程序，起诉前后需要"构成犯罪事实的必要条件"，即对混入ES细胞的"行为人的锁定"和"对其故意行为的举证"。但是，第二次调查委员会认为做到这些是很难的，即使理研再次调查也是很困难的，这成了暂缓起诉的理由。

论文投稿费用约60万日元于2015年7月6日由小保方汇入。代理人三木秀夫律师第二天解释说："虽然对理研的调查结果不认同，但我们选择做出避免进一步争议的决定。"

博士学位也已确定被撤销

在此，也介绍一下小保方博士论文的结局。早在2014年10月就做出了"缓期一年撤销博士学位"的破例决定的早稻田大学，于2015年11月2日宣布确定撤销小保方的博士学位。校方要求重新提交的博士论文的修订工作没有在宽限期内完成，小保方将被视为因未提交论文而从博士课程退学。

镰田薰校长在记者会上解释说："我们认为，不能允许没有博士论文的学位（博士学位）继续存在。我们认为，最让我们失去信用的是授予了这样的学位。"

根据校方的说法，在与小保方取得联系后的2015年5月末以后，相关教师就该论文进行过指导。小保方接受了伦理教育，提交了4次修订稿。但是由于其在实验方法、结果、考察等项的记述不足等原因，论文的修订最终没有完成，该大学先进理工学研究科于10月29日做出了论文再审查不予通过的判断。小保方要求延长宽限期，但没有获得校方的批准。

同一天，小保方通过代理人三木秀夫律师发表评论称："论文审查过程的正当性和公平性存在着很大的疑问。"虽然她表示正在研究要求撤销该决定的诉讼，但三木律师却表示："目前尚无结论。"

在评论中，小保方表示"对校方的决定感到失望"，并极力主张校方的决定"不符合撤销学位规则的要求"。她揭露说，虽然再次提交了修正论文，但审查教官却对她说："你作为博士是不被认可的，看一下业界的反应，你难道还要装糊涂吗？"她指责校方的决定"是作了重视社会风气的结论，是以不合格为前提的程序"。

据三木律师介绍，小保方在STAP细胞论文问题被曝光后便病倒了，一直住院住到2015年春天左右。小保方称："虽然我提交了诊断书，但还是被规定了严格的时间限制等，他们没有考虑到我的身心健康状况。"并表示她将于年度内在网络上公开再次提交的博士论文和数据。

两天后，早稻田大学方面在网站上刊登了反驳文件，称小保方的这些主张"事实关系有误，且存有误解"。该文件再次解释说，撤销小保方博士学位是因为她没有在一年的宽限期内重新提交修订后的博士论文的结果，并指出："论文更正的水平取决于该论文是否以科学根据为基础进行了与博士学位相符的逻辑性说明。"

STAP 细胞问题的终结

2015年9月24日，有两篇论文在英国科学杂志《自然》上发表了，这标志着STAP细胞问题在科学界已经落下帷幕，宣告终结。

一篇是美国哈佛大学的乔治·戴利教授等人的报告，内容是美国、中国、以色列共7个研究小组分别独立进行了133次再现实验，但STAP细胞一次也没能制作出来。除了发表在STAP论文中的方法外，他们还尝试了哈佛大学的查尔斯·瓦坎蒂教授等人独自发表的实验方法，但无论采用哪种方法都没能取得成功。

另一篇是理研负责残留实验样品分析的研究小组关于"STAP细胞系来源于ES细胞"的详细报告。该报告的首席撰稿人研究小组组长松崎文雄在接受采访时说："STAP细胞问题在国际上也有很大的影响，因此我们认为有必要将残留实验样品的分析结果写成科学论文进行报告。"

发表在《自然》上的STAP细胞论文已于2014年7月被撤回。《自然》刊登有关已撤回论文的报告实属罕见。在撤回的理由中，论文作者们没有针对STAP细胞现象，而是对"STAP干细胞现象"解释说："很难自信地说这肯定是正确的。"但《自然》杂志在与两篇论文几乎同时刊登的文章中这样评论道：

"论文撤回时的说明保留了STAP细胞现象是真实的可能性。（中略）但这两篇报告明确表明了该现象不可能是真实的。"

终章　STAP事件的遗产

　　2002年围绕着超导研究的丑闻"舍恩事件"在美国被曝光。另2018年京都大学iPS细胞研究所论文造假事件被揭露。通过与这些事件进行比较,可以看出STAP事件中的事后应对方面存在的失误。

小保方出版手记《那一天》

随着第二次调查委员会的调查结束和对相关人员的纪律处分的下达，作为一大丑闻的STAP细胞事件暂时落下了帷幕。然而，在那之后，这一丑闻又持续发酵了一年多。

引起最大话题的是小保方的手记《那一天》（讲谈社出版），该手记于2016年1月出版，成为畅销书。2015年11月确定撤销博士学位时，小保方要将修改后的博士论文及相关数据在网上公开的承诺仍然没有兑现。在兑现承诺之前却先出版了手记，这让我首先感到惊讶。但这毕竟是2014年4月的那场记者会以后再未在公开场合谈论过该研究事件的当事人手记，于是我赶紧看了一下出版社在发售的前一天散发给各媒体的样书。

在手记的开头，她对引发了一连串的轰动事件道歉的同时，还述说了自己的写作动机："我认为，对于在社会引起轩然大波的这件事，一味地闭口不谈，等待世人的遗忘，是一种更卑鄙的逃避，我决定在本书中将真相和盘托出，即使把自己的软弱和不成熟暴露于天下也在所不惜。"

到底是怎样的一种"真相"呢？我期待着能够读到在采访和调查委员会的两次调查中都没有查明的事实，但渐渐地我发现这种期待换来的只是失望。这是因为，在与STAP论文和博士论文中被认定的不端行为有关的记述中，有很多令人难以苟同的地方，另一方面引人注目的是，小保方没有写多少对自己不利的"客观事实"，写出来的也是在给读者带来误解，甚至对某些情况完全予以了隐瞒。

例如，对于第一次调查委员会认定为造假的STAP论文中的4张畸胎瘤图像，小保方写道："当初，我在学生时代所写的研究论文的内容，都是有关由各种各样的应激处理而导致细胞发生变化方面的，在这次重写论文的过程中，我将内容重点转移到了因酸应激处理而导致细胞发生变化的方面，由此相应地限制了应激的种类。在这一过程中，我忘了更换畸胎瘤的照片，这就是错误的原因之所在。我没有仔细进行确认，所以导致了这样的错误的发生。"

然而，正如第五章所介绍的那样，小保方在2012年4月投给《自然》但未被采纳的第一次投稿中，使用了包括这4张图片在内的共9张与博士论文中的图片极为相似的图片，2013年3月向该杂志再次投稿时，这9张中的5张被其他图片所替换。不是"忘记了更换"，而是"更换了一部分"，这才是事实。至于为什么当时要留下那有问题的4张图片，手记中没作任何解释。

关于最早的对两起不端行为的认定，她这样写道："我觉得这是在社会的抨击下得出的结论，这让我感到很悲伤。"对不端行为的认识之轻，让人生厌。

令人惊讶的是关于验证实验的描述："以一定的再现性观察到了多能基因的表达和Oct4蛋白的表达。""我发现的未知现象是正确无疑的，我在若山研究室负责的实验部分的'STAP现象'的再现性已经得到了确认。"这样的描述笔触就像是再现取得了部分成功一样。但是，这些内容不仅与上一章详细介绍的理研报告相反，而且没有能提供能够证明"一定再现性"的具体数据。关于世界7个研究小组的再现实验的失败也是只字未提。

随着手记进入到后半部分，越来越多的是对由于压力而导致自己身心状态恶化的描写。在第二次调查委员会的听证会上"我连身体都很难支撑"（第一次描写），听证"是在连一般的对话都很难维持的情况下进行的"（第二次描写），刻意强调了自己的身体处于最糟糕的状况中。这还不算，手记反复地强调自己被采取了"强迫认罪的问询方法"。

对于新被认定为造假的两张图，手记几乎没作什么具体的说明，取而代之的是"制作图表是为了通俗易懂地呈现具有再现性的实验结果"之类的解释。但是，正如前一章所介绍的那样，根据调查委员会对这两张图的调查报告，论文中所显示的结果一次也没有出现过，甚至连支撑细胞增殖曲线图表的实验是否真实存在都令人怀疑。包括这两项在内，手记没有提供论文图表类的任何原始数据，也没有提及这样做的理由。

小保方最想诉说的"真相"，从有关若山照彦的记述中可见一斑。在手记中，这位嵌合体小鼠实验合作者最初给人的印象是谦虚亲切的，但随着研究的进展，这一印象迅速地发生了变化。书中有许多从小保方的视角出发的描写，比如他沉迷于STAP研究，违背小保方的"想法"，半强行地试图主导研究；

疑义被发现后，他一改往日的态度，与CDB的共同作者们保持距离，单方面地发布信息；在接受采访和调查委员会的听证时，反复发表意在自保的言论……

有意思的是，对于2014年6月"远藤分析"和"若山分析"的结果相继浮出水面一事，小保方甚至写道："我觉得这是为了让'是我把ES细胞混入了'这个故事收场而精心安排的。"但关于理研对混入了ES细胞这一事实予以确认的相关科学验证的说明却只有寥寥几笔。最重要的ES细胞混入的实际情况，在手记中仍然暧昧模糊。"许多（经过基因分析的）样品是在若山研究室时制作出来的"等，让读者把怀疑的目光转向若山的记述随处可见。相反，对若山转到山梨大学后针对疑似被有意混入两种细胞的FI干细胞所做的基因分析却完全没有提及。

小保方是如何面对和表达事实的？

手记这种形式就其性质而言，作者站在主观立场上去书写内容也是没有办法的事，但既然在开场白中就标榜要"将真相和盘托出"，那么就不能无视客观而重要的事实。虽然我内心里想要再次向小保方确认事实关系和真实意图，但出版社在散发样书时告知，他们并不打算安排对小保方本人进行采访或召开相关的记者会。

对于在调查委员会的报告书等资料中无法确认的部分，小保方是如何处理其中的事实的？有一种分析可以对其进行分析。

"特别是《每日新闻》记者须田桃子的采访攻势，甚至让人感到杀气腾腾。带有威胁色彩的邮件以'采访'的名义向我飞来"等，小保方的这种描述是对我自己的采访和《每日新闻》

相关报道的一种检验。除了记者会之外，我从未在其他的场合见过小保方，也从未在没有约好的情况下到她的单位或家中去采访。我对独立采访的尝试基本上只是靠邮件，这些邮件都被保存了下来，我认为可以排除我自己的主观因素和成见去进行检验。虽然也有意见认为由受到指责的本人进行检验是毫无意义的，但我想写一些文字留作参考。

小保方在疑义被发现后不久就聘请了三木秀夫律师作为其代理人。因此，我只在2014年3月直接给小保方本人发过一次邮件，之后到2015年10月下旬为止，共给三木律师发了十几封邮件。邮件内容包括申请会面采访、发送提问事项、确认未答复事宜、再次请求采访等。提问事项涉及对STAP论文的科学疑义，或者询问撤回论文的动向，这些与向笹井和若山等其他责任作者的提问基本雷同。2015年，我还就小保方的博士论文和以该论文为基础的学术论文进行过询问。三木律师以小保方的"精神受到伤害"和主治医生的指示等为由，多次回复拒绝回答问题，最终，实质性的回答我一次也没有得到。2015年10月三木律师在回信中写道，目前他尚未收到对媒体进行个别回应的委托，也无法将问题转发给小保方。

小保方的手记，并没有涉及我提出的这些具体的问题和邮件中的实际内容。"……即使采取某种强迫姿态也要让我做出某种回答，这是她的采访方法"，"无论我做出什么样的回复和回答，她都不想公平地报道真相……"。虽然小保方作出了这样的记述，但由于她从未回复过我，会面采访也从未实现过，所以即使我想在报道中加入某些小保方的主张和见解，那也是无法做到的，这是实情。

我看了很多次当时与小保方联系的邮件内容，不得不觉得

"让人感到杀气腾腾""我觉得这种手段具有暴力色彩""带有威胁色彩的邮件"等各种小保方的表达，确实没有反映出采访的实际情况。而且，对于STAP论文的第一作者兼责任作者小保方女士，如果我连邮件提问和申请采访等最低限度的努力都没有做的话，我反而会为自己的怠慢而感到羞愧吧。

不管怎么说，能够掌握小保方如何面对事实、表达事实的端倪，对于追踪这个问题的记者来说，也算是一个小小的收获。（题外话，我在手记出版后不久，就把发给小保方、三木两人的所有采访邮件和明细清单都提交给了当时的上司。每日新闻社就"让人感到杀气腾腾""《每日新闻》单方面就泄露出的信息进行浮夸的报道"等记述以书面形式向出版社和小保方提出了抗议。）

手记出版约两个月后，小保方开设了她曾预告过的主页"STAP HOPE PAGE"。这是一个全英文主页，内容除了其他科学家对STAP细胞制作的期待之外，还刊登了事件经过、制作步骤、被认为是验证实验结果的一部分的图表等，但制作出来的关于细胞内多能性相关基因的工作方式的柱状图与理研公布的图表明显不同。如果科学家想要反驳论文的疑义和公布的验证实验结果的话，开设未经审查的个人主页原本就是不恰当的。里面找不到咨询地址，即使想要确认主页的真实意图和原始数据也是不可能的。在网页中，也有关于其博士论文的通告，小保方以"正在与相关人员认真研究诉讼事宜并考虑向其他大学重新提交论文"为由，推迟了公开其博士论文。

在互联网上，出现了几次援引国外研究人员发布的论文报道"STAP细胞被再现"的新闻，但每次浏览原论文都发现内容或是与STAP细胞完全没有关系，或是反而有否定STAP细胞的记述。也有人将这些错误信息以及小保方的手记和网页当作根据，至今仍相信STAP细胞存在，甚至抛出了阴谋论，称成果被政治和媒体的力量破坏掉了。但是，不按科学基本程序规则出牌的STAP细胞存在论，应该说已经进入了伪科学的领域。

在研究和不端行为调查上花费了约1.45亿日元

其间还发生了与小保方过去参与的研究有关的事件。2016年1月，就在其手记出版前不久，小保方等人于2011年发表的论文在英国科学杂志《自然》的姊妹杂志《自然协议》上被撤回。责任作者、日本再生医疗学会原理事长、东京女子医大特任教授冈野光夫等除小保方以外的共同作者提出了撤回论文的申请。

论文内容是关于再生医疗中使用的细胞层的性能的，从STAP论文发表的2014年开始，互联网上就有人对该论文提出了疑义。第一作者是小保方，共同作者还有小保方在研究生院时期师从的东京女子医科大学教授大和雅之，早稻田大学教授、小保方的博士论文指导教官常田聪。据报道，由于论文中的2张图像过于相似等多个问题，3名共同作者以无法确认图像的原始数据及实验结果为由，提出了撤回论文的申请。该杂志称，曾试图向小保方寻求意见，但未能联系上。

在STAP论文发表之前，小保方作为第一作者的并且作为其博士论文基础的2011年的另一篇论文，也被指出在多处多次使用类似的图像，2014年该论文因图像"被错误配置或重复使用"而被修改。

STAP问题造成的巨额"损失"也被曝光。根据审计院的调查，在2011年至2014年的4年间，用于STAP细胞的研究和不端行为调查的费用总额达到了约1.45亿日元。包括人工费在内的STAP细胞的研究经费从2011年度开始的3年间共计约5 320万日元，其中包括小保方担任领导的研究小组的研究室内部装修工程费约1 140万日元。两次设立调查委员会，分析残留样品，咨询法律专家，以及对工作人员进行心理护理等论文的调查和验证费用共花费了约9 170万日元。据审计院透露，理研预算的主要来源是国家的运营费补助金，STAP细胞的研究和调查经费几乎全部来自运营费补助金，也就是说是用税金来支付的。

这里还有没计算在内的"损失"。那就是不知道论文造假的国内外众多研究人员的时间成本和实验费用，以及参与残留试样分析或担任调查委员会委员的研究人员的时间成本。

负责理研科学验证的CDB组长松崎文雄谈到了研究室成员投身于验证分析的献身努力，他说："作为科研人员，在最重要的时期，他们专注于没有业绩的工作，感谢之情无以言表。"他说他自己也在2014年的约10个月的时间里，为了验证实验花费了工作时间的95%。松崎先生说："这也太没有效益了。但事情既然发生了，就不得不有人去做。"很多研究者失去的时间，如果用在本来应做的科研上的话该多好。如此一想便觉愈发郁闷。

京大iPS研究所是如何应对论文造假的？

我认为，理研应对的最大问题在于，在最早计划并付诸实施验证实验的同时，除了两起不端行为之外，对被指出的论文中的多数疑义长期置之不理。隶属于理研的主要作者也呼吁说："论文的不完备和科学的真伪是两回事。"实验目的最初集中在"STAP现象的科学验证"上，从7月小保方的参与开始才增加了对论文进行验证的含义。这种态度散布了一种错误的印象，认为STAP细胞的有无比查明不端行为的全貌更重要，如果验证实验能够成功的话，论文的主张就会被正当化。从结果来看，它拖延了骚动的结束时间，也增加了调查的费用和劳力支出。

的确，"STAP细胞是否存在"是最容易被理解，也是被社会高度关注的主题。小保方在记者会上的一句"STAP细胞是存在的"的断言，也起到了推波助澜的作用。

但是，多年以来，科学一直是以论文的形式相互发表成果、相互进行验证，以此发展起来的。STAP论文本身才是STAP细胞存在的唯一依据。研究机构自身只考虑到社会的关心，从而轻视对论文本身的不端调查，进而推迟这种调查，这可以说是否定科学营运方式的行为。理研的应对让科学界彻底失望，结果也导致了问题的长期化。最重要的是，理研失去了对研究机构来说最重要的东西，那就是"信赖"。

关于对科研不端行为的应对，有一些今后有可能成为经典案例的事例，我想在此介绍一下。

2018年1月，京都大学iPS细胞研究所对外公布了该研究所的副教授山水康平（同年3月被处惩戒解雇处分）的论文造假行为。造假的内容相当严重，共有11张图像被认定为造假、篡改。此后，记者发现，认定不端行为的决定性因素是恢复了山水删除的笔记本电脑内的数据。

据接受采访的调查委员会主席兼研究所副所长齐藤博英教授以及委员会成员高桥淳教授和山本拓也副教授介绍，调查首先将构成论文的柱状图等图与实验测量仪器中剩余的零阶数据、导出实测值的初级数据和对初级数据进行各种分析后的次级数据进行了比较，以确定图的制作是否正确。根据该研究所的规则，一次、二次数据是在论文投稿时提交的，调查委员会还保留了山水使用的多台电脑和硬盘中保存的数据，并进行了详细调查。

在许多图中，零阶数据与一次、二次数据之间存在分歧，很明显数值是被有意操纵了，但没有明确的证据表明是谁干的。调查委员会在发现部分图表类数据缺失后，便尝试恢复山水专用笔记本电脑中被删除了的数据。据说为此还委托了专业人员，花费了约100万日元。在恢复的数据中，包含了介于一次和二次之间的多个数据，这些数据被认为是为了篡改而反复试错的痕迹。

在对山水的询问调查中也发现了这些"一点五次"数据的存在。据悉，山水承认了自己在没有其他人参与的情况下造了假，最终被定案为科研不端行为。齐藤教授说："通过恢复数据我们才得以验证了一些内容，这让调查得以迅速展开。"高桥教授推测说："（对不端行为的认定）是建立在客观事实和当事人自白这两者的基础上的。因为在其本人的笔记本电脑中发现了造假的痕迹，所以本人也就不得不承认了吧。"

值得注意的是，在调查过程中，山水曾要求进行验证实验，但调查委员会并不认为有进行验证实验的必要性。他们保持了说一千道一万也要对论文基础数据进行详细调查的态势。据说该研究所所长山中伸弥从一开始就采取了这样的方针。齐藤教授解释说："即使论文中存在不端行为，只要能够再现出结果就行，这样的想法是不好的。如果不对论文中的数据进行调查，调查就会拖得很久，给全世界的研究者带来麻烦。"

正如已经几次提到的那样，在STAP细胞事件中，小保方始终没有提交用于撰写论文的笔记本电脑。2006年，就东京大学的多比良和诚教授、川崎广明助手（均为当时）等人发表的4篇论文，调查委员会认定它们"没有再现性、可信度"，构成了事实上的不端行为。在这一案例中，川崎保存实验记录的电脑处于报废状态，无法进行调查。在该案调查中也实施了验证实验。

与舍恩事件的比较

在思考STAP事件的本质和特异性时，有一案例可资参考。此案在第九章也曾稍作提及，那就是2002年发生在美国贝尔实验室的被认为是史上空前规模的论文造假事件——"舍恩事件"。以NHK导演的身份追踪采访该案的村松秀在其所著的《论文造假》（中央公论新社出版）一书中，详细介绍了事件的经过。

贝尔实验室是催生出晶体管、激光等电子工程学方面的关键技术，培养出10多名诺贝尔奖获得者的民间著名研究机构。出生于德国的物理学家扬·亨德里克·舍恩在27岁时来到美国，进入贝尔实验室工作。据说他是一个沉稳、诚实、热情的好青年。从2000年1月在英国科学杂志《自然》上发表论文开始，他在《自然》和美国科学杂志《科学》等顶级期刊上发表了一系列关于高温超导的划时代成果。他一夜走红，成为了科学界的大明星，甚至被视为诺贝尔奖的必然得主。与舍恩进行共同研究的贝尔特拉姆·巴特洛格博士是超导研究的泰斗。

舍恩的论文掀起了一股超导研究的狂潮。世界各地的无数研究小组试图进行重复实验。但是，包括贝尔实验室内部的研究人员在内，没有一人获得成功。2002年春，接到内部检举的录音电话的两名外部研究人员，对舍恩的论文进行了调查，认为舍恩明显有数据造假的嫌疑，他们通过邮件和电话同时向贝尔实验室、《自然》等科学杂志以及舍恩本人告发。贝尔研究所于5月成立了调查委员会，并首先从世界各地征集检举线索，短短一个月内就收到了多达24封对论文的检举函。

舍恩起初很配合调查，但实验记录和原始数据他都没能提交。在调查委员会的听证会上，他表示："实验数据是从文件中适当挑选出来的，为的是符合论文的内容。"2002年9月，调查委员会完成了结论报告书，指出其16篇论文中存在不端行为。舍恩被解雇了，但以巴特洛格为首的其他共同作者的责任没有被追究。被称为"圣经"的舍恩的63篇论文全部被撤回。

舍恩的母校德国康斯坦茨大学也对舍恩在籍期间发表的论文进行了调查。虽然发现了篡改数据等行为，但调查结论是没有发现足以左右科学讨论的"重大不端行为"。另一方面，由于贝尔实验室造假事件的影响之大，舍恩的博士学位被剥夺。（援引自《论文造假》）

在STAP事件愈演愈烈的时候，我们采访组经常有人谈起舍恩事件的话题。首先，造假发生的舞台颇为相似。CDB虽然没有贝尔实验室那样的辉煌历史，但被认为是国内生命科学系研究所中最成功的一个，在国际上也奠定了稳固的地位。其他的还有：像彗星一样划破星空的年轻研究人员与德高望重的高级研究人员的组合、论文发表之初科学界的兴奋情绪、没有识破不端行为的科学杂志审查系统、连续失败的重复实验、实验笔记的不完善、学生时代的造假行为等等，共同之处不胜枚举。连《论文造假》中出现的相关人士的发言内容也有一部分雷同，这一点发人深思。

它们的共同之处包含了科研不端行为的典型要素，应该给我们提示出什么是不端行为的易发状况和如何防止类似事件重演的课题。我想应该考虑下面几点。

没有发挥核查作用的高级研究人员

首先可以指出的是，研究项目核心部分的实验是由一名年轻研究人员进行的，处于指导地位的高级研究人员没有充分履行其职责。

在舍恩事件中，在有机物表面上放置薄氧化铝膜的样品是研究成果的核心，但舍恩声称那是在母校康斯坦茨大学实验制作的，即使被要求提供样品，他也以各种理由不予提供。巴特洛格从未亲临过那个实验现场，也从未见过样品和原始数据。据悉，巴特洛格在事后接受采访时表示，舍恩"是一位能干、勤奋的科学家"，"我们之间没有任何师徒关系"，强调双方在相互信任关系的基础上进行了共同研究。（援引自《论文造假》）

小保方在与若山的共同研究期间，STAP细胞的制作实验基本上也是由她一人完成，若山在一次向小保方学习时制作成功了，但是之后一直是连续的失败。此外，包括笹井和丹羽在内的主要共同作者，均没有对小保方的实验笔记和主要原始数据进行确认。关于这方面的理由，若山说主要是"听说她是哈佛大学教授的得力助手、优秀的博士后（博士研究员）"，笹井也解释说"小保方毕竟是独立的PI，并不是我研究室里的直属部下。像'让我看看你的实验笔记'这样不礼貌的要求，是很难说出口的"。

即使是确立了分工体制的研究小组，如果核心工作只交给一个人，不检查原始数据的工作环境很容易成为不端行为产生的温床。即使这一个人是拥有博士学位的"独当一面"的研究者，不管此人是多么优秀、多么值得信赖，道理也是一样的。可以说，这两起事件如实地反映出了对个人的盲目信任所带来的巨大风险。

一流科学期刊的陷阱

第二点我想说的是，没能识破不端行为的一流科学杂志的审查系统。在舍恩事件中，《科学》和《自然》分别以罕见的快速度发表了其9篇和7篇论文。在STAP事件中，《自然》虽然一度驳回了内容几乎相同的论文，但最后还是同时刊登了"研究性论文"和"快报"两篇论文。

科学杂志收到投稿论文后，编辑部会委托在同一领域有实际业绩的研究人员审阅，根据返回的评论意见决定是否采纳。当然，审稿人不是能够洞穿不端行为的专业人士，而是以审查科学的一致性和重要性为重点阅读投稿论文并发表评论的。另外，是否发表的决定权始终在编辑部的手里。

韩国黄禹锡事件（造假论文刊登在《科学》上）发生时，《自然》编辑部在2006年1月的一篇评论文章中表示："论文审查系统是建立在相信论文中所写的是真实的基础上的，并不是为了发现极少数的造假论文而设计的。"在撤回STAP论文时的评论文章中，《自然》编辑部也强调了论文的刊登在原则上是基于对作者的信任，并主张编辑部的努力也有其局限性。确实，要事先看穿像小保方那样的挪用博士论文中的图片之类特异的不端行为，其实并非易事，编辑部的见解也是可以理解的。

但是，审稿人的谨慎意见是否适当地在判断能否发表的过程中有所体现，这一点却是很难说的。正如第十章所介绍的那样，在STAP论文重新投稿给《自然》后的审稿材料中，与审稿人冷静指出疑点的评论意见相对，编辑们的"狂热"非常明显。iPS细胞开发时的主要论文发表在了美国科学杂志《细胞》上，在这一背景下存在着一种可能性：编辑部想要刊登关注度高且在相关领域具有冲击力的论文的意向强烈，最终导致了该论文的发表。

2013年诺贝尔生物学或医学奖获得者、美国加利福尼亚大学伯克利分校教授兰迪·谢克曼（细胞生物学）在获知自己得诺奖后，批评《自然》等期刊的编辑方针是"商业主义"，并宣布今后不再向该杂志、《科学》以及美国科学杂志《细胞》这三大一流期刊投稿论文。根据记者八田浩辅的采访，谢克曼教授就STAP问题表达出了一种危机感："对于这次的问题，热衷于精选具有冲击力的研究成果的《自然》等知名期刊本身也负有很大的责任。它们营造了一种环境，这种环境迫使研究人员承受着伪造事实的重压。"

总之，论文造假事件屡禁不止，论文发表在一流科学杂志上并不能保证其内容的"正确性"，这已经成了不可动摇的事实。

但是，论文的读者群——众多的研究者、我们这些媒体人以及看到对论文的报道的人们——通常并不这么想。从自律的角度来说，人们一直以来都有一种无意识的想法，认为"既然能上一流杂志，数据也该是完美的吧"。可以说，STAP论文中出现的太多疑点，以及理研等机构在调查中暴露出的小保方在数据管理上的马虎随意，都将这一预设打得粉碎。

在STAP问题上，也出现过对早期大肆报道的批评。我自己多次回顾当初的采访，扪心自问。但是，说实话，即使将时间再次拨回到2014年1月下旬，我也没有信心在几天内看穿STAP论文中的造假行为和后来成为论点依据的数据的漏洞，并向值班主任建议不写报道或只写小篇幅的报道。

在生命科学领域最近的事例中，2012年10月的"使用iPS细胞实施世界首例心肌移植手术"的误报，至今依然让人记忆犹新。当时我事先直接听取了参与"临床研究"的森口尚史的讲述，由于森口的话语里有很多可疑之处，所以最后没有进行报道。那时，我们收到的不是已经发表了的论文，而是论文在学会发表之前提供的信息，因此，《每日新闻》在之后报道学会发表的内容时，比以往更加慎重，自始至终都保持着警惕。

那么，在论文已经发表的情况下，如果科学杂志的审查没有发挥对不端行为的核查作用，科学记者又应该以什么为依据来判断论文的"正确性"呢？虽然我们已经在新闻传达方式上下了功夫，比如明确报道原则上是基于论文和新闻通稿的信息，但为了传达最新的成果，我们仍不得不依靠已发表的论文，因此我们必须研究出一套更好的科学报道方式。

学生时代的不端行为

第三点，无论是舍恩还是小保方，从学生时代就存在着不端行为。

据悉，舍恩学生时代的论文中被指出了以下三点。（援引自《论文造假》）

- 论文中出现了与实验中得到的图表不同的图表。
- 实验记录不完整，没有留下原始数据，无法进行核对。
- 为了使图表看起来漂亮而对数据进行了调平和篡改。

正如第十一章所介绍的那样，小保方的博士论文中也有超过20页的"复制粘贴"以及盗用多张图片、论点不明确的部分等。然而，这些行为并没有在学生时代被发现，两人都顺利地获得了博士学位，开启了作为科研工作者的职业生涯。

要想取得理工科的博士学位，本科毕业后，至少要在指导教师的指导下进行禁欲般的5年研究学习，取得一定的成果，在有审查的科学杂志上发表论文。也有人因为没能如愿取得成果而中途放弃。

这本来就不是一件容易达成的事情，正因为如此，一旦成为博士，就会被视为掌握了一整套技术，是有能力自己进行研究的"独当一面"的研究者。

但是，小保方不仅对实验数据管理不善，而且连实验记录都不能按要求很好地完成，这一切暴露出她是公认的"不成熟"的研究者。追究授予其博士学位的早稻田大学的责任的呼声是很高的。

小保方也有自己的特殊情况。根据早稻田大学调查委员会的报告书，小保方在早稻田大学读本科三年级时就进入了常田聪教授的研讨课程，致力于微生物的研究，并希望从硕士课程开始转专业，转向再生医疗领域。常田教授虽然在研究生院继续担任小保方的指导教官，但由于再生医疗不在他的专业范围内，小保方在读硕士课程的2年里，一直在东京女子医科大学的尖端生命医科学研究所学习，接受东京女子医科大学冈野光夫教授、大和雅之教授的指导。这一期间她的研究课题是"细胞片工程"。

此外，在读博士课程中，她在哈佛大学查尔斯·瓦坎蒂教授的实验室留学了11个月，参与了STAP研究萌芽的"孢子样细胞"的研究。在被称为干细胞生物学的研究领域，小保方从本科时期开始两次改变了研究方向。小保方回国后，继续在东京女子医大进行研究，并与理研CDB的若山开展了共同研究。

小保方在日本期间，常田教授在每周一次的研讨会上都会对她的研究内容和研究进展状况进行确认，但调查委在报告书中指出"很难说对小保方的指导是充分的"。据悉，数名了解常田教授指导情况的相关人士也表示："我们认为常田对小保方的研究内容没有做到充分的理解。"

最终，小保方在没有踏踏实实地接受某一特定研究领域的基础指导的情况下，就拿到了博士学位。小保方本人在4月的记者招待会上也曾经说过："从我还是学生的时候起，我就走遍了很多研究室，做研究有自己的一套方法。"（当然，不用说，这并不能成为实施造假的一个好理由。）

理研与贝尔实验室的相似性

我想说的第四点是，这两家研究机构所处的状况具有相似性。

贝尔实验室隶属于专门从事信息和通信产业的朗讯科技公司。舍恩最为活跃的2000年至2002年期间，正是IT泡沫开始破灭的时期，朗讯公司的严峻经营状况也波及到了贝尔实验室。研究部门的关停并转、研究费用的削减、研究人员的结构调整等都在进行中。贝尔实验室的整体论文发表数量也在逐年减少，不断发表优秀成果的舍恩成了低迷中的实验室的"希望之星"。（援引自《论文造假》）

另一方面，理研CDB的情况虽然没有贝尔实验室那样低迷，但来自政府的运营费补助金比10年前减少了一半。向CDB的运营提供咨询建议的咨询委员会（外部有识之士委员会）在2010年的建议中说："不能否认继续削减预算的可能性。因此，CDB应抓住机会，精简管理后勤机构，使核心服务合理化，并为预算的减少做好准备。"

作为中心副主任且负责预算申请的笹井先生，在过去的采访中批评了预算分配的现状，称"过于偏重'马上'有用的东西，缺乏中期研究开发的视野"。在论文发表后不久的2月上旬的邮件中，他也说："这次的情况［STAP研究］，毫无疑问，从竞争性资金那里是不会得到支持的，而且这是一个很难公开的项目创意，所以我认为募集这样的资金是不可能的。"真正具有突破意义的研究靠竞争性资金是养不活的，在基础研究方面持续取得世界瞩目成果的CDB，被削减了运营费补助金，那可真是愚蠢透顶之举。我想这就是笹井先生想说的诉求。

在研究方面，京都大学教授山中伸弥于2006年开发出小鼠iPS细胞、2007年开发出人体iPS细胞后，人们对再生医疗的期待一下子高涨了起来。2010年京都大学iPS细胞研究所成立后，被定位为国家再生医疗项目的核心机构。CDB作为再生医学研究基地的存在感正在逐渐减弱。

每日新闻社得到的竹市雅俊中心主任向野依良治理事长推荐小保方为研究小组负责人的文件中，指出了iPS细胞中还残留着癌变的风险，并写道"（体细胞初始化的）新方法的开发是当务之急"。提出解散CDB建议的理研改革委员会推测，聘用小保方的背景是"想要获得超越iPS细胞研究的划时代成果的强烈动机"，我认为这是切中要害的。与舍恩一样，致力于STAP细胞研究的小保方也是CDB的"希望之星"。

实际上，如果造假嫌疑没有浮出水面的话，通过STAP研究，理研被指定为享受各种优惠政策的特定国立研究开发法人的进程就会大大加快，与STAP细胞研究相关的巨额研究资金也有可能被提供给理研。

与舍恩事件的最大区别

虽然这两家研究机构有许多共同点和相似之处，但也有完全不同的地方。最大的不同是丑闻曝光后所属机构和母校的应对。作为舍恩事件舞台的贝尔实验室成立了由5人组成的调查委员会，5人中包括调查委员长在内的4人是外部委员，不仅调查当初被揭发的论文，还广泛征集检举线索。大约4个月后，随着调查委员会的报告书出炉，舍恩当天就被解雇。

不过，贝尔实验室也曾有过失态。在外界告发之前，虽然他们接到了一位研究员的内部告发，但他们并没有成立调查委员会，而是向舍恩本人确认真伪并听取说明，更没有进行进一步的追究。然而，他们在接到外部举报后的应对是迅速的，第一个举报的研究员也被选为调查委员会唯一的内部委员。（援引

自《论文造假》）

对于康斯坦茨大学剥夺舍恩的博士学位一事，舍恩提出了申诉并与母校对簿公堂。据《自然新闻》博客报道，德国联邦宪法法院于2014年10月1日驳回了舍恩的诉讼请求。撤销舍恩的博士学位终成定局。

另一方面，理研的预备调查开始得很早，约在网络上出现质疑的一周后，而研究室的关闭和实验样品的保全则很迟，约在一个月后。理研总部也囫囵吞枣地接受了CDB共同作者们的主张，对外发布了"论文的根基没有动摇"的信息，可以说他们应对不端行为的态度是极其天真的。调查委员会的组成也是如此，在6人中，包括调查委员长在内的3人是理研内部的研究人员。由于外部委员3人中有一人是律师，因此研究人员出身的委员中内部委员的人数超过了外部委员。调查开始后虽然有很多疑义浮出水面，但他们将调查对象缩小到6件，最终被认定为不端行为的仅有2件。

据《每日新闻》的采访，调查委员会最终报告出炉后的4月15日，在以理研所属研究人员为对象的内部报告会上，对调查委员会置其他疑义于不顾的态度，质疑之声响成一片。但曾任调查委员长的高级研究员石井俊辅为了寻求理解，这样解释说："如果认定存在不端行为，并由此引起被认定方提起名誉损害的诉讼的话，那么证明不端行为就是认定方的责任。""我想遵从研究者的伦理道德，把这件事情圆满做好。但是，往往在诉讼中会出现案情逆转，那就会出现'我们这是在做什么呀'的情况。"

结果，理研被指责为急于谢幕。正如我们所看到的那样，由于多个致命的疑点被曝光，第二次调查委员会被迫成立了。

曾任改革委员会委员长的东京大学名誉教授岸辉雄也在接受记者大场爱的采访时指出："如果能尽快调查所有的疑义，那么问题就不会久拖不决了。"

网络上的"云审读"

第二个大的区别是从论文的发表到问题被发现的时间跨度。

舍恩在贝尔实验室度过的1998年至2000年期间，共发表了63篇论文。从在《自然》上首次发表论文到贝尔实验室接到外部告发，已经过去了2年多的时间。当然，在此期间，贝尔实验室内外也有研究人员抱有怀疑，但质疑之声并没有大到足以撼动贝尔实验室和科学期刊。

另一方面，STAP论文在1月30日发表后仅一周，海外的论文验证网站就有人指出存在图像的"复制粘贴"。在日本国内，两周后匿名论坛"2CH"和研究人员的博客等也出现了同样的指责，以推特为首，通过用户之间可以双向交换信息的社交媒体，造假嫌疑一下子扩散开去。此后，疑点的数量也滚雪球般地膨胀，甚至涉及小保方过去的论文和博士论文。剧情演变的速度之快，就像是在以快进的方式看舍恩事件。

有关造假嫌疑的信息在社交媒体上被分享，并被进行了彻底的分析和讨论。实名的、匿名的，包括专业研究人员在内，人们积极地参与，从各自专业的角度发表了意见评论。分析STAP细胞公开数据的高级研究员远藤高帆也在博客上匿名发布了早期的分析内容。他写得深入浅出，让那些没有专业知识的人也可以浏览读懂。

可以说STAP论文是在网络这一公开场合，第二次接受了

"审稿"。报纸等现有的传统媒体经常是以后来居上的形式进行报道。随着对相关人员的独立采访的进行，那些超过网络信息的"新事实"终于被一步一步地报道出来了，但事件发生之初的曝光可以说是以追踪网络信息的形式出现的。

社交媒体的普及是从2000年代后半期开始的，网络上对科研不端行为的揭发也是从那个时候开始活跃起来的。舍恩事件如果晚发生10年，那么相关的调查可能会在更早的阶段就开始了。

与此同时，网络上还出现了真假不明的信息满天飞的现象，以及对小保方等相关人员的诽谤中伤。如何保护相关人员的人权，可以说是留给今后的课题。

科学家当如是

这本追踪STAP事件的来龙去脉的书，就要接近尾声了。在回顾一连串的采访时，一件事情涌上心头。在我的心中，有一种理想的形象，一种科学家当如是的模样。如果非要我举出这种理想形象的最低限度的要素，那就是永无止境的好奇和探索之心、在科学实验和观测数据面前的谦卑诚实之心，以及作为一名科学家的正直良心。

当然，在日常采访中接触的科学家们是个性丰富的，他们是与那种刻板的印象无缘的。但是就本质而言，人们似乎都下意识地相信他们是具备以上这些要素的。

因STAP问题而陷入漩涡的论文的主要作者们和相关人员都在科学界享有很高的声誉，或是受到合作者们的赞扬。正因为如此，我才对他们的诚实充满着期待，但这种期待有时却遭到了背叛。理研和早稻田大学似乎把组织的伦理置于科学家的道德之前，对此我感到失望和愤怒。我现在反省，刚开始采访的时候，我过于相信了采访对象作为科学家的良心，同时也有判断失误的时候。

毋庸置言，在现实生活中，科学家也是组织的一员，有需要坚守的立场和生活。他们也有自己的自尊心和虚荣心，也会殚精竭虑地去与竞争对手进行激烈的竞争。通过采访，我深切地感受到，科学家也会有普通的人谁都会有的弱点。我心目中他们的理想形象，就算被人嘲笑为幼稚可笑，那我也无话可说。

另一方面我还这么想的：如果人们对科学家的诚实无所期待，那也太过悲哀了。我在采访STAP事件的过程中，遇到了很多有着共同的失望、愤怒或危机感的诚实的科学家，还多次得到了他们的帮助。正因为有一些科学家，包括那些至今尚未谋面的网络上的"审稿人"，他们对事态的发展感到担忧，希望保护日本的科学，我们才得以将采访继续下去。日本分子生物学会和日本学术会议等科学家团体的发声也起到了很大的作用。我坚信，正是由于科学家共同体和科学新闻界相互合作，不允许STAP事件不明不白地结束，理研才最终重启调查。

从这个意义上说，在STAP问题上，科学界的自净作用确实功不可没。

如今，科学家所处的环境十分严峻。特别是供年轻的科研人员所选择的职位很少，他们处于身份不稳定的状态。不仅是理研CDB，大学和研究机构的运营费补助金在减少，追求看得见摸得着的成果的竞争性资金的比重在不断提高。还有多少研究人员能够踏踏实实地致力于重要但短期内难以出成果的研究课题呢？

理研的第二次调查委员会的报告书指出："STAP问题是射

向科学家团体的一支箭。需要整个科学界的共同努力，才能拔掉利箭，治愈创伤，恢复健康。"担任委员长的国立遗传学研究所所长桂勋在调查委员会结束后接受邮件采访时，作为"关于研究不端行为的大众和个人的感想"，发表了以下见解。

> 自然科学家一直怀着敬畏之心，认为自然规律是人类无法改变的本质真理。另外，我一直认为人类必须与自然共存，倾听自然的声音是必要的。（这里所说的"自然"，是指包括人类没有修改过的东西和修改过的东西，甚至是包括包含人类本身在内的整个宇宙。）
>
> 我认为，人们忘记了这些根本的东西，只关注更表面的价值观，比如在一流期刊上发表论文、获得专利等，这一切汇成了科研不端的暗流。

STAP事件提出了很多课题，也就科学研究本来应有的状态提出了本质性的问题。虽然这一个一个的问题很难马上解决，但我认为，始终以营造一个科学家能够诚实而为的科研环境为目标，是非常重要的。为此，如果科学新闻界能发挥应有的作用的话，我希望能尽微薄之力，承担起部分的使命。

而且，我期待着有一天，能再次遇到"颠覆常识"的真正的大发现。

后　记

　　我是在2014年7月接受了执笔本书的工作。包括在报纸有限的版面上难以写完的内容在内，将采访的积累素材以集中整理的形式推出，这对作为记者的我来说，是一次鲜有的尝试。文艺春秋株式会社国际局的下山进先生和坪井真之介先生为我提供了这一宝贵机会，对此我表示诚挚的谢意。在写作过程中，两位先生对每一章都发表了感想，这给了我很大的鞭策和鼓励。

　　关于对相关人员进行的"非正式、有条件发表"形式的采访，我一直严格遵守当时的承诺，不过有很多这类采访透露出的内容，后来出现在了在受访人自己的公开发言或各机构的调查报告中，成为了众所周知的事实。有一些逼近问题的全貌或本质的很重要的内容，现在已经没有隐瞒的必要了，对此，我在慎重斟酌之后把它们写进了本书。

　　STAP问题的采访是由《每日新闻》东京和大阪两家总社的科学环境部联合进行的，在采访过程中，得到了社会部、甲府支局、美国纽约支局等多方面的大力协助。在我所属的东京科学环境部，永山悦子主任自始至终负责这个采访项目，八田浩辅记者从一开始就参与了采访。采访组每当发现新的事实时，就会反复讨论这一事实所具有的意义，探讨今后的采访方向。永山主任目光敏锐地指挥着采访组，时而言辞慷慨地激励我们，八田记者始终保持冷静不失主见，能与这些值得信赖的上司和同事们一起进行采访，我感到非常幸福。评论室的专业编辑委员青野由利的建议也多次帮了大忙。

在本书写作过程中，我的同事们对我引用他们各自的采访笔记的要求欣然应允，这使得我能够进行比新闻报道更详细的描述。他们是：东京科学环境部机动记者组长清水健二、记者八田、记者大场爱、记者斋藤有香、记者下桐实雅子、大阪科学环境部组长根本毅、记者斋藤广子、记者吉田卓矢、记者畠山哲郎。长尾真辅部长一直关注着本书的写作过程，并不时给予鼓励。青野专业编辑委员、长尾部长、永山主任、清水组长、八田记者等在日常工作繁忙的情况下，对全书草稿提出了宝贵的意见。

我总是希望能够做到工作家庭两不误，但从来没有成功过。不可否认，特别是对STAP事件的采访开始后，我生活中工作所占的比重比以往更大了。而且我还占用休息日的时间持续写作本书，使得家人长期处于"紧急状态"，对此我感到非常抱歉。

不仅是周末，就连家庭旅行期间，作为妻子的我都抱着手机和电脑，我想借此机会向比平时更能做家务和看孩子的丈夫、听我读完绘本后忍着不让我陪睡而对我说"妈妈，可以工作了"的小女儿、在我写作过程中每周都来帮忙做家务的母亲、和女儿一起玩的时间最多的父亲，向他们表达我的感谢之情。没有家人的支持，本书是无法完成的，对STAP事件的采访也是无法持续到今天的。

35次。这是自2014年1月底至同年11月中旬期间，有关STAP论文的相关报道（专栏除外）在《每日新闻》晨报晚报东京总社最终版头版刊登的次数。在日本生命科学史上，在不到一年的时间里，如此频繁地在报纸头版上出现的论文恐怕再也没有了。

　　STAP论文的走向，与包括我自己在内的社会上的大多数人当初的期待完全相反。重大疑义一个接一个地浮出水面，本应是"世纪大发现"的论文，惨不忍睹地"分崩离析"了。对让科学蒙羞的事态抱有强烈的危机感，为了弄清真相全力以赴地进行采访的我，现在回想起来发生的这一切，总觉得有一种被超出预想的事态发展所愚弄的感觉。

　　过去的日子里有太多的失望与惊诧。白热化激烈的同业竞争也让我心力交瘁。但我每次都能重新振作起来，赶赴下一个采访地点。这是因为有很多研究人员抽出宝贵时间向我们表达了客观的见解，还有形形色色的相关人员在明知有风险的情况下，向我们提供了重要的信息。

　　我要向所有协助过我采访的人们表示衷心的感谢。

　　科研不端是妨碍科学健康发展的绝不允许的行为。但是一部科学的历史同时也是一部科研造假的历史，这也是事实。如果本书能够提供一个契机，让人们去思考如何创造让不端行为难以生存的环境，以及不端行为一旦发生又该如何应对，那么作为作者，当引以为莫大的荣幸与快乐。

2014年11月14日

须田桃子

文库版后记

在这次的文库版中，对写完单行本原稿的2014年11月中旬以后发生的主要事件进行了增补（第十二章和终章开头即是）。第二次调查委员会和之前的理化学研究所的详细科学分析表明，"STAP细胞"原本就不存在，它是ES细胞长期混入所致。我想以自己的方式咀嚼这个结局，并将其留在一本书中。

在写稿的同时，我再次感受到，STAP细胞事件绝不能归责于某一特定的人。实验的方式、研究室的讨论、成果的发表方法、对造假嫌疑的处理，甚至第一作者在研究生院所受的教育，这所有的阶段都出现了问题。在论文发表前的某个时刻，应该有人意识到了严重科研不端的可能性，这原本是能够阻止的。如果在疑点浮出水面后，在事件发生的初期阶段采取更适当的应对措施，那就能防止事件的长期化和社会问题化，将损失降到最低。在这本应有的诸多机会被付之东流的背景下，我认为潜藏着某些结构性问题，它正在侵蚀日本科学研究的第一线。

实际上，STAP细胞事件发生后，科研不端事件依然屡禁不止。文部科学省根据从2015年度开始适用的关于研究不端行为的新的指导方针，在网站上公开了在文部科学省预算实施的研究项目中被认定为不端行为的案例。根据该一览表，自 2015 年度以来，包括一稿多投在内，被认定为不端行为的案件共计 34 起。

　　举几个成为热点话题的案例吧。2016 年 8 月，东京大学医学系研究科和分子细胞生物学研究所的 6 个研究室发表的共 22 篇论文被指有不端嫌疑，东大为此成立了专门的调查委员会。第二年 8 月，分子细胞生物学研究所的渡边嘉典教授等人发表的 5 篇论文，共计 16 处被认定存在造假或篡改行为。渡边先生于 2018 年 2 月退职，东大于 4 月发表声明称他的退职"相当于惩戒解雇"。另外，同时受到告发的医学系研究科的 5 位教授没有被认定为有不端行为，详细的调查结果尚未公布。但是，调查委员会承认被指有问题的图表类文件与原始数据不一致，这些都是研究人员在作图或编辑在刊载的过程中产生的不完备之处，不存在故意操作行为。这一结论引发了国内外研究人员的批评和质疑。此外，正如终章所介绍的那样，2018 年 1 月京都大学 iPS 细胞研究所也公布了一起科研不端事件。虽然该研究所的应对是恰当的，但不端事件的内容本身是很严重的。

　　另一方面，我们也看到了科学界为提高研究伦理水平而采取的自愿措施。为了让日本的研究伦理水平走出低谷，一般财团法人"公正研究推进协会"（会长为原日本学术会议会长吉川弘之）于 2016 年 4 月成立，它致力于制作科研伦理教育的教材和举办相关的学习会。有多个学会以研究伦理为主题举办了研讨会，这些研讨会上的讨论催生了一批实践性教科书。

　　令人放心不下的是，不同的大学、研究机构和校内组织，对不端行为的应对方式似乎各不相同。在研究规模庞大的美国，有一个叫作"研究公正局（ORI）"的联邦政府机构，当接受国立卫生研究院（NIH）资助的研究项目出现不端行为指控时，它会负责调查或帮助研究机构进行调查。虽然日本还没有像ORI那样拥有调查权限的公共机构，但至少有必要建立某种机制来保证各机构的调查质量。

关于阻碍防止不端行为的结构性问题，可以认为有以下综合因素：国立大学运营费拨款的削减和公共研究经费的过度"选择和集中"，导致科研一线人员疲惫且焦虑；偏重创新导致"转化导向"型研究的增加；年轻研究人员就业状态的不稳定和追求短平快成果的风潮。这些也是被指导致了近年来日本科研能力衰退的问题。

我现在正和同事们一起，致力于制作在《每日新闻》科学版上长期连载的报道《虚幻的科技立国》，以揭示这种衰退的实际情况和背景。通过这样的制作采访，我想探寻出一条营造出本书末尾所写的"科学家诚实可为的研究环境"的路径。

与对事件进行实时追踪报道的单行本版不同，此版是在完成就完全不同的主题进行的报社报道工作的同时写就的。虽然写作过程并不像当初所预想的那样简单，但在继单行本之后，再次得到了文艺春秋社的坪井真之介先生的大力支持，在此我表示衷心的感谢。

2018年8月2日

须田桃子

年　表

2001年　　　　　查尔斯·瓦坎蒂教授等人发表论文主张
　　　　　　　　"孢子样细胞"的存在

2006年春　　　小保方晴子从早稻田大学（理工学部应用
　　　　　　　　化学专业）毕业，进入早稻田大学研究生
　　　　　　　　院攻读硕士课程（理工学研究科应用化学
　　　　　　　　专业）
　　　　　　　　成为东京女子医科大学尖端生命医学科学
　　　　　　　　研究所的研修生，在冈野光夫教授和大和
　　　　　　　　雅之教授的指导下学习再生医学

2008年春　　　小保方完成硕士课程，进入早稻田大学研
　　　　　　　　究生院攻读博士课程（先进理工学研究科
　　　　　　　　生命医学科学专业）

　　　夏　　　　在瓦坎蒂研究室的小岛宏司医生的斡旋下，
　　　　　　　　小保方前往哈佛大学留学。根据瓦坎蒂的
　　　　　　　　指示，开始了"孢子样细胞"的研究

2009年8月底　小保方回到日本

2010年春　　　小保方向美国科学杂志投稿了一篇题为

		《关于对穿过极细玻璃管分离出的小细胞所具有的多能性的确认》的论文，但未被采纳
	7月	为了委托制作嵌合体小鼠，小保方拜访了理化学研究所CDB的若山照彦教授
	8月	小保方和若山开始了合作研究
2011年	3月	小保方完成了早稻田大学研究生院博士课程
	4月	小保方成为若山研究室的客座研究员
	11月	小保方首次"成功"地制备了嵌合体小鼠
2012年	4月	将论文《动物的愈伤组织细胞》向英国科学杂志《自然》投稿，但未被采纳
	4月24日	以哈佛大学为中心，以瓦坎蒂和小保方等人为发明人申请了美国临时专利
	6月	向美国科学杂志《细胞》投稿该论文，但未被采纳
	7月	向美国科学杂志《科学》投稿该论文，但未被采纳。后来发现，当时审稿人要求在剪贴电泳图像时要画白线进行区分
	12月21日	在CDB的人事委员会会上，小保方发表了此前的研究内容。人事委员会决定录用小保方为研究小组负责人，笹井芳树教授将协助论文的撰写
2013年	3月 1日	小保方作为研究小组负责人到任，之后在笹井研究室度过了8个月
	3月10日	向《自然》重新投稿STAP论文
	4月24日	将笹井列为发明人，进行国际专利申请

12月20日	经过两次修订,《自然》决定审查通过STAP论文
2014年 1月28日	小保方、笹井、若山举行关于发现STAP细胞的新闻发布会
1月30日	《自然》发表关于STAP细胞的两篇论文
1月31日	文部科学大臣下村博文宣布,确定了将理研指定为"特定国立研究开发法人"的方针
2月 5日	瓦坎蒂等人公开了用新生儿皮肤细胞制作的"疑似STAP细胞的细胞"的显微镜照片
	在美国网站PubPeer上有人指出,STAP论文中电泳图像有剪贴过的可能性
2月10日	山中伸弥教授在记者会上反驳了STAP细胞发表时有关iPS细胞安全性的记述
2月12～13日	在"2CH"等日本网站上也出现了对小保方过去的论文和STAP论文中的图像的疑义
2月18日	理研成立调查委员会
3月 5日	理研发表了总结STAP细胞制作诀窍的制备协议。该制备协议写有"从STAP细胞制作的8株STAP干细胞中未见TCR基因重排"
3月 9日	匿名博主"11吉根"指出小保方博士论文中的"畸胎瘤图像"涉嫌挪用
3月10日	若山呼吁共同作者撤回STAP论文
3月14日	调查委员会发布中期报告,关于STAP论文的6件疑义中,有4件被认为有不端行为的可能性,决定继续调查。理研开始对小保方研究室的残留样品实施保全

3月18日　若山委托第三方机构对保存的STAP干细胞进行基因分析，理研撤回了STAP细胞发表时分发的有关iPS细胞安全性的资料

3月20日　瓦坎蒂研究所在其主页上公开了独立的有关STAP细胞的制备协议

3月25日　若山研究室进行的对STAP干细胞的基因预备分析结果显示，检测出了与本应用于制作STAP细胞的小鼠不同的基因型

4月 1日　调查委员会公布最终报告。两张图被认定为存在"篡改"和"造假"的科研不端行为

4月 7日　理研公布以丹羽仁史项目组组长为负责人的验证实验计划

4月 9日　小保方在记者会上进行反驳

4月16日　笹井召开记者会

5月 8日　理研驳回了小保方的申诉，两件不端行为被坐实

5月21日　根据理研的全部图像调查，新增加了10件以上的图表类不端行为疑义

6月11日　媒体报道了高级研究员远藤高帆对STAP细胞的遗传信息进行解析的结果：8号染色体是"三体"

6月16日　若山召开记者会公布第三方机构对STAP干细胞的分析结果

6月30日　理研宣布开始由小保方参加的验证实验和对论文新疑义的预备调查

7月 2日　《自然》撤回了两篇关于STAP细胞的论文

7月 5日	2012年《科学》的审稿人曾指出过有可能混入ES细胞的消息被报道
7月17日	早稻田大学的调查委员会承认小保方的博士论文有6件不端行为，但不足以构成对其博士学位的撤销
7月22日	若山和CDB宣布修改分析结果
8月 5日	笹井自杀
8月27日	理研发表了CDB改革的行动计划。验证实验的中期报告中发表了STAP细胞在制作的第一阶段就没有成功的消息
9月	瓦坎蒂辞去哈佛大学相关医院麻醉科主任的职务，进入一年的长假，第二年退休了
9月 3日	瓦坎蒂公布了STAP细胞制备协议修订版
9月 4日	理研宣布成立针对论文不端行为的新的调查委员会
10月 7日	早稻田大学宣布对小保方的博士学位"缓期一年撤销"
12月19日	理研发表验证实验结果，小保方和丹羽都无法实现再现
12月21日	小保方向理研申请辞职
12月26日	第二次调查委员会发表调查结果，新发现的两张问题图表被认定为由小保方造假，得出STAP细胞系来源于ES细胞的结论
2015年 1月26日	理研原高级研究员石川智久以涉嫌盗窃ES细胞为由刑事告发小保方
2月10日	理研宣布处分涉嫌论文造假的相关人员，

作图 ：上乐蓝

图像出处

卷首插图 p2 ：“研究性论文”图 3e

卷首插图 p3、p4 右下 ：“快报”图 1b

卷首插图 p4 上 ：“研究性论文”图 2i

卷首插图 p4 左下 ：“快报”图 1a

卷首插图 p5 上 ：“研究性论文”图 6c

卷首插图 p5 下 ：“研究性论文”图 3c

※“研究性论文”（2014 年 7 月撤回）：

Haruko Obokata, Teruhiko Wakayama, Yoshiki Sasai, Koji Kojima, Martin P. Vacanti, Hitoshi Niwa, Masayuki Yamato & Charles A. Vacanti "Stimulus-triggered fate conversion of somatic cells into pluripotency" *Nature* 505 (2014), 641−647

※“快报”（2014 年 7 月撤回）：

Haruko Obokata, Yoshiki Sasai, Hitoshi Niwa, Mitsutaka Kadota, Munazah Andrabi, Nozomu Takata, Mikiko Tokoro, Yukari Terashita, Shigenobu Yonemura, Charles A. Vacanti & Teruhiko Wakayama "Bidirectional developmental potential in reprogrammed cells with acquired pluripotency" *Nature* 505 (2014), 676−680

图字：09-2021-053号

图书在版编目（CIP）数据

造假的科学家：STAP细胞事件 /（日）须田桃子著；
王家民译.—上海：上海译文出版社，2022.9
（译文纪实）
ISBN 978-7-5327-8947-4

Ⅰ.①造… Ⅱ.①须… ②王… Ⅲ.①纪实文学—日
本—现代 Ⅳ.①I313.55

中国版本图书馆CIP数据核字（2022）第106235号

造假的科学家：STAP细胞事件

[日] 须田桃子 / 著 王家民 / 译
责任编辑 / 常剑心 审校 / 宗晨 装帧设计 / 邵旻 观止堂_未氓

上海译文出版社有限公司出版、发行
网址：www.yiwen.com.cn
201101 上海市闵行区号景路159弄B座
上海信老印刷厂印刷

开本890×1240 1/32 印张14.25 插页6 字数242,000
2022年9月第1版 2022年9月第1次印刷
印数：0,001-8,000册

ISBN 978-7-5327-8947-4/I·5549
定价：69.00元

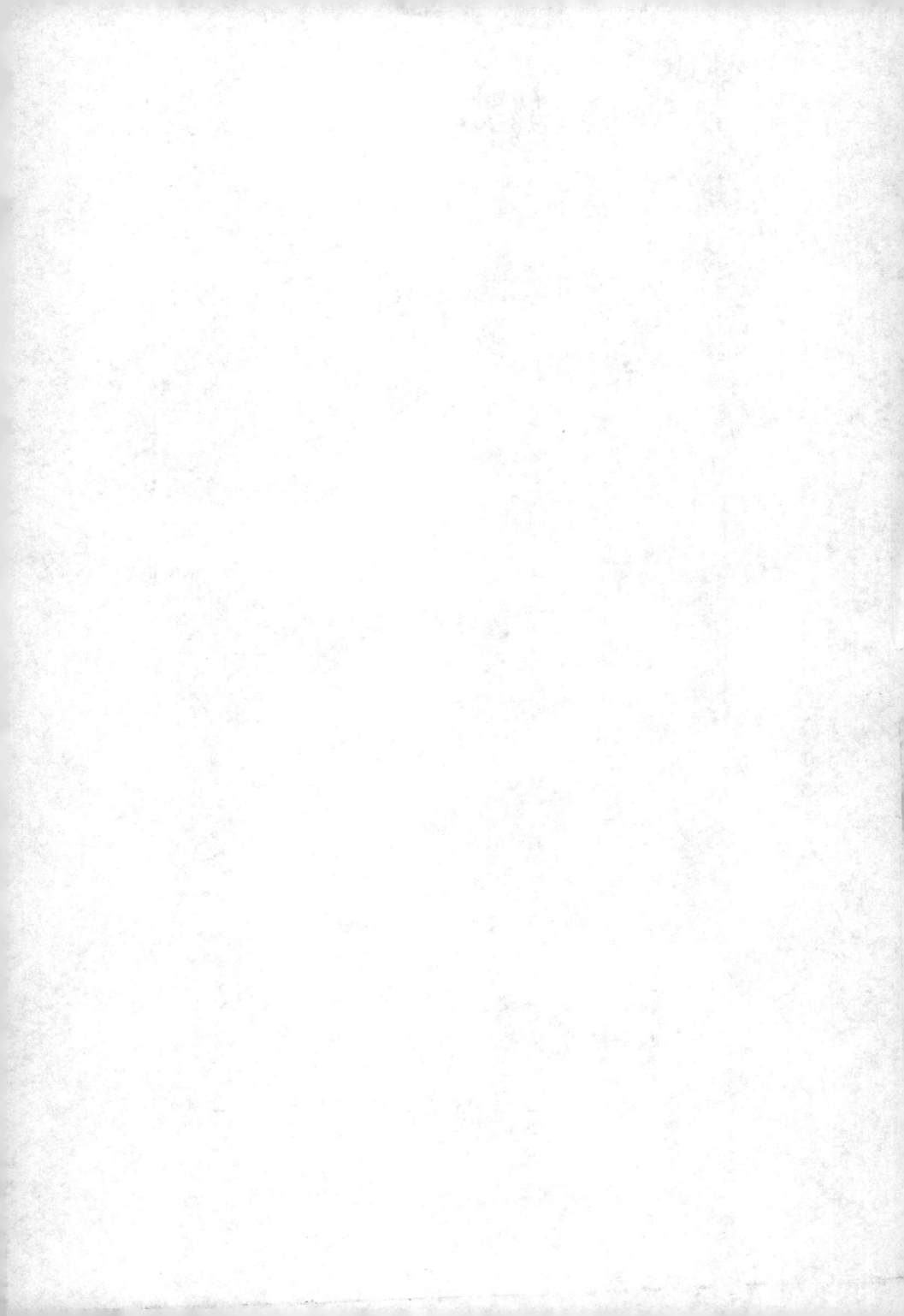